MELINDA MULLET
Whisky mit Mord

AF178841

atb aufbau taschenbuch

MELINDA MULLET hat britische Eltern, wurde aber in den USA geboren. Sie hat mehrere Jahre als Juristin gearbeitet, sich in den USA und im Ausland um Kinderrechte gekümmert und ist viel gereist. Sie lebt in der näheren Umgebung von Washington D. C. mit ihren beiden Töchtern und ihrem Mann, einem Whisky-Sammler aus Leidenschaft.

Im Aufbau Taschenbuch sind ebenfalls ihre Romane »Whisky für den Mörder«, »Whisky mit Schuss«, »Ein Whisky auf den Tod« und »Mord on the Rocks« lieferbar.

Mehr zur Autorin unter melindamullet.com.

Die Fotojournalistin Abigail Logan kann es nicht fassen: Ihr Onkel Ben hat ihr seine Whisky-Destillerie Abbey Glen in den schottischen Highlands vererbt. Doch noch bevor sie ihr Erbe in Augenschein nehmen kann, erhält sie den ersten Drohbrief. Und in Balfour, dem Städtchen, wo ihr Onkel seinen berühmten Single Malt herstellte, geschehen weitere furchtbare Dinge. In der Brennerei werden Sabotageakte verübt, einer ihrer Mitarbeiter wird getötet. Ganz offensichtlich will man sie dort nicht. Aber Abigail ist nicht gewillt, so schnell aufzugeben und die Brennerei zu verkaufen.

MELINDA MULLET

WHISKY MIT MORD

KRIMINALROMAN

Aus dem Englischen von
Ulrike Seeberger

 aufbau taschenbuch

Die Originalausgabe unter dem Titel
Single Malt Murder
erschien 2017 bei Alibi, an imprint of Random House,
a division of Penguin Random House LLC, New York.

MIX
Papier | Fördert
gute Waldnutzung
FSC® C083411

ISBN 978-3-7466-3391-6

Aufbau Taschenbuch ist eine Marke
der Aufbau Verlage GmbH & Co. KG

7. Auflage 2025
© Aufbau Verlage GmbH & Co. KG, Berlin 2018
Copyright © 2017 by Melinda Mullet
Published by Arrangement with THE LARK GROUP
Der Verlag behält sich das Text- und Data-Mining nach § 44b UrhG vor,
was hiermit Dritten ohne Zustimmung des Verlages untersagt ist.
Bei Fragen zur Sicherheit unserer Produkte wenden Sie sich bitte an
produktsicherheit@aufbau-verlage.de.
Umschlaggestaltung und Motiv www.buerosued.de, München
Gesetzt aus der Whitman durch Greiner & Reichel, Köln
Druck und Binden CPI books GmbH, Leck, Germany

Printed in Germany

Für meinen Mann Mark,
der jedem Tag einen Zauber verleiht.

KAPITEL 1

S agst du mir jetzt endlich, warum du da hockst und aus der Wäsche schaust, als hätte dich die Katze an einem schlimmen Tag von draußen reingezerrt, oder sollte ich noch eine Flasche Wein bestellen und anfangen zu raten?«

Patrick Cooke mochte mein ältester und engster Freund sein, aber diese Bemerkung quittierte ich ihm unter dem Tisch mit einem Tritt vors Schienbein. Er verzog das Gesicht, und die goldenen Pünktchen in seinen braunen Augen blitzten auf; trotzdem musterte er mich weiter mit kritischem Blick.

»Die Fakten geben mir recht, Abi«, sagte er. »Hast du in letzter Zeit mal in den Spiegel geschaut?«

»Nur wenn es sich nicht vermeiden ließ«, gab ich zu, kippte den Rest meines Weins hinunter und streckte ihm das Glas entgegen, damit er nachschenkte.

Ich sah wahrscheinlich wirklich wie eine lebendige Leiche aus. Ich konnte mich nicht erinnern, wann ich zuletzt einen Kamm durch mein Haar gezogen hatte, und ich machte mir ohnehin nur selten die Mühe, mich zu schminken. Aber ich hatte eine besonders harte Woche hinter mir, und das will wirklich etwas heißen, denn als Fotojournalistin robbe ich den größten Teil meines Berufslebens durch den Dreck eines Krisengebietes nach dem anderen. Jetzt hatte ich verdient, dass man mich ein bisschen in Ruhe ließ. Da hatte es heute gerade noch gefehlt, dass mich Patrick mit seinen makellos aufeinander abgestimmten Klamotten und seinem perfekt gegelten Haar abkanzelte.

Heute Abend wirkte er noch mehr als sonst fehl am Platz neben all den leicht verlotterten Journalisten und Medienleuten, die in dieser Gegend der Fleet Street in London zu Hause sind. Doch das Scrivener's Arms war nun schon seit über zehn Jahren unser regelmäßiger Treff nach der Arbeit, und ich weigerte mich, nur deswegen in die schickeren Bars im West End abzuwandern, weil man Patrick kürzlich zum stellvertretenden Herausgeber des Magazins *Wine and Spirits Monthly* befördert hatte.

»Du solltest besser auf dich achten, weißt du«, tadelte mich Patrick und zog vorsichtshalber seine Beine aus der Schusslinie. »Du bist auch nicht mehr so jung, wie du mal warst.«

»Vierunddreißig ist ja wohl kaum ein biblisches Alter. Und außerdem ist es hier allen egal, wie ich aussehe. Besonders wenn ich im Einsatz bin.«

»Du meinst, es ist *dir* egal. Aber du kommst nicht mehr unerkannt unter dem Radar durch. Die Leute wissen, wer du bist. Zumindest in unserer Branche kennt jeder den Namen Abigail Logan. Du hast mehr Preise gewonnen als sonst wer, von dem ich wüsste.« Patrick hob eine Hand, ehe ich ihn unterbrechen konnte. »Und du hast sie alle verdient. Deine Bilder sind großartig.«

Ich reagierte gereizt. »Ich will nicht berühmt sein«, beharrte ich. Ich stand nun mal nicht gern im Rampenlicht; das war Patricks Sache. Als wir uns damals auf der Universität kennenlernten, war ich es zufrieden, mich im Forschungslabor der Psychologieabteilung zu vergraben und zu untersuchen, wie das Gehirn funktioniert. Ein Experiment über die Auswirkungen von Schlafentzug brachte dann Patrick in mein Leben. Er kam als Versuchskaninchen und ist eigentlich nie wieder gegangen. Wir waren ein unwahrscheinliches Duo – ich war Einzelgängerin, und Patrick war nie allein –, aber irgendwie haben wir einander ergänzt, und es ging uns beiden besser, wenn wir in der Gesellschaft des anderen waren.

Patrick ermutigte mich in meiner Liebe zur Fotografie. Mit der Zeit faszinierte es mich immer mehr, wie sich die Psyche auf dem menschlichen Gesicht widerspiegelt. Schließlich begann ich, Fotos als eingefrorene Momentaufnahmen der Gedanken in den Köpfen der Menschen zu begreifen. Wie besessen studierte ich Gesichter, und es stellte sich heraus, dass ich ein großes Talent für Porträtaufnahmen besaß. Ehe ich es mich versah, zerrte mich Patrick zu einem Vorstellungsgespräch für einen Sommerferienjob bei *The London Gazette*. Zwölf Jahre später war ich immer noch dort, bannte in allen finsteren Winkeln der Welt echte Menschen in echten Krisenaugenblicken auf meine Fotos.

Ich seufzte tief. »Ich wollte immer nur ein bisschen die Welt verändern.«

»Du *hast* sie verändert«, argumentierte Patrick. »Ich bin derjenige von uns beiden, der sich seinen Lebensunterhalt mit Weinkritiken verdient. Warum stellst du plötzlich dein Licht unter den Scheffel?«

»Das Nachrichtengeschäft wandelt sich«, jammerte ich. »Ich habe mich heute Nachmittag mit meinem Redakteur getroffen, um die Fotos durchzugehen, die ich letzte Woche in Sierra Leone gemacht habe. Herzzerreißende Bilder. Wenn er die brächte, könnte niemand mehr ignorieren, was da passiert, aber er will sie nicht. Er hat Angst, dass er Anzeigeneinnahmen verliert.«

»Du weißt doch, dass es heute nur noch ums Geld geht.«

»Das sollte es aber nicht. Also habe ich ihm gesagt, dass er seinen nächsten Auftrag behalten und was er sonst noch damit machen kann . . .«

Patrick starrte mich mit weit aufgerissenen Augen an, war einen Augenblick sprachlos. »Du hast gekündigt?«

»Ich hab's versucht. Er meinte, ich hätte wohl einen akuten Anfall ›weiblicher Hysterie‹, und hat mir ein paar Tage unbezahlten Urlaub verordnet, um ›meine Position zu überdenken‹«, erwiderte ich und zerfetzte meine Serviette in einen Schneesturm winziger Papierschnipsel. »Ich habe noch neun Monate in diesem elenden Vertrag. Wenn ich den jetzt breche, kostet es mich ein verdammtes Vermögen. Ich hätte ihm gern gesagt, er könne mich mal gernhaben, aber ich kann mir nicht mal mehr meine eigenen Prinzipien leisten.«

»Warum arbeitest du nicht freiberuflich, sobald dieser Vertrag abgelaufen ist? Du bist doch jetzt bekannt genug. Du musst nicht mal mehr ins Ausland gehen. Auf den Straßen Großbritanniens wimmelt es nur so vor unterdrückten Emotionen und Feindseligkeiten zwischen den Kulturen, die sich im kalten, feuchten Klima verfestigen. Such dir Arbeit näher an Zuhause, schlaf mal wieder in deinem eigenen Bett und verbringe mehr Zeit mit Ben, solange du noch kannst.«

Ich vergrub das Gesicht in den Händen. Zu viele schmerzliche Gefühle durchströmten mich, und die Tränen, die ich den ganzen Abend zurückgehalten hatte, schossen hervor.

»Abi? Was ist denn los?« Patrick beugte sich über den Tisch. »Ich kenn dich doch. Hier geht's um mehr als nur eine philosophische Streiterei mit deinem Boss.«

Ich brauchte eine Minute, bis ich meine Stimme wieder beherrschte. Ich hätte es ihm gleich als Erstes sagen sollen, aber jedes Mal, wenn ich es aussprach, wurde es wirklicher, schmerzhafter.

Ich holte bebend tief Luft. »Ich war noch in Afrika, als ich eine Nachricht von Bens Ärztin in Schottland erhielt, dass es ihm sehr schlecht ginge. Ich bin gleich mit einer Militärmaschine zurückgeflogen, aber als ich in London ankam, war er schon gestorben.«

Patricks sonst dauerhaft sarkastische Miene wich einem Ausdruck echter Besorgnis. »Oh, Abi, das tut mir leid, so sehr leid.«

Ich versuchte, mich auf mein Glas zu konzentrieren, beobachtete, wie die Umrisse verschwammen, als mir wieder die Tränen in die Augen traten. »Ich hätte dich ja früher angerufen, aber deine Assistentin meinte, dass du dir in Berlin auf irgendeiner Pressereise die Nase begießt, und da wollte ich nicht stören.«

»Das ist doch albern, du hättest anrufen sollen. Was ist passiert? Ich dachte, es wäre ihm vor deiner Abreise besser gegangen.«

»Ist es auch. Zumindest hat er durchgehalten. Aber dann hat er eine Lungenentzündung bekommen. Nach der letzten Runde Chemo war er nicht mehr stark genug, um noch dagegen anzukämpfen.«

Patrick streckte die Hand über den Tisch und drückte meinen Arm. »Ich weiß, das ist ein schwerer Schlag, aber selbst wenn du es geschafft hättest, früher zurückzukommen, hättest du nichts machen können, um das aufzuhalten.«

»Ich hätte bei ihm sein können. Nach allem, was wir zusammen durchgemacht haben, ist er jetzt allein gestorben.« Ich senkte die Stimme, als die Leute vom Nebentisch zu uns herüberstarrten. »Ich habe nicht erwartet, dass das Ende so schnell kommen würde. Ich dachte, wir hätten noch mehr Zeit.«

»Abi, quäle dich deswegen nicht«, beharrte Patrick. »Du weißt, er würde dir keine Vorwürfe machen.«

»Aber *ich* mache mir Vorwürfe.« Wir verfielen in Schweigen, jeder in seine eigenen Gedanken versunken.

Patrick hatte recht. Ben würde mir niemals Vorwürfe machen, aber ich konnte es mir nicht verzeihen. Ben war in meiner dunkelsten Stunde für mich da gewesen, und am Ende hatte ich ihn im Stich gelassen. Über fünfundzwanzig Jahre waren vergangen, doch die Erinnerung daran, wie ich allein und verängstigt im Krankenhaus aufwachte, war mir noch so frisch im Gedächtnis, als wäre es gestern gewesen. Ein ganz gewöhnlicher Abend im Kino, eine kurze Autofahrt nach Hause, ein blendend helles Scheinwerferlicht und dann Dunkelheit. Mit acht Jahren war es mir unmöglich erschienen, dass meine Eltern für immer fort sein sollten, doch diese unergründliche Wirklichkeit ließ meine Welt völlig aus der Spur geraten. Onkel Ben war der einzige feste Boden unter meinen Füßen. Unsere ohnehin schon winzig kleine Familie war nun auf zwei zusammengeschrumpft, und wir klammerten uns aneinander wie verlorene Seelen, die auf hoher See treiben.

Ben war ein bekannter und erfolgreicher Londoner Aktienhändler und hatte sich keine Zeit für eine Frau und eine Familie genommen. Doch nach dem Tod seines Bruders und seiner Schwägerin schlüpfte er voller Begeisterung in die Vaterrolle. Er nahm mich zusammen mit vier Goldfischen, zwei Hamstern, einem Gecko und einer wilden Sammlung von Büchern, Malsachen und schlammigen Fußballschuhen in seinem Stadthaus in Chelsea auf. Es war, als wären die Kinderabteilung von Harrods und der *Architectural Digest* zusammengeprallt, aber gegen alle Wahrscheinlichkeit schaffte es Ben, dass alles funktionierte.

Wenn ich jetzt auf diese Zeit zurückblicke, weiß ich nicht, wie er das bewerkstelligt hat. Er hatte völlig wahnwitzige Arbeitszeiten, aber das hat ihn nie davon abgehalten, stets in meiner Nähe zu sein. Er hat sich immer Zeit für mich genommen. Laut der Rektorin in der Schule war ich »ein schwieriges Kind«, aber das hat Ben nie akzeptiert. Er trat für mich ein. Wenn die Lehrer mich stur und bockig fanden, beharrte Ben darauf, dass ich kreativ und ein Freigeist sei. Ich hatte leidenschaftliche Meinungen zu allem. Das machte mich rechthaberisch und oft aggressiv, aber Ben fand, ich besäße einfach einen starken moralischen Kompass. Er sah stets das Beste in mir, wenn die anderen das nicht erkennen konnten. Und jetzt, da er fort war, verzweifelte ein kleiner selbstsüchtiger Teil von mir, weil niemand das je wieder machen würde.

»Was passiert jetzt?«, fragte Patrick vorsichtig.

Ich schnäuzte mich in die letzte verbliebene Serviette, setzte mich auf und langte nach meiner Tasche. »Ich hatte gestern unendlich lange Besprechungen mit Bens Anwälten. Ganze Bände von Rechtschinesisch. Ich versteh nicht mal die Hälfte davon, aber sieh dir mal das hier an.«

Patrick überflog die Seiten, die ich ihm reichte. »Er hat dir beinahe alles vermacht. Keine Überraschung, denn du bist ja die einzige Familie, die er hatte ...«

»Lies weiter.«

»... alle Ländereien und Liegenschaften ...«

»Das ist es. Das mit den Ländereien und Liegenschaften.«

»Er hat also Liegenschaften in Schottland?«

»Leider ja. Er ist schon seit Jahren immer wieder da hochgefahren, weil er ein paar wichtige Kunden in Edinburgh hatte. Aber vor fünfzehn Jahren hat er sich eine neue Verrücktheit geleistet und eine heruntergekommene Whisky-Brennerei erworben. Die ist seither sein schräges Hobby. Als er sich vor sechs Jahren entschlossen hat, sich zur Ruhe zu setzen, hat er auch noch das danebenliegende Bauernhaus gekauft und viel Zeit da oben verbracht.«

»Und du hast die Destillerie geerbt?«, fragte Patrick und versuchte, das Lächeln zu unterdrücken, das um seine Mundwinkel spielte.

»Nicht nur geerbt. Er hat mir die Kontrolle über das gesamte Geschäft überschrieben, und es sieht ganz so aus, als wäre jemand gar nicht erfreut darüber. Das hier ist in der Nacht unter meiner Tür durchgeschoben worden.« Ich reichte Patrick einen Umschlag, auf dem sich weder ein Absender noch ein Poststempel befand. Er zog die schlichte Karte heraus und las:

Keine Frau sollte das Lebenswasser besitzen,
Versuch's und du stirbst vom Messer, dem spitzen.

»Furchtbarer Reim«, merkte Patrick an.

»Ich brauche keine literarische Analyse. Das ist eine bizarre Todesdrohung. Ich habe ›Lebenswasser‹ nachgeschlagen. Es ist die Übersetzung des alten gälischen Wortes für Whisky. Das muss jemand geschickt haben, der was mit der Destillerie zu tun hat.«

»Vielleicht hat sich da irgendein keltischer Miesepeter einen schlechten Scherz erlaubt.«

Ich funkelte Patrick über den Tisch hinweg an. »Das ist nicht komisch. Es macht mir Angst.«

»Waren die Leute freundlich, als du früher dort zu Besuch warst?«

»Ich war noch nie da.«

Patrick schaute mich verdattert an. »Du meinst, du hast den Ort noch nie gesehen?«

»Ländliches Schottland, für meinen Geschmack etwas zu rustikal.«

»Sagt die Frau, die sich ihr halbes Leben lang in Drittweltländern vor Gewehrkugeln weggeduckt hat.«

»Mein Reiseprogramm ist in letzter Zeit brutal gewesen, da muss ich nicht auch noch in meiner Freizeit in die schottische Wildnis fahren. Außerdem war Ben, nachdem er seine Krebsdiagnose bekommen hatte, so regelmäßig zur Behandlung hier in London, dass ich ihn beinahe so oft gesehen habe wie in den Zeiten, als er noch hier wohnte. Und weit wichtiger: Ich wollte diese Brennerei nicht sehen. Ich habe sogar versucht, ihn dazu zu überreden, sie aufzugeben. Ich hatte Angst, dass sie ihn zu viel Kraft kostete, aber er behauptete steif und fest, sie gäbe ihm mehr Schwung, als sie ihn kostete.«

»Und wie heißt Bens Destillerie?«

»Abbey irgendwas«, sagte ich, während ich das Dokument durchblätterte. »Hier steht's … Abbey Glen.«

»Du machst Witze.« Patrick runzelte die Stirn. »Wieso wusste ich nicht, dass Ben der Besitzer von Abbey Glen ist?«

»Weil ich nie zugelassen habe, dass ihr beide über die Arbeit redet, wenn wir uns getroffen haben. Aber egal. Du hast schon von der Destillerie gehört? Was kannst du mir drüber erzählen?«

Patrick schüttelte verwundert den Kopf. »Abbey Glen, das ist einer der angesagtesten aufstrebenden Hersteller von Single Malt Whisky in Schottland. Klein und sehr teuer, eine Nobeldestillerie. Wirklich etwas, das zu Ben passt. Echte Klasse.«

»Ben hat nie halbe Sachen gemacht.« Ich seufzte. »Ich hätte es wissen müssen, dass er auch einen anständigen Whisky produzieren würde.«

»Anständig? Mehr als anständig. Der ist exquisit. Elegant, seidig, komplex …«

»Halt!« Ich hob protestierend die Hand. »Wir sprechen hier von Schnaps, nicht von Kunst. Das hört sich an wie bei Ben, wenn er dieses Zeug in den schillerndsten Farben beschrieben hat.«

»Kenner nehmen eben ihre Malts sehr ernst«, erwiderte Patrick steif.

»Werd nicht pampig. Ich brauche deine Hilfe. Tatsache ist: Was ich über den Betrieb einer Whisky-Destillerie weiß, würde in ein Schnapsglas passen, und dann wäre da noch viel Luft nach oben. Das wissen aber die Leute von Abbey Glen nicht. Wieso kriege ich dann Morddrohungen?«

Patrick dachte mit schmerzlich verzerrtem Gesicht über diese Frage nach. »Für die Schotten ist Whisky mehr als nur ein Getränk, Abi – eher eine Passion. Wie das Touristenbüro sagt: ›Viel geliebt als Teil unserer Kultur und des Erbes unserer Nation‹«, intonierte Patrick mit seiner besten Moderatorenstimme. »Einen handwerklich gefertigten Single Malt wie den Abbey Glen zu brennen, dass ist eher Kunst als Wissenschaft. Eine Kunst, der ein Mann sein ganzes Leben weihen kann, um sie zu perfektionieren.«

»Ein Mann?«

Patrick schnitt eine Grimasse. »Ich kenne ein paar Frauen, die im Marketing und im Vertrieb arbeiten, aber keine einzige in der eigentlichen Destillerie. Das Brennen ist so ziemlich ausschließlich den Männern vorbehalten. Echte alte Männerseilschaften.«

»Also hat mich Ben mitten in so einen sexistischen Revierkampf katapultiert?«

»Leider ja. Ich würde mich nicht darauf verlassen, dass die Jungs von Abbey Glen dir den roten Teppich ausrollen.«

»Das kommt mir bekannt vor.«

»Vielleicht, aber solche Drohungen solltest du trotzdem nicht erhalten. Drohungen, die vielleicht ernst gemeint sein könnten. Ruf die Polizei an.«

Ich zuckte mit den Achseln und gab mir alle Mühe, meine unguten Vorahnungen vom Tisch zu wischen. »Das hat keinen Sinn. Da krieg ich nur die übliche Antwort: ›Haben Sie keinen Humor? Ein Dummerjungenstreich.‹ Und damit ist die Sache für sie erledigt.«

»Möglicherweise«, sagte Patrick ohne große Überzeugung, »aber die Drohungen könnten doch ernst gemeint sein. Was machst du jetzt?«

»Die Trauerfeier für Ben ist am Samstag in der Kirche, nicht weit von seinem Wohnhaus, und niemand wird mich daran hindern, dort hinzugehen. Ich habe das ganze Wochenende Sonderurlaub aus familiären Gründen, und mein Chef hat mir außerdem noch zwei Wochen gegeben, um mein Leben auf die Reihe zu kriegen, ehe ich endgültig wieder zur Arbeit zurückmuss. Zwei Wochen sollten reichen, um Bens Nachlass zu ordnen und zu klären, was immer das hier ist.«

Patrick verdrehte die Augen. »Das klingt überhaupt nicht riskant. Der Gedanke gefällt mir gar nicht, dass du allein dort rumläufst und von irgendeinem durchgeknallten Whisky-Fanatiker verfolgt wirst. Ich gehe mit auf die Beerdigung.«

Ich hätte Patrick nicht gebeten, mitzukommen, war allerdings erleichtert, dass er es von sich aus anbot. Die gereimte Morddrohung war lächerlich, aber trotzdem beunruhigend. »Kannst du es dir leisten wegzufahren?«

»Für dich nehme ich mir die Zeit.«

»Für mich oder für Abbey Glen?«

»Ich muss ein paar Meetings absagen. Das geht schon«, erwiderte Patrick und ignorierte meine Frage. »Kann man da oben irgendwo übernachten?«

»Das Örtchen Balfour ist ein winziger Punkt auf der Landkarte etwa eine Stunde nordöstlich von Glasgow. Ich bezweifle, dass die da ein Hotel haben, aber ich denke, wir könnten in Bens Haus wohnen. Ich habe es noch nie gesehen, doch Ben hat mir erzählt, er hätte in den letzten sechs Jahren viel an dem alten Bauernhaus umbauen lassen. Ich bin mir sicher, dass es dort inzwischen fließendes Wasser gibt.«

Patrick runzelte seine Patrizierstirn, und ich konnte förmlich sehen, wie er die Vorteile eines unbegrenzten Vorrats an einem erstklassigen Whisky gegen die Unannehmlichkeiten an der Übernachtungsfront abwog. Bei seinem erlesenen

Geschmack überraschte es mich nicht, dass der Whisky gewann.

»Ich denke, ein paar Tage können wir uns mal einschränken«, gestand er mir ohne große Begeisterung zu.

»Danke.« Ich schaute zu, wie Patrick seinen Wein austrank. »Falls jemand versucht, mir einen Dolch in die Rippen zu stoßen, fühle ich mich doch erheblich besser, wenn ich weiß, dass du auf mich aufpasst.«

Nach einer guten Stunde ließ ich Patrick mit ein paar blendend aussehenden jungen Männern von der *Times* allein. Ich war körperlich und emotional völlig fertig und musste nach Hause. Der Regen prasselte heftig, als ich die Tür zu meinem Wohnblock erreichte. Ich war nass bis auf die Haut, und das Wasser triefte mir von den Enden meiner unordentlichen kastanienroten Locken in den Nacken und ließ mich bibbern. Als ich mich in die dampfige Wärme des Eingangsflurs duckte, erhaschte ich im Spiegel einen Blick auf mich und begriff, dass Patrick recht hatte: Ich sah verheerend aus. Die Jahre hinter der Kamera hatten ihre Spuren hinterlassen, und die Ereignisse der vergangenen Woche hatten alles nur noch schlimmer gemacht. Müdigkeit und Stress hatten sich mit verfrühten Falten um meine Augen eingeätzt. Die Höhlungen unter meinen Wangenknochen, die einmal attraktiv gewesen waren, wirkten nun nur noch ausgemergelt, und die silbergrauen Augen, die ich von meinem Vater geerbt hatte, schienen zu einem dumpfen Metallgrau verblasst.

Zum Glück machte das dem Mann in meinem Leben nichts aus, aber da ich länger als erwartet weggeblieben war, standen die Chancen gut, dass er sich die Zeit damit vertrieben hatte, irgendwas in der Wohnung zu kauen, das traditionell nicht als Hundenahrung gilt. Ich konnte ihn an der Tür kratzen hören, als ich den Schlüssel herumdrehte, und sobald ich über die Schwelle getreten war, sprang mich ein zappelndes Bündel aus sahneweißem und braunem Fell an. Ein Zottelteppich auf Espresso-High. Als Welpe hatte er sein Terriererbe ausgelebt, indem er jedes Mal, wenn ich nach Hause kam, einen beinahe senkrechten Sprung zu meinem Gesicht hinauf vollführte. Jetzt, da er knapp unter fünfzig Pfund mit sich herumschleppte, fielen seine Luftsprünge nicht mehr ganz so hoch aus, waren aber noch genauso begeistert.

Ich sank zu Boden und ließ mich von Liams warmer Begrüßung beruhigen. Es war ein paar Tage her, seit ich die Neuigkeit von Bens Tod erhalten hatte, aber ich verspürte immer noch einen dumpfen Schmerz in der Brust, und so sehr ich mich auch bemühte, ich konnte nicht tief genug einatmen, um diesen Schmerz zu verdrängen. Liams unendliche und bedingungslose Zuneigung war ein bitter notwendiger Balsam für meine geschundene Seele.

Das war nicht schon immer so. Tatsächlich war ich wütend gewesen, als mir Ben das winzige Knäuel aus braunem irischem Wuschelfell mit einer großen blauen Schleife um den Hals als Geschenk präsentierte. Er hatte versucht, mich umzustimmen, indem er den Hund Liam nannte. Ich hatte nämlich immer schon eine Schwäche für Liam Neeson – was für eine Stimme! Wir hatten ein langes Streitgespräch darüber geführt, wie sinnvoll es wäre, mir bei meinem Reiseprogramm die Verantwortung für ein anderes Lebewesen aufzubürden, aber schließlich hatte Ben gesiegt. Jetzt konnte ich mir ein Leben ohne Liam nicht mehr vorstellen.

Ein lautes Klopfen an der Tür ließ mich auffahren, und Liam bellte los. Ich rappelte mich hoch, öffnete die Tür einen Spalt weit und erblickte draußen meine Nachbarin Sally in einem schmuddeligen Vliesbademantel und rosa Gummistiefeln.

»Die sind heute für dich gekommen«, sagte sie und hielt mir einen weißen Floristenkarton hin. »Sieht aus wie 'n Haufen Unkraut, wenn du mich fragst. Da hast du dir aber 'nen Geizhals angelacht.«

Sally war nichts heilig, nicht einmal die Royal Mail, aber ich war nass und hatte gerade nicht viel für ihre bissigen Kommentare übrig, also nahm ich ihr das Paket ab und machte ihr die Tür vor der Nase zu. Ich hatte nicht erwartet, dass mir irgendwer Blumen hierherschicken würde. Ich legte die Schachtel in der Küche auf die Theke, nahm den Deckel ab und schob das Seidenpapier zur Seite. Darin lag ein riesiger Strauß Disteln, der mit einem kranzschleifenartigen schwarzen Ripsband zusammengebunden war. Ich wühlte im Papier, aber da war keine Karte, keine Quittung, kein Name eines Blumenladens. Hätte ich nicht heute Morgen die Drohbotschaft auf der Fußmatte gefunden, ich hätte das Bouquet als eine einigermaßen bizarre Beileidskundgebung abgetan. Doch das hier war keine mitleidvolle Geste. Das hier war eine kühl berechnete Handlung, die mich nervös machen sollte. Ich gab es nur höchst ungern zu: Es funktionierte.

Vorsichtig hob ich die stachligen Blüten aus dem Seidenpapier, zögerte einen Augenblick über dem Mülleimer, ehe ich sie in den leeren Weinkühler auf der Theke stopfte. Es war eine einfache Bewegung, aber ich schaffte es trotzdem, mir dabei mit den Dornen in die Finger zu stechen. Ich streckte die Hand aus, um die zarten violetten Fäden über der kratzigen grünen Knolle zu berühren, aber das Blut von meinen Fingerspitzen hinterließ einen schrillroten Streifen quer über der Blüte. Ich konnte mich des Gefühls nicht erwehren, dass dies ein schlimmes Omen für das kommende Wochenende war.

KAPITEL 2

Erkläre mir noch mal, warum wir in *deine* Destillerie einbrechen.«

»Weil es nach fünf ist und ich keinen Schlüssel habe.«

Patrick verdrehte die Augen, während ich auf ein leeres Fass kletterte und ein kleines Fenster etwa zwei Meter über dem Boden aufdrückte.

»Hat das nicht Zeit bis morgen früh, wenn vielleicht die Eingangstür offen ist?«

»Morgen habe ich Bens Anwalt und die Leute von der Destillerie im Schlepp«, erklärte ich. »Ich will vor denen nicht wie eine komplette Idiotin dastehen. Außerdem muss Liam ein bisschen Dampf ablassen. Der war den ganzen Tag auf dem Rücksitz deines Autos eingesperrt.«

»Hm. Ich mache mir im Augenblick mehr Sorgen um den Rücksitz meines neuen Autos als über den Hund von Baskerville. Ich schwöre, der ist doppelt so groß geworden, seit ich ihn das letzte Mal gesehen habe.«

»Hunde sind wie Kinder. Wenn man sie füttert, wachsen sie«, merkte ich an.

»Sieht so aus. Aber womit fütterst du ihn? Anabolika?«

Liam kann mit seinen Augenbrauen ein für einen Hund überraschendes Spektrum von Emotionen zum Ausdruck bringen, und er verfolgte dieses Gespräch mit einem deutlichen Stirnrunzeln. Er weiß genau, wann man ihn lobt und wann die Dinge für ihn nicht so gut laufen. Patrick kam in den Genuss eines starren, grimmigen Blicks und eines verächtlichen Knurrens.

Ich schwang ein Bein über die Fensterbank und schaute zu Patrick hinunter. »Du bist doch derjenige, der es gar nicht abwarten konnte, das hier anzuschauen. Also, bist du dabei oder nicht?«

»Oh, na gut. Bin dabei«, grummelte Patrick, als ich mit den Füßen voraus durch das Fenster verschwand. »Aber mach die Hintertür auf. Ich habe nicht die Absicht, mir eine gute Hose zu ruinieren.«

Ich ließ mich zum Boden hinunter und ging los, um die Jungs hereinzuholen. Ich knipste das Licht an, während ich mich durch den großen, hallenden Raum bewegte. Patrick mochte ja einer der führenden Londoner Experten für Wein und Spirituosen sein, aber ich war nicht davon überzeugt, dass er mit Bens kleinem Geschäftsunternehmen recht hatte. Mein erster Blick auf Abbey Glen im Dämmerschein war eine ziemliche Enttäuschung. Ganz gleich, was Patrick erzählte, das hier sah nicht aus wie eine Brennerei, in der ein legendärer Whisky hergestellt wird, um den sich weltweit die Kenner reißen.

Rings um den mit Ziegeln gepflasterten Hof, auf dem wir das Auto geparkt hatten, waren fünf massiv wirkende landwirtschaftliche Gebäude angeordnet, die man für die Zwecke der Destillerie umgebaut hatte. Aus der Ferne wirkte alles idyllisch, aber von Näherem betrachtet eher finster und ein bisschen schäbig. Über der Tür des größten Gebäudes hing ein geschnitztes, vergoldetes Schild mit dem Logo von Abbey Glen. Doch wenn die Stapel leerer Holzfässer und der traditionelle pagodenartige Rauchabzug über der Scheune nicht gewesen wären, hätte man das Ganze leicht für einen verlassenen Bauernhof halten können.

»Wenn da draußen jemand ist, sieht er uns«, beschwerte sich Patrick, als er über die Schwelle kam und die Tür hinter sich schloss.

»Wen schert das? Wie gesagt, der Laden gehört mir. Ich habe jedes Recht, mich hier aufzuhalten.«

Patrick ging voran in den Hauptteil des Gebäudes, einen riesigen Raum, der über zwei Stockwerke hoch und an die zwanzig Meter breit war. Es war nicht nur das größte Gebäude, jetzt sah ich auch, dass es das neueste war. Über die frisch weiß getünchten Wände verlief ein Zickzack von polierten Metallrohren, die die verschiedenen Teile der Anlage miteinander verbanden. Meinem ungeübten Auge erschien es wie ein Labyrinth, das jemand mit einem Metallbaukasten zusammengebaut hatte. Ein erhöhter Metallsteg schuf etwa drei Meter über dem Boden ein Zwischengeschoss. Das feuerrote Geländer, das an dem Steg entlang verlief, setzte in dem ansonsten gedämpften Interieur einen lebhaften Farbakzent.

»Prachtvoll«, hauchte Patrick. All seine Zurückhaltung war verschwunden und dem Gesichtsausdruck eines Kindes im Süßwarenladen gewichen.

»Was genau sehe ich mir da an?«, fragte ich.

»Das ist das Brennereihaus«, antwortete Patrick leise.

»Okay. Da brauche ich ein bisschen mehr Info«, erwiderte ich, weil ich keine Ahnung von den Gerätschaften ringsum hatte.

»Du weißt schon, dass Whisky aus Gerste gemacht wird, ja?«

»Wenn du's sagst.«

»Nun, ehe man die rohe Gerste benutzen kann, muss sie gemälzt und gedarrt werden. Das geschieht in der Mälzscheune und der Darre am anderen Ende des Hofs.«

»Ist das die mit dem Abzug auf dem Dach?«

»Genau. Wenn das Korn gemälzt und gedarrt ist, wird es nebenan im Mühlenraum geschrotet und kommt dann durch dieses Rohr hier herein.« Er deutete auf ein großes

Edelstahlrohr, das durch eine Seitenwand hereinführte. »Das zerkleinerte Korn wird gewaschen und hier in warmem Wasser eingeweicht.« Patrick strich liebevoll über einen großen Metalltank neben sich, als wäre er ein kostbares Rennpferd. »Im Augenblick ist er leer, aber normalerweise würde beim Einweichen dem Korn der Zucker entzogen werden, und das zuckrige Wasser wird abgesaugt und zum Fermentieren geschickt.«

Mir war klar, dass Patrick seinen Vortrag zu meinen Gunsten besonders einfach hielt, aber ich war zu müde, um mich darüber aufzuregen.

»Nach der Fermentierung landet der Whisky in diesen Pot Stills, den Brennblasen.« Patrick trat einen Schritt zurück, um die beiden massiven Kupferbehälter zu bewundern, die an der gegenüberliegenden Wand standen.

Die Pot Stills ruhten schwer auf Fundamenten aus roten Backsteinen und sahen aus wie übergroße Schiffskaraffen. Ich stieg die Treppe zu dem mittleren Steg hinauf, um sie aus der Nähe zu bewundern. Liam folgte mir und war weniger begeistert darüber, dass er sich auf dem Metallgitter bewegen musste. Die Pot Stills waren wunderschön geformt, so gründlich poliert, dass sie sogar im kühlen Licht der Neonröhren glänzten. Sie waren eindeutig das lebendige Herz des Raums und das Herzstück der gesamten Unternehmung. Ich konnte mir vorstellen, wie Ben hier stand und als Kapitän seines Schiffs voller Stolz über sein Territorium wachte.

»Die Pot Stills werden über ein Dampfsystem beheizt, das wahrscheinlich hier unten untergebracht ist.« Patrick musterte mit großem Interesse das Backsteinfundament. »Keines der Systeme ist eingeschaltet«, sagte er. »Ich bin mir nicht sicher, warum, aber es könnte was mit der Beerdigung am Samstag zu tun haben.«

Nach ein paar Minuten gesellte er sich auf der Plattform zu mir. »Wenn die Brennblasen erhitzt werden, lässt man die Flüssigkeit darin zweimal verdampfen und wieder kondensieren. Das Herzstück, der beste Teil des Destillats, wird zur Reifung in Fässer abgefüllt und dann auf Flaschen gezogen. Eine Destillerie. Ein Whisky. Deswegen ist Abbey Glen ein Single Malt Whisky und kein Blend, kein Verschnitt.«

»Klingt sinnvoll, denke ich mal, aber das scheint mir doch sehr arbeitsintensiv«, sagte ich und schüttelte den Kopf.

»Deswegen ist Whisky ja so teuer, wenn er richtig gemacht wird. Stell es dir wie Weinmachen vor. Tausend verschiedene Faktoren müssen zusammenkommen, damit das Endprodukt ein Gewinner und keine Niete wird. Dasselbe gilt für den Whisky. Das Korn, das Wasser, die Fässer, das Timing und die Fertigkeit der Menschen, die die Brennerei betreiben; es ist eine unerklärliche Kette von Reaktionen, die einen wunderbaren Wein oder eine großartige Spirituose hervorbringt. Manchmal hat man alle richtigen Bestandteile, und trotzdem schmeckt es am Schluss lausig.«

Ich nickte, staunte über diesen komplexen Vorgang.

»Aber wenn es funktioniert, ist es wie Magie«, sagte Patrick mit einem Seufzer.

Es war seltsam still in der Destillerie. Warm und irgendwie in Wartestellung, als wäre alles bis zum Morgen in Tiefschlaf verfallen. Ich zog meine Kamera hervor und machte ein paar Aufnahmen von unserer erhöhten Warte aus.

»Es wird spät«, sagte ich. »Wir sollten lieber zum Haus weiterfahren. Ich brauche besseres Licht, um einigermaßen anständige Fotos zu machen.«

»Hätte nicht gedacht, dass dir was dran liegt.«

»Normalerweise nicht, aber Ben hatte sein Herz daran gehängt, ein Buch über die Geschichte der Destillerie zusammenzustellen. Er war damit noch nicht besonders weit gekommen, doch es war ihm wirklich wichtig. Ich habe beschlossen, diese Aufgabe zu übernehmen. Vielleicht besteht das Buch dann zum größten Teil aus Bildern; ich möchte es ihm gern widmen.«

»Ich kann dir helfen, wenn du willst«, bot Patrick an.

»Das Angebot nehme ich womöglich an, wenn mir alles über den Kopf wächst.«

Ich rief Liam, und wir gingen hinunter. Der Hund konnte es gar nicht erwarten, im Erdgeschoss wieder auf festem Boden zu stehen. Dann erkundete er fröhlich diesen seltsamen neuen Ort, bis wir uns der Hintertür näherten. Plötzlich stellten sich seine Nackenhaare auf, und er begann leise zu knurren. Wir hatten schon beinahe den Ausgang erreicht, als die Tür langsam nach innen aufging und ein Gewehrlauf durch den Spalt geschoben wurde.

»Wer ist da?«, bellte eine Stimme von draußen.

Jetzt war keine Zeit für Schüchternheit. »Abigail Logan. Ich bin die neue Besitzerin«, sagte ich mit so viel Wagemut, wie ich aufbringen konnte.

»Da haben Sie Glück, dass Sie nicht die tote neue Besitzerin sind.«

Ein drahtiger Mann mittleren Alters in einem grauen Wollpullover und alten Jeans trat in den Raum, senkte den Lauf seines Gewehrs. Seine Stimme hatte einen starken, rollenden schottischen Akzent, der noch mit der heiseren Rauheit gemischt war, die lebenslanges Rauchen mit sich bringt. Sie passte zu seinem zerklüfteten Gesicht und den scharfen, aufmerksamen Augen, die sich uns, seine Beute, anschauten. Ich konnte mir vorstellen, wie er an einem eiskalten Bach stand und Lachse angelte oder in den Bergen oben Rotwild jagte. Der Jagdgehilfe, wie er im Buche stand. Zweifellos gut im Umgang mit dem Gewehr, aber mir wäre doch lieber, er hätte nicht mich aufs Korn genommen.

»Kann ich Ihnen mit irgendwas helfen?«

»Wir sind gerade angekommen und wollten uns nur mal schnell umsehen, Mr ...?«

»Lewis. Cameron Lewis. Ich bin hier der Manager.«

»Wir wollten nicht einbrechen. Ich hätte nicht gedacht, dass um diese Zeit noch jemand hier sein würde.«

»Dieser Tage ist immer jemand hier«, antwortete Lewis. »Aber da Sie die neue Besitzerin sind ... na, dann können Sie wohl machen, was Sie wollen.«

»Tut mir leid, Mr Lewis, ich hätte erst anrufen sollen«, sagte ich und versuchte, einen versöhnlichen Tonfall anzuschlagen.

Lewis musterte mich unverhohlen, nickte schließlich, obwohl ich nicht ausmachen konnte, ob das Einverständnis oder Resignation signalisieren sollte. Dann antwortete er: »Lewis war mein Vater. Hier nennen mich alle Cam.«

Patrick streckte ihm zum Gruß die Hand entgegen. »Die Brennerei ist wunderbar«, schwärmte er. »Es ist, als hätte man eine Reise in die Vergangenheit gemacht ... natürlich auf die bestmögliche Art und Weise. Diese alten Gerätschaften sind faszinierend.«

»Ja, wenn sie funktionieren«, grummelte Cam.

»Mir ist aufgefallen, dass Sie im Augenblick nicht produzieren«, wagte Patrick sich vor.

»Wir haben gestern die Produktion gestoppt, und wir machen nicht weiter, bis alles hier geklärt ist«, sagte Cam.

»Sie haben die Produktion angehalten, bis der Nachlass geregelt ist?«

Cam zögerte. »Es ist kompliziert. Sie kommen am besten am Morgen wieder und sprechen mit Mr MacEwen. Der kann Ihnen alle Ihre Fragen beantworten.« Er deutete mit dem Gewehr auf die Tür und teilte uns so mit, dass das Gespräch beendet war, ehe er uns nach draußen geleitete und sorgfältig die Tür hinter sich abschloss. Er schaute uns hinterher, wie wir vom Hof fuhren und auf die Straße zu Bens Haus einbogen, ehe er in eines der Nebengebäude zurückging.

Nachdem wir die Destillerie gesehen hatten, erwartete ich nicht allzu viel von dem alten Bauernhäuschen, das sich Ben als seinen Wohnsitz in Balfour ausgebaut hatte. Dieses Haus gehörte Ben, nicht mir. Seit Ben das Haus in Chelsea verkauft hatte, hatte ich nichts mehr gehabt, das sich nur annähernd wie ein Zuhause anfühlte. Das Haus in Chelsea hatte ich geliebt. Er hatte es »Haven«, den Zufluchtshafen, genannt, und das war es immer für mich gewesen. Eine Zuflucht vor meiner Einsamkeit und Trauer und das einzige Kindheitszuhause, an das ich mich mit einiger Klarheit erinnerte. Hinter dem Haus war ein von einer Mauer umschlossener Garten, in dem, wie mich Ben überzeugte, unter dem Fingerhut mutwillige Elfen lebten, und unter den Dachtraufen war der Dachboden bis obenhin mit dem Strandgut angefüllt, das meine Großeltern in vielen Jahren auf ihren Reisen durch Indien und Afrika angesammelt hatten. Er war eine wahre Schatzgrube, dieser Dachboden: Es gab dort uralte Kleider, alte Bücher, Landkarten, Fernrohre, Messingskulpturen und aus irgendeinem Grund ein lebensgroßes ausgestopftes Krokodil, das einmal während der Weihnachtsferien in einer improvisierten Aufführung von *Peter Pan* eine herausragende Rolle spielte. Der Dachboden war ein Kinderparadies für Regentage.

Ich konnte es mir kaum selbst eingestehen, noch viel weniger Patrick gegenüber zugeben, aber der wahre Grund, warum ich Ben hier nie besucht habe, war Wut. Die Destillerie zu kaufen, das war eins. Er hatte das Recht auf ein Hobby. Als er aber in den Ruhestand ging und seine Zelte abbrach, um nach Schottland zu ziehen, ohne mich auch nur zu fragen, war ich am Boden zerstört. Ich war so viel unterwegs, dass es ihm wohl nicht einmal in den Sinn gekommen ist, dass mir das etwas ausmachen würde. Aber als er Haus Haven verkaufte und sein Domizil in London auf eine Wohnung in Knightsbridge reduzierte, kam ich mir doch verlassen und verraten vor. Heimatlos. Obdachlos. Ich brachte Ausflüchte vor, wenn er mich auf einen Besuch nach Balfour einlud, und bestand darauf, dass er nach London kam. Ich wusste, dass ich mich kindisch verhielt, aber ich konnte nicht anders. Bis vor zwei Jahren, als man bei Ben die Diagnose Lungenkrebs stellte. Zu diesem Zeitpunkt hätte ich alles für ihn getan. Ich hätte mich sogar nach Schottland hinaufgeschleppt. Aber nun kam er alle drei Wochen zur Behandlung nach London, also hatte sich diese Sache erledigt. Ich legte meine Jobs so, dass ich in der Stadt sein konnte, wenn Ben sich dort aufhielt. Ich pflegte ihn in den schlimmsten Zeiten der Chemo, und ich dachte, sein Zustand hätte sich stabilisiert. Nicht verbessert, aber er wurde auch nicht schlechter. Wie konnte dann alles so schnell zu Ende gegangen sein?

Als wir die letzte Kurve umrundeten, war ich überzeugt davon, wir wären irgendwo falsch abgebogen. Das konnte unmöglich das Bauernhäuschen sein, und doch stand auf dem Schild am Tor: THE HAVEN.

Ich bekam einen Kloß im Hals.

Bens neues Haus Haven war ein weitläufiges, zweigeschossiges Steinhaus, das die Seiten von *Country Living* hätte zieren können. Das überall drinnen brennende Licht sandte einen warmen, freundlichen Schein des Willkommens in die zunehmende Dämmerung. Große Erkerfenster mit Steinstreben prangten zu beiden Seiten einer massiven Eichentür, und an den Rankgittern an den Mauern kletterten Massen von duftenden Wicken empor. Es war zauberhaft.

»Na, das nenne ich mal eine Kate.« Patrick seufzte zufrieden. »Ich hätte es wissen müssen, dass du mit dem fließenden Wasser nur Witze gemacht hast.«

»Ich denke nicht, dass ich gescherzt habe«, erwiderte ich. »Ich wusste, dass Ben renoviert hatte, aber das hier hätte ich nie erwartet.«

Der Hund stürzte aus dem Wagen, sobald ich die Tür öffnete, und begann sofort, jede Pflanze und jeden Stein im Garten zu untersuchen. Patrick und ich schnappten uns unser Gepäck aus dem Kofferraum und wanderten hinter Liam her, der sich plötzlich wie wild für etwas an der Haustür interessierte. Als wir näher kamen, stellte ich meine Koffer ab und bewegte mich vorsichtig weiter.

Das Haus war wirklich wunderschön. Doch die Lache aus geronnenem Blut, die sich über die Eingangsstufen bis ins Gras vor unseren Füßen ausgebreitet hatte, beeinträchtigte diesen Eindruck erheblich.

KAPITEL 3

Ich sah näher hin und entdeckte einen großen Ballen Federn, der an einer Schnur vom Türklopfer hing. Liam warf sich gegen die Tür und bellte wie verrückt. Ich schob ihn zur Seite, hakte die improvisierte Türdekoration ab und stellte fest, dass die Federn an einer großen und eindeutig toten Ente festgewachsen waren.

»Vielleicht ist das in dieser Gegend das traditionelle Begrüßungsgeschenk«, brachte Patrick vor und bemühte sich, keine Miene zu verziehen.

»Ja klar«, erwiderte ich und versuchte, meinen Puls wieder in den Griff zu bekommen. Die Omen wurden finsterer und blutiger. Diesen Vogel hatte man erst kürzlich getötet und dann am Hals an den Türklopfer gehängt, ehe man mehrere Male mit dem Messer hineinstach, so dass Blut über die einst glänzenden Federn und über die Eingangsstufen rann. Ich hielt die tote Ente an der Schnur am ausgestreckten Arm vor mich.

Liam, der normalerweise mit toten Tieren ziemlich ängstlich umging, schnappte mir den widerlichen Vogel aus der Hand und rannte damit weg. Ich versuchte verzweifelt, ihn dazu zu bringen, seine Beute fallen zu lassen, aber er schaute mich nur schräg von unten an und begann dann, den Vogel wie wild zu schütteln. Instinkte sind was Wunderbares.

Ich versuchte noch mehrere Male vergeblich, ihm das tote Tier abzunehmen, aber er brachte es immer knapp vor mir in Sicherheit. Patrick unterstützte mich, indem er sich an den Türrahmen lehnte und sich über unsere Kapriolen schieflachte.

»Lass ihn einfach, Abi«, sagte er, während ihm die Tränen über die Wangen liefen.

»Ich will nicht, dass er das verdammte Ding frisst«, antwortete ich.

»Keine Chance. Der Hund hat dazu einen viel zu erlesenen Geschmack. Heute Mittag im Pub wollte er sich nicht mal herablassen, dieses etwas fragwürdige Roastbeef-Sandwich auch nur anzurühren. Wieso sollte er da eine ranzige Ente vorziehen?«

»Ja, schon.« Wider besseres Wissen überließ ich Liam seinem gruseligen Spielzeug. Patrick fand die Situation eher amüsant als finster, aber mir war der Symbolwert dieser toten Ente nicht entgangen. Mein Fanklub zögerte keine Sekunde, mir seine Argumente überaus deutlich zu vermitteln. Mich schauderte unwillkürlich, und ich fürchtete, dass Bens Traumhaus für mich ein Alptraum werden würde.

Ich wandte mich wieder dem Gebäude zu und nahm all meinen Mut zusammen, um die Tür mit dem Schlüssel aufzuschließen, den mir Bens Anwalt überlassen hatte. In einem großen offenen Kamin im Eingangsflur hatte jemand ein Torffeuer angezündet, und der Duft nach frisch gebackenem Brot lag in der Luft. Ich rief, erhielt jedoch keine Antwort. Im Augenblick wenigstens waren wir allein, aber ich konnte mich eines unguten Gefühls nicht erwehren, weil irgendeine unbekannte Person einen Schlüssel zu Bens Haus hatte. Hatte diese Person beim Verlassen des Hauses auch die Verzierung an der Tür angebracht, oder war der tote Vogel erst später hinzugekommen?

Ich schaute wieder auf das Haus. Der Eingangsflur war mit Steinplatten gefliest, und darauf waren gegen die Kälte ein paar Kelimteppiche verteilt. Geschenke, die ich Ben von verschiedenen Reisen in den Nahen Osten mitgebracht hatte. Ein riesiger Schirmständer aus Keramik, der einst den Eingangsflur im Londoner Haus geziert hatte, war gestopft voll mit Schirmen und Spazierstöcken, und ich fragte mich, ob wohl auch all die Sachen vom Dachboden mit umgezogen waren. Eine zweiflügelige Tür führte vom Flur in ein Wohnzimmer, wo ein dick gepolstertes Sofa und einige tiefe Armsessel um einen weiteren Kamin gruppiert waren. Allerdings deuteten Lüftungsschlitze in der Decke und im Fußboden darauf hin, dass es auch die Option Zentralheizung gab. Ein wunderschön geschnitztes Kaminsims wurde wohl gerade eingebaut, und in einer Ecke lagerten eine Reihe kunstvoller Deckenleisten, ein Eimer Farbe und ein paar Pinsel.

Rechter Hand erblickte ich durch eine Tür eine Bibliothek, die sofort mein Lieblingsraum in diesem Haus wurde. Sie war noch nicht fertig eingerichtet, versprach aber prächtig zu werden. Abschnitte von Holzzierleisten lagen auf dem Boden und warteten darauf, an den Regalen angebracht zu werden; es waren üppig mit Blättern und Weinranken verzierte kleine Kunstwerke. Die Wände waren mit Regalen aus poliertem Kirschholz bedeckt, die mit Büchern aller Art angefüllt waren. Ich erkannte viele von ihnen aus Bens Bibliothek im alten Haus Haven. Er hatte sie nicht weggegeben. Ich ließ die Hand an den Buchrücken entlanggleiten. *Alice im Wunderland, Der geheime Garten, Die Schatzinsel*. Das versetzte mich in die Nächte nach dem Unfall meiner Eltern zurück. Damals konnte ich auch keinen Schlaf finden. Ich schlich mich dann in die Bibliothek, wo Ben saß und arbeitete, lange nachdem ich eigentlich schlafen sollte. Also kuschelte er mich auf dem Sofa vor dem Kamin in eine Decke ein und las mir vor, bis ich eingeschlafen war. Abenteuergeschichten, um die Dämonen zu verjagen, die in meinem Kopf lebten. Oft wachte ich morgens auf, und er war eingeschlafen, den Kopf auf der Schreibtischplatte. Jetzt wischte ich mir hastig die Tränen weg, die mir in die Augen geschossen waren, und wandte mich wieder Patrick zu.

Seine Aufmerksamkeit galt einigen Vitrinen am hinteren Ende des Raumes, in denen Bens Whisky-Sammlung untergebracht war. Patrick war ganz hingerissen von der Auswahl, stieß hier und da einen erfreuten Schrei aus, wenn er eine besonders seltene oder exotische Sorte entdeckte. Ich wusste, dass ich ihn besser nicht mit dieser Versuchung allein lassen sollte, schob ihn also vor mir her ins Wohnzimmer zurück und dann weiter in die Küche auf der anderen Seite des Flurs. Ben war ein begeisterter Feinschmecker, und ich erinnerte mich daran, dass er mir mal erzählt hatte, die Küche hätte für ihn in einem Haus immer oberste Priorität.

Ein riesiger schwarzer Aga-Herd nahm eine ganze Wand des großen, offenen Raums ein, und Patrick entdeckte eine eingebaute Espressomaschine und einen alten Gemüsekeller, den man in einen Weinkeller verwandelt hatte. Zwei frische Brotlaibe lagen, in ein Geschirrtuch gewickelt, auf der Küchentheke. Sie dufteten wunderbar, und Patrick hatte sich von einem der Laibe schon etwas abgerissen, ehe ich auch nur eine Chance hatte, dagegen zu protestieren.

Zumindest würden wir schon bald herausfinden, ob das Brot gefahrlos verzehrt werden konnte. Ich beobachtete Patrick, der sich weiter in der Küche umsah und bisher keinerlei Anzeichen von unangenehmen Nebenwirkungen zeigte.

Die wenigen Teile der Wand, die nicht hinter Schränken oder gerahmten Fotos verborgen waren, hatte man in einem dunklen Burgunderrot gestrichen. Als ich mir die mattierten Fotos näher anschaute, bemerkte ich, dass es meine waren. Ben hatte sie wohl vergrößern und rahmen lassen. Es war ein merkwürdiges Gefühl, meine Arbeiten hier in diesem Haus ausgestellt zu sehen, das denselben Namen trug wie mein Kindheitszuhause, zu dem ich aber keinen persönlichen Bezug hatte. Es war so, als erkenne man das Gesicht eines Fremden, den man noch nie zuvor gesehen hatte.

Als wir das letzte Gepäck ausgeladen hatten, kehrte auch Liam zurück. Er war nass und mit Schlamm und Blättern verdreckt, aber ich war froh, keinerlei Anzeichen von unserer gefiederten Freundin zu sehen. Ich schaffte es noch, ihn in die große Dampfdusche im Hauptschlafzimmer zu zerren, ehe ich aufs Bett sackte. Ich hätte sofort in Tiefschlaf fallen sollen, aber die Ereignisse des Tages liefen wie ein Endlosfilm in meinem Kopf ab. Ich hatte die Vorder- und Hintertür von innen abgesperrt und hinter jede einige Gläser gestapelt, die mich warnen sollten, falls die Tür geöffnet wurde. Zumindest konnte uns heute Nacht niemand überraschen, doch trotzdem wurde ich immer furchtsamer, je länger sich die Nacht schleppend hinzog. Ängste und dunkle Phantasien tanzten mir durch den Kopf und hielten mich wach. In den frühen Morgenstunden schlummerte ich endlich ein, nur um in meinen Träumen jede Menge wild gewordener und Messer schwenkender Kleinstadtbewohner zu sehen.

Am nächsten Morgen schrak ich aus dem Schlaf. Ich brauchte eine Minute, ehe ich begriff, wo ich war und warum. Es war Freitagmorgen, und ich war in Bens Zimmer im Haus Haven und schaute zu, wie die Sonne über den Gipfeln der zerklüfteten Berge aufstieg. Ich kroch aus dem Bett, wickelte mir die Bettdecke um die Schultern und tappte zum Fenstersitz, um auf den Garten hinter dem Haus hinauszuschauen. Ein ordentlicher Rasen war von Beeten mit tiefvioletten Hortensien umsäumt, und die Morgensonne verwandelte das betaute Gras in einen glitzernden Teppich aus Smaragden. Hinter den gepflegten Beeten waren in der Ferne die mit Heidekraut bewachsenen Hänge zu sehen, ein impressionistisches Gemälde in Schattierungen von Rosa und Lavendel vor dem Hintergrund der Kalkfelsen, die das Tal einrahmten. Mit den noch verbliebenen Schleierfetzen des Morgennebels wirkte das Ganze wie aus einer anderen Welt. Ich hatte das Gefühl, ich wäre in der Nacht nach Mittelerde verschleppt worden.

Ich hätte den ganzen Tag hier sitzen und mich an der Schönheit dieses Ortes weiden können, aber Bens Anwalt hatte für zehn Uhr einen Termin im Büro der Destillerie anberaumt, und ich musste erstmal richtig wach werden und dann noch die Schweinerei an der Haustür beseitigen, ehe ich losging. Die Schwierigkeit lag darin, mich dafür zu motivieren. Erschöpft und überwältigt, hätte ich mir am liebsten die Bettdecke wieder über den Kopf gezogen und mich versteckt, aber das konnte ich nicht. Zumindest hatte Ben es mir erspart, dass ich auch noch den morgigen Trauergottesdienst organisieren musste. Seine Beauftragten hatten von ihm peinlich genaue Anweisungen erhalten, und die wiederum hatten mit Hilfe seiner Freunde im Städtchen diese Veranstaltung geplant. Ben sorgte noch immer für mich, der Gute, selbst von jenseits des Grabes. Ich musste nur noch hingehen.

Ich stolperte in die Küche und traf dort Patrick im vertrauten Zwiegespräch mit der Espressomaschine. Obwohl wir so spät zu Bett gegangen waren, trug er bereits das, was er anscheinend für ein lässiges Land-Outfit hielt: dunkle Jeans, Dubarry-Stiefel und einen schwarzen Rollkragenpullover, über den er eine auffällige Burberry-Allwetterweste gezogen hatte.

»Wie ich sehe, bist du schon ausgehbereit.«

»Ausgehbereit wohin?«

»Du glaubst doch nicht etwa, dass ich Richard Thomas

und meinen neuen ›Angestellten‹ ohne einen gut informierten Assistenten gegenübertreten werde.«

»Wer ist Richard Thomas?«

»Bens Anwalt. Ein grimmig aussehender alter Drache mit buschigen Augenbrauen und einer Nase, die aussieht, als hätte er sie sich einmal gebrochen und man hätte sie nicht ordentlich wieder gerichtet. Der vertritt Ben schon, seit ich denken kann. Absolut furchterregend«, gestand ich. »Besteht darauf, mich Abigail zu nennen. Wenn man bei ihm einen Termin hat, ist das so, als würde man wegen einer Verfehlung zur Rektorin ins Büro zitiert.«

Patrick lachte mir ins grummelige Gesicht. »Damit kennst du dich ja schon bestens aus. Nimm dir einen Kaffee, und dann treten wir gemeinsam dem alten Drachen entgegen.«

Liam begleitete uns bis zum Hof der Destillerie Abbey Glen, ehe er losflitzte, um in einem angrenzenden Feld Kaninchen zu jagen. Unser gewehrschwenkender Freund von gestern Abend lehnte draußen vor der Bürotür an der Mauer und rauchte eine Zigarette.

»Thomas ist noch nicht da«, verkündete Cam.

»Gut«, antwortete ich und fühlte mich schon unbehaglich. Ich warf Patrick einen flehentlichen Blick zu.

»Also, Cam, wie lange sind Sie schon bei Abbey Glen?«, fragte Patrick.

Cam zog lange an seiner Zigarette. »Seit ich siebzehn war.«

»Dann haben Sie bestimmt jede Menge Veränderungen miterlebt«, merkte ich an. »Was machen Sie heutzutage hier im Betrieb?«

»Ich bin der Mann bei den Brennblasen, genau wie mein Vater«, antwortete Cam. »Klar, jetzt, wo Ben weg ist, mach ich alles Mögliche. Muss ja jemand tun. Zumindest, bis wir an den Meistbietenden verkauft werden.«

Patrick verhinderte mit einem raschen Blick, dass ich eine scharfe Antwort darauf gab. »Abbey Glen ist ja für seinen handwerklich hergestellten Whisky berühmt«, meinte er dann. »Wenn der richtige Käufer gefunden wird, könnte alles genau wie immer weitergehen. Wieso sollte jemand an einem erfolgreichen Unternehmen herumpfuschen?«

»Würd ich nicht drauf wetten«, sagte Cam. »Handwerkliche Fertigung ist teuer, und heutzutage geht's doch nur noch um Pfund und Pence.«

»Kommt mir bekannt vor«, murmelte ich.

Zum Glück mussten wir nicht mehr länger gepflegte Konversation machen, weil gerade Richard Thomas eintraf. Er stieg aus dem Auto und wirkte mit seinem Stadtanzug und den feinen Budapester Schuhen auf dem Hof wie ein Fisch auf dem Trockenen. Wir gingen ins Büro, wo wir geschlagene zwei Stunden damit verbrachten, die Finanzen der Destillerie durchzugehen, was zum größten Teil weit über meinen Verstand ging. Das Unternehmen schrieb schwarze Zahlen, aber Ben hatte ein kleines Vermögen für Renovierungen und Reparaturen ausgegeben, sowohl in der Destillerie wie am Bauernhaus. Die Gehälter waren mehr als großzügig, und Ben hatte außerdem dem Städtchen eine Menge Geld gestiftet, um die Schule, die Bücherei, den Pub, was auch immer, zu unterstützen. Kurz gesagt: Ich hatte gerade ein gigantisches keltisches Groschengrab geerbt.

Als die dritte Stunde angebrochen war, bemerkte Thomas wohl meine leicht glasigen Augen. Er unterbrach seinen Monolog und begann, seine Akten zusammenzupacken. »Sie wirken ermüdet, Abigail. Wir könnten später weitermachen, und dann sorge ich dafür, dass auch Grant zu uns stößt.«

»Wo ist denn der Wunderknabe?«, fragte ich. Grant war der Sohn von Bens ehemaligem Kunden Donald MacEwen und Bens rechte Hand in der Destillerie. Ein absolutes Genie, wenn man Ben Glauben schenken durfte. Ich hatte den Mann nie kennengelernt, aber ich konnte mir den Typ ganz gut vorstellen – ehrgeizig, besessen, humorlos und zweifellos keineswegs begeistert, dass nun ich auf den Plan getreten war.

Thomas wandte sich an Cam. »Hat er gesagt, wann er zurück sein würde?«

»Irgendwann heute. Er ist in Edinburgh und holt die Ersatzteile ab, auf die wir gewartet haben, damit wir die Heizschlange reparieren können.«

Patrick horchte auf. »Heißt dass, dass Sie schon bald wieder die Produktion aufnehmen?«

»Das bezweifele ich«, antwortete Cam und schaute verlegen. »Es war eine höllische Woche.«

Jetzt war Thomas' Aufmerksamkeit ihm sicher. »Inwiefern?«, fragte er.

»Wir hatten ein paar Komplikationen mit der Anlage.«

Thomas warf Cam seinen besten grimmigen Rektorenblick zu. »Wenn Sie ›Komplikationen‹ sagen, nehme ich an, Sie meinen damit außergewöhnliche Vorkommnisse.«

»Wahrscheinlich fragen Sie am besten Grant nach den Einzelheiten.«

»Ich frage nicht Grant, ich frage Sie.« Thomas sprach jedes einzelne Wort langsam und deutlich aus, redete mit Cam wie mit einem Gefangenen auf der Anklagebank.

Cam brach unter Thomas' eisigem Blick zusammen. »Es hat Beschädigungen an der Anlage gegeben ... und es sieht so aus, als wären die vielleicht absichtlich herbeigeführt worden.«

»Absichtlich?«, fragten Thomas und ich wie aus einer Kehle. »Warum hat man uns nicht davon berichtet?«, fügte er noch hinzu.

»Grant wollte warten und es Ihnen von Angesicht zu Angesicht sagen«, erwiderte Cam. »Er hat gemeint, Sie beide hätten erst mal genug andere Sachen zu tun.«

Patrick schaute verwirrt. »Wieso glauben Sie, dass die Schäden absichtlich herbeigeführt wurden? So viele von den Gerätschaften hier sind sehr alt, da muss doch immer wieder mal was ausfallen.«

»Seit Bens Tod folgt eins aufs andere. Erst sind die Ventile von der Dampfanlage abgeschert gewesen, dann hat sich jemand an der Heizschlange zu schaffen gemacht, und gestern sind ein Dutzend eigens bestellte Eichenfässer zerstört worden. Seit Anfang der Woche haben wir zu kämpfen, und schließlich hat Grant beschlossen, alles abzuschalten, bis wir hier die Sache wieder völlig im Griff haben.«

»Und vor Bens Tod ist so was nicht passiert?«, fragte ich.

Cam schüttelte den Kopf. »Hat angefangen, sobald ... sobald der Besitzer gewechselt hatte. Kostet uns ein verdammtes Vermögen und überhaupt.«

»Wieso sollte denn jemand Interesse daran haben, Abbey Glen mutwillig zu beschädigen?«

Cam zuckte mit den Achseln, antwortete aber nicht.

»Ach, kommen Sie schon«, beharrte ich, »Sie müssen doch eine Idee haben, oder passiert so was immer, wenn eine Frau in dieser Gegend eine Destillerie übernimmt?«

»In dieser Gegend kommen Frauen nicht einfach so angeschwirrt und übernehmen Destillerien«, erwiderte Cam.

Thomas ging dazwischen, ehe ich reagieren konnte. »Das ist Hausfriedensbruch. Haben Sie bei der Polizei Anzeige erstattet?«

Cam nickte. »Das erste Mal haben wir gedacht, es könnte an den alten Geräten liegen, aber beim zweiten Mal war klar, dass es kein Zufall war, also haben wir die Jungs vom Ort gerufen.«

»Und was hatten die ›Jungs vom Ort‹ dazu zu sagen?«, fragte ich.

»Sie untersuchen die Sache«, antwortete Cam, »aber was die betrifft, lässt sich der Schaden reparieren, und es ist niemand verletzt worden. Die haben höhere Prioritäten.«

Ich konnte mir nicht vorstellen, welche höheren Prioritäten wohl die Aufmerksamkeit der Polizei von Balfour in Anspruch nahmen. Organisiertes Verbrechen? Bandenkriege? Herdenweise umgefallene Schafe?

»Sie wollen damit sagen, dass erst jemand verletzt werden muss, damit die Polizei sich die Mühe macht, den Fall zu untersuchen?«, drängte Patrick weiter.

Zum Beispiel ich, dachte ich, und eine unschuldige Ente, beide einem messerschwenkenden Soziopathen hilflos ausgeliefert. Cam schob die Papiere vor sich hin und her, und ich fragte mich, ob er die Antwort verweigern würde.

Nach einer weiteren langen Pause fuhr er fort, wobei er seine Worte sorgfältig wählte: »Ich glaube, die Polizei betrachtet das als eine Geschäftsangelegenheit; eine, die sich von allein regelt, sobald wir wissen, was mit Abbey Glen weiter passiert.«

Ich wollte mich nicht wieder von Thomas ins Abseits drängen lassen. »Wollen Sie damit sagen, dass die Jungs von der Whiskyszene sauer sind, weil Ben mich ins Spiel gebracht hat, und dass sie das nun an der Destillerie auslassen?« Richard Thomson warf mir einen strengen Blick zu. Wenn ich empört bin, galoppiert mein Mundwerk immer meinen Gedanken voraus. »Die Nachricht hat sich vielleicht noch nicht bis hier oben herumgesprochen, aber im einundzwanzigsten Jahrhundert machen Frauen eine ganze Menge Sachen. Leiten Multi-Millionen-Dollar-Unternehmen. Regieren ganze Länder.«

»Das mag ja sein«, meinte Cam. »Aber einen Single Malt

Whisky herstellen, das ist nichts für Unerfahrene. Wenn Sie mich fragen, dann will der Vandalismus an der Destillerie erreichen, dass Sie vernünftig werden und schnell verkaufen.«

»Wie kommen Sie darauf?«, wollte ich wissen.

»Sie haben sich doch vorher nicht für dieses Geschäft interessiert. Wieso sollten Sie jetzt damit anfangen? Wenn die Ihnen genug Probleme machen, dann sind Sie bestimmt bereit, den Laden an den ersten Käufer zu verscherbeln, der angelaufen kommt.« Cam schaute mich mit unverwandtem Blick an. »Nichts für ungut, Ms Logan, aber Abbey Glen ist wie ein Schiff ohne einen anständigen Kapitän. Die Leute in der Branche argwöhnen, dass das alte Mädchen sinken könnte, und schon ziehen die Haie ihre Kreise.«

»Das Schiff Abbey Glen hat eine Kapitänin, ob die Leute nun mit ihr einverstanden sind oder nicht, und ich habe nicht die Absicht, den Kahn sinken zu sehen.« Neue Wut hatte meine Ängste einen Augenblick lang verdrängt. »Wer auch immer diese Spielchen spielt, sollte sehr vorsichtig sein. Der Schuss könnte genauso gut nach hinten losgehen.« Ich stand auf und funkelte Cam und Richard an. »Vielleicht entscheide ich mich, Abbey Glen zu behalten, die Leitung von Ben zu übernehmen und der Brennerei eine weibliche Note zu geben.« Ich musste mich schwer beherrschen, um nicht laut loszulachen, als die drei Männer mich anglotzten, als wäre mir ein zweiter Kopf gewachsen. Meine vernünftige innere Stimme schrie: *Was zum Teufel redest du da?*, aber der Teil von mir, der Ben Logan liebte, preschte mit waghalsiger Hemmungslosigkeit vor.

»Aber … aber, Sie haben doch Ihr eigenes Leben, Ihre Karriere, Sie wollen sich doch nicht in all das hier reinziehen lassen?«, sprudelte Cam hervor und sprang auf. So wie er aussah, sollte man meinen, ich hätte vorgeschlagen, hier alles zu planieren und ein New-Age-Yoga-Zentrum draus zu machen.

»Ich bin schon in all das reingezogen worden«, konterte ich. »Ich muss zugeben, ich habe keinen blassen Schimmer vom Whisky-Brennen, aber ich kenne die Menschen, und ich werde wie der Teufel hinter jedem her sein, der versucht, Bens Geschäft zu gefährden. Wenn jemand Abbey Glen bedroht, bekommt er es mit mir zu tun.«

»Es ist für uns alle gerade eine sehr stressige Zeit«, sagte Thomas und legte mir beschwichtigend die Hand auf den Arm. »Ich möchte mich erst mit Grant besprechen, ehe wir über unsere nächsten Schritte entscheiden. Inzwischen, Cam, vielen Dank, dass Sie so offen geredet haben. Es war richtig von Ihnen, uns das zu sagen. Ms Logan muss wissen, womit sie es zu tun hat. Und das fürs Protokoll: Ich glaube, Sie werden feststellen, dass die neue Besitzerin eine respekteinflößende Person ist. Schließlich ist sie Bens Nichte. Wer sie unterschätzt, tut das auf eigene Gefahr.«

Cam quittierte das mit einem knappen Nicken. »Wenn wir hier fertig sind, habe ich noch zu tun.«

Thomas wandte sich an mich. »Wir wollen uns am Sonntag wieder zusammensetzen. Ich habe noch ein paar Nachlassangelegenheiten zu regeln, ehe ich nach London zurückfahre. Sie bleiben doch länger hier, nicht?«

»Ich muss erst in zwei Wochen wieder arbeiten, und ich will das hier klären, um Bens willen«, sagte ich. Und um meinetwillen, stellte ich zu meiner Überraschung fest. Ben hatte sich eindeutig mit Leib und Seele für Abbey Glen und diese Gemeinde eingesetzt. Und wie vergalten sie es ihm? Wer immer es war, er sollte nicht ungeschoren davonkommen, solange ich da was zu sagen hatte. »Ben verdient was Besseres, nachdem er diesen Leuten fünfzehn Jahre seines Lebens geschenkt hat, und ich werde dafür sorgen, dass er es bekommt.«

Patrick bugsierte mich nach draußen, ehe ich zu einer

weiteren Brandrede ansetzen konnte. Er bestand darauf, dass wir zum Mittagessen in die Stadt gingen, und erlaubte mir nicht, dass ich mich ins Haus Haven zurückzog und dort schmollte. Nach zweieinhalb Meilen querfeldein bis zum Ortsrand von Balfour hatte ich die Fassung einigermaßen wiedergewonnen, doch meine Laune hatte sich noch nicht gebessert.

»Du hättest Thomas von den Drohungen erzählen sollen, die du in London erhalten hast, und von dem Vogelopfer vor der Haustür«, beharrte Patrick. »Es sieht ganz so aus, als wäre der bösartige Brief, den man dir geschickt hat, keine isolierte Aktion. Er scheint Teil einer Kampagne zu sein, die dir und Abbey Glen das Leben schwermachen soll.«

»Ich wette, es steckt einer von den guten alten Jungs hier dahinter. Cam kann ja seine Abneigung gegen mich kaum verhehlen, und Grant MacEwen hat es nicht mal für nötig befunden, heute Morgen hierzubleiben und mich kennenzulernen. Möglicherweise hat sich einer von den beiden die Sache mit den Disteln und der toten Ente ausgedacht. Deswegen wollte ich das Thema vorhin nicht ansprechen.«

»Was hältst du von Cam?«

Ich überlegte einen Augenblick. Das war nicht so dahingefragt. Patrick wusste, wie mein Hirn funktionierte, wie es immer funktioniert hatte. Wenn ich eine neue Person kennenlerne, schließe ich die Augen und charakterisiere sie mit drei Wörtern. Mit den ersten drei Wörtern, die mir in den Sinn kommen. Eine Art gedanklicher Schnappschuss. Nicht immer verstehe ich die Bedeutung der Wörter, die mir da einfallen, aber am Ende wird das Bild gewöhnlich doch scharf. Ob man das nun Instinkt oder Scharfblick nennt, es hat mich jedenfalls noch nie im Stich gelassen, und meine besten Porträts fingen immer das Wesentliche dieser grundlegenden drei Wörter ein. Die drei Wörter für Patrick waren einfach: *loyal, einsichtsvoll* und *hedonistisch*. Natürlich hat er aus meinen Vorahnungen ein Spiel gemacht, schloss im Nachrichtenraum Wetten ab über die Gauner, Künstler und Politiker, die da auf der Bildfläche erschienen. Ich hatte so oft recht, dass er im Scrivener's Arms ständig einen ausgegeben bekam.

»Komm schon«, drängte er mich. »Sag mir deine drei Wörter zu Cam. Nicht denken, einfach nur fühlen.«

Ich schloss die Augen und versuchte, einen klaren Kopf zu bekommen, wartete auf die drei Wörter.

Treu, pragmatisch und *unerschütterlich* kamen mir in den Sinn. »Keine schlechten Eigenschaften für einen Angestellten«, erklärte ich. »Treu und verlässlich, er würde auf einem Foto so unerschütterlich rüberkommen wie die Berge ringsum, aber seine Treue gilt Abbey Glen, nicht mir.«

»Was ist mit Grant?«

»Das weiß ich erst, wenn ich ihn treffe, doch ich vermute, dass er genauso loyal zur Destillerie steht wie Cam. Das bedeutet nicht, dass sie sich nicht an ein bisschen Sabotage versucht haben können. Ich meine, bisher klingt es nicht so, als wäre irgendeiner der Schäden irreparabel, aber wenn sie mich auf diese Weise schnell loswerden können, denken sie vielleicht, dass es die Sache wert ist. Möglicherweise haben sie ja sogar schon jemanden im Auge, der die Brennerei dann von mir übernehmen soll.«

»Dann gnade ihnen Gott.«

Gnade ihnen Gott, genau. Wenn die Whisky-Bruderschaft auch nur einen Augenblick lang glaubte, dass man mich zur Seite schieben oder zu etwas zwingen kann, hatten die Jungs sich gewaltig in den Finger geschnitten. Abbey Glen war Bens Passion gewesen, und er hatte sie in meine Obhut übergeben. Ich würde, verdammt noch mal, nicht tatenlos zusehen, wie irgendein Wahnsinniger alles zerstörte, wofür er so hart gearbeitet hatte. Ich hätte früher hier sein sollen; mit dieser Schuld würde ich leben müssen. Aber jetzt war ich da, und ich würde Ben nicht enttäuschen.

Zeit, sich in dieser winzigen Stadt umzusehen. Orte wie Balfour sind der Traum jedes Journalisten – nichts bleibt hier unbemerkt oder unkommentiert. Ich wollte herausbekommen, was Bens Freunde und Nachbarn über die Vorkommnisse in Abbey Glen zu sagen hatten, und ich wusste auch schon genau, wo ich anfangen würde.

Ich hakte mich bei Patrick unter und führte ihn über den Dorfanger. »Komm. Wir gehen in den Pub.«

KAPITEL 4

Balfour stellte sich als wahnsinnig idyllisch heraus. Der klare, rasche Fluss Alyn schlängelte sich mitten durch das Städtchen und trennte die Läden und Lokale auf der Hauptstraße vom größten Teil der anderen Anwesen mit ihren ordentlichen Rasenflächen und prächtigen Blumenrabatten vor dem Haus. Auf der Seite mit den Wohnhäusern war das Flussufer breit und flach und mit feinem, weichem Gras bedeckt, das man ganz kurz geschnitten hatte, um darauf ein paar Bänke und einen Kinderspielplatz mit Holzburg, Schaukeln und einem Karussell unterzubringen. Am gegenüberliegenden Ufer bot sich beim Goldenen Hirsch von einer Steinterrasse, die ein von einer Mauer umgebener Garten einrahmte, ein idyllischer Blick über das Wasser. An einem Sommerabend würde man sich hier wie im Paradies fühlen.

Wie Balfour es geschafft hatte, sich dem Touristenstrom zu entziehen, konnte ich mir nicht vorstellen. Vielleicht weil es keine sichtbaren Anzeichen für die üblichen Einrichtungen für Touristen gab – keine Frühstückspensionen, keine Landgasthäuser, keine überdekorierten Teestuben, in denen Haggis gereicht wurde, keine Läden mit Schottenkaro, in denen die besten Produkte verkauft wurden, die China zu bieten hatte. Gott sei Dank. Es wäre ein Kapitalverbrechen, dieses kleine Juwel zu verhunzen.

Patrick nahm sich unserer Aufgabe mit großem Eifer an, näherte sich dem Pub mit der Ehrfurcht eines Gläubigen, der nach Mekka pilgert, und war entschlossen, vor Ort aus erster Hand alles über die lokalen Whisky-Sorten herauszufinden. Er führte Liam und mich zu einem Tisch beim Kamin und machte sich sofort auf zur Bar, angeblich, um uns einen kleinen stärkenden Whisky zu holen. Doch schon war er mit dem jungen Barmann und einigen Gästen ins Gespräch vertieft. Immerhin konnte ich mich darauf verlassen, dass er sich auch den Lokalklatsch anhören würde, während er Whisky trank.

Wie Haus Haven sah auch der Hirsch aus, als wäre er vor nicht allzu langer Zeit renoviert worden. Die kunstvollen Schnitzereien an der Vorderseite der Bar ließen vermuten, dass hier derselbe Handwerker gearbeitet hatte. Ringsherum an den Wänden hingen altes Pferdegeschirr mit Messingbeschlägen, antike Jagdgewehre und eine Sammlung von kunstvoll geätzten Spiegeln, die im weichen Schein des Feuers glänzten, das in einem riesigen steinernen Kamin lichterloh brannte. Der gigantische Flachbildfernseher im Nachbarzimmer hätte auch in einer der schickeren Londoner Sportbars hängen können. Auf den Glasregalen hinter der Theke war eine atemberaubende Auswahl an Whiskys angeordnet, dazu kamen noch einige Spitzenkognaks und Armagnacs. Es würde nicht einfach werden, Patrick hier wieder loszueisen.

»Nichts ist trauriger als eine schöne Frau ohne einen Drink.«

Die Stimme, die das neben meinem Ohr flötete, ließ mich auffahren, und ich bemerkte, dass der junge Mann, den Patrick an der Bar so ganz mit Beschlag belegt hatte, gekommen war, um mir seine Dienste anzubieten. Aus der Nähe sah er sogar noch jünger aus. Sein Gesicht bestand nur aus spitzen Winkeln; die Wangenknochen und das Kinn, dazu zwei tiefblaue Augen, die unter einem Vorhang aus glattem schwarzem Haar hervorschauten, das sich einfach nicht zurückstreichen ließ. Aber was mich wirklich beeindruckte, war seine Stimme – warm, weich, hypnotisch und mit einem verführerischen irischen Zungenschlag.

»Ich denke, ich sollte wahrscheinlich einen Whisky trinken«, sagte ich, »aber den suchen lieber Sie mir aus.«

»Was mögen Sie denn?«, erkundigte er sich, während er für Liam eine Schale Wasser hinstellte. »Viel Torf? Sherrynote? Eiche?«

Er hätte genauso gut in einer Fremdsprache mit mir reden können, so wenig half mir diese Antwort weiter. »Ich habe keine Ahnung, ich lass mich überraschen.«

Er warf mir ein Lächeln zu, das Eis an einem Wintertag hätte schmelzen lassen, ehe er sich zur Bar aufmachte, um sich mit Patrick zu beraten. Kurz darauf kam er mit einem Glas zurück, das er neben mir auf den Tisch stellte. »Patrick sagt, ich soll Ihnen den hier geben. Es ist Bens Lieblingssorte, ein Klassiker aus den Gewölbekellern von Abbey Glen.«

Ich beäugte das Glas skeptisch. »Danke. Wie heißen Sie?«

»Duff. Duff Morgan.«

»Ihre Mutter ist Siobhán Morgan, stimmt's?«

»Ja«, erwiderte Duff und schaute schafsdämlich drein.

Ben hatte Siobhán in seinem Testament einen ansehnlichen Betrag vermacht. Das hatte mich überrascht. Ben hatte bei den Damen immer Erfolg gehabt. Er war groß und schlank, hatte einen abenteuerlichen Humor und Augen, die funkelten, wenn er lachte. Dass er außerdem ein außerordentlich erfolgreicher Finanzanalyst war schadete auch nicht, aber er hatte außer mir nie eine Frau längere Zeit in seinem Leben geduldet. Ich war nun neugierig, wie sie sein würde, diese Frau, die einen Weg in sein Herz gefunden hatte. Ich war mir gar nicht sicher, dass ich gern Konkurrenz hatte … selbst jetzt noch.

»…wenn ich Mum nicht hier im Pub helfe, arbeite ich bei Abbey Glen«, sagte Duff gerade.

Es war erst heute Morgen gewesen, aber nach dieser Riesenmenge von Informationen konnte ich mich beim besten Willen nicht mehr daran erinnern, was Duff für uns machte. »Sagen Sie mir noch mal, was Sie bei Abbey Glen arbeiten«, forderte ich ihn auf.

»Hauptsächlich helfe ich beim Mälzen, aber Ben hat mich auch eingestellt, damit ich den Internetauftritt von Abbey Glen einrichte.«

»Sie tragen also dazu bei, das Geschäft ins einundzwanzigste Jahrhundert zu bringen?«

»Ich denke schon. Ben hat mir alles beigebracht, was ich über das Whiskymachen weiß, und ich habe ihm ein, zwei Sachen über das Internet verklickert.«

»So ist es wohl heutzutage mit den jungen Leuten immer«, sagte ich mit einem Lächeln.

»Wunderschöner Wheaten Terrier«, sagte Duff und kraulte Liam hinter den Ohren. »Wie heißt er?«

»Liam.«

»Das ist mein Taufname. Ich bin nach meinem Dad benannt. Wissen Sie, was Liam auf Gälisch bedeutet?«

Ich schüttelte den Kopf.

»Unerschütterlicher Beschützer.«

Ich merkte, wie es mir kalt den Rücken herunterlief. Ben achtete stets auf alle Details. Meine jugendliche Schwärmerei für Liam Neeson war nicht der einzige Grund dafür, dass er diesen Namen für meinen Hund ausgewählt hatte. Wie immer hatte er sich um mich gekümmert. Er wollte sicher sein, dass jemand für mich da sein würde, wenn er nicht mehr lebte. Ich nehme an, er hatte wenig Vertrauen in meine Fähigkeit, die Arbeit lange genug aufzugeben, um ein Exemplar meiner eigenen Spezies zu finden, mit dem ich mein Leben verbringen konnte. Ich wischte hastig eine Träne fort.

»Nicht dass mein Vater ein sonderlich guter Beschützer war«, sagte Duff gerade mit einer Spur Bitterkeit. »Ist in Inverness volltrunken bei einer Schlägerei nach einem Darts-Turnier ums Leben gekommen.«

»Tut mir leid. Wie alt waren Sie da?«

»Sieben.« Duff hockte sich auf die Lehne meines Stuhls und streichelte Liam weiter.

»Ich war acht, als meine Eltern gestorben sind«, vertraute ich ihm an. »Autounfall. Ben war der Bruder meines Vaters. Ich glaube nicht, dass er damit gerechnet hat, je Kinder zu haben. War mir nicht sicher, ob er überhaupt Vater werden wollte, aber er hat das toll gemacht. Genau die richtige Mischung aus Verschrobenheit, Weisheit und Güte.«

»Als Ben öfter hierhergekommen ist, war ich noch ein kleiner Junge. Ich bin dauernd in die Berge hinter der Destillerie abgehauen, einfach nur, um abzuhauen. Irgendwie haben mich meine Füße immer nach Abbey Glen getragen. Ben hat mich dann willkommen geheißen, als hätte er den ganzen Tag nur darauf gewartet, mich zu sehen. Er hat mir alles über Whisky beigebracht, was ich wissen wollte, und hat sogar Cam dazu überredet, mich bei Abbey Glen einzustellen. Er glaubte, ich wäre zu mehr nütze, als nur den ganzen Tag im Pub Bier zu zapfen.«

»Ich bin froh, dass er für Sie da war«, sagte ich leise.

Duff starrte ins Feuer und seufzte. »Ich brauche ihn noch immer.«

Ich auch. Der Gedanke schnürte mir den Hals zu. Ich nahm einen großen Schluck von der bernsteingelben Flüssigkeit in meinem Glas. Ich war darauf vorbereitet, dass ich das Gesicht verziehen würde, stellte aber zu meiner Überraschung fest, dass dieser Whisky auch unverdünnt eher wie ein sehr alter Kognak schmeckte als wie die Whiskys, die ich bisher kannte. Nicht nur gut, sondern richtig gut. Mit einem Duft nach Feigen und Karamell und Weihnachtspudding. Es war ein sanfter Hauch von Trost und Wärme, der mich an Ben denken ließ. Ich nippte weiter an meinem Glas, ließ mich von seiner Wärme durchströmen wie von der Berührung durch einen guten Geist.

»Wunderbar«, sagte ich und betrachtete das Licht, das auf der Oberfläche der Flüssigkeit spielte.

»Das klingt, als wären Sie überrascht«, sagte Duff.

»Dieser Ort steckt für mich voller Überraschungen.«

»Das glaube ich nun wirklich nicht«, erwiderte Duff und wischte die melancholische Stimmung beiseite. »Hier in diesem verschlafenen Nest gibt's nicht viel Aufregendes.«

»Nichts Aufregendes? Die Berge, die Heide, dieses bildhübsche Landstädtchen. Das ist so wunderbar, beinahe zu schön, um wahr zu sein.«

Er beugte sich näher zu mir und schaute mich intensiv an. »Ja, die Berge sind herrlich«, meinte er, und seine Stimme hob und senkte sich wie in einem Schlaflied. »Und uralt. In früheren Zeiten war hier alles voller Wasser, voller riesiger unterirdischer Wasserläufe, die die Seen und Bäche meilenweit im Umkreis speisten. So viel verborgenes Wasser, dass die Legende erzählt, im Tal wohnten Wassergeister und segneten die Bäche mit ihren Zauberkräften. Manche Leute glauben sogar, dass dieses verzauberte Wasser unseren Whisky so gut gemacht hat.«

»Und benutzen wir dieses verzauberte Wasser, um in Abbey Glen Whisky herzustellen?«

»Jetzt gibt es nicht mehr genug davon. Die meisten unterirdischen Wasserläufe sind schon vor Jahren versiegt. Und in den Bergen ringsum sind verborgene Höhlen und Gänge übrig geblieben. Die Schwarzbrenner vor Ort haben die geliebt. Ich könnte Sie mal rumführen, wenn Sie mögen, Abi. Ich kenne sie wie meine Westentasche. Jede Menge tolle Orte, an denen man mal für eine Weile abhandenkommen kann, wenn einem danach ist.«

Nach Duffs Blick zu urteilen, war das beileibe nicht das erste Mal, dass er in diesen Bergen mit einer jungen Frau abhandengekommen war. »Reden können Sie ja«, meinte ich.

»Das habe ich von meiner Familie mütterlicherseits«, sagte Duff grinsend. »Meine Mutter ist eine feurige Irin wie aus alten Zeiten.«

»Was Sie nicht sagen.« Ich verkniff mir ein Lächeln und brachte das Gespräch wieder auf Abbey Glen. »Erzählen Sie mir von dem Internetauftritt.«

Duff verstand den Hinweis. »Die Tattergreise begreifen es nicht, aber Ben hat meine Idee gefallen. Wir benutzen das Internet, um Bens Philosophie zu erläutern und zu zeigen, wie wir in Abbey Glen Whisky machen. Wir gehen da ziemlich ungewöhnlich vor, denn wir verwenden noch für alles die alten Methoden. Das mag ich am liebsten an der Arbeit in Abbey Glen, es ist eine einzigartige Erfahrung – als reiste man in der Zeit rückwärts. Für Whisky-Liebhaber zumindest ist es interessant. Und für jeden, der den Laden kaufen will, ist das gutes Hintergrundwissen.«

Ich lächelte ein wenig traurig. »Alle sind sich so sicher, dass ich verkaufen werde.«

»Ich kann mir keinen Grund denken, warum Sie daran interessiert sein sollten, das alte Mädchen zu behalten«, sagte Duff ohne Zögern.

»Sie meinen, was noch von der Brennerei übrig ist, nachdem irgendwer den Laden so ziemlich ruiniert hat?«

Duff zog eine Augenbraue in die Höhe. »Die haben ja keine Zeit verschwendet und Sie gleich mitten reingeworfen, was?«

Ich musterte Duffs Gesicht genau. Er war ein gutaussehender junger Mann. Oberflächlich betrachtet, trat er ziemlich keck auf, aber darunter spürte ich eine starke Unsicherheit. Er erinnerte mich an den aufstrebenden jungen Tennisspieler, den ich letztes Jahr bei den French Open zu fotografieren hatte. Nichts als ein großes Maul und viel warme Luft, wie Ben zu sagen pflegte, aber das war wohl nur der äußere Schein, dachte ich. Dahinter versteckte er sich, war er ein verletzliches Kind. Duff gab mir ähnlich wie dieser andere junge Mann das Gefühl, dass er empfindlicher war, als man meinte. *Schlau, abwehrend* und *tief versunken* – in seinen Whisky und dessen Geschichte. Ich merkte mir diese drei Wörter.

»Cam glaubt, dass mich jemand schikaniert, damit ich verkaufe«, sagte ich und versuchte es auf die direkte Tour. »Haben Sie eine Ahnung, wer das sein könnte?«

Duffs Züge verhärteten sich. »Keinen blassen Schimmer; aber wer es auch immer ist, den würde ich gern in die Finger kriegen.«

»Sie müssen doch eine Ahnung haben, so abwegig sie Ihnen auch erscheinen mag«, schmeichelte ich. »Sie sind Barmann. Da hört man allerlei. Ich wette, Sie wissen mehr, als Sie zugeben.«

»Mag sein.« Duffs Stimme klang zweifelnd. »Ich meine, es gibt 'ne ganze Menge Leute, die Abbey Glen gern haben würden, und mancher hätte auch keine Skrupel, dafür das eine oder andere Gesetz zu brechen.«

»Denken Sie da an jemand Bestimmten?«

Duff zögerte. »Ich will nicht mit dem Finger auf jemanden zeigen, aber zwischen den Brennereien in der Gegend gibt es jede Menge Rivalitäten und kleinliche Eifersüchteleien. Das Whisky-Geschäft ist hart, wenn man mit so kleinen Gewinnmargen arbeitet.« Duff senkte die Stimme. »Ben hat sich wirklich hervorragend geschlagen, doch viele andere hatten nicht so viel Glück.«

»Waren die anderen eifersüchtig auf Bens Erfolg?«

»Manche schon, denke ich. Aber selbst die haben ihn respektiert.«

»Wir haben wohl Urlaub, was?« Eine kleine Frau mit zarten Gesichtszügen und einer roten Haarmähne mit grauen Strähnen kam mit funkelnden Augen aus dem Hinterzimmer. Duff war so sehr ins Gespräch mit mir vertieft gewesen, dass sie es geschafft hatte, sich ihm unbemerkt zu nähern und ihm mit einem zusammengerollten Küchenhandtuch einen kräftigen Klaps aufs Hinterteil zu geben, ehe er ausweichen konnte.

»Tut mir leid, Mum.«

»Dann geh jetzt. Hier muss vor dem Ansturm am Abend noch aufgeräumt werden.«

Duff huschte zur Bar zurück und zwinkerte mir hinter dem Rücken seiner Mutter zu. Ich stand auf und streckte ihr die Hand hin, erhielt aber nur einen schlappen Händedruck. »Mrs Morgan, ich bin Bens Nichte Abi. Ich habe mir sagen lassen, Sie sorgen morgen im Haus Haven nach dem Trauergottesdienst für das Mittagessen.«

»Ich weiß, wer Sie sind.«

Diese kühle Begrüßung warf mich aus der Bahn. »Gut. Nun, bitte lassen Sie mich wissen, wenn ich Ihnen irgendwie helfen kann.«

»Ich bin sicher, ich werde klarkommen«, antwortete sie steif. »Ich finde mich in Haus Haven gut zurecht. Wenn Sie mich jetzt bitte entschuldigen, ich habe zu tun.«

Sie eilte fort und hinterließ trotz der Hitze des Feuers eine deutlich kühle Atmosphäre. Sie war eine wunderschöne Frau. *Leidenschaftlich, sachlich* und *unabhängig*. Sie hatte Ben sicher ordentlich Kontra gegeben. Angesichts des Erbes hätte ich allerdings wohl mit etwas anderem als dem Mittagessen anfangen sollen. Ich schaute mich um und sah, dass sich die Gaststube langsam leerte. Ich scheuchte Liam auf, nahm Blickkontakt zu Patrick auf und deutete mit dem Kopf zur Tür.

Während wir zum Haus Haven zurückgingen, plapperte Patrick fröhlich über den Whisky. Seine Kumpels an der Theke hatten nichts wirklich Neues verkündet außer »echt traurig, das mit Ben«. Die Nachricht von den Schäden in der Destillerie wertete man als alles Mögliche, von potenzieller Industriespionage bis zu einem Fluch, aber niemand deutete mit dem Finger auf jemanden, zumindest nicht vor Leuten von außerhalb. Patrick redete und redete, und ich kehrte in Gedanken wieder zu meinem Gespräch mit Duff zurück. Er hatte von Rivalitäten und kleinlichen Eifersüchteleien unter den Whiskybrennern gesprochen, aber betont, dass Ben überall größten Respekt genoss. Je mehr ich darüber nachdachte, desto unwahrscheinlicher schien mir das, und ich fragte mich, ob Duff einfach nur höflich gewesen war. Ben war hier als Fremder aus dem Süden aufgetaucht, hatte einen örtlichen Kleinbetrieb übernommen und die Leute mit ihren eigenen Waffen geschlagen. Das konnte nicht gut angekommen sein. Vielleicht waren die Drohungen, die ich erhalten hatte, nur ein Ablenkungsmanöver, um einen tief sitzenden Groll gegen Ben zu verbergen?

Als wir durch das vordere Gartentörchen waren und den Weg zum Haus Haven hinaufgingen, konnte ich vor der Tür einen Stapel Kartons sehen, der dort auf uns wartete. Obendrauf befand sich eine rechteckige Holzkiste, auf der das Logo von Abbey Glen prangte. Die schnappte sich Patrick sofort und ließ mich den Rest der Lieferung ins Haus schleppen. Ich schaute in die oberste Schachtel und sah Bens Hauptbücher und seine Notizen zu Abbey Glen, die mir Richard Thomas versprochen hatte. Ich stellte die Kartons in der Bibliothek in einer Ecke auf dem Boden ab und ging Patrick holen, der an der Theke in der Küche stand und den Brief las, der mit dem Whisky gekommen war.

»Einer deiner neuen Bewunderer?«, neckte ich ihn.

»Nein. Und auch keiner von deinen.« Patrick reichte mir den Zettel. Es standen keine Worte darauf. Es waren auch keine nötig. Die schrille Skizze von einer nackten Frau, die an ein Whiskyfass gekettet war und aus deren Brust ein Messergriff ragte, war mehr als genug, um mir kalte Schauer über den Rücken laufen zu lassen.

KAPITEL 5

Okay, also ging es wohl doch eher um mich. Meine Widersacher hatten ihre Meinung sehr deutlich dargelegt. Mit Nachdruck. Aber ich setzte mich über Patricks leidenschaftliche und laute Einwände hinweg und weigerte mich, die Polizei anzurufen, ehe Bens Beerdigung vorüber war. Vierundzwanzig Stunden mehr oder weniger würden auch nichts mehr ausmachen. Ich war wild entschlossen, zu verhindern, dass die morgige Ehrung Bens von diesem Wahnsinn beeinträchtigt wurde.

Zum Glück zog der Samstag mit wolkenlosem Himmel herauf. Strahlender Sonnenschein tauchte das Tal in einen warmen Schimmer, und eine sanfte Brise kündete vom Nahen milderer Tage. Der Gottesdienst wurde in St. Jude's, der eleganten romanischen Kirche am anderen Ende des Dorfangers von Balfour, abgehalten. Sie wirkte mit ihrer schlichten Gestalt tröstlich, ohne einen zu überwältigen. Im Schatten dieses Gebäudes, dessen Patron der Schutzheilige aller hoffnungslosen Fälle war, kam mir der Gedanke, dass die Dorfältesten damals entweder extrem realistisch waren oder einen sehr schrägen Humor besaßen. Jedenfalls waren sie Leute ganz nach meinem Geschmack.

So schön die Kirche auch war, sie konnte mich nicht davon ablenken, dass das gesamte Städtchen und die Hälfte des Nachbarorts zu diesem Anlass aufgetaucht waren. Auf dem Friedhof tummelte sich eine Menge feierlich gekleideter Schotten, die hier jemandem ihren Respekt zollen wollten. Ich hätte zufrieden sein sollen, aber auf diese Art wollte ich mich nicht von Ben verabschieden. Ich wollte allein sein. Ich wollte auf meine eigene Weise trauern, weit weg von den neugierigen Augen all dieser Fremden. Ich erstarrte, als wir durch das Tor traten, und verspürte den überwältigenden Drang, mich umzudrehen und wegzurennen.

Patrick spürte meine Panik, nahm meine Hand und drückte sie. »Atmen. Du schaffst das. Entspann dich und versuche, die komische Seite zu sehen. Du weißt, dass Ben das so gemacht hätte.« Er deutete mit dem Kopf auf zwei ältere Damen, die über ihrem blau getönten Haar völlig unpassende Blumenhüte zur Schau stellten. Die Männer waren in traditionellen Anzügen und Jacketts gekommen, aber es war auch eine beträchtliche Anzahl von Kilts zu sehen. Am auffälligsten war ein Herr, der eindeutig japanischer Abstammung war und die volle Highland-Kluft angelegt hatte. Er plauderte liebenswürdig mit einer Gruppe von Männern, die Patrick als Vertreter einiger der größeren und bekannteren Destillerien in der Umgegend identifiziert hatte. Patrick hatte recht. Ben hätte dieses Schauspiel außerordentlich genossen.

Ich blickte über die Menschenmenge und sah Richard Thomas auf uns zukommen, den Pfarrer im Schlepp wie ein Dingi, das auf der Kielwelle eines Schlachtschiffs tanzt. Sie führten uns zusammen mit allen anderen in die kühle, schummrige Kirche und zu Plätzen in der ersten Reihe. Ich spürte, wie sich die Augen in meinen Hinterkopf bohrten, und ich umklammerte Patricks Hand und blickte stur geradeaus.

Der Gottesdienst war schlicht, kam von Herzen und war erfrischend kurz. Nach Bens Anleitung hatten seine Freunde eine sehr angemessene Ehrung zusammengestellt. Einen Augenblick lang glaubte ich, dass ich mit einem Minimum an Getue davonkommen würde, aber dann verpflichtete mich der Pfarrer, den abziehenden Menschenhorden die Hand zu schütteln, und da stand ich nun einer schwindelerregenden Ansammlung von Fremden gegenüber. Mein gewöhnlich gutes Gespür für Menschen versank in einem Meer stiller Feindseligkeit, die unter den Hüten und den routinemäßigen Beileidsbekundungen schwärte. Patrick war zu sehr damit beschäftigt, einen der Edinburgher Destillerie-Vertreter zu bezirzen, als dass er mir eine Hilfe gewesen wäre. Also zwang ich mich, einen konzentrierten Blick auf jedes Gesicht zu richten, das an mir vorüberzog, hoffte vergeblich, zumindest einen Hauch von schlechtem Gewissen in den Augen eines Fremden zu erblicken. Es war unmöglich, aber zumindest lenkte es mich von meinen gegenwärtigen Umständen ab. Die Bürger von Balfour waren höflich, aber distanziert, und die Herren, die Patrick als Vertreter von Destillerien aus der Umgegend benannt hatte, kamen im Pulk und machten es mir schwer, einen Mann mittleren Alters vom nächsten zu unterscheiden.

Ich war so erleichtert, endlich am Ende der Schlange angekommen zu sein, dass es mir gleichgültig war, Richard Thomas als Letzten in der Reihe wahrzunehmen. Er war in ein Gespräch mit einem großen, rotblonden Mann im dunkelgrauen Kilt vertieft. Thomas' Gegenüber war der einzige Mann, den ich je gesehen hatte, der Kniestrümpfe und einen Rock tragen konnte, ohne dass ich gleich peinlich berührt zusammenzuckte. Wahrscheinlich drehte ich gerade völlig durch, denn mein erster Eindruck war, dass er sehr attraktive Knie hatte. Mein Blick wanderte weiter nach oben, und ich registrierte eine schmale Taille und breite Schultern, die von einem gut geschnittenen Jackett noch betont wurden. Patrick würde Stielaugen machen. Zum ersten Mal stellte ich fest, dass mich die Frage nach der Unterwäsche unter dem Kilt mehr als nur nebenbei interessierte. Zum Glück kam Thomas dazwischen, ehe ich rot wurde und mich so vollends blamiert hätte.

»Abigail, ich glaube, Sie haben Grant MacEwen noch nicht kennengelernt. Er ist ein lieber Freund Ihres Onkels und der allbekannte Chefbrennmeister von Abbey Glen.«

Das war also der berühmte Grant. Als ich MacEwen die Hand schüttelte, war ich in der für mich ungewohnten Situation, dass ich ein ganzes Stück nach oben schauen musste, ehe ich ihm in die bemerkenswert grünen Augen blicken konnte. Im Moment waren sie von einem dunklen Graugrün – der Farbe eines Sturms auf hoher See, auf einer sehr aufgewühlten See. Kaum der schrullige Weiberfeind, den ich mir vorgestellt hatte. Er war jedoch eindeutig nicht erfreut, mich zu sehen. Die Spannung, die in der Luft lag, war beinahe mit Händen zu greifen, und wenn ich jetzt sofort hätte sagen müssen, woher meine Drohbriefe kamen, hätte ich mich ohne Zögern für MacEwen entschieden.

Ich gab mir größte Mühe, die Fassung wiederzugewinnen, und sagte: »Ben hat oft von Ihnen gesprochen. Ich ... ich weiß, dass er Ihre Hilfe in der Brennerei sehr zu schätzen wusste.«

»Ben war ein guter Mann. Wir werden ihn sehr vermissen.« MacEwen sprach mit einem leichten schottischen Akzent, den ein Aufenthalt an einer der englischen Nobeluniversitäten abgeschliffen hatte.

Thomas beobachtete uns beide genau. »Grant, ich treffe mich morgen noch einmal mit Abigail, ehe Sie und ich uns zusammensetzen. Ich würde mich freuen, wenn Sie irgendwann am frühen Vormittag die Zeit finden würden, mit ihr einen kurzen Rundgang durch Abbey Glen zu machen.«

»Als die neue Besitzerin kann sie jederzeit bei uns reinschauen«, erwiderte MacEwen ohne jede Begeisterung.

»Ich will nicht stören«, sagte ich und trat von einem Bein

aufs andere, weil meine Zehen nach dem langen Stehen auf ungewohnt hohen Absätzen ganz taub waren. Ich musste mich wohl zu weit zu einer Seite gelehnt haben, denn ich merkte, dass ich taumelte wie eine Betrunkene. MacEwen packte mich beim Ellbogen und hielt mich fest, ehe ich zu Boden gehen konnte, ließ mich jedoch sofort los, als ich das Gleichgewicht wiedergefunden hatte. Mir lief ein kalter Schauer über den Rücken, der nichts mit dem Wetter zu tun hatte. In seinen Augen lag keinerlei Wärme, aber seine Berührung elektrisierte mich. »Ich bleibe nicht lange in Balfour, doch ich wollte, bevor ich wieder verschwinde, noch Fotos für Bens Buch machen«, fuhr ich fort und zwang mich, seinem Blick standzuhalten.

MacEwen brachte das nicht aus der Ruhe. »Wie Sie wünschen. Treffen Sie mich morgen gleich früh in der Destillerie. Ich sorge dafür, dass Sie zu allem Zugang bekommen, was Sie brauchen.« Er entschuldigte sich, um mit einem der anderen Gäste zu reden, und ich schaute ihm nach, wie er durch die Menge fortging und dabei gelegentlich stehen blieb, um den einen oder anderen Trauernden zu begrüßen.

»Ich bin hoch erfreut, dass Sie Bens Buchprojekt zu Ihrem gemacht haben«, sagte Thomas beinahe mit Wärme. Ich ergriff die Hand, die er mir anbot, und ließ mir von ihm die Steinstufen der Kirche hinunterhelfen. »Das wird eine angemessene Würdigung für Ben und sein Vermächtnis hier am Ort sein.«

»Das hoffe ich«, murmelte ich und versuchte zu verbergen, dass ich mich nach meinem Zusammentreffen mit Grant MacEwen immer noch ein wenig wackelig auf den Beinen fühlte.

Thomas beobachtete mich mit intensiver Neugier. »Wenn Sie ihn lassen, kann Grant eine ungeheuer hilfreiche Informationsquelle sein, Abigail. Offiziell ist er Ihr Brennmeister, aber praktisch waren er und Ben von Anfang an Partner in dieser Unternehmung. Er sollte in der Lage sein, alle Fragen zu Abbey Glen oder seiner Geschichte zu beantworten.«

Ich nickte stumm und fragte mich, ob er mir wohl auch sagen könnte, wer Spaß daran hätte, mich mit einem Messer im Herzen daliegen zu sehen.

Die nachmittägliche Versammlung im Haus Haven nach dem Gottesdienst war auf eine kleine Anzahl von Menschen beschränkt, die ich zumeist schon kannte. Richard Thomas kam mit Pfarrer Wharton und dessen Frau. Cam und seine Frau folgten unmittelbar darauf mit MacEwen. Duff und Siobhán Morgan richteten ohne meine Hilfe das Essen und Trinken her, ehe sie sich zu der Gruppe gesellten. Offensichtlich waren sie beide regelmäßig im Haus zu Gast gewesen, und die anderen behandelten sie eher wie Familienmitglieder als mich. Ich tat mein Bestes, um weiter zu lächeln, aber es fiel mir schwer, mich nicht ausgeschlossen zu fühlen.

Sogar Patrick hatte mich verlassen und war am Tisch mit den Getränken in ein angeregtes Gespräch verwickelt, bei dem zahlreiche Flaschen und eine ständig wachsende Anzahl von Probiergläsern eine große Rolle zu spielen schienen. Die Männer stürzten sich mit Schwung auf die Bar, und die Damen verscheuchten mich, als ich ihnen anbot, beim Aufräumen zu helfen. Ich war dazu verdonnert, mit Richard Thomas Konversation zu machen, bis Grant MacEwen endlich in den Mittelpunkt des Zimmers trat, um einen Trinkspruch auszubringen. Die Leute kamen näher und verstummten.

Ich stellte fest, dass ich MacEwens Gesicht mit Fotografenaugen betrachtete. Ich wusste, dass er ein wenig älter war als ich, konnte aber nicht ausmachen, wie viel. Er strahlte eine rastlose Energie aus, die vermuten ließ, dass er sich im Freien wohler fühlte, beinahe so, als wäre ihm jedes Gebäude zu eng. Sein rotblondes Haar war genauso gut geschnitten wie sein Jackett und die Hose, die inzwischen an die Stelle des Kilts getreten war, und unter seiner gestärkten Manschette lugte eine teure Uhr hervor. Die sturmgrünen Augen, die mich auf den Stufen der Kirche eingeschüchtert hatten, waren nun zu zwei ruhigen Seen von tiefem Tannengrün geworden, in denen aufrichtige Traurigkeit lag.

MacEwen legte einen Arm um Siobháns Schulter, ehe er sein Glas erhob. »Zu seinen Lebzeiten war Ben vielerlei: ein außerordentlicher Geschäftsmann, ein großzügiger Wohltäter, ein unvergleichlicher Freund und ein viel geliebter Gefährte. Ein Mann von Substanz und Integrität. Aber diejenigen, die ihn am besten kannten, wussten, dass er am glücklichsten war, wenn man ihn einfach als Whiskymacher bezeichnete. In der Mischung von Gerste und Wasser fand er seine Berufung im Leben. Und wir waren stolz, ihn in die Familie der Whiskybrenner aufzunehmen. Er ist zu früh aus diesem Leben geschieden, aber sein Geist wird immer bei uns bleiben. Bitte erhebt das Glas auf Ben und seine geliebte Brennerei Abbey Glen.«

»Auf Ben und Abbey Glen«, kam das Echo.

Ich kippte mein Getränk in einem Zug herunter. *Diejenigen, die ihn am besten kannten.* Niemand kannte Ben besser als ich. Zumindest war das früher so gewesen. Ich machte mich auf den Weg in die Küche, schenkte mir noch ein großes Glas Whisky ein, klemmte mir die Flasche unter den Arm und stakste nach draußen. Liam trottete fröhlich hinter mir her.

Im Garten fand ich einen großen Holzstuhl mit hoher Lehne, der so aufgestellt war, dass man einen Blick auf die Berge hatte. Ich ließ mich darauf fallen, zog die Beine unter den Körper und schaute zu, wie die Sonne am Himmel sank, während ich mich durch die Flasche auf meinem Schoß arbeitete. Auf der Hälfte fragte ich mich, warum ich mein Leben lang nicht mehr Whisky getrunken hatte. Es war ein ungeheuer unterschätztes Hobby.

Ich trank mich in einen warmen Kokon der Beinahe-Bewusstlosigkeit, wollte mich nur ungern bewegen, bis ich Stimmen hörte, die auf mich zukamen. Zuerst erkannte ich MacEwens Stimme, und als er und sein Gesprächspartner näher traten, merkte ich, dass er mit Richard Thomas redete. In dem übergroßen Stuhl zusammengekauert, wusste ich, dass man mich von hinten nicht sehen konnte, und Liam würde mich nicht verraten, denn der war fortgerannt und jagte Kaninchen. Ich überlegte, ob ich mich bemerkbar machen sollte, entschied dann aber, dass ich zum Aufstehen mehr Energie benötigen würde, als ich im Moment aufbringen konnte. Wenn man mich entdeckte, würde es einfacher sein, sich schlafend zu stellen.

»… nein, überhaupt nicht, wie ich sie mir vorgestellt hatte«, sagte MacEwen gerade. »So wie Ben immer geredet hat, hätte ich ganz was Besonderes erwartet. Eine Frau von ungeheurer Leidenschaftlichkeit, einen echten Hitzkopf.«

Thomas lachte leise. »Sie haben ihre scharfe Zunge noch nicht erlebt. Warten Sie nur ab. Ich vermute, Sie werden ihre leidenschaftliche Seite schon noch kennenlernen, ehe das alles hier vorüber ist.«

»Lieber nicht, wenn's recht ist. Ich habe im Augenblick auch so genug um die Ohren.«

»Gab es heute wieder Probleme bei Abbey Glen?«

»Nein. In den letzten achtundvierzig Stunden nicht.«

»Die Ruhe vor dem Sturm?«

»Ja, das macht mir eben Sorgen.«

»Haben Sie noch einmal darüber nachgedacht, Überwachungskameras zu installieren?«

»Reine Geldverschwendung«, beharrte MacEwen. »Lassen Sie sich das gesagt sein, alles wird wieder wie immer, sobald Ms Logan sich entschieden hat, an wen sie verkauft.«

»Abigail macht, was sie will, und sie folgt dabei ihrem eigenen Zeitplan, nicht Ihrem«, merkte Thomas an.

MacEwen knurrte vor sich hin. »Ich wette, sie kann es gar nicht erwarten, nach der Beerdigung wieder hier wegzukommen. Zurück zu ihrem aufregenden Leben in der Stadt. Machen wir uns nichts vor: Sie hat sich vorher auch nie für das Geschäft interessiert.«

»Das weiß ich, aber sie war keineswegs erfreut, als sie gestern von den Problemen bei Abbey Glen erfahren hat. Nach ihrem Gesichtsausdruck zu urteilen, wird sie hier nicht weggehen, ehe sie geklärt hat, wer hinter all dem steckt.«

»Vielleicht hat das hier im Augenblick ihre berufsmäßige Neugier erregt, aber wenn der nächste spannende Auftrag daherkommt, ist sie weg.«

Ich konnte mich gerade noch beherrschen und sprang nicht vom Stuhl auf und MacEwen ins Gesicht. Der freche Scheißkerl! Zuerst kennt *er* Ben am besten, und jetzt denkt er, dass er *mich* kennt. Der hat ja keine Ahnung! Wenn er glaubt, dass seine Drohungen mich in die Flucht schlagen, dann wird er sich noch wundern. Ich saß stumm da und kochte vor Wut, zwang mich, in meinem Versteck zu bleiben, opferte meinen Stolz für die Möglichkeit, durch das Gespräch hinter mir noch mehr zu erfahren.

»Es wäre wohl klug, wenn Sie Abigail ins Vertrauen ziehen würden«, sagte Thomas. »Ihr geht der Ruf voraus, dass sie die Geheimnisse anderer Leute ans Licht holt, in ihren Texten und in ihren Bildern. Sie sieht Dinge, die anderen entgehen.«

»Oder sie hat mehr Glück als die meisten«, spekulierte Grant. »Egal wie, ich werde Ms Logan nicht um Hilfe bitten.«

»Vergessen Sie nicht: Ben wusste, was er tat. Sie müssen nur geduldig sein.«

Grant seufzte, und ich hörte, dass er sich zum Haus umwandte. »Leichter gesagt, als getan ...«

»Trink noch einen Kaffee«, befahl mir Patrick.

Ich hielt ihm mein leeres Glas hin. »Ich hätte lieber noch einen Drink.«

»Du hast schon mehr als genug intus. Wo warst du denn?«

Ich erzählte Patrick, was ich im Garten mit angehört hatte.

Patrick lächelte und schenkte mir eine zweite Tasse Kaffee ein. »Lauschen ist aber sehr ungezogen.«

»Na ja, man hört nie was Gutes über sich, das ist mal sicher.« Ich nippte an dem Kaffee und verbrannte mir die Zunge. »Jedenfalls steht MacEwen im Augenblick ganz oben auf meiner Liste der Verdächtigen.«

»Nur weil du MacEwen nicht leiden kannst, heißt das nicht, dass er schuldig ist.«

»Ich mag ihn vielleicht nicht besonders, aber unsympathisch ist er mir auch nicht. Er ist mir ... gleichgültig.«

»Wenn du meinst. Ich finde, er ist eine Sahneschnitte. Attraktiv und geheimnisvoll. Ich vermute, du bist nur sauer, weil er deinen Reizen nicht erlegen ist.«

Patrick duckte sich gerade noch weg, als ich mit der leeren Keksdose nach seinem Kopf zielte. »He! Pass bloß auf«, mahnte er mich. »Ich bin auf deiner Seite, und du brauchst mich heil und gesund. Vergiss nicht, du hast versprochen, dass wir gleich morgen früh zur Polizei gehen und denen von den Drohbriefen erzählen.«

»Und das mache ich auch – morgen. Aber bis dahin waren und sind alle so sehr mit den Nachwirkungen der Beerdigung beschäftigt, dass niemand in Abbey Glen Wache gehalten hat und es auch heute Nacht nicht tut ...«

»Ich weiß, worauf du hinauswillst«, stöhnte Patrick, »aber ich brauche meinen Schönheitsschlaf.«

»Wie du meinst. Ich gehe jedenfalls nach Abbey Glen und schaue mal nach, ob dort alles in Ordnung ist.« Ich wusste, dass ich keinen Schlaf finden würde, selbst wenn ich zu Bett ging. Ich hatte für die Zeit der Beerdigung meine Erkundungen ausgesetzt, aber jetzt war sie vorbei, und ich brannte darauf, weiterzumachen. Meine Gedanken rasten mir nur so durch den Kopf, und ich wollte unbedingt etwas tun, irgendwas, um die Schuldgefühle und die Trauer zu vertreiben, die mein Denken beherrschten.

»Ich habe keine Lust, wieder mit Cam und seinem Gewehr Bekanntschaft zu schließen.«

»Du hast doch gesehen, wie viel Whisky der heute in sich reingekippt hat«, sagte ich. »Cam schläft heute Nacht wie ein Bär.«

»Ja, schon.«

Ich merkte, dass Patricks Entschlossenheit ins Wanken geriet. »Komm schon. Es ist noch nicht mal elf. Komm mit«, versuchte ich ihn zu überreden. »Nach all dem Kaffee, den du in uns reingeschüttet hast, sind wird sowieso die ganze Nacht wach.«

»Also gut.« Patrick gab nach. »Aber wir bleiben nicht allzu lange. Ich freue mich wirklich auf mein Bett.«

Liam war auf den Beinen, sobald wir die Haustür aufmachten. Ich ließ ihn vorauslaufen. Er genoss die kühle Nachtluft, folgte der Spur irgendeines nächtlichen Geschöpfs, während wir ihm hinterherliefen und auf die wenig vertrauten Geräusche des Landes lauschten. Kein brummender Verkehr, keine Autoalarmanlage, nicht einmal das nächtliche Bellen der Hyänen in der Savanne. Die Wolken waren nach Sonnenuntergang aufgezogen, und es gab nicht viel Licht, das unseren schwankenden Schritten leuchtete. Liam kam alle paar

Minuten zurück, um nach uns zu sehen, und schließlich standen wir wieder auf dem verlassenen Hof der Brennerei.

In keinem der Gebäude brannte Licht, und das Fass, auf das ich am Tag zuvor geklettert war, hatte man unter dem Fenster weggerollt. Nicht, dass mir das etwas ausmachte – Thomas hatte mir bei unserem Treffen gestern einen Schlüsselbund überreicht. Ich wollte die Hintertür aufschließen, aber sie war nur angelehnt.

Wir traten vorsichtig ein, weil wir fürchteten, dass derjenige, der die Tür unverschlossen gelassen hatte, immer noch hier sein könnte, aber das Still House lag dunkel und still da. Wir spazierten zunächst eine Weile auf der unteren Ebene herum und hielten Ausschau nach Anzeichen für neue Schäden oder Zerstörung. Nicht dass ich ein Problem bemerkt hätte, selbst wenn es mich angesprungen wäre und gebissen hätte, aber Patrick hätte es erkannt, sogar im angetrunkenen Zustand. Als wir unten sämtliche Möglichkeiten durchgegangen waren, machten wir uns auf den Weg in das Zwischengeschoss, um uns einen Überblick von oben zu verschaffen. Liam zögerte unten an der Metalltreppe, schnüffelte vorsichtig, ehe er mit zaghaften Schritten zu uns kam.

Patrick winkte mich über den Steg mit dem roten Geländer in einen Nebenraum, in dem zwei riesige, vier Meter hohe Eichenfässer standen. Ein Viertel der Fässer ragte wie die Spitze eines Eisberges in den Raum hinauf, in dem wir standen, während wir durch die Löcher in dem Metallsteg den Rest der Fässer bis hinunter ins Erdgeschoss sehen konnten.

»Das sind die Gärbottiche.«

Aus irgendeinem unerfindlichen Grund begann ich zu kichern. Patrick warf mir einen angewiderten Blick zu, was mich nur noch mehr kichern ließ. »Das Zuckerwasser aus dem großen Stahltank da draußen, das man auch Würze nennt, wird in diese Spezialbottiche geleitet«, sagte Patrick mit unglaublich ernster Miene. »Dann wird eine spezielle Brauhefe hinzugefügt, die den Gärungsprozess einleitet.«

»Wieso ist da ein Warnschild?«, fragte ich und deutete auf ein Schild, das an der Tür auf einen Gefahrenbereich hinwies.

»Während die Würze fermentiert, wird viel Kohlendioxid freigesetzt. Das Gas kann sich in diesem kleinen Raum sammeln, sogar noch in den Gärbottichen nach der Leerung. Hier kann man sich tatsächlich mit Kohlendioxid vergiften, wenn man nicht aufpasst.« Patrick tastete an der Seitenwand nach einem Lichtschalter.

»Wie lange gärt die Würze?« Ich gab mir redlich Mühe, mich zu konzentrieren.

»Zwei oder drei Tage, dann kommt sie in die Brennblasen«, antwortete Patrick, fand den Lichtschalter und legte den Hebel um.

Selbst mit Beleuchtung war es in dem Raum dämmrig, und die niedrige Decke trug dazu bei, dass der überwältigende Geruch nach gehendem Brotteig, der in der Luft hing, noch stärker wurde. Patrick schob ein kleines Sichtfenster im Deckel des ersten Bottichs auf, und ich linste in die trübe Flüssigkeit hinunter.

»Bäh!«, sagte ich und rümpfte angeekelt die Nase. »Das stinkt ja fürchterlich. Nicht mal der Hund hält das aus.« Ich machte kehrt und folgte Liam, der sich winselnd hinter den zweiten Bottich zurückgezogen hatte.

»Das muss so riechen«, versicherte mir Patrick. »Kein Grund zur Panik.«

»Nein ... ich glaube, Panik ist durchaus angebracht.« Ich riss Liam von dem zweiten Bottich weg, und mir brach trotz der Hitze der kalte Schweiß aus. Ich hätte nicht gedacht, dass es noch schlimmer kommen könnte, aber ich hatte mich geirrt.

Unter dem schweren halbkreisförmigen Holzdeckel des Bottichs ragten die Beine eines Mannes hervor, sein Kopf und sein Oberkörper hingen in der flüssigen Würze.

KAPITEL 6

Meine Hände zitterten heftig, als ich Liam an die Leine nahm und von dem Bottich wegzerrte. Dabei stieß ich in meiner Hast mit Patrick zusammen.

»Ist er …?«, hob Patrick mit schreckensweit aufgerissenen Augen an.

»Ich denke schon«, flüsterte ich. »Hier, halte mal Liam.«

Ich reichte Patrick die Hundeleine und bewegte mich vorsichtig auf den Körper zu. Bei näherem Hinsehen stellte ich fest, dass ein Arm noch aus dem Bottich hing. Ich nahm all meinen Mut zusammen, um das schlappe Handgelenk anzuheben. Nach einem Puls suchte ich vergebens. Nicht das kleinste Beben. Ich blickte auf und schüttelte als Antwort auf Patricks stumme Frage den Kopf.

»Scheiße.« Patrick schleuderte eine ganze Reihe wilder Flüche in die Luft, während er mit kreidebleichem Gesicht erregt auf und ab ging.

Meine von Panik gelähmten Gedanken hielten mit Patricks Tirade Schritt. Wie konnte das passiert sein? Mir lief es eiskalt über den Rücken, als ich an die Skizze von der Frau dachte, die mit einem Messer in der Brust an ein Fass gekettet war. Unwillkürlich schaute ich hinter mich, als erwartete ich, dass irgendwo in den finsteren Ecken dieses Raums ein Angreifer lauerte.

Liam winselte leise, aber nicht so, wie er das gemacht hätte, wenn ein Fremder in der Nähe gewesen wäre. Das war zumindest ein gutes Zeichen. Ich zwang mich, ein paarmal tief Luft zu holen, versuchte, meinen Puls wieder in den

Griff zu kriegen. Ein Unfall. Es musste ein Unfall gewesen sein. Vielleicht hatte es sogar etwas mit dem Kohlendioxid zu tun, von dem Patrick gerade gesprochen hatte.

»Warum hast du nicht bei der Polizei angerufen? Ich habe dich *angefleht*, das zu tun!« Patricks schrille Stimme traf mich wie eine Ohrfeige. »Du musstest ja alle Drohungen in den Wind schlagen, und jetzt hast du's.«

»Keine voreiligen Schlüsse«, konterte ich. »Diese Todesdrohungen waren gegen *mich* gerichtet. Allein gegen mich. Das hier … das hier *muss* ein Unfall gewesen sein.«

Patrick schien davon ebenso wenig überzeugt wie ich, doch seine Schimpfkanonade verebbte allmählich. »Ich glaube, mir wird schlecht.« Er sackte gegen den Türpfosten; sein Gesicht war merkwürdig grün geworden.

Ich war versucht, mich zu ihm zu gesellen, aber einer musste hier die Sache in die Hand nehmen. »Komm schon«, sagte ich. »Lass uns rausgehen. Du hast recht, wir müssen die Polizei rufen.« Ich bugsierte Patrick und Liam aus der Hitze und dem klebrigen Geruch des Heferaums. Mein Handy hatte kein Netz, also begaben wir uns nach unten und über den Hof ins Büro der Destillerie. Meine ungeschickten Bemühungen, den richtigen Schlüssel zu finden, brachten Cam auf den Plan, der müde an der Bürotür erschien.

»Wenn ihr beide es euch zur Gewohnheit macht, hier mitten in der Nacht rumzurennen, muss ich euch wohl zum Wachdienst verdonnern.«

»Wir hatten nicht damit gerechnet, dass Sie heute Nacht hier sein würden …« Ich zögerte, packte Liams Leine fester und suchte verzweifelt nach den richtigen Worten, um die Situation zu erklären. »Wir müssen telefonieren. Patrick und ich haben jemand gefunden in dem … in dem …«

»… in dem Gärbottich«, vollendete Patrick meinen Satz. »Einen Toten.«

Cam starrte uns beide an, als hätten wir den Verstand verloren, aber unser Gesichtsausdruck überzeugte ihn wohl davon, dass dies kein bizarrer englischer Witz war. Er rannte zum Still House und kehrte dann rasch und mit aschfahlem Gesicht zurück.

»Wer ist das? Und wie ist er da reingekommen?«, fragte Cam wie benommen. »Sollten wir ihn rausziehen?«

»Es ist zu spät, um da noch was zu ändern.« Ich zwang mich zu einem weiteren tiefen, beruhigenden Atemzug. »Und die Polizei will bestimmt sehen, wie die Dinge waren, als wir ihn gefunden haben.«

»Die sind schon unterwegs«, sagte Patrick, der gerade aus dem Büro wieder auftauchte.

Alle drei gingen wir ins Still House, ließen uns auf der Metalltreppe nieder und hielten in unbehaglichem Schweigen Totenwache.

»Wer schaut denn um diese Tageszeit noch in den Gärbottichen nach dem Rechten?«, fragte ich Cam, als das Trauma des Geschehens meiner natürlichen Neugier wich.

»Das ist es ja gerade. Niemand.« Cam schüttelte verwirrt den Kopf. »Ich hätte da morgen früh wieder vorbeigeschaut, aber so spät hätte hier eigentlich niemand mehr sein sollen. Grant und ich haben abwechselnd im Büro übernachtet, um die Lage hier im Auge zu behalten. Heute Nacht war ich dran, aber ich musste nach dem Empfang noch Pfarrer Wharton und seine Frau nach Hause bringen. Ich bin gerade erst hier angekommen.«

»Sollten Sie nicht MacEwen anrufen?«, fragte ich.

»Ja sicher, ich kann keinen klaren Gedanken fassen.« Cam ging ins Büro zurück.

»Ist es wirklich heiß hier oder liegt das an mir?«, fragte Patrick, lehnte sich ans Geländer und fächelte sich Luft zu. Er sah bleich und verschwitzt aus.

»Warum gehst du nicht raus?«, schlug ich vor. »Binde Liam im Hof irgendwo an, damit er nicht im Weg ist, und halte nach der Polizei Ausschau.«

Als ich allein war, ließ ich den Blick zur offenen Tür des Heferaums schweifen. Ich redete mir immer wieder ein, es müsste ein tragischer Unfall gewesen sein, aber ich konnte das Kribbeln im Nacken nicht ignorieren, das mir sagte, dass hier etwas nicht stimmte.

Hastig schlich ich mich die Treppe zum Zwischengeschoss hinauf und warf dabei einen Blick zurück durch die Tür auf den Hof. Keinerlei Anzeichen für Aktivität. Das war vielleicht meine einzige Chance. Ich ging in den dämmrigen Heferaum, benutzte die Taschenlampe an meinem Handy als Beleuchtung. Die Deckel der Gärbottiche waren gute einsneunzig bis zwei Meter im Durchmesser und aus schwerer Eiche. Sie ließen sich beide entlang der Mittellinie, wo sich zwei große Metallscharniere befanden, zur Hälfte aufklappen. Von meinem Standort aus gesehen schienen sie in gutem Zustand zu sein. Darunter musste es eine Art Stützsystem geben, um die schweren Deckel offen zu halten, sonst wären sie auf jeden heruntergekracht, der versuchte, sich über den Bottich zu beugen und etwas mit der Würze zu machen.

Ich holte tief Luft und ging auf die Leiche zu, zwang mich, meinen professionellen Instinkt das Kommando übernehmen zu lassen. Das Metallgitter um den zweiten Bottich war nass, aber ich konnte keine unmittelbaren Anzeichen für einen Kampf erkennen. Die dunkle Hose und das weiße Hemd hätten jedem gehören können, die Schuhe jedoch nicht. Schockiert von meiner Entdeckung, hatte ich sie beim ersten Hinsehen nicht wahrgenommen. Es waren rotschwarze Turnschuhe.

Ich begann zu zittern. Übelkeit überkam mich, Schock

und Alkohol zeigten ihre volle Wirkung. Ich hatte gesehen, wie Duff seine feinen Schuhe gegen diese schwarz-roten Turnschuhe getauscht hatte, ehe er beim Empfang nach der Beerdigung geholfen hatte. Plötzlich hatte die Gestalt in dem Bottich einen Namen und ein Gesicht.

Es war Duff.

Was hatte der hier zu suchen? Verschwommene Erinnerungen an das Ende der Zusammenkunft stiegen in mir auf. Duff war betrunken gewesen; wir waren alle betrunken. Das Letzte, woran ich mich erinnerte, war, dass Duff irgendwas gesagt hatte. Irgendwas darüber, dass man Bens Dame schützen und sie vor Schaden bewahren müsse. Er war besoffen, aber aufrichtig. Ich hörte noch seine warme, lebendige Stimme. Hatte er wie wir in Abbey Glen nach dem Rechten gesehen? Hatte er versucht, die Würze zu überprüfen, und die Kontrolle über den Deckel verloren? Das war sicher schon stocknüchtern nicht ganz einfach. Oder hatte er jemanden überrascht, der sich an den Gärbottichen zu schaffen machen wollte? In seinem Zustand wäre er nicht in der Lage gewesen, einen Angreifer abzuwehren, hätte der sich gegen ihn gewandt.

Ich versuchte, Abstand vom Horror der Situation zu gewinnen, indem ich mit meinem Handy rasch ein paar Aufnahmen machte. Ich konnte nicht alles verarbeiten, was ich jetzt sah, und ich wusste aus Erfahrung, dass die Bilder mir später gute Dienste leisten würden. Da hörte ich draußen im Hof eine Sirene und flitzte gerade noch rechtzeitig die Treppe hinunter, um die Polizei von Balfour in voller Mannschaftsstärke anrücken zu sehen – alle beide: einen kleinen Mann mit schütterem Haar und dem Gesicht einer Bulldogge, der eine marineblaue Barbour-Jacke trug, die bessere Zeiten gesehen hatte, und einen großen pickeligen jungen Mann, der mit einer Kamera, einem Klemmbrett und einer nagelneuen Rolle gelbem Tatortband hinter ihm hergetappt kam.

»Das ist Sergeant Bill Rothes«, sagte Cam, als sie näher kamen.

Sergeant Rothes nickte in meine Richtung, verlangsamte seine Schritte jedoch nicht. »Wann haben Sie ihn gefunden?«, fragte er.

»Vor etwa einer Dreiviertelstunde«, antwortete ich. »Wir haben ihn zunächst gar nicht bemerkt. Liam ist der Geruch aufgefallen.«

»Liam?«

»Das ist mein Hund.«

Rothes drehte sich auf der Treppe um und musterte mich von oben bis unten, als betrachte er eine potenzielle Unruhestifterin. »Was hatten Sie und Ihr Hund um diese Uhrzeit hier zu suchen?«

»Wir haben ein Auge auf mein Eigentum gehalten.«

Sergeant Rothes zog eine Augenbraue in die Höhe. »Das ist wohl Ihr gutes Recht. Warten Sie jetzt draußen. Ich muss noch mal mit Ihnen sprechen, wenn ich hier fertig bin.« Rothes entließ mich und begann, Befehle zu bellen. »Williams, diesen Bereich mit Band absperren, dann folgen Sie mir. Cam, halte Ausschau nach Kristen. Ich will sie sofort sehen, wenn sie hier ankommt.«

Ich saß mit Patrick auf einem niedrigen Mäuerchen gegenüber dem Still House und betete wortlos, dass ich mich in der Person des Opfers geirrt hatte, obwohl mir mein Herz sagte, dass das nicht der Fall sein konnte. Nach ungefähr zehn Minuten kam MacEwen in einem alten Truck auf den Hof gebraust und rannte sofort ins Gebäude. Ich war mir nicht sicher, ob er uns überhaupt gesehen hatte. Gleich danach tauchte ein dunkelblauer Mini Cooper auf. Die Fahrerin war eine attraktive Frau, die schwarze Jeans und einen langen grauen Aranpullover trug. Sie warf sich eine schwarze Tasche über die Schulter und überquerte den Hof. Dabei fasste sie ihre schimmernde blonde Haarmähne mit einem schwarzen Clip zusammen.

»Abi?«

»Ja.«

»Dr. Ramsey«, sagte sie und streckte mir die Hand hin.

Ich hatte während Bens Krankheit einige Male mit Kristen Ramsey gesprochen, aber wir waren uns nie begegnet. Ich hatte mir stets eine ältere, gesetztere Frau vorgestellt, nicht diese blonde Sexbombe mit rehbraunen Augen. Kein Wunder, dass Ben darauf bestanden hatte, außer seinen Spezialisten in der Harley Street auch noch seine Ärztin vor Ort zurate zu ziehen.

»Schön, Sie endlich kennenzulernen«, sagte ich.

»Ebenfalls. Leider nicht unter günstigen Umständen. Wo ist Bill?«

»Sergeant Rothes? Der ist drinnen«, antwortete ich.

»Gut, dann gehe ich besser zuerst zu ihm. Wir können uns später noch unterhalten.« Sie nahm ihre Tasche wieder auf die Schulter und machte sich auf den Weg zur Tür des Still House.

Patrick und ich saßen eine Weile bibbernd in der Nachtluft, ehe Cam herauskam und sich wieder zu uns gesellte.

Er ließ sich neben dem Mäuerchen auf die Erde sacken und wirkte völlig am Boden zerstört. »Es ist Duff«, sagte er, zog eine Taschenflasche hervor und nahm einen Schluck.

Patrick zuckte zusammen. »Nein … das kann nicht sein.«

Das Herz wurde mir schwer, mein Verdacht hatte sich leider bestätigt. »Er war doch noch ein halber Junge«, flüsterte ich.

Cam zündete sich eine Zigarette an und starrte zu Boden.

»Er hat eine hässliche Platzwunde hinten am Kopf, und Rothes überlegt, ob Duff vielleicht versucht hat, sich an dem Gärbottich zu schaffen zu machen, und dann in seine eigene Falle getappt ist.«

»Warum sollte Duff versucht haben, in Abbey Glen Probleme zu machen?«, fragte ich verdutzt.

»Das hätte er nie getan. Jedenfalls sehe ich das so.« Cam schüttelte den Kopf. »Verdammter Idiot, der Junge. Verschwendung von einem guten Bottich Würze.« Cam schaute schweigend dem Rauch seiner Zigarette nach, der in der Brise verwehte.

Was für eine eigenartige Bemerkung! Doch trotz des forschen Tonfalls spürte ich, dass Cam zutiefst erschüttert war. Wir drei saßen eine gute Stunde schweigend da. Cam rauchte eine Zigarette nach der anderen, das einzige äußere Zeichen für seine Verzweiflung. Liam lehnte sich an mich und beobachtete das Kommen und Gehen im Still House mit misstrauischem Blick.

Duff die Rolle des Saboteurs zu geben, das schien mir eine bequeme Lösung für das Problem mit der Sabotage zu sein, aber keineswegs eine logische. Was hätte Duff denn davon gehabt, wenn er Bens Destillerie schädigte? Viel wahrscheinlicher war es doch, dass sich schon jemand an dem Deckel des Bottichs zu schaffen gemacht hatte und Duff nur das Pech hatte, als Erster auf der Szene zu erscheinen. In seinem Zustand war ein Unfall beinahe unvermeidlich gewesen.

Endlich erschien Kristen Ramsey wieder und kam auf uns zu.

»Danke, dass Sie gewartet haben. Bill kommt in ein paar Minuten auch. Er möchte mit Ihnen beiden reden. Und Grant möchte mit dir sprechen, Cam.« Cam erhob sich steif und machte sich auf den Weg zum Still House.

»Können Sie uns sagen, was passiert ist?«, fragte ich.

»Böser Schlag auf den Hinterkopf, aber das ›Wie und Warum‹ ist Rothes' Sache, nicht meine.«

»Was geschieht jetzt?«, fragte ich.

»Unter den gegebenen Umständen wird eine Autopsie vorgenommen. Nicht hier natürlich, dazu sind wir ein zu kleines Krankenhaus. Wir nutzen die Klinik in Stirling. Keine Sorge, ich achte darauf, dass die Sache rasch erledigt wird.«

»Gibt es irgendein Anzeichen dafür, was er zu so später Stunde hier zu suchen hatte?«, fragte Patrick.

»Keine Ahnung. Hören Sie, es tut mir leid, dass ich die Beerdigung und den Empfang versäumt habe«, sagte sie und wandte sich mir zu. »Leider gibt es in einer Stadt dieser Größe nur eine Ärztin, und die bin ich. Ich hatte seit dem frühen Morgen mit einer Patientin im Krankenhaus zu tun.«

»Das hätte Ben verstanden«, sagte ich. »Ich habe auch ein schlechtes Gewissen. Ich hätte mich schon früher mit Ihnen in Verbindung setzen sollen, Frau Doktor. Ich wollte Ihnen für alles danken, was Sie für ihn getan haben … besonders am Ende.«

»Bitte nennen Sie mich Kristen. Ben war ein wunderbarer Mensch und ein guter Freund. Aber es ist eben dann doch ziemlich schnell schlimmer geworden«, sagte sie mit einem Seufzer. »Natürlich wollte Ben Sie nicht beunruhigen, doch ich war mir sicher, dass Sie es wissen wollten. Leider war er ziemlich sauer, dass ich mit Ihnen Kontakt aufgenommen hatte.«

»Kann ich mir vorstellen«, sagte ich mit einem traurigen Lächeln.

»Wenn es Ihnen hilft, er hatte ein sehr friedliches Ende. Grant und ich waren beide bei ihm, als er gestorben ist.«

Das half mir gar nicht. Ich schaute auf meine Hände hinunter und versuchte, die drohenden Tränen zurückzuhalten. »Danke«, murmelte ich. Das Wissen, dass Grant bei ihm gewesen war und ich nicht, erfüllte mich erneut mit unerträglicher Trauer und Reue.

Kristen tätschelte mir die Schulter. »Es sieht so aus, als brauchten die da drüben Sie jetzt«, sagte sie, deutete auf einen der Polizisten und entfernte sich. »Ich erledige noch ein paar Telefonate, muss einiges organisieren. Wir können uns, wenn Sie möchten, später unterhalten.«

Rothes kam mit großen Schritten über den Hof, blieb kurz stehen, um sich mit Kristen zu besprechen, eher er weiter auf uns zueilte.

Ich stellte ihm Patrick vor, und Rothes notierte sich unsere Kontaktdaten. »Ich muss ein paar Dinge klären, ehe ich Sie gehen lasse, Ms Logan. Sie sagten, Sie sind gegen 22.45 Uhr im Still House angekommen?«

»So ungefähr«, antwortete ich.

»Wieder eingebrochen, ja?«

Cam hatte uns offensichtlich verpetzt. »Nein, wir sind durch die Hintertür rein.«

»Sie haben jetzt Ihren eigenen Schlüssel?«

»Ja, aber die Tür war nicht abgeschlossen.«

Rothes machte sich eine Notiz, ehe er mich streng anschaute. »Hat irgendjemand gesehen, wie Sie in das Gebäude gegangen sind?«

»Ich denke nicht.«

»Wer hatte sonst noch Schlüssel für die Destillerie?«

»Grant und Cam, vermute ich mal. Wer noch, das weiß ich nicht. Ich bin erst etwa achtundvierzig Stunden in der Stadt.«

»Und doch hielten Sie es bereits für notwendig, hier nach dem Rechten zu schauen?«

»Angesichts der Probleme in letzter Zeit, ja.«

»War sonst noch jemand hier?«

»Wir haben niemanden gesehen.«

»Haben Sie einen der Bottiche berührt, während Sie da drinnen waren?«

»Nur den Deckel des Bottichs, der am nächsten bei der Tür steht. Als dann Liam unsere Aufmerksamkeit auf die … auf Duff lenkte, sind wir weggegangen. Wir wussten, dass wir nichts verändern durften.«

»Und der Deckel war unten, als Sie ihn gefunden haben?«

»Ja.«

»Gut, Ms Logan. Wir halten den Heferaum jetzt unter Verschluss. Kein Zutritt, für niemanden. Unser Bezirksbüro in Stirling schickt morgen ein Team von der Spurensicherung, das den Bottich untersuchen wird. Der leitende Beamte hat wahrscheinlich noch mehr Fragen an Sie beide. Sie hatten doch nicht daran gedacht, sofort nach London zurückzukehren?«

»Nicht gleich.« Ich zögerte kurz. »Können Sie sagen, ob sich jemand am Deckel des Bottichs zu schaffen gemacht hat?«

Rothes antwortete erst nach einigem Zögern. »Sieht ganz so aus. Allerdings ist das eine knifflige Sache. So was kann leicht nach hinten losgehen.«

Also hatte Cam Recht. Rothes versuchte, Duff diese Sache anzuhängen. Wusste er etwas, das ich nicht wusste? »Wollen Sie damit sagen, dass Duff umgekommen ist, weil ihm der Deckel, an dem er herumhantiert hat, aus der Hand gefallen ist?«, forschte ich nach.

»Dazu ist es noch zu früh«, erwiderte Rothes, »aber jemand hat sich an dem Deckel zu schaffen gemacht, und Duff war als Einziger da … außer Ihnen beiden.«

Rothes hoffte wohl, ich würde ihm auf den Leim gehen.

Ich ignorierte seine Bemerkung. »Welches Motiv könnte Duff denn gehabt haben, Abbey Glen zu sabotieren?«, wollte ich wissen.

»Das ist eins von den vielen Dingen, die wir untersuchen werden.«

So leicht ließ ich mich nicht abwimmeln. »Duff war gestern Abend ziemlich betrunken. Es könnte sein, dass er nach Abbey Glen gegangen ist und versucht hat, unseren Eindringling zu erwischen«, schlug ich vor. »Vielleicht hat er den Saboteur gestört und wurde dann von ihm angegriffen.«

»Oder er ist zu spät hier angekommen und hatte einen Verdacht, dass jemand an dem Deckel herumhantiert hatte. Wenn er versucht hat, den Deckel anzuheben und der auf ihn runtergefallen ist, könnte er K. o. gegangen sein«, fügte Patrick hinzu. Ich merkte, dass ihm der Gedanke, Duff könnte der Saboteur sein, genauso wenig gefiel wie mir. »Mit dem Gesicht in der Würze wäre er rasch ertrunken, und wenn ihn die Würze nicht erledigt hat, dann das Kohlendioxid.«

Rothes schaute mich stirnrunzelnd an. »Das ist mein Fall, Ms Logan, nicht Ihrer. Falls Duff für die Sabotage verantwortlich war, kriegen wir das raus; wenn jemand anderer schuld war, dann finden wir auch das raus. Wir brauchen keine Hilfe von zwei Londoner Pressefritzen.«

Zäh, solide und *schwerfällig* kam mir in den Sinn. Rothes wirkte recht kompetent, und er war der dienstälteste Beamte in Balfour, trotzdem war er nur Sergeant. Eine der Fallen des Kleinstadtlebens. Er würde wahrscheinlich irgendwann die richtige Antwort finden, aber nicht in der näheren Zukunft. Wir konnten nur hoffen, dass die Beamten vom Bezirk mehr Erfahrung hatten.

Patrick gab mir einen Rippenstoß und murmelte: »Sag's ihm.«

Rothes nahm Blickkontakt mit mir auf. »Was sollen Sie mir sagen?«

»Ich wollte morgen zu Ihnen kommen«, gab ich zu. »Seit Bens Tod habe ich ein paar Briefe erhalten, in denen mir mit dem Tod gedroht wird, wenn ich versuchen sollte, Abbey Glen zu behalten.«

»Warum haben Sie nicht schon früher was gesagt? Diese Briefe könnten die Indizien sein, die wir benötigen, um herauszufinden, wer das hier macht. Hätten Sie die uns gleich gegeben, hätten wir vielleicht diesen ganzen Schlamassel verhindern können.« Rothes blickte finster drein, war eindeutig nicht erfreut über mich. »Ich will diese Briefe so bald wie möglich auf dem Schreibtisch haben, und fassen Sie sie nicht mehr als nötig an.«

Rothes ging mit großen Schritten auf Kristen und Grant MacEwen zu, die in der Tür des Destillerie-Büros standen. Ich hatte mir die Ortspolizei sicher nicht zu Freunden gemacht und konnte nun nicht damit rechnen, dass Informationen in meine Richtung flossen.

Wenn ich herausfinden wollte, was geschehen war, wäre ich auf mich allein gestellt.

»Warte noch einen Augenblick«, sagte ich zu Patrick und reichte ihm Liams Leine.

»Wohin gehst du?«

»Ich hab da was vergessen.«

Ich rannte ins Still House zurück. Der junge Williams stand draußen und kotzte leise ins Gebüsch. Durch die Tür konnte ich sehen, dass Rothes noch auf dem Hof mit Kristen und Grant redete und mir den Rücken zugewandt hatte. Man hatte Duffs Leiche aus dem Bottich gezogen, und er lag auf dem erhöhten Steg. Feuchtigkeit triefte in kleinen Pfützen auf den Zementboden hinunter. Ich zögerte einen Augenblick, ehe ich die Treppe hinauflief, immer zwei Stufen auf einmal, um mir die Leiche näher anzusehen. Duff lag auf dem Bauch, war mit einer Plastikplane abgedeckt.

Ich schlug die Abdeckung weit genug zurück, um die Wunde an seinem Hinterkopf untersuchen zu können. Bei dem Anblick wurde mir übel. »Verzeih mir«, flüsterte ich, ehe ich mit meinem Handy ein paar Nahaufnahmen machte und dann wieder die Treppe hinunterflitzte.

»Ms Logan? Was zum Teufel haben Sie hier verloren?«, bellte Rothes, der durch die Tür hereingestürmt kam.

Zum Glück war ich die Treppe schon mehr als halb hinunter. »Hatte mein Telefon auf dem Treppenabsatz vergessen«, flunkerte ich und schwenkte es in der Luft.

»Sie müssen sofort hier raus.« Rothes packte mich am Arm, als ich an ihm vorbeiging, und riss mich zu sich herum. »Es sollten besser keine Bilder von diesem Tatort in irgendeiner Boulevardzeitung erscheinen, sonst kriegen Sie es mit mir zu tun. Ist das klar?«

»Ich bin nicht diese Sorte Journalistin«, blaffte ich.

»Gut. Dann sorgen wir dafür, dass das auch so bleibt.«

Ich befreite meinen Arm aus seinem Klammergriff und ging nach draußen zu Patrick und Liam. »Kommt, nichts wie weg hier.«

»Was ist los?«

»Ich erzähle es dir zu Hause.« Ich trabte los, versuchte, mich nicht von meiner aufsteigenden Hysterie überwältigen zu lassen. Patrick kam keuchend hinter mir her.

Als wir Haus Haven erreichten, schloss ich die Tür sicher hinter uns ab und warf noch ein Scheit aufs Feuer im Wohnzimmer, um gegen die Müdigkeit anzukämpfen, die mich bis ins Mark frösteln ließ.

»Was ist los?«

»Duffs Tod war kein Unfall«, sagte ich. »Er wurde ermordet.«

KAPITEL 7

Ermordet?« Patrick beugte sich auf der Couch vor und starrte mich an. »Wieso hat Rothes seine Meinung so schnell geändert?«

»Das hat er nicht – noch nicht, aber ich würde meinen letzten Heller darauf verwetten. Ich habe in meinem Leben viele Verletzungen gesehen. Genug, um in der Notaufnahme bei der Ersteinschätzung zu helfen, wenn Not am Mann ist. Wäre ein Holzdeckel auf Duffs Kopf heruntergekracht, dann hätte er starke innere Blutungen und schlimme Prellungen, aber so was habe ich nicht gesehen.«

Ich ging meinen Laptop aus der Bibliothek holen, lud die Bilder von meinem Handy darauf und öffnete sie auf dem Bildschirm.

»Abi! Das ist ja widerlich!«

»Ich weiß, aber versuche, einen Augenblick nicht an die Person, sondern nur an die Verletzung zu denken. Schau dir den Nacken an.« Ich machte mit dem Zeigefinger einen Kreis um die Stelle. »Das ist eine tiefe Platzwunde. Etwas Scharfes ist in einem begrenzten Gebiet durch die Haut eingedrungen. Eine solche Wunde bekommt man nicht, wenn ein flacher Holzdeckel auf einen runtersaust. Nichts an diesem Deckel könnte eine solche Verletzung verursachen. Ich würde meine Berufsehre darauf verwetten, dass Duff woanders getötet und dann zu diesem Bottich gebracht wurde.«

Patrick sah wieder ziemlich grün aus. »Aber *warum*?«

»Warum er umgebracht wurde? Ich weiß es nicht. Warum hat man ihn in Abbey Glen in einen Bottich geworfen? Ich tippe, dass der Mörder es wie einen Unfall aussehen lassen wollte. Schau dir diese Bilder von den Bottichen an. Der am nächsten bei der Tür hat dicke Metallstifte in den Scharnieren am Deckel, aber der, in dem wir Duff gefunden haben, nicht. Die hat wahrscheinlich der Täter, der Duff Sabotage in die Schuhe schieben wollte, entfernt.« Ich fröstelte trotz der Wärme des Feuers, und Liam kam und legte sich quer über meinen Schoß, er hatte wohl meine Traurigkeit gespürt.

»Das ist eine teuflische Anklage.«

»Ich weiß.«

»Und wenn jemand Duff absichtlich getötet hat ...«

»... dann sind die Drohungen gegen mich mehr als heiße Luft.«

»Du musst das Rothes sagen.«

»Der würde ausrasten, wenn er wüsste, dass ich Aufnahmen von der Leiche gemacht habe. Er glaubt anscheinend ohnehin schon, dass wir so eine Art Paparazzi sind. Wenn ich recht habe, wird die Autopsie meine Vermutung bald bestätigen, und ich denke, die Ermittler vom Bezirksbüro haben vielleicht mehr Erfahrung mit solchen Dingen.«

Ich ging in die Küche und schnappte mir ein paar offene Weinflaschen, die noch von dem Empfang übrig waren. Kaum zu glauben, dass die letzten Gäste erst vor ein paar Stunden gegangen waren. Ich spürte bereits jetzt die Anfänge meines morgigen Katers, und der Stress drehte mir den Magen um. Das würde durch den Wein auch nicht besser werden, aber schlimmer ging es sowieso kaum noch. Ich bot Patrick den Rotwein an, setzte mich vor den Kamin und trank den Weißen gleich aus der Flasche. »Ich kann mir nicht vorstellen, dass der Bericht des Gerichtsmediziners lange auf sich warten lässt. Da gibt es ganz offensichtlich Unstimmigkeiten. Wenn *ich* das merke, dann sehen die das bestimmt auch sofort.« Ich versuchte, selbstsicherer zu wirken, als ich mich fühlte.

»Aber du kannst dich doch nicht einfach zurücklehnen und abwarten«, beharrte Patrick. »Der Mörder könnte verschwinden oder zumindest Zeit haben, seine Spuren zu verwischen. *Du* musst herausfinden, wer Duff umgebracht hat, und zwar schnell. Machen wir uns nichts vor, du hast wahrscheinlich wesentlich mehr Erfahrung mit gewaltsamen Todesfällen als Rothes.«

»Kann schon sein.«

»Natürlich hast du das. Nicht nur das, du hast auch gute Instinkte. Das macht dich ja in deinem Beruf so unglaublich gut.«

»Das ist der Selbsterhaltungstrieb...«, scherzte ich.

»Nein, Abi. Diese falsche Bescheidenheit passt nicht zu dir. Du hast die verblüffende Fähigkeit, die Leute so zu sehen, als wären sie durchsichtig. Du siehst, wer und was sie wirklich sind. Schwach oder stark, böse oder freundlich, und auf deinen Fotos fängst du all das ein. Jede kleinste Nuance. Ich könnte die gleichen Leute fotografieren und würde niemals so wie du einfangen, was ihr innerstes Wesen ausmacht. Jedes deiner Fotos ist ein Kunstwerk, eine wahre Enthüllung.«

Ich spürte, dass ich errötete. »Sei nicht albern.«

»Ich bin nicht albern. Es kann kein Irrtum sein, dass du fünfmal als Fotografin des Jahres ausgezeichnet wurdest. Du hast eine Begabung dafür, die Menschen zu durchschauen. Nutze sie.«

»Mord ist eine komplizierte Sache. Ich wüsste nicht einmal, wo ich anfangen sollte.«

»Mord hat mit Beziehungen zu tun und mit Motiven. Es geht dabei um Leute, und du, meine liebe Freundin, bist gut im Umgang mit Leuten. Komm, tu mir den Gefallen. Wir spielen Drei Wörter.«

Mich schauderte ein wenig. »Duffs Wörter sind mir laut und deutlich in den Sinn gekommen, als ich ihn kennengelernt habe«, gab ich zu. »*Schlau, abwehrend* und *tief versunken.*«

»Das ist ja schrecklich.«

»Nicht in Flüssigkeit versunken, zumindest habe ich das nicht gedacht, als es mir eingefallen ist. Ich dachte, er wäre tief versunken im Whiskygeschäft, seiner Geschichte und dem Whiskymachen.«

»Ich denke, das begreife ich, und *schlau* auch, aber *abwehrend*? Er schien mir nicht übermäßig sensibel zu sein.«

»Nicht sensibel, eher beschützend. Wusstest du, dass sein Taufname Liam war? Er hat mir erzählt, dass es Gälisch für ›unerschütterlicher Beschützer‹ ist. Er hat sich sehr um seine Mutter gekümmert, nachdem sein Vater gestorben war.«

»Okay, aber das ist nichts wirklich Negatives, stimmt's? Das ist eher ein gutes Zeichen. Was sagt dir dein Bauchgefühl? Opfer oder Saboteur?«

Ich schloss die Augen und versuchte, den Aufruhr in meinen Gedanken zu beruhigen. »Opfer«, sagte ich schließlich.

»Na also. Jetzt beweise das.«

»Leichter gesagt als getan.« Ich fühlte mich reichlich mitgenommen. Würde ich wirklich die geistige Stärke haben, das zu tun? Ich schaute zu Patrick. »Wenn ich das versuche, brauche ich deine Hilfe.«

»Was immer nötig ist«, stimmte Patrick zu. »Du hast noch zwei Wochen, ehe du wieder in die große weite Welt zurückmusst. Finde heraus, wer das getan hat. Ben hätte sich gewünscht, dass du das machst.«

»Spiel jetzt bloß nicht die Schuldkarte aus«, knurrte ich.

Patrick musterte mich mit schief gelegtem Kopf. »Das brauche ich nicht. Du hältst sie sowieso schon in der Hand.«

Ich blieb am Kamin sitzen, als Patrick ins Bett ging. Er

hatte recht. Ich musste es versuchen. Für Ben, für Duff und für mich. Ich hatte nie viel von Zufällen gehalten. Und ich hegte keinen Zweifel daran, dass das, was Duff widerfahren war, mit dem Besitzerwechsel der Destillerie zu tun hatte. Also waren Ben und ich verantwortlich. Entweder war der arme junge Kerl hereinspaziert, hatte unseren Saboteur auf frischer Tat ertappt und sich ihm entgegengestellt, oder er hatte sein Bestes getan, um die Destillerie zu schützen, und war in die Falle des Saboteurs geraten. Ob es nun eine spontane oder eine vorsätzliche Tat war – wer immer sich letzte Nacht in der Brennerei aufgehalten hatte, er hatte Duff getötet.

Wenn wir ihn aufscheuchen konnten, würden wir dabei mehr als nur ein Geheimnis lüften, dessen war ich mir sicher.

Ein paar Stunden rastlosen Schlafs reichten in keiner Weise aus, um mich für einen frühmorgendlichen Besuch von Richard Thomas zu stärken, zumal ich auch einen Kater von epischen Ausmaßen hatte. Zum Glück war das Treffen nur kurz. Als ich Thomas zur Tür begleitete, drehte sich mir alles im Kopf. Ich ging wie in Trance nach oben und warf mich auf das Bett im großen Schlafzimmer, um noch ein paar Stunden weiterzuschlafen. Kaum war ich eingeschlummert, als mich Klopf- und Kratzgeräusche aus dem Wohnzimmer unten wieder aufweckten. Wer zum Teufel machte an einem Sonntag einen solchen Krach? Ich stolperte nach unten und erblickte zu meiner Überraschung einen dünnen, grauhaarigen Mann in einem zerschlissenen Pullover und farbbeklecksten Jeans, der an der Umrandung des Kamins herumschmirgelte.

»Morgen, Miss.« Ich musste auf die Uhr schauen. So unglaublich es mir schien, es war noch nicht Mittag. Das Gesicht, das mich begrüßte, kam mir aus dem Trauergottesdienst bekannt vor, aber der Name wollte mir nicht einfallen.

»Morgen«, gab ich zurück, während sich ein feiner Staubschleier zu meinen Füßen auf dem Boden ausbreitete. »Tut mir leid, und Sie sind ...?«

»Hunter, Miss. Hunter Mann«, antwortete er.

Ich brauchte einen Augenblick, bis ich begriff, dass das, was er wie »Hoonter« aussprach, tatsächlich der Name Hunter war. Sein schottischer Akzent war so stark, dass ich mich sehr konzentrieren musste. »Gut ... aber was genau machen Sie hier?«

»Die Umrahmung haut noch nicht ganz hin. Da ist was schief.«

»Na ja ... das habe ich eigentlich nicht gemeint. Ich meine, warum sind Sie hier ... jetzt am Sonntag?«

»Meine Frau hat dieses Wochenende ihre Schwester zu Besuch«, antwortete er, »und da hocken bei mir zu Hause ein Haufen Weiber um den Küchentisch und reden über die schlimme Sache mit Duff. Ich konnte das Gegacker einfach nicht mehr aushalten. Musste raus und was mit den Händen tun.«

»Und ... Mr Cooke hat Sie ins Haus gelassen?«, fragte ich und hielt Ausschau nach Patrick.

»Ach nein. Wollte Sie beide nicht stören. Sie müssen ja fix und fertig sein«, meinte Hunter. »Ich hab mir einfach selbst aufgeschlossen. Also, machen Sie ruhig mit dem weiter, was Sie machen wollten. Mir sind Sie nicht im Weg, Mädel.«

Ich klappte den Mund auf und gleich wieder zu, weil mir keine angemessen Antwort einfallen wollte.

»Meine Frau sagt, sie hofft, das Brot hat ihnen geschmeckt.«

»Es war wunderbar«, erwiderte ich. »Sagen Sie ihr bitte Danke schön von uns.« Damit hatte ich schon zwei Geheimnisse aufgedeckt, das um unsere Bäckerin und das um den Besitzer des Schlüssels für Haus Haven.

»Und jetzt machen Sie sich mal keine Sorgen«, fuhr mein Besucher beruhigend fort. »Ben hat mich schon vor ewigen Zeiten für diese Schreinerarbeiten bezahlt. Es geht nur noch darum, alles fertig zu kriegen, und das tu ich. Keine Sorge.«

Hunter sah ziemlich zufrieden aus, aber er ging mit seinem eigenen Schlüssel und nach seinem ganz persönlichen Zeitplan in meinem Haus ein und aus. Wie viele Leute wohl dieses Privileg sonst noch genossen?

Hunter warf mir aus dem Augenwinkel einen neugierigen Blick zu. Ich konnte erkennen, dass er darauf brannte, mir eine Frage zu stellen. »Stimmt es, dass man Duff in der Würze gefunden hat?«

Ich nickte.

»Ertrunken?«

»Das glauben die bei der Polizei anscheinend«, erwiderte ich ausweichend.

Hunter schüttelte traurig den Kopf. »Verdammt noch eins. Erst Ben, und jetzt das.«

Ich war völlig erschöpft und funktionierte nur noch automatisch, aber ich wusste, dass ich auf keinen Fall die Chance verpassen durfte, jemandem Fragen zu stellen, der gern redete. Und Hunter redete gern.

»Ich hatte ja kaum Gelegenheit, Duff kennenzulernen; er schien ein wirklich netter junger Mann zu sein. Die Leute müssen am Boden zerstört sein«, regte ich ihn an.

»Ja, der ganze Ort spricht von nichts anderem.«

»Klingt ganz so, als hätte Ben ziemlich viel Zeit mit ihm verbracht.«

Hunter lächelte traurig. »Hat ihn wie seinen Sohn behandelt, wirklich. Duff war im Herzen ein anständiger Kerl, aber nach dem Tod seines Vaters ist er ein bisschen aus der

Spur geraten. Ist immer weggerannt und im ganzen Tal rumgestreut. Siobhán ist vor Sorgen um Jahre gealtert, ehrlich, aber Ben hat ihn wieder auf die Reihe gekriegt. Hat viel Zeit mit ihm verbracht, wenn er hier war, und hat ihm in Abbey Glen ab und zu was zu tun gegeben, bis der Junge alt genug war, um da eine echte Hilfe zu sein.«

»Und Duff hat gern in Abbey Glen gearbeitet?«

»Sehr gern, aber der hätte für Ben alles gemacht.«

»Hat sich Duff oft bis spät nachts in der Destillerie aufgehalten?«

»Nein, an den meisten Abenden hat er im Hirsch hinter der Theke gestanden, doch nach allem, was man sich hier so von den Vorfällen in der Brennerei erzählt, könnte das einen Sinn ergeben. Er ist wohl vorbeigegangen, um in Abbey Glen nach dem Rechten zu sehen, weil der Pub geschlossen hatte.«

Also hatte die Nachricht über die Sabotage zusammen mit der von Duffs Tod im Ort die Runde gemacht. »Meinen Sie, dass er bei der Sabotage in Abbey Glen seine Hand im Spiel hatte?«

Hunter richtete sich auf und schaute mich an; seine matten blauen Augen schimmerten wässrig hinter der Nickelbrille. »Duff hat Abbey Glen mindestens genauso geliebt wie Ben«, sagte er mit Entschiedenheit. »Der hätte nie was getan, was der Brennerei schaden könnte.«

»Selbst wenn er wütend darüber war, dass nun eine Frau die Zügel in der Hand hält?« Ich konnte nicht umhin, ich musste ihn herausfordern.

»Das war ihm einerlei. Duff wurde von seiner Mutter großgezogen, und die ist ein ziemlich zäher Brocken. Er hatte kein Problem mit einer Chefin. Genauso wenig wie ich. Gott weiß, meine Frau führt bei uns seit dem Tag das Regiment, als ich ihr das Jawort gegeben habe.«

Hunter wandte sich mit steifem Rücken wieder seiner Arbeit zu. Ich hoffte, dass ich ihn mit meinen Fragen nicht beleidigt hatte. Ich schätzte Duff genauso ein wie er, aber ich wollte das von jemandem hören, der ihn besser kannte als ich. In der nun folgenden Stille beobachtete ich fasziniert, wie Hunter mit einem winzigen Meißel an der Oberfläche eines Blattes entlangfuhr, das aus dem körnigen Holz an der Ecke der Kamineinfassung emporspross. »Haben Sie hier alle Holzarbeiten gemacht?«, fragte ich.

»O ja«, antwortete er. »Die Handläufe, die Regale, die Deckenleisten, alles. Ben hatte eine Schwäche für Holzschnitzereien.«

»Er hatte ein gutes Auge, das ist mal sicher.« Im hellen Licht des Tages konnte ich zum ersten Mal die Einzelheiten sehen. »Die Sachen sind wunderschön, aber das muss ja ewig gedauert haben.«

»Fünf Jahre, so ungefähr, aber langsam wird's.«

»Fünf Jahre.« Ich versuchte, mein ungläubiges Staunen zu verbergen. »Und wie viel länger dauert es noch, bis alles fertig ist?«

»Vielleicht bin ich Ende des Jahres fertig … vielleicht auch nicht.«

»Ah …«

Mit dieser glasklaren Aussage verabschiedete ich mich in Richtung Küche. Mein Bauchgefühl sagte mir zu Hunter: *sorgfältig, künstlerisch begabt, ungekünstelt.* Nichts blieb verborgen, nichts war unecht. Das war tröstlich, denn schließlich hatte er einen Schlüssel zu meinem Haus.

In der Küche war Patrick mit einem doppelten Espresso zugange und briet sein berüchtigtes Katerfrühstück.

»Du bist Hunter begegnet?«, fragte er und gab Tomaten in die Pfanne.

Ich nickte vorsichtig, weil ich Angst hatte, mein Schädel könnte zerplatzen, wenn ich mich zu abrupt bewegte.

»Netter Kerl und ein toller Kunsthandwerker«, merkte Patrick an.

»Ja, aber er ist in meinem Haus, und er hat einen eigenen Schlüssel«, flüsterte ich.

»Der ist mindestens fünfundsiebzig und kaum das, was man einen kernigen Typen nennt. Ich bin mir sicher, der ist harmlos«, beruhigte mich Patrick.

»Da hast du bestimmt recht, aber damit ist die Privatsphäre hier hinüber.«

»Er ist vor einer Stunde aus heiterem Himmel aufgetaucht. Hat mich zu Tode erschreckt und mir dann eine gute Dreiviertelstunde lang ein Ohr abgekaut«, grummelte Patrick, während er versuchte, meine Aufmerksamkeit davon abzulenken, dass er Liam heimlich mit Speck fütterte. Ein einziges Stück Schweinefett und achtzehn Monate Disziplin sind zum Teufel. Ich warf den beiden einen angewiderten Blick zu und schenkte mir Kaffee ein.

»Hast du von ihm was Wichtiges erfahren?«

Patrick reichte mir einen Teller mit einem wahren Berg aus Würstchen, Spiegeleiern und Toast. »Ich weiß jetzt, dass seine Frau aus einer großen Familie stammt, von denen die meisten was mit Viehzucht zu tun haben. Wusstest du, dass ein Durchschnittsschaf nur elf Jahre alt wird?«

»Faszinierend, wenn auch wohl wenig hilfreich, es sei denn, Schafe könnten mit ihren kleinen Hufen Schaden in Destillerien anrichten.«

»Was hatte Richard Thomas denn so zu erzählen?«

»Er wollte sich vor allem erkundigen, wie mein wertes Befinden nach dem gestrigen Abend ist.«

Patrick senkte seine Stimme zu einem Flüstern. »Hast du ihm gesagt, dass es deiner Meinung nach Mord war?«

»Nein. Ich glaube nicht, dass er es gut fände, wenn ich mich da einmische. Ich habe den Verdacht, Thomas' Hauptsorge ist, die Nachricht von dieser Sache mit Duff könnte den Verkauf von Abbey Glen gefährden.«

»Warte, bis er hört, dass es kein Unfall war. Andererseits weckt das unter Umständen ein gewisses makabres Interesse an dem Anwesen.«

»Sei nicht so unfein. Jedenfalls ist Thomas gekommen, um mir Einzelheiten zu der Erbschaft von Siobhán Morgan mitzuteilen. Laut Thomas hat Ben einen Teil ihrer Schulden bezahlt und ihr und Duff dann noch einen festen Geldbetrag vermacht. Thomas wollte wissen, ob ich das anfechten möchte.«

»Was hast du gesagt?«

Ich zuckte die Achseln. »Es geht mich nichts an, wem Ben sein Geld vermacht hat.« Es ging mich nichts an. Wirklich nicht. Aber ich fühlte mich trotzdem verletzt, weil Ben nicht erwähnt hatte, dass er hier oben eine Beziehung mit einer Frau hatte. Eine so enge Beziehung, dass er ihr in seinem Testament eine beträchtliche Summe vermachte.

»Er hat vor einer Weile mal eine Freundin erwähnt, aber das habe ich nicht ernst genommen. Irgendeine Frau war immer hinter ihm her. Ich habe ihn damals ermutigt, sich ganz auf seine Gesundheit zu konzentrieren.«

»Was hatte Thomas zu all dem zu sagen?«

»Nur dass Siobhán und Ben ›sehr eng befreundet‹ waren. Er war zu wohlerzogen, um das näher zu erläutern, aber ich habe den Eindruck gewonnen, dass es eine ernsthafte Beziehung war. Thomas hat erzählt, dass sie seit Jahren mit dem Pub zu kämpfen hatte. Ben hat versucht, ihr unter die Arme zu greifen, hat sie beraten und so, ihr Geld angeboten, aber das hat sie immer abgelehnt. Sie hat nach dem Tod von Duffs Vater einen Kredit aufgenommen, um den Goldenen

Hirsch zu kaufen. Die Raten hat sie all die Jahre bezahlen können, aber sie hat immer noch mehr Schulden, als der Laden wert ist.«

»Das heißt, dem Pub steht das Wasser bis zum Hals ...«, sinnierte Patrick.

»Da hast du's wieder – tief versunken.« Ich fühlte mich seltsam bestätigt. »Ich glaube nicht, dass ich mich in Duff getäuscht habe. Der Pub ist offensichtlich eine stressige finanzielle Last. Etwas, worüber er sich Sorgen gemacht hat. Deswegen ist das in meinem mentalen Schnappschuss aufgetaucht. Ich gönne seiner Mutter das Geld wirklich, ganz besonders jetzt.« Ich wünschte nur, ich hätte dem, was mir Ben damals anvertraut hat, mehr Aufmerksamkeit geschenkt.

»Hatte Thomas sonst noch Neuigkeiten?«

»Jemand hat ein Angebot für Abbey Glen gemacht, aber das war vor dem Debakel letzte Nacht.«

»Wer?«

»Ein Mann namens Keith Maitland. Ich soll mich morgen mit ihm treffen.« Ich nahm meine Notizen von der Besprechung, die ich auf den Tisch gelegt hatte, zur Hand und las. »Er war selbst Whiskybrenner, aber er hat an einen Spirituosenkonzern namens Decons verkauft, und jetzt vertritt er den.«

»Decons«, sagte Patrick und verzog das Gesicht. »Die haben dir gerade noch gefehlt.«

»Was stimmt mit denen nicht?«

»An sich nichts, aber die machen hauptsächlich Blends, verschnittene Whiskys.«

»Und nach deiner Miene zu urteilen, ist das nicht gut ...«

»Puristen betrachten das meist nur mit Verachtung«, sagte Patrick mit einem Achselzucken. »Blends, Verschnitte, das sind Mischungen von Whiskys aus einer Reihe verschiedener Destillerien. Sie werden in großen Mengen hergestellt und sind so angelegt, dass sie immer gleich schmecken. Vorhersehbar; manche würden sagen: seelenlos. Im Gegensatz zu den Single Malts, die man wegen ihres einzigartigen Charakters und Aromas so hoch schätzt.«

»Dann wäre ein Verkauf an Decons keine gute Sache für Abbey Glen?«

»Auf keinen Fall.«

»Also erklär mir mal eines. Wenn wir angeblich diesen unglaublich guten Single Malt machen, warum erzählen mir die Leute dann dauernd, was für ein brillanter Verschneidemeister Grant MacEwen ist? Wir bezahlen ihm ein kleines Vermögen. Ich begreife das nicht recht«, grummelte ich.

»Es ist doch sinnvoll. Grants Arbeit ist hoch spezialisiert. Das kann man niemandem beibringen. Er ist dein Chefbrenner, und er ist ein Verschneidemeister. In diesem Geschäft nennt man so jemanden ›die Nase‹. Diese Fertigkeit hast du entweder oder du hast sie nicht. Ben hat Glück gehabt, dass er Grant gleich zu Anfang an Bord hatte. Ihr macht einen Single Malt, weil hundert Prozent eures Whiskys aus Abbey Glen kommt, aber das heißt nicht, dass der Whisky in jeder Flasche nur aus einem Fass kommt. Jedes Fass schmeckt ein bisschen anders, also mischt der Meister die Whiskys aus den verschiedenen Fässern, um die Aromen auszubalancieren. Ein zehn Jahre alter Whisky, das bedeutet, dass keiner der Whiskys darin weniger als zehn Jahre gereift ist. Manche könnten aber viel älter sein, wenn nötig, um das Gesamtaroma weicher zu machen. Grants Aufgabe ist es, dafür zu sorgen, dass die Endmischung perfekt ausgewogen ist.«

»Dann ist er damit für den ganz typischen Geschmack von Abbey Glen verantwortlich.«

»Richtig.«

»Ein lebenswichtiger Angestellter, den ich nicht rausschmeißen kann.«

»Wieder richtig. Zumindest so viel hast du gelernt, dass du das erkennst.«

»Ich denke schon, aber ich habe noch viel mehr zu lernen, wenn ich herausfinden will, was mit Duff passiert ist. Ich muss alle Spieler und das Spiel selbst besser verstehen.«

»Wo fangen wir an?«

»Wir fangen mit den Profilen dieser Besetzungsliste an.« Ich wühlte in meiner Handtasche, die ich auf dem Stuhl neben mir abgestellt hatte, und holte einen Stapel Karteikarten heraus. »Genau wie wir das bei der Zeitung machen, wenn wir versuchen, eine Story zusammenzustückeln.« Ich zog eine Karte von oben weg und schrieb darauf: »Keith Maitland / Decons«.

»Ich denke, die ersten Interessenten für Abbey Glen sollten ganz oben auf der Liste der Sabotage-Verdächtigen stehen«, fuhr ich fort. »Ich meine, der Laden ist noch nicht mal auf dem Markt, da schnüffeln die schon hier rum. Das beweist eine gewisse übertriebene Aggressivität, findest du nicht? Wer sind die, und warum haben sie es so eilig?«

»Einverstanden. Noch jemand?«

»Grant MacEwen«, sagte ich und nahm die nächste Karteikarte vom Stapel.

»Den kann ich mir nicht als Mörder vorstellen«, warf Patrick ein.

»Du solltest inzwischen wissen, dass gutes Aussehen nicht unbedingt bedeutet, dass man auch ein guter Mensch ist. Eigentlich trifft oft das genaue Gegenteil zu. MacEwen hat eindeutig ein Interesse daran, dass die Destillerie den Besitzer wechselt. Ein größeres als die meisten, würde ich sagen. Ich wüsste zu gern, ob er damit gerechnet hat, selbst der neue Besitzer zu werden. Und wenn nicht, hat er dann vor, ein Angebot für Abbey Glen zu machen? Ich würde mir gern seine Finanzen ansehen.« Ich nahm ein weiteres halbes Dutzend Karten zur Hand.

»Cam ist der Nächste. Bisher haben wir ihn als unerschütterlich und verlässlich erlebt, aber machen wir uns nichts vor, seine Treue gilt Grant und Abbey Glen. Nicht mir. Wozu wäre er bereit, um Grant dabei zu helfen, mich loszuwerden?«

»Du meinst Mord?« Patrick schaute ungläubig drein.

»Ich weiß es noch nicht. Ich muss zugeben, dass Duffs Tod einen schlimmen Misston in das Ganze bringt. Sabotage und Drohungen gegen eine Außenseiterin, das ist eine Sache, aber von da ist es noch ein großer Schritt bis zum Mord. Ich würde sagen, dass Mord sicher nicht Teil des ursprünglichen Plans war.«

»Das erscheint mir sinnvoll«, stimmte mir Patrick zu.

»Duff könnte den Mörder überrascht und herausgefordert haben. Der Saboteur holt mit dem aus, was er gerade zur Hand hat. Vielleicht mit dem Werkzeug, das er dazu benutzt hat, die Stifte aus den Scharnieren zu hebeln. Er gerät in Panik und wirft die Leiche in den Gärbottich, damit es nach einem Unfall aussieht.«

»Wie können wir das beweisen?«

»Schritt für Schritt. Erst einmal muss ich wissen, mit wem wir es zu tun haben. Für wen steht am meisten auf dem Spiel, wenn die Destillerie verkauft wird – finanziell oder unter anderen Aspekten? Und wer hat eine Vergangenheit, über die wir etwas wissen sollten?«

»Richtig«, sagte Patrick und notierte sich die Namen auf einem Stück Papier.

Seit unseren gemeinsamen Zeiten bei der *Gazette* war Patrick stolz darauf, dass er mit ein bisschen Herumtippen auf der Tastatur alles über jeden herausfinden konnte. Seine

Schnüffelei hätte man präziser wohl besser als Hacken bezeichnet, aber seine Daten waren die Grundlage für viele der besten Enthüllungsgeschichten in unserer Zeitung. Im Laufe der Jahre haben die Redakteure immer wieder ihr Bestes gegeben, um ihn vor der unerwünschten Aufmerksamkeit diverser Behörden zu schützen, doch manchmal glückte das nicht. Patrick wollte es nicht zugeben, aber ich hegte den leisen Verdacht, dass seine Versetzung zu den weniger strittigen Seiten des *Wine and Spirit Monthly* eine unmittelbare Folge der immer häufigeren Besuche von Sicherheitsbeamten der EU bei der Zeitung gewesen war.

»Ich schau mal, was ich rausfinden kann.« Ich sah das Funkeln in Patricks Augen. Egal, was er sagte, ich wusste, dass ihm die Herausforderungen des investigativen Journalismus fehlten. »Was kann ich sonst noch tun?«

»Unter Bens Notizen ist ein Haufen technisches Zeug, das du dir vielleicht ansehen solltest, und dann sind da noch ein paar private Tagebücher aus der ersten Zeit, als er Abbey Glen von London aus geführt hat. Über die neuere Zeit gibt es nicht viel. Ich muss mehr über das letzte Jahr rauskriegen, außerdem noch über die Brennerei, ehe Ben sie übernommen hat.«

»Ich vermute, dazu musst du nicht weiter als bis in deine Bibliothek gehen«, sagte Patrick und schenkte mir Kaffee nach.

»Hast du da ein brauchbares Buch in dieser Richtung gefunden?«

»Viel besser«, antwortete Patrick mit selbstzufriedenem Grinsen. »Ich habe Hunter gefunden. Der Mann hat einen tollen Blick für Details und Verwandtschaft überall im Tal. Nach dem, was er mir schon heute Morgen verraten hat, gibt es wohl nicht viel, was er dir über diesen Ort nicht erzählen kann.«

»Was für ein schlauer Junge du bist! Es könnte sich also als durchaus nützlich erweisen, den alten Hunter im Haus zu haben.« Liam war wieder an Patricks Seite gerückt; seine Augen folgten jedem Bissen, den der sich in den Mund steckte. Patrick versuchte ohne großen Erfolg, das zu ignorieren, und schließlich teilte er sein letztes Würstchen mit ihm.

»Ich habe gedacht, ich mache heute Nachmittag mal einen Rundgang durch Keith Maitlands frühere Destillerie«, sagte er und räumte die Teller ab. »Du solltest mitkommen. Mal die Konkurrenz ausloten, ehe du dich morgen mit ihm triffst.«

»Nach gestern Abend bin ich dazu wirklich nicht aufgelegt.«

»Komm schon, Abi. Du hast versprochen, die Drohbriefe bei Sergeant Rothes vorbeizubringen. Wir könnten erst dort hingehen, und von da ist es nur noch eine kurze Autofahrt bis zu Maitland. Du kannst dir ansehen, wie es da läuft, seit Decons den Laden aufgekauft hat. Betrachte es als Hintergrundrecherche. Außerdem würde dir ein bisschen Sonne und frische Luft guttun. Du musst hier mal raus. Die Atmosphäre ist viel zu bedrückend.«

»Mich kannst du nicht zum Narren halten. Ich weiß, dass du nur eine Fahrerin brauchst, die nüchtern bleibt.«

»Mach schon«, schmeichelte Patrick. »Wenn du nicht mitkommst, hockst du nur hier herum und steigerst dich immer mehr in die Sache rein.«

»Das stimmt wohl.« Ich seufzte und freundete mich mit dem Gedanken an, einen Nachmittag lang den Chauffeur zu spielen.

Patrick begab sich nach oben, um sich auf einen Tag voller Whiskyverkostungen vorzubereiten. Ich ließ Liam aus dem Haus und ging dann Hunter suchen.

Er saß im Wohnzimmer auf dem Fußboden und starrte aufmerksam auf die geschnitzte Zierleiste, die an der Seite des Bücherregals nach oben verlief. »Störe ich?«

»Nö, Mädel«, antwortete er und änderte die Blickrichtung. »Ich lese nur das Holz.«

»Wie bitte?«

»Da ist noch mehr drin, aber ich bin mir nicht sicher, was.«

Auf der Leiste waren schon üppige Girlanden aus Eichenblättern und Eicheln zu sehen, die sich bis zur Decke nach oben wanden. »Ich weiß nicht, was da fehlen könnte, ich finde, es sieht perfekt aus«, sagte ich und fuhr mit der Fingerspitze an den eleganten Blättern entlang. »Sie machen ganz erlesene Arbeit.«

»Das Geheimnis liegt im Detail, wie mein Dad sagen würde.«

»Ihr Vater hat auch mit Holz gearbeitet?«

»Ja, und sein Vater und dessen Vater vor ihm.«

»Also ein echtes Familienunternehmen.«

»So laufen die Dinge hier bei uns.«

»Ich habe Ihnen einen Kaffee gebracht«, sagte ich und streckte ihm den Henkelbecher entgegen, den ich in der Hand hielt.

»Danke schön, Miss.«

»Nennen Sie mich bitte Abi.«

»Gern, Miss Abi.«

»Ich ... ach, egal. Hat Ben Ihnen mal erzählt, dass er ein Buch über die Destillerie schreibt?«, fragte ich und ließ mich in dem Sessel beim Kamin nieder.

»Er hat ein-, zweimal so was erwähnt.«

»Ich möchte das zu Ende schreiben.«

»Klingt sinnvoll. Da werden Sie wohl Bilder von der guten alten Brennerei machen wollen.«

»So ist der Plan. Aber ich muss auch eine Geschichte schreiben. Ben hat mir ein paar Notizen hinterlassen, und ich hatte gehofft, dass Sie mir ein bisschen mehr über die Gründung der Destillerie erzählen könnten.«

Hunter nahm eine Holzleiste in die Hand und begann, sie vorsichtig zu schmirgeln. »Nun, Sie wissen ja, dass Ben die Destillerie vor fünfzehn Jahren von Central Spirits gekauft hat.«

»Ja, aber denen gehörte eine ganze Reihe von Destillerien, nicht nur Abbey Glen.«

»Ja, doch als Central für die Destillerie zuständig war, hieß sie noch Fletcher's, nicht Abbey Glen. Ben hat den Namen geändert, als er sie übernommen hat. Er brauchte einen Neustart, denn der Laden war damals ein ziemlicher Sauhaufen. Seit über drei Jahren hatte sich niemand mehr richtig für die Destillerie verantwortlich gefühlt. Nicht seit dem Tod von Martin Ferguson.«

»Martin Ferguson?«

»Der Sohn von Jock und Nell. Der hatte über dreißig Jahre das Steuer bei Fletcher's in der Hand. Nell könnte Ihnen davon erzählen. Sie wohnt immer noch in ihrem Cottage am anderen Ende von Balfour. Über neunzig ist die, aber hellwach im Kopf.«

Ich merkte mir das für später. Nell Ferguson würde vielleicht ein paar Lücken füllen können, was Bens frühere Besuche in Balfour anging. Sie wusste möglicherweise sogar, wer damals was gegen seine Anwesenheit hier gehabt hatte und wer nach wie vor einen Groll gegen ihn hegen könnte. Ich nutzte die Gelegenheit, um Hunter weiter auszuquetschen.

»Warum hieß die Destillerie Fletcher's?«

»Sie war nach den Brüdern Fletcher benannt«, antwortete Hunter und ließen einen kleinen Meißel zwischen Daumen und Zeigefinger kreisen. »Die waren die erste Whisky-Familie hier in der Gegend und schon berühmt, als die meisten Brennereien noch ohne den Segen der Regierung Ihrer Majestät betrieben wurden.«

»Wann war das?«

»Im späten achtzehnten Jahrhundert, so ungefähr. Wenn man damals mehr als vierzig Gallonen Whisky produziert hat, brauchte man eine Lizenz. Kleinere Brennereien waren technisch gesehen erlaubt, aber wo bleibt da der Spaß?« Hunter warf mir ein rasches Grinsen zu. »Nach dem Horror von Culloden hat die Krone versucht, Schottland das schlagende Herz rauszureißen. Hat alle Symbole für die schottische Lebensart verboten. Keine Clans mehr, keine Waffen, keine Kilts und dazu noch Wucherabgaben auf unseren Whisky. Da war für jeden guten Schotten die beste Rache eine ordentliche Schwarzbrennerei.«

Ich musste darüber lächeln, wie nahe die Übel, die seine Landsleute vor über zweihundertfünfzig Jahren erdulden mussten, Hunter auch heute noch gingen. »Ich nehme an, es hat da jede Menge Schwarzbrenner gegeben?«

»1780 gab es in ganz Schottland insgesamt acht legale Destillerien, aber über vierhundert Schwarzbrennereien. Die Bauern haben heimlich gebrannt und den Whisky unter der Hand in den Gastwirtschaften vor Ort verkauft. Einige von den Gebräuen waren großartig, mit anderen hätte man Holz abbeizen können. Die Fletcher-Jungs waren was ganz Besonderes. Die Leute haben gesagt, sie hätten echtes Talent gehabt. Haben einen erstklassigen Whisky produziert. Gut genug, um dafür Morde zu begehen«, fügte Hunter noch hinzu.

Mir lief es kalt über den Rücken, als ich an Duff dachte. »Jetzt ziehen Sie mich aber auf.«

»Nö. Das ist unsere Dorflegende«, sagte Hunter ernst. »Angus und Brodie Fletcher waren Brüder. Ihr Vater hatte in Culloden gekämpft und überlebt. In den Jahren danach ist aus ihm ein berüchtigter Brenner und Schmuggler geworden. Er hat den Jungs die Kunst des Destillierens beigebracht, aber wie die meisten Brüder waren die Jungs ein bisschen sehr auf Wettbewerb aus. Jeder hat seine eigene Brennerei gebaut. Brodie hatte seine in einer Scheune beim Fluss, und Angus seine oben in einer der Höhlen auf dem Drumlinn.«

»Drumlinn?«

»Das ist der Berg, der hinter Abbey Glen aufragt.«

Duffs Zufluchtsort aus Kindertagen, dachte ich traurig.

»Er hat seinen Namen von dem Wasserfall, der vom Grat herunterkommt. Jedenfalls erzählt man sich hier, dass 1814 eines Nachts die Scheune, in der Brodie seine Brennerei versteckt hatte, in Flammen aufging, und mit ihr alle Fässer, die er da zum Reifen gelagert hatte. Das ist ein Risiko, das man eingeht, wenn man es mit Alkohol zu tun hat.«

»Aber die Leute haben Verdacht geschöpft?«

»Genau. Brodie hat allen, die es hören wollten, erzählt, Angus wäre es gewesen. Nach der Legende ist er dann Angus in die Berge gefolgt und wollte es mit ihm auskämpfen. Brodie ist zurückgekommen, aber von Angus hat man nie mehr was gesehen.« Hunter begann, in das Holz vor sich ein kleines Oval zu schnitzen. »Brodie hat geleugnet, dass er was mit Angus' Verschwinden zu tun hatte, doch es waren jede Menge wilde Gerüchte im Umlauf. Man hat nie eine Leiche gefunden. Angus' Frau Rose hat bis zu ihrem Tod Brodie beschuldigt, ihren Mann umgebracht zu haben.«

»Er hat seinen eigenen Bruder wegen eines Konkurrenz-Whiskys umgebracht?«

»Es sind schon Leute für weniger gestorben.«

Das bedeutete, dass Duffs Tod in den Annalen der Ortsgeschichte nichts Neues war. »Rose Fletcher hat nie einen Beweis gefunden?«

»Nö.«

»Und was ist mit Brodie passiert?«

»Der hat weiter erstklassigen Whisky gemacht. Hat die Brennerei von Angus übernommen, nachdem der weg war, und hat die noch jahrelang betrieben.«

»Und niemand sonst hat gedacht, dass er der Schuldige war?«

»Viele Leute waren sich sicher, dass er es war, aber Whisky ist Whisky. Niemand hätte damals etwas dagegen gesagt, dass er das Familienunternehmen übernommen hat. Besonders da sein Whisky so gut war. So war's eben.«

»Warum hat Rose die Brennerei nicht weitergeführt?«, wollte ich wissen.

»Das ist nichts für Frauen.«

»Habe ich auch schon gehört.« Ich schaute Hunter grimmig an. Tief einatmen. Diese gute Quelle nicht vergrätzen. »Wie kommen wir denn von den Fletcher-Jungs zu einer legitimen Brennerei?«

»Als Angus' Sohn Cooper alt genug war, um die Geschäfte zu übernehmen, hatten sich die Zeiten geändert. Man durfte wieder Schottenkaro tragen, und mehr und mehr Destillerien wurden legal. Die Krone hat sie zwar ordentlich besteuert, aber die Leute wollten immer mehr Whisky. Selbst wenn man die Steuern zahlte, konnte man mit der Brennerei immer noch ordentlich Geld verdienen, wenn man es geschickt anstellte. Cooper hat 1825 in dem alten Bauernhaus am Berg seine legale Brennerei eingerichtet und sie Fletcher's genannt. Hat die Destillerie zu Ehren seiner Mutter mit Rosenhecken umgeben. Das war wirklich wunderschön.«

»Das wäre eine tolle Geschichte für Bens Buch.«

»Wenn Sie mehr Geschichten über Fletcher's hören wollen, sollten Sie Nell Ferguson besuchen. Die kann Ihnen helfen«, sagte Hunter, während er letzte Hand an eine winzige Hummel anlegte.

Ich überließ ihn seiner Arbeit und spazierte wieder in die Küche zurück, um auf Patrick zu warten. Dass die Einwohner von Balfour einem Mann, den man des Brudermords verdächtigte, erlaubten, die Brennerei vor Ort zu führen, einer Frau aber nicht gestatten wollten, sie zu übernehmen, war, gelinde gesagt, bizarr. Dass ich auch zwei Jahrhunderte später noch schikaniert wurde und nicht willkommen war, verstörte mich zutiefst. Ich konnte nur hoffen, dass ich mehr Glück mit der Aufklärung unseres neuzeitlichen Geheimnisses haben würde als die Leute in Angus' Zeit.

KAPITEL 8

Das Wochenende war in Windeseile vergangen, obwohl ich einen gewaltigen Teil des Sonntags damit verbracht hatte, hinter Patrick herzudackeln, während er Rundgänge nicht durch eine, nein, durch *fünf* verschiedene Brennereien machte. Maitlands Destillerie war die erste und die schlimmste. Patrick war herb enttäuscht. Unter der Leitung von Decons war die Anlage beinahe klinisch steril geworden: rostfreier Edelstahl und Chrom und die Männer alle in den gleichen Poloshirts. Nichts von der Wärme oder dem Zauber von Abbey Glen. Maitland selbst bekamen wir nicht zu Gesicht, doch im Verkostungsraum waren die Wände mit Bildern von ihm tapeziert, wie er einer endlosen Parade zweitrangiger Polittypen und Sportgrößen die Hände schüttelte. Der Mann war eindeutig darauf aus, die Welt von seiner Bedeutung zu überzeugen.

Als der Abend kam, war ich völlig erschöpft und sicher, dass ich sofort einschlafen würde. Doch wieder einmal war an Schlaf nicht zu denken. Den größten Teil der Nacht verbrachte ich damit, die Papiere in Bens Schreibtisch durchzugehen. Als der Montagmorgen dämmerte, schlurfte ich aus dem Zimmer und sah aus wie der Tod auf Latschen. Dann musste ich zuschauen, wie die Ratten mein sinkendes Schiff verließen. Richard Thomas kam vorbei, um sich rasch zu verabschieden; er war auf dem Weg zu seinem frühmorgendlichen Flug nach London. Er überließ es mir, mit dem ersten möglichen Käufer von Abbey Glen allein fertig zu werden. Inzwischen lud Patrick sein Gepäck ins Auto, um die erste Etappe seiner Reise gen Süden anzutreten. Er fuhr wenigstens nur bis Edinburgh. Sein Chef bestand zwar darauf, dass er sich wieder an die Arbeit begab, aber irgendwie hatte ihn Patrick dazu überredet, ihm einen Abstecher zum Hauptquartier der Whisky Society zu gestatten, um dort für einen Artikel zu recherchieren.

»Ich könnte eine furchtbare Krankheit vortäuschen und noch ein paar Tage länger bleiben, wenn du möchtest«, bot er mir an, als er die letzte Reisetasche in den Kofferraum gequetscht hatte.

»Sei nicht albern«, antwortete ich. »Du hast jede Menge Arbeit vor dir, wenn du dich durch den Keller der Society durchtrinken willst.«

»Die Society ist eine historische und höchst ehrwürdige Einrichtung, und wenn unsere Buchhaltung bereit ist, das als Recherche durchgehen zu lassen, wie soll ich da Nein sagen?«, beharrte Patrick. »Aber hauptsächlich mache ich mir Sorgen um dich. Und das ist eine gute Entschuldigung dafür, so lange und so nah wie möglich bei dir zu bleiben.«

»Ich weiß die Geste zu schätzen, aber ich komme schon klar. Sieh nur zu, was du für mich rausfinden kannst.« Liam kam, legte sich mit dem Kopf auf den Pfoten zu meinen Füßen hin und schaute Patrick mit verletzten Hundeaugen an. »Sei nicht so melodramatisch«, sagte ich und stupste ihn mit dem Zeh.

»Ich hätte nie gedacht, dass ich das mal sage, aber der kleine Kerl wird mir fehlen«, sagte Patrick. Er kraulte Liam am Kopf, ehe er mich umarmte. »Zumindest hast du ihn zu deinem Schutz bei dir.«

»Und das ist das Tröstlichste, was du hinkriegst?«

»Ernsthaft. Versprich mir, dass du jeden Tag von dir hören lässt. Ich möchte, dass du anrufst und mir sagst, dass es dir gut geht.«

»Versprochen, Mami. Ich melde mich jeden Tag. Und jetzt ab mit dir.«

Ich schaute dem Wagen hinterher, wie er über die schmale Straße verschwand, ehe ich mich umdrehte und Liam ins Haus folgte.

Atmen, befahl ich mir. Atmen. Ich merkte, wie die Panik in mir aufstieg. Gott weiß, was ich mir dabei gedacht hatte. Ich bin Fotoreporterin, keine Geschäftsfrau. Wie war ich bloß auf die Idee gekommen, dass ich ohne Hilfe einen Deal für Abbey Glen aushandeln könnte? Ich überlegte, ob ich Patrick anrufen und ihn bitten sollte, umzukehren und zurückzukommen, widerstand aber der Versuchung. Ich musste auf meinen eigenen zwei Beinen stehen, oder ich würde mir den Respekt der Whisky-Bruderschaft niemals verdienen.

Der erste Bewerber für Abbey Glen war bereits vor Mittag abgefertigt. Ich hatte vielleicht keine klare Vorstellung davon, was ich mit Abbey Glen machen sollte, aber mir war sehr klar, wer nicht mal in die Nähe der Brennerei kommen würde.

Keith Maitland sah genauso aus wie auf den Fotos in seiner Destillerie: untersetzt und mit hochrotem Kopf, die Nase ein lebhaftes Scharlachrot, durchzogen von einem Netz feiner violetter Äderchen. Ein paar dünne Haarsträhnen waren über seinen riesigen kahlen Schädel gekämmt und befanden sich dort sichtbar auf verlorenem Posten. Herablassend und überheblich, wie er war, schien er der Meinung zu sein, er müsse nur anklopfen, und ich würde seinen Arbeitgebern das Unternehmen auf dem Silbertablett überreichen. Besonders nach der »unerfreulichen Begebenheit«, wie er Duffs Tod bezeichnete. Ich versuchte, so gut ich konnte, Maitland ein paar Auskünfte darüber zu entlocken, wo er sich in Duffs

Todesnacht aufgehalten hatte, aber seine Antworten blieben vage und undeutlich. Ich würde wohl mit mehr Nachdruck fragen müssen, hatte jedoch keine Ahnung, wie ich das anstellen sollte, ohne sein Misstrauen zu erregen. Nachdem ich das Angebot von Decons höflich, aber bestimmt abgelehnt hatte, komplimentierte ich ihn so schnell wie möglich aus dem Haus.

Maitland war ein unangenehmer Typ. Er beschwor sofort die Wörter *gierig, hohl* und *beleidigt* herauf. Er hatte habgierige Schweinsäuglein und eine Körperhaltung, als sei er ständig auf einen kleinen Zweikampf aus. Falls ich noch Zweifel an meinem mentalen Schnappschuss hatte, wurden die sofort durch Liams Reaktion ausgeräumt. Sein Nackenfell sträubte sich, sobald Maitland zur Tür hereinkam, und während der gesamten Besprechung ließ er ein leises, unheilvolles Knurren hören. Maitland behauptete, bestens mit meinem Onkel befreundet gewesen zu sein, aber ich wusste, dass Ben ihn bestimmt gehasst hatte, wenn er auch zu wohlerzogen war, das offen zu zeigen. Ich notierte seine drei Wörter und »Alibi?« auf seiner Karteikarte. Den sollte ich im Auge behalten. Ich schickte Patrick eine SMS und bat ihn, als Erstes über Decons und Maitland Erkundigungen einzuziehen.

Liam brauchte Auslauf. Ich beschloss, die milde Witterung auszunutzen und ein paar Bilder von der Brennerei zu machen. Wir spazierten gemütlich die schmale Straße nach Abbey Glen hinunter, wo Hunter auf dem Hof vor dem Still House Fässer stapelte.

»Sie sind also auch noch Küfer mit allen Schikanen«, sagte ich.

»Ich brenne schon Fässer aus und halte sie instand, seit ich noch ein kleiner Junge war«, antwortete er. »Da komm ich nicht auf dumme Gedanken.«

Ich folgte Hunter ins Still House. Cam hantierte auf dem Zwischengeschoss an einer der Kupferbrennblasen herum. Wir hatten uns seit der Nacht, in der Duff ums Leben gekommen war, kaum unterhalten, und ich war nicht überrascht, dass er mich auch jetzt ignorierte und einfach weitermachte.

Ich deutete auf die Kamera, die ich um den Hals trug. »Ich würde gern ein paar Bilder für Bens Buch machen.«

»Hier gibt's nicht viel zu sehen, was eine Aufnahme lohnt«, meinte Hunter. »Jedenfalls nicht die, wie Sie sie sonst machen.«

»Hier ist es viel idyllischer als bei Maitlands«, merkte ich an und schaute mich in dem sonnendurchfluteten Raum um.

»Ach, da waren Sie schon, ja?«

»Ich habe gestern mit Patrick einen kleinen Rundgang dort gemacht.«

»Bei denen kriegen Sie genau das, was Sie sehen«, meinte er.

»Schon schlimm, was? Keith Maitland war heute Morgen bei mir«, sagte ich. »Er hat eine Stunde lang versucht, mich davon zu überzeugen, dass Abbey Glen Teil der ›Markenfamilie‹ von Decons werden sollte.«

Hunter schnaufte verächtlich.

»Genau so hatte ich mir das vorgestellt.« Ich schaute auf das warm glänzende Messing und Holz in der Fertigungshalle von Abbey Glen. Alles war hier so elegant, verglichen mit den harten, unpersönlichen eckigen Anlagen bei Maitland. Es war, als vergliche man einen Windjammer mit einem modernen Kreuzfahrtschiff. »Ich verstehe ja vielleicht nicht viel vom Geschäft, aber ich begreife, dass Abbey Glen etwas Besonderes ist, weil hier noch liebevoll von Hand gearbeitet und der Alkohol nicht hektoliterweise am Fließband produziert wird. Ich kann mich des Gefühls nicht erwehren, dass Ben entsetzt wäre, wenn hier Decons das Steuer übernehmen würde.«

»Kann nicht behaupten, dass Ihr Instinkt Sie da trügt, Mädel.« Ein Hauch von einem Lächeln spielte um Hunters Mundwinkel. »Typisch Keith, dass er gleich rumschnüffelt, wo es Probleme gibt. Ben wollte nie was mit Decons zu tun haben, mit Maitland schon gar nicht. Außer wenn es sich absolut nicht vermeiden ließ.«

»Warum?«, bohrte ich nach.

»Ben hat Decons nie getraut, und dieser Keith Maitland ist ein übler Bursche. Maitland's war im Besitz seiner Familie, bis sie da vor ein paar Jahren mit dem Gesetz in Konflikt geraten sind.«

Ich horchte auf. »Was für ein Konflikt war das?«

»Steuerhinterziehung, frisierte Bücher, Gerüchte, dass Fässer aus dem Zollverschluss verschwunden waren. Alles Mögliche in der Art. Und ehe wir uns versahen, erschien Decons auf dem Plan und hat sich den Laden für ein Butterbrot unter den Nagel gerissen.«

»Keith Maitland hat mir erzählt, man hätte ihm als Teil des Handels einen Job angeboten.«

»Eher er hat drum gebettelt. Aber nach einer Weile haben die von Decons nachgegeben, und seither hat sich Keith einen Namen dafür gemacht, dass er für sie die Drecksarbeit erledigt.«

»Drecksarbeit?«

»Ja, rumschnüffeln nach Brennereien, die Decons aufkaufen könnte. Gott weiß, davon gibt's heutzutage jede Menge.«

»So schlimm klingt das doch gar nicht«, sagte ich. »Ich meine, wenn es einem Unternehmen schlecht geht, was hat es dann schon zu verlieren?«

»Wenn es einem Unternehmen wirklich schlecht geht, dann ist das in Ordnung, aber manchmal ist eine Brennerei noch nicht tot, sondern nur angeschlagen, jedenfalls so lange, bis Decons auf den Plan tritt. Ich würde dem alten Keith einiges zutrauen, wenn er dafür bezahlt wird.«

Ich fuhr herum und schaute Hunter überrascht an. »Wollen Sie damit sagen, dass Decons bei einigen solcher Pleiten nachgeholfen hat?«

»Sagen wir mal, die von Decons haben den Ruf, das zu bekommen, was sie wollen. Was glauben Sie, wer die Steuerfahndung auf Maitland's gehetzt hat, ehe die zum Todesstoß angesetzt haben?«

Interessante Wortwahl. Vielleicht kämpfen diese Typen doch mit härteren Bandagen, als ich ihnen zugetraut habe. »Meinen Sie, die von Decons wären so sehr an Abbey Glen interessiert, dass sie auch vor Sabotage nicht zurückschrecken würden?«

»Könnte sein«, gestand mir Hunter zu.

»War die Polizei noch mal da?«

»Die Jungs aus Stirling sind gestern hier gewesen und haben im Heferaum ihren Staub verteilt und rumgeschnüffelt.«

»Haben sie was gefunden?«

»Falls sie was gefunden haben, dann binden sie es Leuten wie mir nicht auf die Nase. Haben nur einen Haufen Fragen gestellt, wo ich in der Nacht von Duffs Tod war und ob ich einen Schlüssel für Abbey Glen hätte. Als würde ich mich je auf so was einlassen.«

»Wenn's Sie beruhigt, mich haben sie das auch alles gefragt«, sagte ich. »Worauf waren die denn sonst noch aus?«

»Die wollten wissen, ob Duff wütend war wegen der Veränderungen bei Abbey Glen.«

»Und?«

»Wütend war er nicht, eher besorgt. Die meisten Leute machen sich Sorgen darüber, was jetzt mit Abbey Glen wird und was das für das Städtchen bedeutet.«

Ich nickte. Nachdem ich gesehen hatte, wie viel Geld Ben in die örtliche Wirtschaft gepumpt hatte, wunderte es mich nicht, dass die Leute im Ort nervös wurden. Als hätte ich nicht schon genug Druck, musste ich bei meinen Verhandlungen auch noch diesen Aspekt berücksichtigen. Ich wandte mich wieder Hunter zu und senkte die Stimme.

»Waren Cam und Grant gestern auch da?«

»Ja. Die mussten helfen, als wir die Gärbottiche geleert haben.«

»Hat die Polizei da was drin gefunden?«

Jetzt sprach auch Hunter leiser. »Duff hatte die Schlüssel zum Still House in der Tasche, aber nach allem, was ich gehört habe, war in den Gärbottichen nichts außer Whisky.«

Ich musste zugeben, dass mich das erleichterte. Falls Duff hier der Saboteur war, hätten sich die Stifte aus den Scharnieren in seiner Hosentasche oder im Gärbottich finden müssen. Dass sie dort nicht waren, deutete darauf hin, dass jemand anders für die Sabotage verantwortlich war, jemand, der die Schlüssel dort hinterlassen, aber die Stifte mitgenommen hatte. Falls dieser Jemand hoffte, auf diese Weise die Sache Duff anzuhängen, war das sein erster Fehler. Ich hoffte auf weitere.

»Sie arbeiten also an dem Buch weiter, ja?«, fragte Hunter mit betont dramatischer Stimme. Aus dem Augenwinkel sah ich, dass Cam, der auf dem Weg zum Hof war, auf uns zukam.

»Ich habe angefangen«, nahm ich Hunters Stichwort auf. »Aber wenn ich etwas zustande bringen will, auf das Ben stolz sein könnte, muss ich noch mehr darüber herausfinden, wie die Dinge hier ablaufen. Hätten Sie vielleicht Zeit, mich rumzuführen? MacEwen sollte das eigentlich machen, aber dann ist ja alles durcheinandergeraten, nach ... nach der Sache mit Duff.«

»Warum nicht? Grant könnte das wahrscheinlich besser, aber ich kann's ja mal versuchen, wenn Sie möchten. Haben Sie schon gesehen, wo wir mälzen?«

Ich schüttelte den Kopf.

»Dann kommen Sie mal mit.« Hunter und ich machten uns entgegen der Richtung von Cam auf zur Scheune. Beim Eintreten legte Hunter den Lichtschalter um, und wir schauten auf ein Meer von karamellfarbenem Korn, das auf dem Boden ausgebreitet lag.

»Gerste«, sagte er.

»Wirklich? Sie werfen die einfach so auf den Boden?«

»Ja. Die frische Gerste wird in Wasser eingeweicht, damit sie zu keimen beginnt, dann breiten wir sie in einer dünnen Schicht auf dem Boden aus. Die meisten Brennereien trocknen sie über Torffeuer, aber bei Abbey Glen benutzen wir keinen Torf beim Mälzen und Darren. Durch die Fenster hier an der Seite kommt Luft herein. Wenn die Gerste weit genug gekeimt ist, wird sie im Trockenofen gedarrt. Nicht viele Brennereien mälzen und darren ihre Gerste heutzutage noch selbst. Die meisten kaufen sie schon fertig im Großhandel.«

»Ich denke, das wäre viel einfacher.« Ich machte eine ganze Reihe von Fotos aus verschiedenen Blickwinkeln, um einzufangen, wie das Licht auf der Oberfläche des ausgebreiteten Korns spielte.

»Einfacher wäre es«, erwiderte Hunter. »Aber wir haben auf diese Weise mehr Kontrolle. Ein guter Mälzer kann bereits beim Hinsehen feststellen, wie weit das Korn ist, oder er geht über die Gerste und spürt, wie weich sie schon ist. Das war Duffs Aufgabe, wissen Sie.«

»Also hatte er nicht nur ein hübsches Gesicht, er konnte auch richtig was.« Ich ging in die Hocke, um eine Aufnahme von ein paar breiten Rechen zu machen, die man in der Nähe an die Wand gelehnt hatte, gleich daneben ein paar grellorange Gummistiefel.

»Ja, durchaus«, sagte Hunter mit einem Seufzer, als er die Tür wieder schloss. Liam holte uns auf dem Weg zum Still House ein.

»Wenn die Gerste gedarrt ist, wird sie im Mill Room nebenan geschrotet und dann in diese großen Tanks hier verbracht und in warmem Wasser eingeweicht. So wird der Zucker rausgespült.« Hunter und ich standen im Erdgeschoss neben den ungeheuer großen Edelstahltanks, aber es zog meinen Blick immer wieder zu dem Eingang des Tatorts im ersten Stock. Die Polizei hielt den Zugang noch gesperrt. »Die Gärbottiche haben Sie ja schon gesehen.« Hunter deutete auf das leuchtende gelbe Absperrband vor dem Eingang zum Heferaum. »Von dort wird die fermentierte Würze in die Brennblasen verbracht, und da fängt die eigentliche Arbeit an.«

Ich stieg halb die Treppe hinauf, um vom Zwischengeschoss einen flachen Winkel auf die Brennblasen zu haben. Das Sonnenlicht schimmerte wie Feuer auf dem Kupfer. Als ich die Kamera senkte, bemerkte ich ein Stück grauen Stoff, das sich an einer Schraube verfangen hatte, mit der das Metallgeländer an einem Eckpfosten befestigt war. Es war ein feiner grauer Anzugstoff in Anthrazit. Nicht die Art grober Stoff, den man hier erwarten würde. Eher wie etwas, das Richard Thomas tragen könnte, oder jemand, der, für eine Beerdigung gekleidet, hier vorbeigekommen war. Das engte den Personenkreis nicht gerade ein, aber ich wollte die Idee im Hinterkopf behalten. Ich konnte den Stofffetzen nicht gut mitnehmen, also machte ich eine extreme Nahaufnahme, ehe ich meine Aufmerksamkeit wieder Hunter zuwandte. Er beobachtete mich mit fragender Miene.

»Nach allem, was ich neulich abends gesehen habe, passt eine Menge Flüssigkeit in die Gärbottiche«, sagte ich in dem Versuch, ihn abzulenken. »Wie viele Flaschen kriegt man aus jedem dieser Bottiche raus?«

»Nicht so viele, wie man meinen würde. Wenn man den Inhalt so eines Bottichs zweimal destilliert, verliert man eine Menge, und selbst dann benutzt man ja auch nur einen Teil des Destillats. Nur das Allerbeste – das Herzstück – landet in den Fässern und reift dort.« Ich blieb stehen, um das Objektiv zu wechseln. »Sie machen aber viele Bilder«, merkte Hunter an. »Verwenden Sie die alle?«

»Nein, die meisten lösche ich. Aber man braucht oft Dutzende und Aberdutzende von Aufnahmen, ehe man die kriegt, die man haben will. Die mit den richtigen Schattierungen, dem richtigen Gleichgewicht aus Licht und Tiefe und Kontrast.«

»Klingt ganz wie Whiskymachen.«

»Ja, das könnte schon sein«, sagte ich. Der Gedanke, dass Bens Leidenschaft und meine eine Gemeinsamkeit haben sollten, gefiel mir. »Also dann lassen Sie den Whisky in den Fässern reifen und ziehen ihn danach auf Flaschen. Wird das auch hier gemacht?«

»Zum Reifen kommt der Whisky in das alte Kutschenhaus, unter Zollverschluss, aber die Flaschenabfüllung machen wir natürlich in Edinburgh. Bei MacEwen Glass.«

»MacEwen Glass gibt's noch immer?«

»Das ist einer der größten Flaschenhersteller in der EU. Kaum ein Whisky, ein Bier oder eine Limonade wird hierzulande in eine Flasche gefüllt, die nicht von MacEwen kommt. Da ist Abbey Glen keine Ausnahme.«

»Ich wusste, dass Ben mit diesem Unternehmen zusammengearbeitet hat, als MacEwen senior noch lebte, aber wo kommt da Grant MacEwen ins Spiel?«, fragte ich.

»Grants Bruder James leitet das Unternehmen, seit ihr Vater gestorben ist. Grant arbeitet lieber auf dem Landgut.«

»Wenn man vom Teufel spricht …«, murmelte ich. Grant war, dicht gefolgt von Cam, in die Brennerei gekommen. Seiner Miene nach zu urteilen, vermutete ich, dass man ihm von meiner Anwesenheit berichtet hatte. Ich entschuldigte mich bei Hunter, um zu Grant zu gehen und mit ihm zu reden. Selbst aus der Ferne konnte ich sehen, dass er vor Wut kochte.

»Muss das ausgerechnet jetzt sein?«, knurrte MacEwen und ignorierte Liams Bemühungen, seine Aufmerksamkeit zu erregen. »Das ist nicht gerade der ideale Zeitpunkt für eine Besichtigung.«

»Ich muss Fotos für das Buch machen, solange ich noch in der Stadt bin.«

»Können Sie das nicht tun, wenn wir nicht arbeiten?«

»Ich hätte nicht gedacht, dass Sie es gern sehen würden, wenn ich nach Betriebsschluss hier rumspaziere«, konterte ich.

MacEwen warf mir einen Donnerblick zu. »Tun Sie, was Sie nicht lassen können, aber passen Sie auf, dass Sie Cam nicht im Weg rumstehen. Der hat schon genug am Hals.«

»Ich habe nicht die Absicht, ›im Weg rumzustehen‹, wie Sie es formulieren.« Allmählich nervte mich MacEwens unfreundliches Verhalten. »Ob es Ihnen passt oder nicht, als neue Besitzerin habe ich das Recht, hier zu sein«, sagte ich. »Ich bitte Sie aus Höflichkeit um Erlaubnis, nicht weil ich es muss.« MacEwen sah aus, als würde er mir am liebsten eine runterhauen, aber ich preschte weiter vor, ohne ihn zu Wort kommen zu lassen. »Zufällig bin ich hier für heute fertig, und wenn Sie mir sagen, wo die Abtei ist, dann sind Sie mich los.«

»Welche Abtei?«, fauchte er.

Stellte er sich absichtlich dumm? »Abbey Glen ... Abbey ... Abtei. Wo ist diese Abtei? Ich möchte ein paar Bilder von der Namenspatronin der Brennerei für mein Buch machen.«

MacEwen schaute mich angewidert an.

»Hier gibt es keine Abtei, Ms Logan ... die einzige ›Abbey‹ hier sind Sie.«

KAPITEL 9

MacEwen machte auf dem Absatz kehrt und stürmte davon; ich stand mit offenem Mund staunend da und starrte hinter ihm her.

Plötzlich wurde mir der Raum um mich herum zu eng. Hunter war inzwischen wieder zu seinen Fässern zurückgekehrt, und ich brauchte frische Luft. Ich rief nach Liam und floh aus dem Gebäude, folgte ihm, als er den Pfad hinter dem Still House einschlug, der den Hang des Drumlinn hinaufführte. Es war ein beinahe vertikaler Anstieg, und ich keuchte ziemlich, während ich den steilen Felspfad neben dem Wasserfall hinaufkletterte.

Oben nach dem ersten Abschnitt ließ ich mich auf einen Felsvorsprung fallen, um wieder zu Atem zu kommen. Liam setzte sich neben mich, das Kinn auf meine Schulter gelegt. Ich lehnte mich an ihn und war froh über seine warme, tröstliche Gegenwart. Deswegen hatte Ben mir also Abbey Glen vermacht. All die Jahre war die Brennerei nicht meine Rivalin gewesen, sondern meine Namenspatronin.

Ich wusste zwar, dass das an meinen Gefühlen für Abbey Glen eigentlich nichts ändern sollte, aber das tat es doch. Ben hatte mich von Anfang an zu einem Teil seines Lebens hier oben gemacht, obwohl ich zu sehr mit meinen eigenen Problemen beschäftigt war, um das zu bemerken. Ob ich es wollte oder nicht, ich war Teil von Abbey Glen, und die Brennerei war ein Teil von mir. Die alternden Steingebäude um den Hof, das Kopfsteinpflaster, das Pagodendach aus Messing über der Mälzscheune, all das war Teil eines einzigartigen Erbes, das nun mir gehörte. Als ich von meiner hohen Warte auf dem Berg auf Abbey Glen hinunterschaute, spürte ich eine beinahe körperliche Verbindung zu Bens Erbe, die ich mir, ehe ich hierherkam, niemals hätte vorstellen können. Eine ganz besondere Verbindung, um deren Erhalt ich kämpfen würde.

Wie sehr ich kämpfen müsste, das würde ich noch sehen.

Als ich mich wieder auf den Weg machen wollte, bemerkte ich plötzlich, dass Liam und ich hier an einer ziemlich gefährlichen Stelle über dem Wasserfall saßen. Wenige Meter unterhalb entsprang eine Quelle der Erde, und das Wasser ergoss sich über den felsigen Hang, über riesige Felsblöcke und dann in den Bach, der an Abbey Glen vorüber und schließlich in den Alyn floss. Die steile Kante war etwa sechs Meter hoch, bildete die erste eindrucksvolle Kaskade in der oberen Hälfte des Wasserfalls.

In meine Gedanken vertieft, hatte ich nicht bemerkt, dass auf den wässrigen Sonnenschein ein feines Nieseln gefolgt war. Der felsige Pfad, den wir vorhin hinaufgekommen waren, wirkte nun, da er nass war, ziemlich gefährlich. Außerdem gefiel mir die Vorstellung, unten möglicherweise wieder auf MacEwen zu stoßen, überhaupt nicht. Es musste eine andere Abstiegsmöglichkeit geben. Hier am Berg waren überall Trampelpfade von Wanderern. Duff hätte gewusst, welchen davon man nehmen musste, aber mir blieb nichts anderes übrig, als zu raten. Schließlich landete ich auf einem überwucherten Weg entlang eines Grats, der endlich in einen besser erkennbaren Pfad mündete, der ins Tal und in die Außenbezirke des Ortes unmittelbar neben dem Goldenen Hirsch führte. Ein Zeichen des Himmels, hätte Patrick gesagt, und wer war ich schon, mich dem Willen der Götter zu widersetzen?

Es war mitten am Nachmittag, und der Pub lag verlassen

da. Die junge Frau hinter der Theke brachte mir ein Glas Kognak an den Kamin und bot mir ein Handtuch an. Liam und ich wurden gerade wieder ein wenig trocken, als die Tür aufging und Kristen Ramsey in einer Windbö hereingeweht kam.

»Abi, was für eine nette Überraschung!« Sie zog einen Stuhl vor den Kamin und gesellte sich zu mir. »Ich bin gerade bei Ihnen vorbeigegangen, um nach Ihnen zu sehen – nächstes Mal weiß ich, dass ich besser erst hier nachschaue.«

Liam ging rastlos vor dem Kamin auf und ab; der Sturm draußen hatte ihn nervös gemacht. Ich gab mir alle Mühe, ihn zu beruhigen, aber er wollte sich nicht hinlegen.

»Wie geht's Ihnen?«, fragte Kristen.

»Ich hatte schon bessere Wochen.«

»Das glaube ich gern.«

Ich musterte Kristen über den Rand meines Glases hinweg. Wenn ich schon sehen konnte, dass Duffs Tod kein Unfall war, musste sie es gleich bemerkt haben. Hatte sie der Polizei irgendwas gesagt? Ich suchte nach einem eleganten Einstieg in das Thema.

»Schon was von den Behörden in Stirling gehört?«, fragte ich versuchsweise.

Kristen runzelte die Stirn und schüttelte den Kopf.

Ich wurde rot, weil mir plötzlich klargeworden war, dass Duffs Mutter in Hörweite sein könnte.

»Wie lange sind Sie noch hier?«, erkundigte sich Kristen und wechselte absichtlich das Thema.

»Bis Ende nächster Woche. Dann muss ich wieder arbeiten«, antwortete ich.

»Das ist bestimmt schwierig für Sie, so lange weg zu sein.«

Ich zuckte die Achseln. »Irgendwie schon, aber andererseits ist es auch eine gute Pause.«

Kristens drei Wörter schossen mir ungefragt in den Kopf. *Scharfsinnig, entschlossen, einzelkämpferisch.* Sie war ein bisschen rätselhaft. Laut Hunter war sie in Balfour aufgewachsen, ein fester Teil des Kleinstadtlebens, und doch hätte ich sie instinktiv eher in einer eleganten großstädtischen Umgebung fotografiert. An irgendeinem luxuriösen, dynamischen Ort. Hier wirkte sie wie eine einsame Treibhausblüte inmitten des wilden Heidekrauts.

Kristen winkte die junge Frau hinter der Theke heran und bestellte ein Sandwich zum Mitnehmen, ehe sie sich wieder mir zuwandte. »Manchmal bin ich mit dem Mittagessen so spät dran, dass ich gar nicht mehr weiß, warum ich mir noch die Mühe mache. Also, was ist mit Ihnen? Was haben Sie als Nächstes vor?«

»Ich muss mich entscheiden, wie ich mit Abbey Glen verfahren will, aber ehe das alles hier mit der Polizei geklärt ist …« Ich ließ den Satz unvollendet. »Inzwischen arbeite ich an dem Buch über die Geschichte der Destillerie, mit dem Ben angefangen hatte.«

»Das ist ja ziemlich viel für die kurze Zeit …«

Der Rest von Kristens Bemerkung ging in einem plötzlichen Lärm unter, der vom anderen Ende des Raums zu hören war.

»Sie haben vielleicht Nerven, hier in meinem Pub aufzukreuzen.« Siobhán kam mit Riesenschritten aus dem Hinterzimmer und bewegte sich mit eisig funkelnden Augen auf uns zu.

»Nur ruhig, Siobhán«, sagte Kristen in bemüht ruhigem Ton. »Sie hat es doch nicht böse gemeint.«

Ich legte Liam die Hand auf den Kopf, um ihn zurückzuhalten. Er war an meine Seite gekommen und wollte sich Siobhán entgegenstellen; tief in seinem Hals ertönte ein leises, drohendes Knurren.

»Sie hat es nicht böse gemeint, was? Dann hätte sie ganz wegbleiben sollen.« Siobhán starrte mich verächtlich an. Sie hatte die Schultern zurückgenommen, und ihre grünen Augen blitzten. »Bei Abbey Glen gibt's seit Bens Tod nichts als Probleme, und jetzt sind Sie vier Tage hier, *vier Tage*, und mein Duff ist tot«, sagte sie, ohne die Augen von mir zu wenden.

Kristen stand auf, als fürchtete sie, sie müsste sich dazwischenwerfen. »Siobhán, du kannst doch nicht ernsthaft Abi für das verantwortlich machen, was mit Duff passiert ist. Sie ist hier genauso sehr Opfer wie er.«

»Aber *sie* ist nicht tot, oder?«

Noch nicht, dachte ich, doch jetzt war nicht die Zeit für Haarspalterei. »Es tut mir so leid, Mrs Morgan.« Ich hielt ihrem Blick stand, während ich dastand und versuchte, meine Stimme nicht zittern zu lassen.

»Leid? Leidtun, das bringt ihn mir auch nicht zurück, oder?«, zischte sie. »Alle sagen, es täte ihnen leid, als wäre das so eine Art Zauberformel, aber gegen den Schmerz hilft es nicht.« Sie drückte das Tuch in ihrer Hand ans Herz. »Damit muss ich den Rest meiner Tage leben.«

»Sehen Sie, ich bin nicht ...«, hob ich an, doch Siobhán war schon wieder voll in Fahrt und fuchtelte lebhaft mit den Händen herum.

»Aber Schmerz, der gehört wohl zum Elternleben dazu. Sehen Sie sich an, Sie treiben sich in der Weltgeschichte rum, in jeder finsteren Ecke, aber hierher haben Sie nie gefunden, oder? Ich habe mit angesehen, wie Ben Tag für Tag krank vor Sorgen war, aber Sie mussten sich ja in jede nur mögliche Gefahrenzone stürzen, immer und immer wieder. Es war Ihnen egal, was das mit ihm machte. Und jetzt, da er tot ist, kommen Sie hier angetanzt und übernehmen den Laden, und alles, wofür er gearbeitet hat, kracht uns über dem Kopf zusammen.«

Ich spürte, wie Wut in mir aufstieg, aber ich bemühte mich krampfhaft, mein Temperament im Zaum zu halten, weil ich wusste, dass Siobháns geifernde Tirade aus Trauer und Schmerz geboren war. »Ich habe nicht um dieses Erbe gebeten. Ich wollte es nicht, und ich tue unter sehr schwierigen Umständen mein Bestes«, sagte ich so ruhig, wie ich nur konnte. »Ich habe übrigens auch einen Verlust erlitten, wissen Sie. Ich bin vielleicht nicht gut, wenn es ums Führen einer Brennerei geht, aber ich habe Ben geliebt, und ich habe mich genauso um ihn gesorgt wie er sich um mich.« Ich stand mit geballten Fäusten da, während Siobhán und ich einander anstarrten. »Und was gerade mit Abbey Glen passiert: Ich kann nichts dafür, dass die Leute über die neue Besitzerin nicht glücklich sind, aber es war Bens Entscheidung, mir das Ruder in die Hand zu geben. Sie haben ihn alle respektiert, dann sollten Sie auch seine Entscheidung respektieren. Er hatte immer gute Gründe für das, was er tat.«

Während die Worte noch aus meinem Mund sprudelten, wurde mir klar, was mir bisher entgangen war. Ben war ein cleverer Geschäftsmann. Sosehr er mich liebte, er hätte mir die Leitung der Brennerei nicht übertragen, nur weil ich den gleichen Namen wie sie trug. Es musste noch einen anderen Grund dafür geben. Hatte er damit gerechnet, dass nach seinem Tod Probleme auftauchen würden? War ich deswegen hier?

Siobháns nächste Schimpfkanonade riss mich aus meinen Gedanken. »Das ist ja alles schön und gut, doch das, was jetzt passiert ist, das hat er sich wohl nicht träumen lassen, oder? Ben wusste, dass mein Duff manchmal ein bisschen neben der Spur war, aber Duff hätte Abbey Glen niemals Schaden zugefügt. Niemals. Ben hätte es nicht zugelassen, dass die Polizei was anderes sagt. Er hätte sich für Duff eingesetzt. Für ihn gekämpft.«

»Er ist nicht der Einzige, der an Duff geglaubt hat. Viele andere halten ihn genauso für unschuldig. Und eines können Sie glauben«, fuhr ich fort, ehe Siobhán mich wieder unterbrechen konnte, »ich bin eine davon.«

»Die Polizei wird ihn zum Sündenbock machen. Lassen Sie sich das gesagt sein«, schoss Siobhán zurück. »Einem toten Jungen was anhängen, das kommt Typen wie Rothes und seinen Kumpeln nur gelegen.«

»Nun, mir kommt das nicht gelegen, und ich habe auch nicht vor, die Sache auf sich beruhen zu lassen.«

Auf Siobhán machten meine Worte keinen Eindruck. »Wir sind all die Jahre gut ohne Sie ausgekommen, mein liebes Mädchen, und wir kommen verdammt noch mal auch jetzt ohne Sie aus. Scheren Sie sich zu Ihrer wunderbaren Karriere zurück, und lassen Sie uns in Frieden. Hier ist kein Platz für Sie … nicht mehr.« Siobhán drehte sich um und stolzierte davon.

»Aua«, murmelte Kristen, die von der tief geduckten Barfrau ihr Sandwich entgegennahm. »Tut mir leid, dass Sie das über sich ergehen lassen mussten. Versuchen Sie, es sich nicht zu sehr zu Herzen zu nehmen. Siobhán war schon immer ein Hitzkopf.«

»Verstehe.« Neben mir knurrte Liam immer noch leise.

»Leider muss ich jetzt wieder an meine Arbeit zurück«, sagte Kristen mit einem Seufzer. »Aber lassen Sie sich wenigstens von mir nach Hause fahren. Draußen braut sich auch ein Sturm zusammen, es stürmt nicht nur hier drinnen.«

Ich musste zugeben, dass mich die Sache erschüttert hatte, obwohl ich nach außen hin sehr gefasst tat. Der Rückzug ins Haus Haven war mir jetzt sehr recht. Liam und ich schafften es, uns für die kurze Heimfahrt zusammen auf den Beifahrersitz von Kristens Mini Cooper zu quetschen.

»Siobhán hat Ben geliebt, und sie wird mit der Zeit auch Sie mögen«, sagte Kristen, als sie in die Einfahrt nach Abbey Glen einbog. »Nur Geduld, die überlegt es sich schon noch anders.«

»Darauf würde ich mich nicht verlassen«, sagte ich. »Da hat sich sehr viel Wut aufgestaut.«

»Auf beiden Seiten«, merkte Kristen an.

Ich zuckte mit den Achseln. »Ich nehme es ihr nicht übel.« Ich schaute auf die Regentropfen, die wie Tränen über das Beifahrerfenster rannen. »Sie kann erst mit ihrem normalen Leben weitermachen, wenn wir hier ein bisschen mehr Klarheit haben. Was meinen Sie, wann kommt der Autopsiebericht?«

»Der vorläufige schon ganz bald. Die haben es eilig gemacht, aber ich kann wirklich nicht mit Ihnen darüber sprechen. Ich habe Rothes zugesagt, dass alle Informationen nur von ihm kommen.« Kristen schaute verlegen. »Aus irgendeinem Grund scheint er zu denken, dass Sie und Patrick die Story an irgendein Käseblatt verkaufen könnten.«

»Gibt es denn eine Story?«

»Spielen Sie mit mir nicht die Reporterin«, warnte mich Kristen. »Rothes meldet sich bald. Dann können wir reden.«

Wir fuhren im Schneckentempo bei heulendem Wind und peitschendem Regen über die matschige Straße. Liam wechselte auf meinem Schoß zwischen Knurren und Bibbern. So viel zum Thema »unerschütterlicher Beschützer«. Ich dankte Kristen und rannte zum Haus – schnappte mir vom Holzstoß vor der Tür noch ein paar Scheite für den Kamin. Drinnen war es kalt, und ich legte im Kamin Holz nach, ehe ich in die Küche ging, um den Wasserkessel aufzusetzen. Hier war noch alles, wie ich es heute Morgen nach dem Treffen mit Maitland verlassen hatte … bis auf den großen Strauß Disteln mit der schwarzen Schleife, der mitten auf dem Küchentisch lag. Er sah genauso aus wie der, den ich in London erhalten hatte – das gleiche Ripsband, die gleichen Blumen. Nur für den Fall, dass ich den ersten Blumengruß missverstanden haben sollte. Er machte mir mit furchterregender Deutlichkeit klar, dass derjenige, der mich bedrohte, jetzt hier war und in meinem Haus nach Gutdünken ein- und ausgehen konnte.

In heller Panik schaute ich über die Schulter, fuhr dann herum und sah auf Liam. Der schnüffelte am Boden, folgte dem Weg, den der Fremde genommen hatte, knurrte aber nicht. Das bedeutete, das der, wer immer es war, inzwischen fort war. Ich holte tief Luft und atmete langsam und bedächtig aus, versuchte, mein rasendes Herz zu beruhigen. Das Einzige, was ich sicher wusste, war, dass es nicht Duff war, es sei denn, er handelte von jenseits des Grabes.

Wenn man in der Großstadt bei der Polizei anruft, kann man von Glück sagen, wenn man am anderen Ende einen echten Menschen zu sprechen bekommt, ganz zu schweigen davon, dass innerhalb einer Viertelstunde zwei Polizisten auf der Schwelle stehen. Rothes erschien in Begleitung eines großen, schlaksigen Mannes in Jeans und dunkelgrauem Hemd.

»Ms Logan, das ist Inspector Michaelson. Er ist aus unserem Bezirksbüro in Stirling.«

Michaelson war jünger, als ich das bei einem Inspector erwartet hätte. Er hatte einen leichten Glasgower Akzent und eine knappe, nüchterne Art. Ich führte die beiden in die Küche und zeigte ihnen die Blumen.

Rothes schob seine Brille zurecht und linste auf die Disteln, tiefe Falten auf der Stirn. »Haben Sie was berührt?«

»Nein. Ich habe sie genau da liegen lassen, wo ich sie gefunden habe.« Ich schaute auf die Kratzer, die ich immer noch an den Fingerspitzen hatte. »Das ist der zweite Strauß dieser Art, den ich bekommen habe. Der erste wurde in meine Wohnung in London geliefert.«

»Das haben Sie aber nicht erwähnt, als Sie die Drohbriefe gebracht haben.«

»Ich war mir nicht sicher, ob das wichtig ist«, murmelte ich. Ich wusste nicht genau, warum ich nichts davon gesagt hatte, außer dass es mir zu dem Zeitpunkt ein bisschen melodramatisch vorgekommen war.

»Ist irgendwas beschädigt? Fehlt was?«, fragte Michaelson.

»Nicht, dass ich es bemerkt hätte.«

»Und das Haus war abgeschlossen, solange Sie weg waren?«

»Ich denke schon, aber ich bin mir nicht hundertprozentig sicher. Hunter sagt, dass in Balfour niemand die Türen abschließt. ›Sie sind jetzt nicht mehr in der Großstadt, Mädel‹«, äffte ich ihn nach.

»Das stimmt für die meisten, aber *Sie* sollten jetzt besser Ihre Türen abschließen«, meinte Rothes.

»Notiert.«

»Hat sonst noch jemand einen Schlüssel?«, wollte Michaelson wissen.

»Außer Hunter weiß ich von niemandem. Aber ich gehe davon aus, dass es nur Leute sind, denen Ben vertraut hat.«

»Ich frage mal bei Hunter und Grant nach«, meinte Rothes. »Inzwischen sollten Sie darüber nachdenken, die Schlösser auszuwechseln.«

Ich hatte bisher nicht in Betracht gezogen, dass Grant einen Schlüssel zum Haus haben könnte, aber bei genauerem Überlegen schien mir das durchaus logisch. Ich musste die Lage wieder in den Griff kriegen. Es war eindeutig Zeit, die Schlösser auszutauschen.

»Wo ist Hunter heute?«, erkundigte sich Rothes.

»Zuletzt habe ich ihn in Abbey Glen arbeiten sehen.«

Michaelson zog sich Handschuhe an, nahm die Blumen, steckte sie in eine Plastiktüte und versiegelte die. »Meine Jungs in Stirling sollen mal versuchen, ob sie Fingerabdrücke abnehmen können; große Hoffnungen mache ich mir da allerdings nicht. Haben Sie den Geschenkkasten mit dem Whisky noch, den Sie mit dem zweiten Drohbrief bekommen haben? Den sollten wir uns auch genauer ansehen.«

Ich nickte und holte die Kiste von der Theke in der Küche. Michaelson schien schneller zu handeln als die Leute vor Ort.

Er musterte mich einen Moment mit einem vorbildlichen Pokerface. »Hat es seit Ihrer Ankunft noch andere Vorfälle gegeben? Dinge, von denen Sie uns auch nichts erzählt haben?«

»Da war eine tote Ente …« Mir gefror die witzige Bemerkung, die ich dazu machen wollte, auf den Lippen. Ich hielt die Beschreibung kurz und nüchtern. »Zumindest wissen wir, dass das hier nicht Duff war«, merkte ich an.

»Da könnten Sie recht haben«, stimmte mir Michaelson zu. »Kommt es Ihnen nicht seltsam vor, dass sich jemand so viel Mühe macht, nur weil ein örtliches Unternehmen vererbt wurde?«

»Die Whisky-Bruderschaft sieht es gar nicht gern, wenn Frauen in ihre Reihen eindringen«, sagte ich.

Michaelson musterte mich so, wie ich gewöhnlich meine Fotomotive mustere. »Weiberfeinde sind nicht per Definition auch Mörder«, meinte er. »Ich habe mir sagen lassen, dass Sie in der Nacht, als Duff gestorben ist, hier im Haus Gäste hatten.«

»Ja, nach der Beerdigung.«

»Wann sind die gegangen?«

»Um sieben waren alle fort, außer Siobhán und Duff. Die sind länger geblieben, um aufzuräumen. Sie ist gegen acht gegangen, er gegen halb neun.«

»Hat Duff gesagt, wo er hingehen wollte?«

»Nein.«

Michaelson notierte sich die Uhrzeiten. »Dann waren Sie und Mr Cooke von halb neun bis halb elf allein hier im Haus und sind anschließend zur Destillerie rübergegangen?«

»Das stimmt.«

»Ich habe gehört, dass Duff im Testament Ihres Onkels mit einer beträchtlichen Summe bedacht wurde.«

Michaelsons Themenwechsel überraschte mich. »Duff *und* seine Mutter haben geerbt«, erwiderte ich.

»Hat Sie das überrascht?«

»Ein wenig schon.« Worauf wollte er hinaus?

»Und jetzt, da Duff tot ist, was passiert da mit seinem Anteil?«

»Der fällt an seine Mutter, nicht an mich«, fügte ich mit Bestimmtheit hinzu.

»Und wenn seiner Mutter was zustößt?« Michaelson zog eine Augenbraue in die Höhe.

»Ich habe keine Ahnung und hoffe, dass ich das nie rausfinden muss.« Ich funkelte Michaelson wütend an. »Warum nehmen Sie eigentlich *mich* ins Kreuzverhör?«

»Wir schauen uns diejenigen, die zuerst am Tatort waren, immer besonders genau an.«

»Aber ich habe Duff Morgan nicht umgebracht«, protestierte ich.

»Das habe ich auch nicht gesagt.«

»Nun, irgendwer *hat* ihn umgebracht.« Die Worte waren heraus, ehe ich es selbst begriff.

Michaelson verengte die Augen. »Wieso sagen Sie das?«

»Ach, nichts.« Verdammt, Michaelsons Fragen hatten mich aus dem Tritt gebracht. »Es ist nur ... na ja, es sah meiner Meinung nach nicht nach einem Unfall aus.«

Rothes und Michaelson tauschten Blicke. »Zufällig haben Sie recht«, sagte Rothes nach einer längeren Pause. »Es war kein Unfall.«

Ich war nicht überrascht, aber der Blick in Michaelsons Augen gefiel mir nicht.

»Ich höre, Ihr Freund Patrick Cooke ist bereits nicht mehr vor Ort«, sagte er.

»Er hat geschäftlich in Edinburgh zu tun.«

»Ich brauche seine Adresse da. Wir möchten ihm noch ein paar Fragen stellen. Ich hoffe, Sie haben nicht vor, Balfour zu verlassen?«

»Ich bin noch bis Ende nächster Woche hier. Dann muss ich wieder zur Arbeit zurück.«

»Sie wollen sich hier nicht dauerhaft niederlassen?«

»Nein«, erwiderte ich heftiger, als ich vorhatte. »Was ist mit den Drohungen, die ich erhalten habe?«

»Die untersuchen wir. Inzwischen überprüfen meine Leute von der Forensik auch den Rest des Still House.« Er wandte sich an Rothes. »Ein bisschen spät, aber achten Sie bitte darauf, dass es keinen weiteren Zutritt zum Gebäude gibt, bis das Forensik-Team fertig ist.«

»Ich habe bereits Williams hingeschickt, um den Tatort abzusichern.« Rothes wirkte nicht erfreut darüber, dass er von diesem Mann, der locker zwanzig Jahre jünger war als er, wie ein Dienstbote behandelt wurde. Er schaute hinüber zu Liam, der sich auf dem Teppich vor dem Kamin räkelte. »Ist er ein anständiger Wachhund?«, fragte er.

»Entgegen allem Anschein denke ich, dass er sich, wenn nötig, der Situation gewachsen zeigen würde.«

»Gut. Behalten Sie ihn nah bei sich, und legen Sie die

Kette vor, bis die Schlösser ausgetauscht sind«, empfahl mir Rothes.

Mit diesen tröstlichen Ratschlägen verabschiedeten sich die beiden und gaben mir Gelegenheit, bei Patrick anzurufen und ihm die gute Nachricht zu überbringen, dass wir beide nun Verdächtige in einem Mordfall waren.

»Das ist ja völlig verrückt. Ich wusste, ich hätte bleiben sollen.«

»Sei nicht albern. Außerdem sagt mir mein Bauchgefühl, dass Michaelson nur ein bisschen den starken Mann markiert, um Rothes zu beeindrucken und mich einzuschüchtern. Das Wichtigste ist, wir wissen jetzt, dass sie Duffs Tod als Mordfall behandeln. Ich bin nicht schockiert darüber, dass sie erst uns Auswärtige ins Auge fassen, ehe sie sich ihre eigenen Leute vorknöpfen. Den respektablen und aufrechten Bürger Grant MacEwen nehmen sie wahrscheinlich nie genauer unter die Lupe. Das müssen wir machen. Wie schnell kannst du an diese Finanzdaten kommen?«

»Ich bin dran.«

Ich hatte kaum aufgelegt, als es an der Haustür klopfte. Ich war schwer in Versuchung, gar nicht zu öffnen, aber als ich durch den Spion rausschaute, sah ich Kristen Ramsey auf den Stufen stehen.

»Darf ich reinkommen?«, fragte sie.«

Ich machte die Tür weiter auf, und sie folgte mir nach drinnen.

»Ich habe mir vorhin, als ich Sie hier abgesetzt habe, große Sorgen gemacht. Sie sahen aus, als wären Sie am Ende Ihrer Kräfte. Wenn ich gekonnt hätte, wäre ich geblieben, aber eine Patientin wartete auf mich, also habe ich mir gedacht, ich fahre jetzt noch mal vorbei und schau nach Ihnen.«

»Danke. Es war insgesamt ein höllischer Tag. Und gerade hatte ich noch Besuch vom Ortsgendarmen und seinem hyperdynamischen Kumpel, und die beiden haben mich darüber informiert, dass man mich wegen des Mordes in meiner eigenen Brennerei verdächtigt...« Meine Stimme klang allmählich sogar in meinen eigenen Ohren schrill. Liam lief weiter auf und ab, das Fell gesträubt, und spiegelte meine Erregung wider.

»Sie haben es Ihnen also schon gesagt.« Kristen seufzte. »Sie sollten sich hinsetzen und sich eine Weile ausruhen.« Sie nahm eine Decke von der Lehne eines Sessels und legte sie mir um die Schultern, ehe sie in der Küche verschwand. Nach kurzer Zeit tauchte sie mit einer Kanne Tee und einem Teller Sandwiches wieder auf.

»Ich tauge in der Küche wirklich gar nichts, aber Sie müssen was essen. Auf ärztliche Anweisung.«

»Ich habe keinen Hunger.«

»Sie sind völlig erschöpft und stehen unter Schock, Abi. Sie müssen essen und trinken. Na los. Probieren Sie mal, ob Sie was davon runterkriegen.«

Kristen setzte sich neben mich auf die Couch, sagte aber nichts, ehe ich nicht ein halbes Sandwich und zwei Tassen zuckersüßen Tee intus hatte. Liam kam nicht und bettelte um milde Gaben. Stattdessen lag er hellwach und angespannt am Fenster.

»Besser?«, fragte Kristen.

Ich nickte. »Ich will nicht behaupten, dass mich die Nachricht überrascht hat. Ich konnte bereits an der Wunde sehen, dass Duff nicht vom Deckel des Gärbottichs erschlagen wurde.«

»Ich dachte mir schon, dass Sie misstrauisch geworden waren. Natürlich hat Rothes das auch gleich gemerkt, aber Sie verstehen, dass ich vorhin nichts sagen durfte.« Kristen musterte mich vom anderen Ende des Sofas, ehe sie fortfuhr. »Selbst wenn man es erwartet, ist ein gewaltsamer Tod nie leicht wegzustecken. Ich habe in Glasgow fünf Jahre in der Gerichtsmedizin gearbeitet. Da sollte man meinen, dass ich mich daran gewöhnt habe. Aber es überwältigt einen doch immer wieder.« Kristen schenkte noch eine Tasse Tee ein und beobachtete mich schweigend, wie ich dasaß und ins Kaminfeuer starrte.

»Als Journalistin geht es einem auch ein bisschen so«, räumte ich ein. »Vom Verstand her weiß man, dass man Abstand wahren muss von den Menschen, die man fotografiert. Man kann sich nicht auf die Opfer einlassen, sonst wird man verrückt. Ich muss immer durch die Linse auf sie schauen. Die Sache nicht persönlich werden lassen.«

»Funktioniert das?«, fragte Kristen.

Ich nippte an meinem Tee und überdachte die Frage. »Nein, ich denke nicht. Es ist immer persönlich. Es … es wird Teil von einem selbst.« Ich konnte Kristen nicht in die Augen schauen, sondern starrte nur weiter in die hypnotisierenden Flammen, getröstet von der Anwesenheit einer verwandten Seele. »Rothes war also derjenige, der die Wunde bemerkt hat. Das überrascht mich.«

Kristen runzelte die Stirn, und eine kleine Falte erschien zwischen ihren fein geschwungenen Brauen. »Unterschätzen Sie Bill nicht. Er hat eine Reihe von Beförderungen ausgeschlagen, weil er nicht aus Balfour wegwill, aber dumm ist er nicht. Wenn er in Glasgow wäre, hätte man ihn inzwischen zum Chief Inspector gemacht.«

»Sie müssen es doch auch gewusst haben?«

»Natürlich. Es ist klar, dass Duff einen schweren Schlag auf den unteren Teil seines Schädels erhalten hat, und zwar mit einem scharfen metallischen Gegenstand. Der Tod muss sofort eingetreten sein.«

»Das ist zumindest etwas. Können Sie sagen, wo er getötet wurde?«

»Das ist eher Rothes' Abteilung als meine, aber es war keine fermentierende Würze in den Lungen, also hat man ihn da nicht hineingeworfen, als er noch lebte.«

»Und das ist zwischen halb neun, als er hier weggegangen ist, und Viertel vor elf passiert, als Patrick und ich auf den Plan traten.«

Kristen nickte.

»Er könnte auch irgendwo außerhalb getötet worden sein, und dann hat ihn jemand absichtlich in den Gärbottich mit meinem Whisky geworfen«, sagte ich. »Sie müssen zugeben, das ist eine blendende Methode, um den guten Ruf von Abbey Glen anzukratzen und der Besitzerin Angst und Schrecken einzujagen.«

»Das jagt *mir* Angst und Schrecken ein«, sagte Kristen. »Wenn Ihr Saboteur willens war, Duff zu töten, dann hat er vielleicht noch mehr vor. Wenn Sie darauf bestehen, das hier auszusitzen, dann versprechen Sie mir, dass Sie vorsichtig sein werden.«

»Natürlich.«

»Wann haben Sie das letzte Mal richtig geschlafen?«

»Ich schaffe es schon hier und da, mal ein, zwei Stunden zu schlafen.«

»Ich meine, gute acht oder neun Stunden am Stück.«

»Weiß nicht. Vor Bens Tod, denke ich mal. Vielleicht ist es noch länger her.«

»Großer Gott, dann ist es das reinste Wunder, dass Sie überhaupt noch funktionieren.« Kristen kramte in ihrer Tasche herum. »Ich lasse Ihnen ein paar starke Schlaftabletten da. Nehmen Sie die und schlafen mal wieder richtig. Dann sieht die Welt schon viel freundlicher aus.«

»Viel schlimmer geht ja auch nicht.«

Ich führte Kristen zur Tür und versprach, mich richtig auszuruhen. Ich hatte seit Jahren keine gute Freundin mehr gehabt. Es war ein merkwürdiges Gefühl, aber kein unangenehmes.

Liam war den ganzen Abend rastlos herumgelaufen. Jetzt stand er wieder in Habachtstellung am Wohnzimmerfenster und starrte auf die schwach sichtbaren Konturen der Berge hinter dem Garten. Ich folgte seinem Blick, konnte aber im Dämmerlicht nichts Genaues ausmachen. Ein leises Grollen drang tief aus seiner Kehle, und er weigerte sich, von der Stelle zu weichen, sogar als ich ihm ein Leckerli anbot. Ich knipste das Licht in der Küche aus und drehte mich zu ihm hin, um ihn noch einmal zu rufen. War das nur Einbildung, oder war da am Berghang wirklich ein winziger Lichtblitz zu sehen gewesen? Ich starrte unverwandt weiter auf diese Stelle, und da war der Lichtblitz wieder. Das Aufflackern eines Streichholzes, das das Ende einer Zigarette berührte.

Da draußen war jemand. Ich fröstelte und wünschte, ich hätte Gardinen an den Fenstern – ich wusste, dass die da draußen mich besser sehen konnten als ich sie, und ich fühlte mich wehrlos. Rasch knipste ich die Lichter im Erdgeschoss aus und überprüfte alle Türen. Morgen würde ich mich darum kümmern, dass die Schlösser ausgetauscht würden. Bis dahin konnte ich mich nur in meinem Schlafzimmer verbarrikadieren und versuchen, ein bisschen zu schlafen.

KAPITEL 10

Der Dienstag brachte weitere Regengüsse. Liam lag seufzend zu meinen Füßen und wirkte genauso ausgelaugt, wie ich mich fühlte. Ich saß drinnen fest und wartete auf den Schlüsseldienst, aber nach dem gestrigen Chaos tat es mir gut, ein bisschen Zeit für mich zu haben. Ich hoffte, dass Patrick heute Informationen liefern würde, aber inzwischen wollte ich versuchen, mehr über Decons herauszufinden. Ich holte meinen Laptop vom Schreibtisch in der Bibliothek, breitete meine Karteikarten und Aktenmappen auf dem Küchentisch aus und stärkte mich mit Mrs Manns Rosinenbrot und einer großen Kanne Tee.

Meine ersten oberflächlichen Recherchen zeigten bereits, dass die Mehrheitsbeteiligung an dem Unternehmen in den Händen der in London ansässigen Gebrüder Decon lag, die von dort aus ihren globalen Whisky- und Wodkagroßhandel betrieben. In den vergangenen dreißig Jahren hatte das Unternehmen aggressive Schritte unternommen, um seine Geschäftstätigkeiten »vertikal zu integrieren«, indem es über zwei Dutzend unabhängige Brennereien aufkaufte, deren Produktion den Grundstock für sein Blending-Unternehmen im großen Stil bildete. Der Jahresgewinn aus diesem verschnittenen Whisky stellte alles weit in den Schatten, was Abbey Glen in zehn oder mehr Jahren erwirtschaften konnte. Warum sollten die von Decons dann derart verbissen um eine so kleine Brennerei wie Abbey Glen kämpfen? Eine kleine unabhängige Destillerie war doch sicherlich wie die andere. Warum also ausgerechnet meine?

Während ich noch las, schickte mir Patrick seinen ersten Packen Informationen per E-Mail. Maitland war als Decons' Beauftragter für Übernahmen im Bezirk Lowlands aufgeführt. Eine einträglichere Position, als ich vermutet hätte. Ich wollte lieber nicht wissen, wie Patrick an Maitlands Kontoauszüge herangekommen war, aber nach allem, was ich sehen konnte, stammte ein beträchtlicher Teil seines Gehalts aus Bonuszahlungen. Große Summen, die sich leicht mit dem Kauf von Brennereien in seinem Gebiet abgleichen ließen. Hunter hatte gesagt, Maitland wäre dafür bekannt, dass er für Decons die Drecksarbeit erledigte. Hatte er das am Samstagabend auch getan? Ich zog seine Karteikarte heraus und notierte, dass er einen beträchtlichen Anreiz dafür hatte, den Verkauf meiner Brennerei an Decons möglichst rasch unter Dach und Fach zu bekommen. Seine Karte füllte sich schnell. Ich fügte noch hinzu: »Alibi für Samstagabend?« und »Decons Hauptsitz in London – Distelstrauß und Drohbrief.«

Gegen Spätnachmittag tippte ich ein paar von Hunters Geschichten in den Laptop, weil ich sie in den Textteil des Buches einfügen wollte. Der Schlüsseldienst war da gewesen und hatte alle Schlösser an den Außentüren ausgetauscht. Ich fühlte mich sicherer, war aber immer noch rastlos. Ich hinterließ eine Nachricht für Patrick auf seinem Anrufbeantworter, in der ich ihm dankte und ihn wissen ließ, dass ich noch am Leben war, ehe ich mir einen steifen Drink einschenkte und wie ein hinter Gittern gefangenes Tier im Haus auf und ab tigerte.

Jetzt, da die Sonne versank, fühlte ich mich wieder ungeschützt. Rollos an den Fenstern wären ein Muss, wenn ich vorhatte, hier länger zu bleiben. Ich kam mir vor wie in einem Aquarium. Ich war fast zu Tode erschrocken, als es an der Tür klingelte. Ich ging auf Zehenspitzen hinter Liam in den Eingangsflur hinaus, um nachzusehen, wer da war, und erblickte zu meiner Überraschung auf den Stufen MacEwen. Durch den Spion konnte ich die Farbe seiner Augen nicht ausmachen, aber ich hätte gewettet, dass er keine gute Laune hatte. Ich machte die Tür auf und blieb wie angewurzelt vor ihm stehen.

»Ich muss mich für mein Verhalten gestern in der Brennerei entschuldigen«, sagte er und versuchte mit Mühe, sich Liams Versuchen zu erwehren, ihm ins Gesicht zu springen. »Das war völlig unangebracht.«

Damit erwischte er mich wirklich auf dem völlig falschen Fuß. Ich hatte Konfrontation erwartet, keine Zerknirschung. »Ich denke, ich muss mich auch entschuldigen«, gestand ich ihm zu. »Ich hätte fragen sollen, bevor ich in der Brennerei Bilder gemacht habe.«

Er streckte mir eine in Papier eingewickelte Flasche hin. »Ich habe ein Friedensangebot mitgebracht … wenn es nicht zu spät dafür ist?«

Diesmal schaute er mich ohne jede Spur von Groll an. Dennoch zögerte ich, und in mir tobte ein wilder Disput. Nach allem, was ich gehört hatte, war dieser Mann Bens Freund und vertrauter Geschäftspartner gewesen, doch mir schuldete er keine Loyalität. Ich konnte nicht so tun, als hätte ich keine Bedenken, aber meine Neugier war noch größer, und diese Augen interessierten und fesselten mich. Schließlich hörte ich auf mein Bauchgefühl, das mir sagte, ich solle das Risiko eingehen. Ich konnte nur hoffen, dass mich da mein gut ausgebildeter Selbsterhaltungstrieb leitete und nicht ein weitaus primitiverer Instinkt. Egal wie, ich wusste, dass ich die Gelegenheit nicht auslassen wollte, mehr über Bens rechte Hand herauszufinden.

»Kommen Sie rein«, sagte ich und trat zur Seite. »Wir sollten noch mal ganz von vorn anfangen. Zunächst mal könnten Sie mich Abi nennen.«

»Grant«, konterte er.

»Und das ist Liam«, sagte ich und bat Grant mit einer Handbewegung in die Bibliothek. Übrigens begrüßte Liam MacEwen wie einen lange verschollen geglaubten Verwandten. Ich ging in die Küche, um Gläser zu holen. Als ich zurückkam, hatte Grant das Kaminfeuer geschürt und Hunters überall verstreut liegende Holzarbeiten weit weg von den Flammen in einer Ecke gestapelt.

Wir setzten uns leicht verlegen auf die beiden Ledersessel beim Kamin, und Grant schenkte mir aus der Flasche, die er ausgewickelt hatte, einen doppelten Abbey Glen ein.

»Auf Ben«, sagte er.

»Auf Ben«, antwortete ich.

Ich hielt mein Glas gegen das Feuer und beobachtete, wie das Licht auf der Oberfläche spielte. Es war, als sähe man flüssige Flammen. Ich nippte vorsichtig und spürte, wie mich die Wärme wie eine Welle durchflutete. Das Gefühl beschwor die Erinnerung an Bens tröstliche Gegenwart herauf und löschte zeitweilig sogar das Unbehagen aus, das ich in letzter Zeit ständig verspürte.

»Mögen Sie den?«

Ich zögerte den Bruchteil einer Sekunde, merkte dann aber, dass ich darauf ehrlich Ja sagen konnte.

»Was schmecken Sie heraus?«, wollte Grant wissen.

»Sahnekaramell.« Ich nahm einen weiteren kleinen Schluck. »Und Vanille und ein bisschen Früchtebrot, aber mit einer herben Note.«

»Sehr gut.«

Ich konnte sehen, dass Grant sich wirklich Mühe gab, nett zu mir zu sein. In Anbetracht seiner Feindseligkeit von neulich dürfte ihm das nicht leichtfallen, also bemühte ich mich, ebenfalls nett zu sein. Obwohl es mir nach den Geschehnissen der letzten paar Tage seltsam vorkam, jetzt ein ernsthaftes Gespräch über Whisky zu führen, war das ein neutrales Terrain und insgesamt kein schlechter Ausgangspunkt.

»Warum schmeckt das so ganz anders als das Zeug, das man mir normalerweise gibt?«, fragte ich.

»Für den Geschmack von Abbey Glen sind viele Elemente verantwortlich: das Wasser, der Mälzprozess, die Kupferrohre im Still Room, die Fässer, in denen wir ihn reifen lassen. Schließlich kommt all das zusammen und schafft dieses einzigartige Aroma.«

»Jetzt verstehe ich, warum Ben diesen Whisky so geliebt hat. Er ist wirklich wunderbar. Meistens sind Whiskys für mich zu scharf. Zu viel Meersalz und Rauch.«

»Ja, diese Nuance schmeckt nicht jedem«, gestand mir Grant zu, »aber es gibt viele Whiskys mit einem weniger scharfen, weniger torfigen Geschmack.«

Ich nippte noch einmal. »Ich wünschte, ich wüsste mehr über das Whiskygeschäft. Es tut mir leid, dass ich nicht besser zugehört habe, als Ben versucht hat, es mir zu erklären.«

»Er hätte sein Wissen gern mit Ihnen geteilt.« Grant schaute mich so eindringlich an, dass ich mich vor Verlegenheit winden wollte. Wenn er mich so ansah, hatte ich das Gefühl, völlig durchsichtig zu sein, als könnte er in mein Inneres blicken.

»Wenn es Sie interessiert, könnte ich Ihnen was beibringen«, sagte er.

»Warum jetzt?«

Jetzt war es an Grant, verlegen zu gucken. »Sie haben Ben sehr viel bedeutet«, antwortete er leise. »Er hat Sie zu einem Teil von Abbey Glen gemacht. Wer bin ich, dagegen anzureden?«

Das ist die Frage, dachte ich und schenkte mir noch einmal ein. Wer bist du, Grant MacEwen? Zum ersten Mal konnte ich keinen klaren mentalen Schnappschuss hinkriegen, sosehr ich mich auch bemühte. Der Mann war vielschichtig, und es wollten mir einfach keine Wörter zu ihm einfallen.

Laut sagte ich: »Okay, ich bin dabei. Wenn ich dieses Buch für Ben je fertig bekommen will, brauche ich den Kurs Whisky für Anfänger.«

Grant stand auf, ging zur Vitrine und wählte drei Flaschen und drei kleine Probiergläser aus. Er schenkte ein. »Versuchen Sie den hier«, sagte er und reichte mir das erste Glas. »Ein klassischer Single Malt aus der Region Speyside. Ein kleiner Tropfen Wasser erschließt die Aromen von Vanille und Apfel und Gewürzen.«

»Schmeckt ein bisschen verbrannter als der Abbey Glen«, merkte ich an.

»Das liegt am Torf. Die meisten schottischen Destillerien darren ihr Korn über einem Torffeuer, und das gibt dem Whisky den rauchigen Geschmack. Wie lange man über Torf trocknet, das entscheidet, wie torfig das Endprodukt schmeckt.«

»Irgendwie erdiger«, brachte ich vor.

»Genau. Sie lernen schnell. Das andere, was einen großen Einfluss auf den Geschmack hat, ist das Fass, das für den Reifungsprozess benutzt wird. Die Brennereien experimentieren immer mit verschiedenen Fässern und Kombinationen, um am Aroma herumzuspielen.«

»Sind die Fässer in Abbey Glen Eichenfässer, wie die Winzer sie benutzen?« Ich schenkte mir ein weiteres Glas Abbey Glen ein.

»Die meisten benutzen Eichenfässer oder alte Bourbon- oder Sherry-Fässer. Sie können sich sicher vorstellen, dass in dem Holz Spuren von Bourbon oder Dessertwein bleiben und dann dem Whisky ihr einzigartiges Aroma mitgeben.

Bei Sherry-Fässern ist das eine süße Note. Das ist das Aroma von Korinthen und Sultaninen, das man manchmal hat. In Abbey Glen benutzen wir beides.« Er schenkte eine kleine Menge einer rubinroten Flüssigkeit aus. »Und jetzt kosten Sie den.«

»Mh, den mag ich.« Ich trank den Rest ohne Zögern aus. Ein warmes, wohliges Gefühl breitete sich in mir aus, nahm mir ein wenig von der Spannung aus den Schultern.

»Dachte ich mir. Der ist in einem alten Portweinfass gereift. Daher kommen die interessante Farbe und das volle, fruchtige Aroma. Das ist ein toller Tropfen nach dem Essen. Der Letzte.« Er schenkte eine Flüssigkeit ein, die ein helles Strohgelb hatte. Sobald das Glas nur in die Nähe meiner Nase kam, merkte ich, dass der Whisky voller Salzwasser und Seetang war.

Ich nahm einen vorsichtigen Schluck und verzog das Gesicht. »Nö. Genau deswegen trinke ich keinen Whisky. Das schmeckt wie Hustensaft.« Mich schauderte. »Nein, sogar noch schlimmer.«

Zum ersten Mal sah ich den Hauch eines Lächelns um seine Lippen spielen. »Das ist wahrscheinlich der torfigste Malzwhisky, der heute in Schottland gemacht wird. Ist nicht nach jedermanns Geschmack. Oft kann man schon an den Beschreibungen erkennen, was man bekommen wird.« Grant zog einen Ordner vom Regal. »Hier steht … ›komplexes Aroma mit Citrus- und Pfeffernoten. Mit Wasser erhält man Leinöl auf einem Kricketschläger, eine schwache herbrauchige Note und eine Spur Vanille und Sportsocke.‹«

»Und nach dieser Beschreibung soll man den kaufen wollen?«

»Viele Leute wollen das, ja.«

»Okay, also das verstehe ich überhaupt nicht. Wird dieses Torfmonster hier in der Nähe hergestellt?«

»Nein, der kommt von der Insel Islay. Sie mögen ihn vielleicht nicht, aber kosten sollten Sie ihn. Er ist ein wunderbares Beispiel dafür, wie viel die Umgebung mit dem Aroma zu tun hat. Das Wasser, das beim Destilliervorgang benutzt wird, der Meeresdunst, der während der Reifung in der Luft liegt, all das fügt sich in einer komplexen Alchemie zusammen und lässt einen Malt Whisky entstehen, der so sehr das Meer heraufbeschwört, dass man schon fast die Möwen schreien hört.«

Ich beobachtete sein Gesicht, während er über die Nuancen des Whiskys redete, und sah darin die gleiche Leidenschaft und Hingabe, die ich in Bens Zügen wahrgenommen hatte. So konnte ich eine Beziehung zu Grant aufbauen und gleichzeitig wieder Verbindung zu Ben aufnehmen. Wenn ich Grant zuhörte, war ich überzeugt, dass er zum Zeitpunkt von Duffs Tod auf keinen Fall in der Nähe gewesen war. Wäre er in der Brennerei gewesen, hätte er Duff niemals dort zurückgelassen. Grant hätte seinen geliebten Malt Whisky nicht mit einer Leiche verdorben, hätte nicht willentlich damit dem guten Ruf der Brennerei geschadet.

Ich nahm erneut gedankenverloren einen Schluck vom Abbey Glen. »Ich weiß ja vielleicht nicht viel über Alchemie, aber ich weiß, was mir schmeckt. Und der hier ist gut. Er ist subtil, aber doch voll und rund im Geschmack. Gleichzeitig beruhigend und belebend. Es lässt sich schwer in Worte fassen.«

»Sie machen das schon ganz gut. Ich glaube, Sie haben viel mehr Gespür dafür, als man Ihnen zutraut.«

Mir fiel auf, dass ich mich, während er sprach, auf seinen Mund konzentrierte. Er hatte wunderschöne Lippen. Ich schüttelte den Kopf, bemerkte, dass ich den Gesprächsfaden verloren hatte. Ich musste mich wieder einklinken.

»Wie lange lassen Sie den Abbey Glen reifen?«, fragte ich.

Der Whisky in den Flaschen auf dem Tisch war zwischen zehn und zwanzig Jahren im Fass gewesen.

»Im Augenblick stellen wir einen zehnjährigen Malt her, aber wir sind ja noch eine junge Brennerei. Hier ...« Grant holte eine lange grüne Flasche mit einem handgeschriebenen Etikett und schenkte mir ein kleines Glas ein. »Der hier ist viel älter. Fünfundzwanzig Jahre. Ist noch aus den Zeiten von Fletcher's übrig. Das ist ein atemberaubender Tropfen.«

Ich musste ihm recht geben. »Beinahe wie ein Kognak«, sagte ich. Allmählich war ich von den Getränken immer mehr überzeugt, wenn auch noch nicht von meinem Trinkgefährten.

»Das war Bens Lieblingswhisky. Die Sammler nennen ihn Rose Reserve.«

»Ich verstehe, warum Ben den mochte.«

»Ben war ein großer Fan von Martin Ferguson, dem Mann, der den Rose hergestellt hat. Die Flaschenabfüllungen von ihm sind heute so rar wie weiße Raben. Die hier haben wir nur, weil Duff im Keller ein paar gefunden hat, als er mal für Ben da aufgeräumt hat. Er hat sie Ben als Geschenk übergeben. Ich glaube, das war das schönste Geschenk, das Ben je bekommen hat.«

Endlich die Chance, auf die ich gewartet hatte. »Ben hat Duff wirklich gern gehabt, nicht?«

Ein Schatten huschte über Grants Gesicht. »Sie standen sich sehr nah, und nicht nur wegen Siobhán. Ben mochte Duff um seiner selbst willen, und das wusste Duff auch.«

»Sie standen ihm auch nah, nicht?«

»Ich habe mir alle Mühe gegeben, ihn im Auge zu behalten, wenn Ben nicht hier war. Er war ein schlauer Junge, schlauer, als manche dachten. Was für ein Verlust.« Grant schenkte sich noch einen Drink ein und seufzte tief. »Ben hat versucht, ihm eine Chance für die Zukunft zu geben. Er hat sogar organisiert, dass Duff letztes Jahr zum Arbeiten nach Edinburgh gehen konnte.«

»Wann war das?«

»Mal nachdenken. Er ist gleich nach Bens Geburtstag weggegangen. Das muss in der ersten Maiwoche gewesen sein.«

»Ich bin ein bisschen überrascht, dass Duff von Abbey Glen wegwollte, um in der Großstadt zu arbeiten.«

»Ben hat ihn davon überzeugt, dass das gut für ihn sein würde. Er meinte, es würde seinen Horizont erweitern. Er könnte ein paar Kontakte knüpfen, vielleicht sogar Interesse an einem Studium bekommen.«

»Wo hat er gearbeitet?«, fragte ich.

»Bei der Whisky Society. An der Bar, und er hat auch bei den Verkostungen geholfen. Was ich so gehört habe, hat er sich dort gut gemacht. Aber Anfang Februar diesen Jahres war er wieder in Balfour.«

»Hat er verraten, warum?«

»Er wollte nie drüber reden. Wenn Sie mich fragen, hat ihm Ben gefehlt. Natürlich hat ihn Ben mit offenen Armen empfangen und für ihn wieder eine Arbeit bei Abbey Glen gefunden. Er hat ihm etwas mehr Flexibilität zugestanden, so dass er seiner Mutter im Pub helfen konnte.«

Grant schenkte mir noch einmal von dem Rose Reserve ein, und ich streckte die Hand nach der Flasche aus.

»Ich finde das Etikett toll.«

»Martin Ferguson war ein Renaissancemensch. Ein begabter Brenner und dazu noch ein Künstler. Das Aquarell vorn auf der Flasche ist von Martin selbst.«

»Es ist wunderschön. Ist das die erste Fletcher's Brennerei?«

Grant nickte.

»Hunter hat die erwähnt. Mir gefallen besonders die lavendelblauen Hänge mit der Steinkate und all den roten und rosafarbenen Rosenbüschen.« Ich musterte das unverwechselbare Etikett, während ich mein Glas erneut leer trank. »Fünfundzwanzig Jahre … also je älter ein Whisky ist, desto besser?«

»Nicht immer, aber Whiskys, die älter als zwanzig Jahre sind, sind wesentlich seltener. Zu langes Reifen kann ein Fass verderben, andererseits kann es auch einen unglaublich guten Geschmack hervorbringen. Es ist reine Glückssache. Wenn es gutgeht, ist es sehr lohnend.«

Ich bemerkte, dass ich Grant anstarrte und er bereits ein wenig verschwommen aussah. Ich durfte jetzt nicht unvorsichtig werden. Wenn ich überhaupt noch etwas aus ihm rausquetschen wollte, musste ich wieder nüchtern werden. Ich stand mit unsicheren Beinen auf und fragte: »Haben Sie schon gegessen?«

»Nein, tut mir leid. Ich gehe jetzt und lasse Sie in Ruhe …«

»Seien Sie nicht albern. Ich mache uns schnell was.« Es war beinahe unwirklich, ihn hier in meinem Zuhause so entspannt zu sehen. Gestern hätte ich es mir nicht vorstellen können, und da saßen wir nun heute. Ich holte tief Luft und versuchte, die drei Wörter heraufzubeschwören, die Grant beschrieben. Immer noch nichts.

Grant hatte seine nassen Schuhe zum Trocknen auf dem Flur stehen lassen und kam auf Socken hinter mir hergetappt. Ich wühlte ein wenig im Kühlschrank herum und suchte Räucherlachs, ein Baguette, ein bisschen Käse und zwei Körbchen Himbeeren zusammen. Nachdem ich ein Tablett damit beladen hatte, merkte ich, dass etwas nicht stimmte. Erst nach einer Weile begriff ich, dass Liam nicht in der Küche war. Er war sonst immer dabei, wenn ich mich dort aufhielt. Ich ging zurück in die Bibliothek und sah, wie der Hund an den Whiskygläsern schnupperte, die wir auf dem niedrigen Tischchen abgestellt hatten.

»Das wird dir nicht besonders schmecken«, sagte ich mit einem kleinen Lachen. Aber er roch gründlich und nachdenklich an jedem einzelnen Glas, als wollte er sich ein eigenes Urteil bilden. *Trockenes Müsli mit einem Hauch von altem Nager und gekautem Schuh.*

Ich kehrte in die Küche zurück und erklärte Grant, er könnte einen Konkurrenten für den Job der »Nase«, des besten Verkosters in der Destillerie haben. Wir trugen unser improvisiertes Abendessen in die Bibliothek, wo wir Liam dabei erwischten, wie er sich mit verklärtem Gesicht abmühte, die letzten Tropfen vom Boden eines der Gläser zu schlecken. Er schaute auf, als wir hereinkamen, hatte einen kleinen Schluckauf und ließ sich dann mit einem zufriedenen Seufzer auf den Kaminvorleger fallen.

Grant begann zu lachen und sackte in den nächsten Sessel. Das Lachen war warm und quicklebendig und kam völlig unerwartet. Es warf mich ziemlich aus der Bahn.

»Tut mir leid.« Er wischte sich mit dem Handrücken die Tränen aus den Augen. »Das ist ein verrückter Hund. Anscheinend hat er eine Vorliebe für stark getorfte Malt Whiskys. Die anderen hat er ignoriert und sich gleich auf den aus Islay gestürzt.«

»Ich hoffe, ihm wird nicht schlecht davon.« Ich schaute Liam besorgt in die Augen. Grant beugte sich vor und kraulte ihn. Liam rollte sich zuvorkommend auf den Rücken, streckte ihm in einer Geste vollkommenen Vertrauens den Bauch entgegen. Ich konnte nur hoffen, dass dieses Vertrauen gerechtfertigt war und er nicht nur einfach beschwipst war.

»Ich denke, das wird ihm nicht schaden«, sagte Grant, »solange er das nicht zu oft tut. Mein Vater hatte einmal einen Spaniel, der Geschmack an Kognak gefunden hatte. Der hat sich regelmäßig bei der Jagd über den Bügeltrunk hergemacht. Er hat dann den Rest des Nachmittags unter einem Baum verschlafen. Wenn ich es mir recht überlege, ist er für einen Hund ungewöhnlich alt geworden.«

Grant schien unter dem Einfluss des Whiskys milder gestimmt zu sein. »Jagdhunde und Landhäuser«, wagte ich mich vor, »Ihre Familie ist wohl schon ziemlich lange hier?«

»Seit Mitte des vierzehnten Jahrhunderts ungefähr. Erst als Bauern, dann als Landbesitzer.«

»Und jetzt als Brenner.«

»Zumindest im Augenblick«, sagte Grant, und seine Stirn umwölkte sich.

»Sie könnten das dauerhaft machen«, schlug ich vor. »Warum kaufen Sie Abbey Glen nicht selbst?«

Grant verdrehte die Augen. »Sie reden schon wie Inspector Michaelson. Ich gebe Ihnen dieselbe Antwort wie ihm. Ich bin Brenner, Abi, kein Geschäftsmann. Wenn ich Geschäfte machen wollte, wäre ich zu MacEwen Glass gegangen.«

»Also war Michaelson auch bei Ihnen.«

»Er und Bill Rothes sind heute Morgen schon wieder in Abbey Glen aufgetaucht, mit einem Forensik-Team. Bill hat Ihren Eindringling und die Drohbriefe erwähnt, die Sie erhalten haben. Michaelson hat mir einen Haufen Fragen gestellt, was ich gemacht habe, was meine Motive dafür waren. Ich glaube, er hält mich für den Drohbriefschreiber.«

»Da geht es Ihnen besser als mir. Mich versucht er als Mörderin festzunageln.«

Ich beobachtete Grants Miene aufmerksam und sah, dass seine Augen den kieselharten graugrünen Farbton angenommen hatten wie bei unserer ersten Begegnung. »Als Mörderin?«

»Ja, haben er und Rothes nicht erwähnt, dass Duff ermordet wurde?«

Grant wirkte fassungslos und wütend. Wenn er mir was vormachte, dann war das eine lupenreine schauspielerische Leistung. Mein Gespür sagte mir, dass er die Wahrheit sagte, und doch war ich mir des kleinen kalten Schauers am Rücken bewusst, den auch die Wärme des Kaminfeuers nicht vertreiben konnte.

»Aber Bill hat doch am Samstag angedeutet, es wäre ein Unfall gewesen. Was ist passiert?«

»Anscheinend hat man die Leiche nach dem Tod noch bewegt. Das überrascht mich nicht, denn ich hatte mir gleich gedacht, dass die Wunde am Kopf nicht zu einem Unfall passte.«

»Und Sie haben nichts gesagt?«

»Die beiden hatten mich sehr deutlich wissen lassen, dass sie keine Einmischung der Sensationspresse wünschten.«

»Aber warum verdächtigen die Sie?«

»Patrick und ich waren als Erste am Tatort, das ist immer verdächtig, laut Michaelson. Ganz zu schweigen davon, dass Duff und Siobhán in Bens Testament mit größeren Geldsummen bedacht wurden. Ich nehme an, er denkt, ich versuche so, einen Teil meines Erbes zurückzubekommen.«

»Das ist doch lächerlich.«

»Danke. Ich glaube, Michaelson wollte mich nur ärgern.«

»Könnte sein. Bill hat mir erzählt, dass er neu in dem Job ist. Er wurde ziemlich jung zum Inspector befördert, weil er bereit war, von Glasgow wegzugehen und nach Stirling rauszukommen. Ich vermute mal, er muss sich da dringend beweisen.« Grant schwieg eine Weile. »Also glauben die wohl, dass der Saboteur Duff getötet und dann in den Bottich geworfen hat.«

»Ich denke, so ungefähr, ja, wenn ich auch glaube, dass

153

sie alle verdächtigen, die irgendwie mit Abbey Glen zu tun haben – daher die Fragen an Sie. Denn schließlich sind Sie einer von denen, die durch diesen Besitzerwechsel am meisten zu verlieren haben«, platzte ich heraus, weil der Whisky mir jede Hemmung genommen hatte.

Ich sah den Zorn in Grants Augen aufflackern und bemerkte den rasch pochenden Puls an seinem Hals. »Ich bin vielleicht nicht gerade begeistert über die Entwicklungen in Abbey Glen, aber Duff habe ich nicht umgebracht. Ich habe Michaelson gesagt, dass ich den ganzen Abend mit Richard Thomas verbracht habe. Er hat nach der Beerdigung bei mir übernachtet, und wir waren noch auf und haben uns unterhalten, als Cam anrief und die Nachricht von Duffs Tod übermittelte.«

Also hatte Grant ein Alibi für Duffs Todesnacht. Ich fühlte mich bestätigt und erleichtert, aber das hielt nicht lange an. Grant war vielleicht in der fraglichen Nacht nicht in Abbey Glen gewesen, aber das bedeutete nicht, dass er nicht einen Komplizen hatte, der dort war.

Beinahe, als könne er meine Gedanken lesen, schaute mir Grant geradewegs in die Augen und sagte: »Ich würde niemals irgendwas machen, das der Destillerie schaden könnte ... oder Ihnen.«

Ich schaute so unverwandt, wie ich konnte, zurück. »Wer war es dann? Sie kennen die Leute hier besser als ich. War es eines der Mitglieder aus der Whisky-Bruderschaft? Einer unserer Konkurrenten?«

Grant legte die Stirn in Falten. »Wenn ich wählen müsste, würde ich sagen Maitland. Der hat schon allen möglichen Mist angestellt, um Decons gefällig zu sein.«

Ich hoffte, dass Grant recht hatte. »Es muss sich wohl rumgesprochen haben, dass Maitland hier rumschnüffelt, denn bei Thomas haben sich dann auch einige andere an Abbey Glen interessierte Parteien gemeldet, darunter ein Brenner aus Islay.« Ich nahm mein Notizbuch vom Fußboden auf und blätterte es durch. »Der Mann heißt Rowan Johnson. Dann noch ein japanischer Konzern, ein italienischer Konzern und zwei andere Brenner aus dieser Gegend, einer heißt Campbell, der andere Nakimoto.«

»Ben ist noch keine vierzehn Tage tot, und schon kreisen die Geier über uns.« Grant schüttelte angewidert den Kopf. »Ich dachte, ich kenne diese Männer. Wenn man mich gefragt hätte, wer von ihnen bis zum Äußersten gehen würde … ich hätte geantwortet, keiner von denen, aber, ehrlich gesagt, unter diesen Umständen könnte es jeder von ihnen sein.«

Bei diesem so ernsten Schotten lodert ja unter der Oberfläche ein ziemliches Feuer, dachte ich mir. Das war faszinierend und beunruhigend zugleich. Ich versuchte erneut, die schwer zu fassenden drei Wörter für ihn zu finden, aber die Gedanken, die mir durch den Kopf huschten, waren sinnlich, sehr störend und in keiner Weise sachdienlich. Ich stellte fest, dass ich wie hypnotisiert auf Grants elegante Finger glotzte, die ununterbrochen über den Rand seines Glases strichen.

»Morgen Abend findet in meinem Haus das alljährliche Dinner der Brenner aus der Gegend statt«, sagte er dann. »Es wird ein gutes Dutzend unserer Konkurrenten dort sein, darunter Campbell und Nakimoto. Sie sollten auch kommen. Dann können Sie sich selbst ein Bild von diesen Typen machen.«

»Ich bin mir nicht sicher, ob ich da willkommen wäre.«

»Das haben nicht die zu entscheiden. Sie sind mein Gast, und in meinem Haus sind Sie willkommen.«

Die Gelegenheit war zu gut, um sie mir entgehen zu lassen, wie ungemütlich der Abend auch werden könnte. »Danke, ich komme gern.«

Ich beugte mich vor, um uns noch einen Whisky einzuschenken. Ich wollte mehr über Grants Verhältnis zu Ben herausfinden, solange er noch so redselig drauf war.

»Wie ist es eigentlich gekommen, dass Sie für Ben arbeiten?«, fragte ich.

»Ich kenne ihn schon mehr oder weniger mein ganzes Leben lang. Er war der Anlageberater und dann Freund meines Vaters und letztlich sein Testamentsvollstrecker. Sie wissen ja, wie leidenschaftlich sich Ben für Whisky interessiert hat. Als Central vor fünfzehn Jahren Fletcher's auf den Markt geworfen hat, hat sich Ben entschieden, die Brennerei zu kaufen. Sie war furchtbar heruntergewirtschaftet, und damals sind viele kleine Destillerien pleitegegangen; aber eine Brennerei war immer schon Bens Traum gewesen. Er bat mich, für ihn zu arbeiten, und ich habe die Gelegenheit beim Schopf gepackt.«

Ich nickte wortlos und überlegte, wie wenig ich von all dem wusste und wie viel ich davon hätte wissen sollen.

»Vor sechs Jahren, als er sich entschlossen hat, sich zur Ruhe zu setzen und mehr Zeit hier oben zu verbringen, hat er mir Haus Haven abgekauft.«

»Haus Haven hat Ihnen gehört?«

»Auf dem Landgut gibt es einige alte Bauernkaten, die noch aus den Zeiten übrig sind, als das Gut sich hauptsächlich mit Landwirtschaft beschäftigt hat. Die meisten stehen jetzt leer.«

»Und wem gehört das Landgut?«

»Meinem Bruder und mir.«

»Sie sind also Landadel und Glasbarone in einem.« Zweifellos konnte es sich Grant also leisten, Abbey Glen zu kaufen. Was immer ihn daran hinderte, Geld war es nicht.

Grant stieß ein freudloses Lachen aus. »Mit der Landwirtschaft kann man heutzutage kein Geld mehr verdienen.

Da zahlt man nur Steuern. Die meisten jungen Leute gehen von hier weg in die Großstädte und suchen sich dort Arbeit. Ehe Ben gekommen ist, war Balfour mehr oder weniger eine Geisterstadt. Er hat begriffen, dass er hier nur ein gutgehendes Unternehmen aufbauen konnte, wenn er in die lokale Infrastruktur investierte. Den Leuten einen Grund gab, wieder nach Hause zurückzukehren. Er hat die Schule und die Leihbücherei renovieren lassen, hat das Städtchen mit der weiten Welt verbunden. Ich habe Glück, dass ich etwas tun kann, was ich liebe, und trotzdem meiner Verantwortung für das Gut gerecht werden kann. So kann ich aus beidem das Beste machen. Aber damit genug von mir. Was ist mit Ihnen? Wir haben alle von Ihren Abenteuern gehört. Ben hat immer mit seiner weltberühmten Nichte geprahlt ...«

»Weltberühmt? Noch ein Grund, warum die Leute hier mich hassen«, sagte ich und wand mich vor Verlegenheit.

»Also, hassen würde ich nicht sagen ...«

Ich wischte Grants Protest mit einer überschwänglichen Geste vom Tisch. »Meine Fanpost ist ziemlich eindeutig, und Siobhán Morgan kann mich ganz bestimmt nicht ausstehen. Sie hat mir schon eine Standpauke darüber gehalten, dass ich nicht hier war, als ich hätte hier sein sollen.«

»Siobhán hat die schlechte Angewohnheit, auch dann ihre Meinung zu sagen, wenn sie lieber den Mund halten sollte.«

»Das haben wir dann schon mal gemeinsam. Sie ist eine starke Frau, und sie leitet ihr eigenes Unternehmen – da sollte man doch denken, die Leute hätten sich inzwischen bereits ein bisschen mit dem Gedanken angefreundet, dass eine Frau die Geschicke von Abbey Glen lenken wird.«

Grant kniff die Augen zusammen, aber er biss nicht an. »Ich bin von starken Frauen aufgezogen worden. Ich habe kein Problem damit, wenn Frauen das Sagen haben, ich habe nur was dagegen, wenn Leute bei Dingen das Kommando übernehmen, von denen sie nichts verstehen.«

»Nichts dagegen einzuwenden«, gestand ich ihm zu.

»Sie wussten nicht, dass er die Destillerie nach Ihnen benannt hat, oder?« Diesmal war es Grant, der mein Gesicht musterte.

Ich errötete ein wenig. »Soweit ich mich erinnern kann, hat er nie was davon gesagt, aber ich hätte trotzdem mal zu Besuch hierherkommen sollen.«

»Warum sind Sie nicht gekommen?« Der Whisky hatte auch Grants Hemmungen vertrieben.

»Am Anfang war es schwer für mich, und dann, nachdem Ben krank geworden war, ist er so oft in London gewesen«, sagte ich. »Ich wollte ein paarmal kommen, aber die Zeit ist einfach immer weitergelaufen.« Ich versuchte vergeblich, meine Bemerkung mit einem lässigen Fingerschnipsen zu unterstreichen.

»Er war sehr stolz auf Sie. Ihre Fotos hängen überall.« Grant deutete auf die Wand, eher er blinzelte, weil er dort nur Leere sah. »Wo sind die denn hingekommen?«

»Ich habe sie abgehängt.«

»Warum?«

»Sie gehören nicht hierher. Dieser Ort ist zu idyllisch, zu sehr isoliert von der Welt des Drecks und der Schmerzen. Die Wände hier verdienen was Besseres.«

»Im Augenblick ist es hier gar nicht so idyllisch«, konterte Grant. »Ben wäre am Boden zerstört.«

Ich nickte und schaute ins Feuer, das im Kamin verglühte. Als ich wieder zu Grant hochblickte, sah ich, dass er sein Glas ausgetrunken hatte und auf dem großen Ledersessel eingeschlafen war. Ich nahm ihm sacht das Glas aus der Hand und musterte im Halblicht sein Gesicht. Vor einer Woche waren wir uns noch nie begegnet. Gestern hätte ich ihn mit Freuden als den Schurken in diesem Stück besetzt. Und jetzt musste ich mich beherrschen, dass ich nicht dem albernen Impuls nachgab, ihm das Haar aus der Stirn zu streichen. Er sah im Schlaf jünger und verletzlicher aus. Er traute mir genug, um hier einzuschlafen, aber ich konnte ihm nicht trauen. Noch nicht.

KAPITEL 11

Ich schreckte aus dem Schlaf hoch und hörte Sirenen. Erst nach einer Weile begriff ich, dass ich mich nicht in der Großstadt befand und dass dieser schrille Warnton nicht einfach dazugehörte. Ich hievte mich aus dem Bett und stolperte die Treppe hinunter, wo Grant gerade die Haustür aufriss. Das erste Morgenlicht wetteiferte mit einem grellen orangen Leuchten, das aus der Richtung der Destillerie herüberkam.

Übelkeit stieg mir aus der Magengrube hoch, ein brodelndes Gemisch aus Angst und Kater. Grant fluchte, schnappte sich seine Jacke und rannte in Richtung Abbey Glen davon.

So leicht würde ich mich nicht abhängen lassen, obwohl mein Kopf dröhnte und ich überlegen musste, ob es wirklich eine gute Idee war, meinen Mageninhalt unbedingt bei mir behalten zu wollen. Schließlich beschloss ich, auf die wohltuende Wirkung frischer Luft zu setzen. Ich schlüpfte in die Stiefel und rannte hinter Grant her, blieb auf dem Weg aus dem Haus nur kurz bei Liam stehen.

Der lief völlig unbeschwert vor mir her. Wenigstens einer von uns war begeistert über diesen Auslauf vor dem Morgengrauen. Ich verspürte jedes Mal, wenn meine Füße den Boden berührten, einen stechenden Schmerz im Kopf. Als ich am Waldsaum entlangrannte, sah ich Flammen, die am Dach der Mälzscheune züngelten, und mein Unwohlsein verging mit einem Schlag. Ich konnte nur noch an eines denken: Ich musste verhindern, dass Bens Erbe in Schutt und Asche fiel.

Die Ankunft der Feuerwehr hatte uns wohl aufgeweckt. Die Feuerwehrleute versuchten bereits, die Flammen zu löschen, die aus dem Dach der Scheune in den Himmel schlugen. Soweit ich durch den dichten Rauch sehen konnte, war nur die Scheune betroffen, aber der Wind machte alles viel schwieriger. Cam versuchte an der gegenüberliegenden Seite des Hofes zusammen mit einem anderen Mann, das neben der Scheune befindliche Gebäude mit dem Schlauch abzuspritzen, um zu verhindern, dass die Flammen sich ausbreiteten.

Grant hatte sich darangemacht, die leeren Holzfässer aus dem Bereich wegzurollen, durch den die Funken des Hauptfeuers stoben. Wenn man den Flammen keinen Einhalt gebot, würden sie sehr bald die gestapelten Fässer erfassen. Cam rannte zu Grant, um ihm zu helfen, und ich schnappte mir einen Schlauch und begann alles, was ich erreichen konnte, mit Wasser zu durchnässen.

Die Hitze war außerordentlich stark, und wegen des Rauchs war es unmöglich, genau zu sehen, was ringsum geschah. Liam war auf der vom Feuer abgelegenen Seite des Hofes auf und ab gerannt, aber als aus Richtung der Scheune eine Reihe von Explosionsgeräuschen zu hören war, begann er wie verrückt zu bellen. Ein Holzbalken im Dach der Mälzscheune brannte lichterloh, wurde dann von einer Windbö erfasst und zerbarst krachend. Funken und große brennende Holzbrocken regneten auf das Inferno herunter, das darunter tobte. Da sah ich entsetzt, wie brennende Teile davon auf Cam zustürzten, der mit dem Rücken zum Feuer stand. Doch schon stürzte Grant sich auf Cam, krachte gegen ihn und schleuderte ihn so zur Seite. Die Stelle, wo er gestanden hatte, brannte sofort lichterloh; ein flammender Holzbrocken war knapp an seinem Kopf vorbeigesegelt.

Gemeinsam zerrten wir Cam von der Gluthitze und den Rauchschwaden weg, sosehr er auch protestierte, und zwangen ihn, sich außer Gefahr hinzusetzen. Die Explosion hatte dazu geführt, dass das Dach auf den Boden der Mälzscheune hinuntergestürzt war, doch inzwischen war das Feuer weitgehend innerhalb der Backsteinmauern des Gebäudes eingegrenzt; endlich machte die Feuerwehr Fortschritte. Die Flammen brannten allmählich herunter, aber immer noch hing eine dicke Rauchwolke schwer in der Luft.

Liam hielt sich nah bei mir auf; er hatte den Schwanz eingezogen. Er mochte den beißenden Geruch nicht und knurrte leise die Feuerwehrleute und ihre Löschschläuche an. Ich tätschelte ihn gedankenverloren, während ich darauf wartete, dass die Feuerwehrleute sich zurückziehen würden und wir vorsichtig näher treten und das Ausmaß des Schadens begutachten konnten. Die Backsteinmauern der Scheune waren rauchgeschwärzt, aber offensichtlich so solide gebaut, dass sie größtenteils unversehrt waren. Der gestrige Regen hatte alles ziemlich durchnässt, und es fiel mir schwer, zu glauben, dass hier ein Feuer dieser Größenordnung einfach so ausbrechen konnte.

Die Feuerwehr würde uns das sicher schon bald sagen, aber ich tippte auch ohnedies auf Brandstiftung.

Das Korn, das Hunter und ich bewundert hatten, war nun nur noch eine matschige Masse, eine Art Getreidebrei, der zwischen den verkohlten Überresten der heruntergefallenen Dachbalken hervorquoll. Die traditionelle Pagodenkonstruktion, die das Dach der Darre geziert hatte, lag in Trümmern mitten auf dem traurigen Haufen. Zumindest hatte ich in den vergangenen Tagen ein paar Bilder davon gemacht. Jetzt war alles hinüber.

»Sie müssen hier weg«, sagte einer der Feuerwehrleute. Er führte mich zurück zu dem niedrigen Mäuerchen, wo

Cam in eine Decke gehüllt saß und mit Grant redete. Ich blickte auf, als Kristen Ramseys blauer Mini Cooper mit rasantem Schwung in den Hof einbog, dicht gefolgt von einem Streifenwagen.

»Es geht doch nichts über ein bisschen angenehme Aufregung am frühen Morgen«, sagte Kristen, als sie sich unserem Mäuerchen näherte.

»Das ist nicht gerade meine Vorstellung von angenehmer Aufregung«, knurrte Grant, ehe er über den Hof ging, um Rothes zu begrüßen.

Kristen seufzte. »Kommen Sie schon, Cam. Dann wollen wir mal sehen. Sie wirken ja ziemlich mitgenommen.«

»Ach, lassen Sie's gut sein. Machen Sie nicht so viel Wind«, sagte Cam; doch ein Hustenanfall strafte seine Worte Lügen. Kristen untersuchte Cam gründlich, ehe sie ihn wegschickte und sich mir zuwandte. »So ist er, unser Cam. Man kann sich immer drauf verlassen, dass er mitten im Getümmel steht. Der wird sich eines Tages noch was antun dabei. Was ist mit Ihnen, Abi? Alles in Ordnung?«

»So etwa.«

»Was für ein Schlamassel.« Kristen schaute sich die rauchenden Trümmer an. »Haben Sie eine Ahnung, wie das passieren konnte?«

Ich schüttelte den Kopf. »Wir haben die Sirenen gehört und sind hergerannt.«

»Wir?«

»Ich und Liam«, antwortete ich ausweichend.

Sergeant Rothes hatte sein Gespräch mit den Feuerwehrleuten beendet und kam über den Hof zu uns herüber. »Kristen, können Sie sich mal Frank Monroe anschauen? Er hat ziemlich viel Rauch abbekommen.«

Kristen packte ihre Sachen und machte sich auf den Weg. Rothes wandte sich mir zu.

»Ich muss Ihnen wieder einmal ein paar Fragen stellen.«
Er schaute mich ohne jede Belustigung an.

»Natürlich«, antwortete ich und stand auf, um ihm entgegenzutreten.

»Waren Sie gestern Nacht zu Hause, Ms Logan?«

»Ja, ich war sogar den ganzen Tag zu Hause.«

»Waren Sie allein?«

»Bis zum Abend, dann ist Grant MacEwen vorbeigekommen.«

»Sonst noch jemand?«

»Nein, nur Grant. Wir haben über Destillerie-Angelegenheiten geredet«, fügte ich hinzu und hoffte, dass ich damit jegliche irrige Annahme abgewehrt hatte, die Rothes vielleicht haben könnte.

»Hat einer von Ihnen gestern Nacht irgendwas Ungewöhnliches gehört oder gesehen?«, fragte Rothes, drehte sich um und bezog damit auch Grant und Cam, die gerade über den Hof herankamen, ins Gespräch mit ein.

»Ich nicht; wir haben die meiste Zeit alle möglichen Papiere durchgesehen«, sagte ich betont.

»Haben Sie gestern Abend noch einmal in der Brennerei vorbeigeschaut?«, fragte Rothes.

»Nein«, antworteten wir wie aus einer Kehle.

»Und wann sind Sie nach Hause gegangen, Grant?«

Verdammt. Ich hatte gehofft, um diese Frage herumzukommen. Grant schaute zu mir, und ich bemühte mich um eine diplomatische Antwort. »Wir sind erst sehr spät fertig geworden. Grant und Cam haben immer abwechselnd in der Brennerei Wache gehalten, seit die Probleme angefangen haben, also habe ich ihm meine Couch angeboten. Die ist bequemer als das Feldbett im Büro. Die Sirenen haben uns dann beide geweckt.«

Rothes legte einen lobenswerten Mangel an Interesse an

unseren nächtlichen Arrangements an den Tag und ging zu einem anderen Thema über. »War die Scheune abgeschlossen?«

»Früher nicht, aber in letzter Zeit haben wir sie abgesperrt«, antwortete Grant.

»Wer hatte die Schlüssel?«

»Cam und ich, und natürlich hatte Duff welche, aber…« Rothes unterbrach Grant. »Was ist mit Frank?«

Cam schüttelte den Kopf. »Nö. Frank hilft hier nur an den Tagen aus, an denen er von seinem Eisenwarenladen weg kann, wenn wir Fässer verladen oder Bottiche ausschrubben. Gott sei Dank war er heute hier. Das Feuer hätte leicht außer Kontrolle geraten können, wenn er nicht mit den Schläuchen mitgeholfen hätte.«

»Wer sonst kommt heutzutage noch regelmäßig hier vorbei?«

»Evan Ross und sein Cousin Walter Bell sind so ungefähr die Einzigen«, meinte Cam. »Evan bringt das frische Getreide, und Walter holt die Maischereste ab, um sie an seine Schweine zu verfüttern.«

»Ist einer von beiden in letzter Zeit hier gewesen?«

»Walter hätte heute Morgen eine Ladung abholen sollen, aber ich hab ihn nicht gesehen.«

»Was ist mit Hunter, hat er Fässer ausgebrannt?«

»In den letzten paar Tagen nicht.«

»Wann waren Sie selbst zum letzten Mal in der Scheune?«

»Gestern Abend gegen halb acht«, erwiderte Cam.

»Und wann sind Sie heute Morgen hier eingetroffen?«

»Kurz nach halb sechs.«

»Warum so früh?«

»Ich hatte Frank gebeten, früh zu kommen und mir dabei zu helfen, das Still House wieder klarzumachen. Es sah wie ein ziemlicher Saustall aus, nachdem die Leute aus Stirling mit dem Rumschnüffeln fertig waren.«

»Wo ist Ihr Chef?«, fragte ich, nachdem ich gemerkt hatte, dass der Inspector nicht da war.

»Michaelson kommt bald.«

»Wird man untersuchen, ob das Feuer absichtlich gelegt wurde?«

»Nach allem, was hier passiert ist, werden sie hier jeden Winkel sehr gründlich durchkämmen«, erwiderte Rothes.

»Wäre schön gewesen, wenn schon vorher jemand von der Polizei hier ab und zu nach dem Rechten gesehen hätte«, blaffte Grant. Ich hörte die unterdrückte Wut in seiner Stimme. »Haben Sie nicht gesagt, dass ein Beamter auf Streife bei Abbey Glen vorbeischaut? Ihnen ist doch klar, dass wir den ganzen verdammten Laden hätten verlieren können?«

Mir fiel auf, dass Grants schottischer Akzent viel stärker wurde, wenn er sich aufregte.

»Wir tun unser Bestes mit den Mitteln, die uns zur Verfügung stehen.« Rothes seufzte. »Wir hatten gerade Schichtwechsel, als das Feuer ausbrach. Ich sehe zu, dass wir noch zusätzliche Jungs aus Stirling bekommen.«

»Bisschen spät jetzt. Jetzt ist das Kind schon in den Brunnen gefallen«, grummelte Grant, ehe er mit großen Schritten auf die andere Seite des Hofs ging.

Als wir ins Haus Haven zurückkehrten, sackten Liam und ich aufs Bett und dösten ein paar Stunden, bis Hunters Klopfen unten unüberhörbar wurde. Ich schickte eine SMS an Patrick und übermittelte ihm die neuesten Nachrichten, ehe ich die Treppe hinunterstolperte, um mir Kaffee und Eier zu machen.

Ich holte meinen Computer aus der Bibliothek und schaute mir traurig die Fotos an, die ich am Montag von der Mälzscheune gemacht hatte. Ein stilles Meer aus goldenem Korn war auf dem Boden ausgebreitet wie in einem Zengarten. Die ordentlich geharkten Flächen leuchteten im Sonnenlicht, das zu beiden Seiten durch die Fenster hereinströmte. Ich starrte auf die Bilder, als könnten sie mir erzählen, was heute in den frühen Morgenstunden geschehen war, aber sie blieben stumm. Der Bericht der Feuerwehr würde schon bald vorliegen, doch ich hegte keinen Zweifel, dass es Brandstiftung gewesen war. Die Frage war nur, warum jemand ein solches Risiko auf sich nahm.

Als ich nach meinem Kaffee griff und weiter die Fotos durchsah, fiel mein Blick auf einen Schatten am Boden auf einer Aufnahme unter einem der Fenster der Scheune. Ich vergrößerte den Bildausschnitt, so sehr das möglich war. Da lag an der Wand ein schwarzer Metallbolzen, halb in der Gerste vergraben. War es vielleicht einer der fehlenden Stifte aus dem Scharnier am Deckel des Gärbottichs? Hatte jemand ihn schnell loswerden wollen und einfach auf der Flucht durch das offene Fenster in die Mälzscheune geworfen? Hatte man womöglich das Feuer gelegt, um die Spuren des Mörders zu verwischen? Jetzt war es zu spät, um das noch herauszufinden, aber ich musste Rothes und Michaelson auf jeden Fall dieses Foto zeigen.

Was immer der Grund für die Brandstiftung war, ich musste zugeben, der Schachzug war gelungen. Der Schaden war auf die Mälzscheune begrenzt – den einzigen Teil der Anlage, den die meisten Brenner, einschließlich Decons, für verzichtbar halten würden. Zudem war das Timing perfekt. Früh am Tag. Genug Leute vor Ort, um auf das Feuer reagieren zu können, aber noch so wenig los, dass man sich mit Leichtigkeit unentdeckt hier bewegen konnte.

Ich stand auf und ging unruhig auf und ab, bis der Kaffee endlich mein Hirn in Gang setzte. Könnte es sein, dass sich unser Brandstifter gar nicht verstecken musste? Vielleicht war er ja jemand, dessen Anwesenheit niemand infrage stellte. Frank Monroe zum Beispiel oder sogar Cam. Beide hätten das Feuer legen können, ehe sie Alarm schlugen. Das war eine gute Lösung, wenn das Feuer nicht außer Kontrolle geraten sollte.

Mir fielen Kristens Worte wieder ein. »Cam ist immer mitten im Getümmel.« Er war heute Morgen der Erste vor Ort, und er war im Büro, als wir kamen, um in der Nacht von Duffs Tod bei der Polizei anzurufen. Er behauptete, er wäre gerade erst eingetroffen, aber das musste ja nicht stimmen. Wenn es Cam war, wessen Anweisungen führte er dann aus? Die von Maitland? Die eines unserer anderen Konkurrenten? Oder gar die von Grant? Konnte Grant Cam angestiftet haben, das Feuer zu legen? Wenn ja, dann hatte er sich selbst ein tolles Alibi verschafft. War das vielleicht sein Plan gewesen, als er gestern Abend mit Hundeblick und einer Flasche Whisky bei mir vor der Tür stand? Hatte man mich derart reingelegt?

Ich wollte Grant gern vertrauen, aber sosehr ich mich auch bemühte, ich konnte das nörgelnde Stimmchen in meinem Kopf nicht zum Schweigen bringen. Schlimmer noch, nicht einmal dieser Verdacht konnte verhindern, dass ich mich körperlich mehr und mehr zu ihm hingezogen fühlte. Hinter dieser steifen schottischen Fassade lauerte ein attraktiver Mann, der eine große Leidenschaft für seine Arbeit und seine Gemeinschaft an den Tag legte, den aber meine Reize, worin die auch immer bestanden, völlig kaltließen. Grant war diese äußerst aufregende Mischung aus Rätselhaftigkeit, verlockenden Möglichkeiten und Gleichgültigkeit, die von jeher den weiblichen Teil der Menschheit fasziniert hat, und ich war dagegen auch nicht immun.

Ich frühstückte zu Ende, kramte Liams Leine hervor und machte mich zu Fuß auf den Weg, um zu sehen, was ich in Balfour rausfinden konnte. In einem Städtchen dieser Größe würden heute Morgen Tod und Zerstörung sicherlich die einzigen Gesprächsthemen sein.

Wir kamen an ein paar verstreut liegenden Bauernhäusern und Katen vorüber. Manche hatten Strohdächer, manche Schindeln, aber jedes von ihnen hatte eine massive Holztür, die in einer leuchtenden Farbe gestrichen war, von zartem Violett bis zu kräftigem Hellgrün. Auf den angrenzenden Feldern grasten friedlich Schafe, sahen aus wie Wattebäusche, die auf einer hellgrünen Leinwand klebten. Liam trottete neben mir her, war frustriert, weil ich ihn an die Leine genommen hatte, aber er war in seiner Begeisterung für Schafe gefährlich, und es hatte mir gerade noch gefehlt, dass er zu einem Amoklauf unter den preisgekrönten Herden meines Nachbarn ansetzte.

Als wir uns dem Ortskern von Balfour näherten, rückten die Häuser immer dichter zusammen, bis sie auch Mauern gemeinsam hatten. Der kleine Garten vor jeder Tür wetteiferte mit den Gärten der Nachbarn um die extravagantesten Rosen und hoch aufragenden Schwertlilien, während Wicken in duftender Farbenpracht über alle Rankgitter und Torbögen wucherten. Sobald wir die Brücke über den Alyn überquert hatten, reihten sich kleine Läden und andere kleine Geschäfte aneinander.

Ich ging zuerst auf der Polizeiwache vorbei und brachte Rothes einen Ausdruck des Fotos von meinem Computer. Jetzt würde der Stift nur noch schwer zu identifizieren sein, aber wenn die Feuerwehr wusste, wonach sie suchen musste, hatte sie vielleicht mehr Glück. Den nächsten Stopp legte ich im Laden für Eisenwaren und alles Mögliche andere ein, was man so brauchen konnte, der passenderweise »Alles Nötige« hieß. Er war eine Art Fundgrube für alle häuslichen Notfälle. Ich hoffte, dass ich Frank Monroe bei seiner normalen Arbeit antreffen würde. Nachdem ich mich ein bisschen umgesehen hatte, entdeckte ich ihn hinten im Laden. Er saß auf einem alten Schemel, trank Kaffee aus einem Pappbecher und unterhielt ein paar Kunden mit seinen morgendlichen Heldentaten.

»Ach, komm schon, so schlimm kann das nicht gewesen sein, sonst würdest du jetzt nicht hier hocken und dir den Bauch mit Keksen vollschlagen«, sagte ein grauhaariger Bauer in einem geflickten Pullover und schlammverkrusteten Gummistiefeln.

»Ach ja«, stimmte sein Kumpel zu. »Du willst uns wohl einen vom Pferd erzählen.«

»Würde ich nie tun!«, protestierte Frank höchst entrüstet.

Frank war ein massiger, gedrungener Mann mit großen Händen und recht groben Gesichtszügen. Er sah aus, als könnte er sich locker ein Fass auf die Schulter schwingen. Genauso gut auch einen Mann.

»Fragt sie. Die kann es euch sagen«, meinte Frank und deutete auf mich.

Franks Zuhörer wandten sich erwartungsvoll mir zu.

»Es stimmt. Frank war heute ein richtiger Held«, bestätigte ich. »Er hat dafür gesorgt, dass das Feuer nicht auf die anderen Gebäude übergreifen konnte, und dabei ordentlich Rauch abbekommen. Schön, dass es Ihnen wieder besser geht«, fügte ich noch hinzu.

»Da habt ihr's«, meinte Frank und wurde von einem Hustenanfall geschüttelt.

Der Mann mit den schlammigen Gummistiefeln schüttelte den Kopf. »Jetzt wird er völlig unerträglich, das ist mal sicher. Mit seinem schicken Auto und dem eingebildeten Kopf.« Die beiden Männer verzogen sich, als ich näher trat.

»Es geht Ihnen doch gut?«, erkundigte ich mich.

»Nicht schlecht, war nur ein kleiner Hustenanfall.«

»Das war ja ein richtiges Abenteuer für Sie heute Morgen. Sie haben wahrscheinlich nicht gesehen, wo das alles angefangen hat?«, fragte ich.

»Gesehen nicht, aber gerochen habe ich es«, meinte Frank und tippte sich an die Nase. »Ich habe Cam geholfen, das Still House wieder in Ordnung zu bringen. Die Jungs aus Stirling hatten da allerhand rumliegen lassen. Wir hatten früh angefangen, weil wir gehofft hatten, das heute so weit hinzukriegen, dass sie wieder mit der Arbeit anfangen konnten. Aber dann haben wir dieses Krachen gehört und eine Nase voll Rauch bekommen.«

»Was hat das Krachen verursacht?«

»Keine Ahnung, aber ich hab gleich gesagt: ›Da stimmt was nicht. Da ist was nicht in Ordnung.‹ Wir sind auf den Hof gelaufen und haben gesehen, wie die Flammen aus der Tür der Scheune schlugen. Cam hat sofort bei der Feuerwehr angerufen, und dann haben wir die Schläuche angeschlossen, so gut wir konnten. Ich verrate Ihnen gern, dass ich da echt ein bisschen Angst bekommen habe.«

»Ich auch«, erklärte ich. »Und wann war das alles?«

»So gegen sechs Uhr, glaube ich.«

Also nicht lange, bevor Grant und ich dort eingetroffen waren. Frank erschien mir als *leichtgläubig, gefügig* und *aufbrausend*. Sicher war er jemand, den man beeinflussen konnte, aber niemand, den ich eine kriminelle Tat ausführen lassen würde, für die Fingerspitzengefühl oder Heimlichtuerei vonnöten war. Ich wollte mich gerade nach weiteren Einzelheiten erkundigen, da wurde unser Gespräch durch die Ankunft der Metzgersgattin unterbrochen, die alles unbedingt aus erster Hand erfahren wollte. Mit Genuss erzählte Frank seine Geschichte noch einmal. Ich konnte mir vorstellen, dass er sie im Laufe des Tages immer mehr ausschmücken würde. Ehe ich den Laden verließ, kaufte ich noch ein Gummitier für Liam, einen Kaffeewärmer in der Form eines schwarzen Schafs und ein fünfundzwanzig Zentimeter langes Jagdmesser, das vielleicht nützlich sein könnte, wenn es mal gefährlich wurde.

Als ich die Straße hinunterging, kam ich an einem Buchladen mit Antiquariat vorbei, der eine verlockende Auslage mit Science-Fiction-Büchern hatte, über die anscheinend eine große getigerte Katze die Aufsicht führte, die zusammengerollt in einer sonnigen Ecke des Erkerfensters lag. Das Schild an der Tür zeigte GESCHLOSSEN an. Auf der anderen Seite brüstete sich ein Restaurant mit dem Namen Pagoda, hier reiche man Sushi der Weltklasse. Es wirkte zwischen dem Metzger und dem örtlichen Tierarzt ein wenig fehl am Platze.

Aus einem Café, das sich Chocolate Bar nannte, wehte eine Duftmischung aus Espresso und Schokolade in betörenden Wolken über die Straße zu mir herüber. Fußboden, Theken und Regale des kleinen Cafés waren in einem üppigen Schokoladenbraun gebeizt, und die wilde Mischung aus verschiedensten Holztischen war in der Farbe von Devon-Sahne gestrichen. Die Sitzbänke und Stühle waren mit tiefviolettem Samt gepolstert. Was an Wänden noch sichtbar war, hatten die Besitzer in Lavendelblau tapeziert. Es kam mir vor, als wäre ich in ein Cadbury-Wunderland geraten. Es waren nur zwei andere Gäste da, ein Pärchen im Teenageralter, und die beiden waren so sehr miteinander beschäftigt, dass sie nicht einmal aufblickten, als ich eintrat.

Ich ging zu einem Tisch am entgegensetzten Ende des Raums und studierte mit großem Interesse die Karte. Es gab das volle Sortiment an Tee, Kaffee und Espresso, dazu die üblichen Scones, Kuchen und Sandwiches. Das Angebot des Tages nannte sich »Highland Fling« und war eine verlockende Mischung aus heißem Kakao, Whisky, Frangelico Haselnusslikör und Schlagsahne, und der »Five O'Clock Somewhere« war ein Schokoladenmartini, der mit Shortbread gereicht wurde.

»Was kann ich Ihnen bringen, meine Liebe?« Ich schaute auf und sah eine Frau, die mich so sehr an Mrs Tiggy-Wiggel erinnerte, dass ich mir Mühe geben musste, nicht laut loszulachen. Eine Masse von Löckchen lugte unter einem hinten im Nacken geknoteten Kopftuch hervor. Zwei kleine, strahlende Augen funkelten hinter einer rosa Brille, und eine weiße Schürze war um ein bauschiges Blumenkleid gebunden, dessen Besitzerin so aussah, als kostete sie regelmäßig von ihren Waren.

»Du liebe Güte, Sie sind's«, sagte sie. »Wie wunderbar. Ich hatte gehofft, dass Sie mal auf einen Besuch vorbeikommen. Ben war einer meiner besten Kunden. Er hatte immer so großartige Geschichten über Sie und all Ihre Abenteuer zu erzählen. Wo Sie überall waren, ich kann's mir nicht mal vorstellen! Aber was rede ich denn. Ich bin Floss. Floss Robinson. Meinem Mann Malcolm und mir, uns gehört die Chocolate Bar.«

»Dieses Geschäft ist phantastisch«, sagte ich und schaute mich beeindruckt um. Die Regale an den lavendelfarbenen Wänden waren vollgepackt mit allen möglichen Schokoladensorten. Cadbury's war am häufigsten vertreten, aber ich sah auch jede Menge Schweizer, deutsche und französische Produkte. Glasbehälter mit Schokokugeln und Nüssen mit Schokoüberzug standen neben Pralinenschachteln und Schokoladentafeln in allen möglichen Formen und Größen. »Ich kann mir nicht vorstellen, wie Sie bei all den Sachen den Überblick behalten.«

»Verrückt, nicht wahr?« Floss lachte. Sie hatte die warme, heisere Stimme einer lebenslangen Raucherin. »Als ich den Laden noch allein geführt habe, war das ein völlig normales Café. Dann habe ich Malcolm geheiratet. Die Probleme fangen ja immer an, sobald ein Mann auf der Bildfläche erscheint, nicht? Seit er ein kleiner Junge war, wollte er immer seinen eigenen Schokoladenladen haben. Am Anfang habe ich ihn den Namen ändern lassen, und wir haben ein paar Tafeln Schokolade für die Kleinen verkauft. Und jetzt schauen Sie sich das an. Hier sieht's aus wie im Vorratsschuppen in Willy Wonkas wundersamer Schokoladenfabrik.«

»Ich finde es hier fabelhaft, und ich wette, Ben hat das auch so gesehen.«

»Der Schokoladenmartini war seine Idee, der Gute. Wir hatten vorher noch nie was in der Art. Er ist ein echter Verkaufsschlager. Möchten Sie einen kosten? Der ist gut gegen alles, was Sie bedrückt.«

»Nächstes Mal«, vertröstete ich sie. »Jetzt hätte ich gern einen doppelten Espresso und eine von den kleinen Tafeln Dairy Milk.« Das würde genug Koffein sein, um mich den ganzen Nachmittag auf Hochtouren zu halten.

Floss brachte mir meinen Kaffee und die Schokolade, blieb dann noch wenige Minuten bei mir, während sie die Stühle am Nebentisch zurechtrückte. »Wie kommen Sie in Haus Haven klar? Haben Sie alles, was Sie brauchen? Was für eine schwere Zeit Sie durchmachen, Sie Ärmste. Erst diese schreckliche Geschichte mit Duff und jetzt das Feuer. Was müssen Sie bloß von uns halten?«

»Der Tod von Duff war für alle bei Abbey Glen ein schwerer Schlag«, sagte ich. »Ich hatte ihn ja gerade erst kennengelernt, aber alle anderen hier kennen ihn schon, so lange er auf der Welt ist.«

»Ja.« Floss tupfte sich mit dem Geschirrhandtuch, das sie

in der Hand hielt, die Augen. »Er war ein wunderbarer Junge. Ich kann mir nicht vorstellen, wie Siobhán ohne ihn zurechtkommen wird. Als Halbwüchsiger war er manchmal etwas schwierig, aber er hat ihr alles bedeutet.«

»Hat er eigentlich eine Freundin hier in der Stadt hinterlassen?«

»Nein. Ich sehe ja hier im Laden all die jungen Leute, und ich höre den meisten Klatsch. Ein paar von den Mädels waren ziemlich in ihn verschossen, aber seit seiner Rückkehr aus Edinburgh hat er sich eigentlich mit keiner mehr ernsthaft eingelassen. Ich glaube, er hatte vielleicht ein, zwei Freundinnen in der Großstadt, wenn Sie wissen, was ich meine, aber er hat nie eine davon mit hierhergebracht.«

»Was für ein Verlust«, murmelte ich. »Es ist für uns alle so traurig.«

»Ich habe mir sagen lassen, dass Frank Monroe heute Morgen an vorderster Front mit dabei war«, sagte Floss mit dem Anflug eines Lächelns. »Er ist vorhin vorbeigekommen, um sich einen Kaffee zu holen und uns alles von dem Brand zu erzählen. Ein Segen, dass es gestern so viel geregnet hat, sonst hätte es viel schlimmer kommen können, aber natürlich hat Frank das alles seinen eigenen Heldentaten zugeschrieben.«

»Er hat vielleicht ein bisschen übertrieben, trotzdem hatten wir Glück, dass Frank da war«, sagte ich. »In der Hitze des Gefechts mussten alle mit anfassen. Haben Sie eine Ahnung, wie lange Frank schon bei Abbey Glen arbeitet?«

»Mal überlegen, das müssen jetzt so an die sechs Jahre sein. Er war bei Maitland's, bis die verkauft haben. Dann ist das neue Unternehmen gekommen und hat alle einheimischen Angestellten rausgeschmissen und durch eigene Leute ersetzt. Damals hat Frank seinen Laden aufgemacht, und Ben hat ihn angeheuert, ab und zu in Abbey Glen auszuhelfen. Cam war nicht gerade begeistert, kann ich Ihnen sagen. Der meinte, Frank würde vieles nicht so machen, wie Ben das wollte, aber Ben war immer bereit, den Leuten im Zweifelsfall erst mal eine Chance zu geben.«

Das konnte ich mir bei Ben gut vorstellen; ich dagegen bin nicht ganz so menschenfreundlich. Frank hatte vorher für Maitland gearbeitet; hatte man ihn vielleicht überredet, das wieder zu tun? Frank ist *gefügig*. Er wäre ein perfekter Kandidat für Typen wie Maitland, und die beiden hatten eine gemeinsame Vergangenheit.

Floss plauderte munter über alles und nichts, ging wieder zu der kunstvollen Pyramide aus Pralinen zurück, die sie gerade aufschichtete.

»Das ist wunderschön«, sagte ich und bewunderte den meisterlichen Ingenieurbau, der da vor meinen Augen entstand. »Ist die für eine Hochzeit?«

»Gewissermaßen. Sie ist für einen Junggesellinnen-Abschied. Ich habe neulich eine für eine Abendveranstaltung bei Maitland's gemacht. Und die ist so eingeschlagen, dass ich schon ein Dutzend weitere Bestellungen hatte.«

Ich spitzte die Ohren. »Eine Veranstaltung bei Maitland's?«

»Ja, Keith Maitland veranstaltet einmal im Monat eine Whiskyverkostung. Er ist immer auf der Suche nach neuen Verkaufstricks. Diesmal waren es Whiskys für nach dem Essen und Pralinen. Seltsame Mischung, wenn Sie mich fragen, aber es ist gut gelaufen, habe ich gehört.«

»Am vergangenen Samstag?« Das wäre der Abend nach dem Trauergottesdienst gewesen. Die Nacht, in der Duff ermordet wurde. »Wann war diese Veranstaltung?«

»Ich bin nicht ganz sicher, wann sie angefangen hat, aber es war später als sonst. Wir haben die Pyramide erst nach halb acht geliefert. Die Herren sind zuerst zum Abendessen gegangen. Die Leute bei Maitland's haben damit gerechnet, dass es spät werden würde. Sie wissen ja, wie die Männer sind, wenn sie mal angefangen haben, Whisky zu verkosten.«

Ich lächelte gedankenverloren. Keith Maitland hatte also am Samstagabend eine Veranstaltung. Sollte es ihm nicht gelungen sein, sich von da unbemerkt fortzuschleichen, hätte er folglich nicht mit Duff im Heferaum gewesen sein können. Ich war enttäuscht, aber eigentlich nicht sonderlich überrascht. Hatte er vielleicht Frank Monroe geschickt, um in dieser Nacht am Gärbottich Sabotage zu verüben? Hatte Duff sich Frank entgegengestellt? Frank war groß und stark genug, um mit einer Leiche fertigzuwerden, doch war er auch schlau genug, um es so zu drehen, dass man die Sache Duff anhängte? Die Schlüssel dort liegenzulassen, aber nicht an die Stifte zu denken, das war ein Amateurfehler. Sie dann in die Mälzscheune zu werfen, dass war schlicht unvorsichtig.

Vielleicht war Frank der Mann, den wir suchten.

»Haben Sie eine Vorstellung, wer alles bei der Maitland-Veranstaltung war?«, drängte ich.

»Keine Ahnung, aber die meisten Destillerie-Besitzer aus der Gegend waren ja zur Beerdigung hier in der Stadt. Ich bin mir sicher, dass die alle eingeladen waren. Was für ein schöner Gottesdienst das war«, fuhr Floss fort. »Ich hab noch nie im Leben so viele Blumen gesehen. Mrs Cartwright vom Blumenladen war völlig fertig. Die Arbeit von zwei Monaten, alles in einer Woche. Aber immerhin …« Ich klinkte mich aus, während Floss weiter über die überarbeitete Floristin und alle Einzelheiten des Gottesdienstes plapperte. Ich musste mir unbedingt eine Liste der Anwesenden vom Samstagabend besorgen. Plötzlich begriff ich, dass Floss mir eine Frage gestellt hatte.

»Noch einen Kaffee, meine Liebe?«

»Tut mir leid. Nein, danke, ich muss nach Hause und telefonieren.«

»In Ordnung. Kommen Sie bald mal wieder vorbei.«

KAPITEL 12

Wieder zu Hause angekommen, rief ich bei Patrick an.
»Wo bist du gewesen? Ich habe deine Nachricht von
heute Morgen bekommen und mir solche Sorgen gemacht.«

»Mir geht's prima. Das Feuer ist gelöscht, und tot ist auch
niemand.«

»Mach keine schlechten Witze.«

»Tut mir leid. Es geht mir wirklich gut, aber ich brauche
dich wieder als Cyber-Detektiv. Kannst du versuchen, was
über eine Whisky-Verkostung rauszukriegen, die am letzten
Samstagabend bei Maitland's stattgefunden hat? Ich möchte wissen, wer alles da war und wer nicht, und könntest du
das vielleicht ganz schnell machen? Grant hat mich für heute Abend zu einem Essen mit Brennern eingeladen, und
ich würde gern vorher wissen, wie viele von den heutigen
Gästen letztes Wochenende bei Maitland's waren.«

»Das kostet dich einen Eilzuschlag«, grummelte Patrick.
»Und was tust du, um die Sache voranzutreiben?«

»Ich stelle Nachforschungen über einen Mann an, der in
Teilzeit bei Abbey Glen arbeitet und dem das Wort ›Komplize‹ auf die Stirn geschrieben steht. Inzwischen muss ich
dich noch mal löchern. Was kannst du mir über AXB und
die Familie Bartolli sagen?«

»Wieso?«

»Die haben Interesse an Abbey Glen angemeldet, und laut
Richard Thomas kommt Antonio Bartolli, der italienische
Patriarch von AXB, dieses Wochenende nach Edinburgh
und will sich um die schottischen Interessen dieses Unter-

nehmens kümmern. Er hat darum gebeten, mich persönlich kennenzulernen.«

»Ich bin Bartolli nie begegnet, aber ich habe natürlich von ihm gehört. Er ist ein bekannter Sammler und ein echter Kenner. Abbey Glen wäre genau seine Kragenweite. Bartollis Sohn Nick hingegen ist ein absolut hinreißender italienischer Playboy. Scharf auf Wein, Frauen – leider Gottes – und Fußball.«

»Charmant.«

»Die Familie hat eine Mehrheitsbeteiligung beim Fußballklub Milano Centrale, und Nick taucht ständig mit seinen Heldentaten in der Boulevardpresse auf, wenn er mit der Mannschaft herumreist.«

»Das könnte dann wohl ein unterhaltsames Mittagessen werden, was?«

»Wann triffst du dich mit ihm?«

»Am Samstag. Warum?«

»Ich muss irgendwann am Samstag in Richtung Heimat aufbrechen, aber ich könnte versuchen, dich zu begleiten, ehe ich losfahre.«

»Ich schaffe das schon allein, doch ich komme nach dem Essen noch bei dir vorbei. Dann kannst du mir erklären, was alles schiefgelaufen ist.«

»Du kommst bestimmt prima klar, trotzdem sei vorsichtig. Du spielst da mit den großen Jungs. Hat sonst noch jemand Interesse an Abbey Glen bekundet?«

»Ja, zwei weitere Lokalgrößen, Campbell und Nakimoto, eine Brennerei aus Islay und ein japanisches Unternehmen. Ich schicke dir gleich eine SMS mit der Info.«

Ich beendete das Gespräch, brachte die versprochene SMS an Patrick auf den Weg und zog meine Karteikarten hervor. Ich legte Karten für Frank Monroe, Evan Ross und Walter Bell an, dazu noch für die beiden örtlichen Brenner und nach einigem Zögern auch für Rowan Johnson von Islay. Die Liste wurde immer länger, nicht kürzer. Die Karten für den japanischen Konzern und AXB schenkte ich mir. Was immer sie sonst noch waren, sie waren nicht hier gewesen, im Gegensatz zu unserem Mörder.

Patrick lieferte mir eine erste Liste der Leute, die an der Veranstaltung bei Maitland's teilgenommen hatten, als Hunter gerade verkündete, er wäre jetzt so weit, dass er mich zu dem Abendessen mit den Destillerie-Leuten bei Grant bringen könnte. Laut Patrick waren sieben unserer lokalen Konkurrenten in der Nacht, in der Duff ermordet wurde, bei Maitland's. Campbell, Nakimoto und Maitland hatten ihr Interesse daran ausgedrückt, Abbey Glen zu kaufen. Könnte es sein, dass einer von ihnen Abbey Glen einen Besuch abgestattet und ein Fetzchen anthrazitgrauen Wollstoff und einen toten jungen Mann hinterlassen hatte? Das Abendessen heute war eine großartige Gelegenheit, all diese Herren einmal in ihrer natürlichen Umgebung zu begutachten.

Wir näherten uns dem Wohnsitz der Familie MacEwen über eine lange Kieszufahrt, die von großen Bäumen überschattet war, und hielten auf einem Parkplatz von der Größe eines kleinen Fußballfelds an. Als mir Hunter aus dem Auto half, konnte ich zum ersten Mal einen Blick auf Grants privilegierte Familienverhältnisse werfen. Nichts in unserer Bekanntschaft hatte mich auf The Larches vorbereitet. Das Haus war ein klassisches Beispiel für den schottischen Baroniestil des frühen neunzehnten Jahrhunderts: mit herrlichen runden Türmen zu beiden Seiten und zwischendrin noch hier und da kleineren Türmchen. Schmale Spitzbogenfenster waren gleichmäßig über die Türme verteilt, wenngleich zweifelhaft war, ob dieses Gebäude je unter Belagerung gestanden hatte, es sei denn, ein übereifriger Steuereintreiber wäre unklug genug gewesen, sich der Festung zu nähern. Kreuzblumen prangten auf allen kleineren Türmen, und an den Ecken schlossen Treppengiebel das Dach ab.

Das Haus war eine massive, dunkle Erscheinung. Jeder Stein sprach von altem Geld und uraltem Stammbaum. Als ich mich der Haustür näherte, war ich mehr als nur ein bisschen nervös. Zwei riesige Bronzelöwen, die früher einmal als Türklopfer fungiert hatten, hatte man nun durch eine moderne Klingel ersetzt, und Grant höchstpersönlich machte mir die Tür auf, in Kilt und traditionelles Jackett gekleidet.

»Kein Butler?«, hänselte ich ihn.

»Keine Bediensteten«, antwortete er steif. »Nur eine Köchin, weil ich das nicht kann, und eine Dame aus dem Ort, die sauber macht, weil ich das nicht will.«

Grant führte mich in einen Salon, den man vom Hauptflur aus erreichte. Ein großer Adam-Kamin beherrschte den Raum, und die geschnitzte Eichenumrandung schimmerte im weichen Licht. Hunters Arbeit, würde ich mal tippen, vielleicht sogar die seines Vaters. Ich trug dasselbe schwarze Kleid, das ich auch auf der Beerdigung angehabt hatte, aber ich wünschte, ich hätte mich stattdessen für eine Hose entschieden. Das Feuer im Kamin sah herrlich aus, doch es kam gegen die Kälte nicht an, die vom Boden hochstieg.

Ich blieb einen Moment an einem langen, schmalen Tisch hinter dem Sofa stehen, auf dem unzählige gerahmte Familienfotos aufgestellt waren. Ich erkannte Grant als jungen Mann, wie er mit einem schwarzen Labrador am mit Felsbrocken übersäten Strand eines Sees im Hochland posierte. Auf einem anderen Foto sah man einen kleineren Jungen in Schuluniform, der eine Sporttrophäe in den Händen hielt, wahrscheinlich Grants Bruder, und dann gab es noch einige sehr schöne Studioporträts, die wohl die Eltern der Jungen darstellten. Fröhliche Familiengruppen gab es nicht.

»Was kann ich Ihnen zu trinken anbieten?«, fragte Grant von der Bar am anderen Ende des Raums.

»Ich dachte, dass heute Abend Whisky die einzige Option sein würde, habe also was ganz Besonderes von Zuhause mitgebracht.« Ich zog eine Flasche Rose Reserve hinter dem Rücken hervor. »Die habe ich im Weinkeller gefunden. Dieser Whisky hat mir gestern in meiner Lehrstunde am besten geschmeckt, und Sie haben gesagt, dass Ben den auch am liebsten mochte. Ich dachte, dann könnten wir heute damit einen besonderen Trinkspruch auf ihn ausbringen.«

»Ich bin sicher, dass ich andere Whiskys habe, die dafür geeignet wären«, meinte Grant und nahm die Flasche mit erstauntem Blick entgegen.

»Ich wollte einen guten Eindruck machen und habe mich daran erinnert, was Sie darüber gesagt haben, dass es ein Getränk für absolute Kenner ist.«

»Das ist mal sicher.« Er hielt die Flasche beinahe ehrfürchtig in der Hand. »Abi, das ist viel zu großzügig. Sind Sie sicher, dass Sie den nicht selbst behalten wollen?«

»Nein, das geht schon in Ordnung. Im Haus Haven ist noch eine weitere nicht angebrochene Flasche, und ich kann mir immer welche nachkaufen.«

»Das bezweifle ich. Das halbe Dutzend Flaschen, die Duff im Keller gefunden hat, waren die Ersten, die wir seit Jahren zu sehen bekommen haben. Ben hat sie ganz langsam und genüsslich ausgetrunken, aber ich nehme an, das spielt jetzt keine Rolle mehr.« Wieder schlich sich Traurigkeit in Grants Augen, und er zögerte ein wenig, ehe er weitersprach. »Das ist wirklich was für Sammler. Sind Sie sicher, dass Sie es sich nicht noch mal anders überlegen wollen?«

»Den sollen Leute trinken, die ihn zu schätzen wissen«, erwiderte ich. »Außerdem könnte ich wirklich Mutmacher von ganz besonderer Qualität brauchen. Schenken Sie mir etwas ein, und erzählen Sie mir von den anderen Gästen.«

»Zum größten Teil besteht die Gruppe aus Brennereibesitzern, dazu kommen noch ein, zwei Leute, die wirklich beim Brennen Hand anlegen, wie ich zum Beispiel. Eine ganze Reihe von ihnen war beim Trauergottesdienst, also kennen Sie sie zumindest vom Sehen. Keith Maitland wird natürlich hier sein, und Graeme Campbell von Glen Norton und Ken Nakimoto sollten auch kommen.«

»Nakimoto, das war der asiatische Herr in voller Highland-Kluft bei der Beerdigung?«

Grant lachte leise. »Ja, das wird wohl Ken gewesen sein. Er ist ein ziemlich enthusiastischer neu bekehrter Schotte. Er hatte eine Restaurantkette in London, und dann ist er hier zu Besuch hergekommen und hat sich in Schottland verliebt. Hat da unten alles verkauft und ist nach Balfour gezogen; einen kleinen Teil des Geldes hat er in das Sushi-Restaurant in der Stadt gesteckt. Den Rest, und das war recht viel, investiert er seither in lokale Destillerien.«

»Und jetzt will er ein Stück von Abbey Glen«, sinnierte ich. »Ich kann mir nicht vorstellen, dass man ihn hier besonders herzlich empfangen hat.«

»Die Zeiten ändern sich«, erwiderte Grant. »Zuerst war er nicht sehr willkommen, sein Geld aber schon, und allmählich haben ihn die Jungs akzeptiert, respektieren ihn sogar auf ihre Weise.«

»Sie meinen, sie drohen ihm keine Körperverletzung mehr an, weil er nicht von hier ist?«

»Touché«, gestand mir Grant mit einer leichten Neigung des Kopfes zu.

Ich gab mir alle Mühe, zu vergessen, dass wir allein waren, und war erleichtert, als die Spannung, die zwischen uns herrschte, durch die Ankunft der ersten Gäste etwas entschärft wurde.

Maitland schien überrascht, mich hier anzutreffen, und nach dem Funkeln seiner Augen zu schließen, würde er versuchen, die Situation nach Kräften auszunutzen. Ich wurde verschiedenen anderen Gästen erneut vorgestellt, die am Trauergottesdienst teilgenommen hatten und deren Namen ich von der Teilnehmerliste von Maitlands Veranstaltung kannte, dazu noch drei Herren, die ich noch nie zuvor gesehen hatte.

Ken Nakimoto kam zu spät, natürlich trug er einen Kilt, und schon bald war er in ein Gespräch mit einem eleganten Herrn in einem teuer aussehenden Anzug vertieft. Insgesamt waren wir zu zehnt. Die Männer waren höflich, aber ich spürte, dass sie sich mit mir in ihrem Kreis nicht wohlfühlten.

»Grant, wie wäre es mit einem Trinkspruch auf Ben?«, schlug ich vor. Nachdem Grant für jeden der Gäste ein Glas eingeschenkt hatte, erhob ich meines zum Gruß.

»Auf Ben. Den stolzen Vater von Abbey Glen. Er ruhe in Frieden.«

»Auf Ben«, kam die Antwort.

Es folgten noch weitere Trinksprüche, die immer zuvorkommender wurden, je mehr den Leuten der Whisky in die Köpfe stieg. Ich spürte, dass mich Grant von der anderen Seite des Raumes her beobachtete, und bemühte mich, nicht rot zu werden. Ich fühlte mich in seiner Gegenwart befangen, aber trotz seiner Wachsamkeit überließ mich Grant mir selbst, als sich die Gruppe zu vermischen begann.

»Das ist ein ganz außergewöhnlicher Malt«, sagte Graeme Campbell, nachdem er sich durch den Raum zu mir hinbewegt hatte, dicht gefolgt von Ken Nakimoto. »Wo um alles in der Welt haben Sie den gefunden?«

»Es ist eine Flasche Rose Reserve aus den späten siebziger Jahren«, antwortete ich. »Aus Bens Privatsammlung. Sein Lieblingswhisky, habe ich mir sagen lassen.«

»So komplex und köstlich«, murmelte Nakimoto mit seinem bemüht englischen Akzent.

»Er ist außergewöhnlich. Ich habe natürlich schon Rose getrunken, aber ich erinnere mich nicht daran, dass er so exquisit war. Dieser hier hat eine Komplexität, die weit über sein Alter hinausgeht«, merkte Campbell an. »Ich hätte gesagt, dass er viel älter ist. Die Struktur ist subtil und weich, und im Abgang ist er erstaunlich vieldimensional.«

»Ich freue mich, dass alle ihn genießen.« Ich versuchte, mir ein Lächeln zu verkneifen. *Einzigartig, bedeutend* und *gelassen* – ich stellte mir Graeme Campbell vor, wie er die klangvollen Whiskybeschreibungen zu Papier brachte, die Grant gestern Abend zitiert hatte. Campbell war ein robuster, etwas korpulenter Mann Ende fünfzig, und für ihn war Whisky eine todernste Sache. Ich fragte mich, ob es für ihn auch eine todernste Sache war, bei Abbey Glen Chaos zu verursachen. Nicht dass er körperlich zu Sabotage und Mord in der Lage gewesen wäre, aber er hätte ja Frank oder einen der anderen Angestellten von Abbey Glen dafür anheuern können.

»Sie hatten anscheinend einen schlimmen Morgen«, sagte Campbell gerade. »Ist die Scheune völlig zerstört?«

»Leider ja«, antwortete ich. »Wir hatten Glück, dass niemand verletzt wurde.«

»Bauen Sie sie neu auf, oder hat Grant vor, das Mälzen nach draußen zu vergeben, jetzt … jetzt, wo sich die Dinge geändert haben?«

»Da müssen Sie ihn selbst fragen«, erwiderte ich. Ich hätte es wissen müssen, dass die Kunde von dem Feuer sich schnell in der Brennereigemeinde herumgesprochen hatte, aber mir fiel auf, dass Campbell nicht gefragt hatte, was *ich* vorhatte.

»Werden die Brandschäden Ihr Interesse an einem Kauf von Abbey Glen dämpfen?«, forderte ich ihn heraus.

Campbell errötete ein wenig über meine direkte Frage. »Nein … nein, keineswegs. Und in jedem Fall war das ja erst mal nur eine Idee«, sagte er. »Es ist noch viel Zeit. Ken und ich haben ein bisschen mit dem Gedanken gespielt, ein paar der kleineren Brennereien dazu zu überreden, ein gemeinsames Angebot zu machen, natürlich erst, wenn die Destillerie tatsächlich auf dem Markt ist.«

Ich bedachte ihn mit meinem besten Unschuldsblick und erwiderte: »Ben wollte offensichtlich, dass ich Abbey Glen bekomme, nicht wahr? Was sagt Ihnen, dass ich verkaufen würde?«

»Ich … nun ja … ich hatte angenommen«, stammelte Graeme, »ich meine, das ist doch keine Beschäftigung für eine hübsche junge Frau wie Sie.«

»Habe ich schon mal irgendwo gehört.« Ich fragte mich, was er denken würde, wenn er mich sehen könnte, wie ich schlammverschmiert durch ein ausgebombtes Dorf robbe, mit zwanzig Kilo Kameraausrüstung auf dem Buckel.

»Wir hatten nicht die Absicht, Sie zu kränken, Miss Logan«, meldete sich Nakimoto mit einer leichten Neigung seines Kopfes zu Wort. »Aber wie man sagt: ›Wer wagt, gewinnt.‹ Wir wünschen lediglich auch in Betracht gezogen zu werden, wenn Sie sich entscheiden sollten, sich von Abbey Glen zu trennen.«

Ich nickte. Nakimoto zeigte sich mir deutlich als *risikofreudig, gewieft* und *klug überlegend*. Ein Mann, der zu vielem fähig war. Kein grausamer Mann, aber ein impulsiver. Dafür sprach sein plötzlicher Rückzug nach Schottland.

»Kommt schon, Jungs, belegt unseren Ehrengast nicht allein mit Beschlag«, ertönte eine wohlklingende Stimme hinter mir. »Oliver Blaire«, sagte der Mann. Wie bei Grant war sein natürlicher schottischer Zungenschlag durch seine Erziehung an englischen Privatschulen gemäßigt. »Meiner Familie gehört die Brennerei Marchbank's.«

»Natürlich«, erwiderte ich und war dankbar für die Erinnerung. Blaire war der Herr, mit dem Nakimoto vorhin geredet hatte, aber nun entschuldigten sich der Japaner und Campbell mit einer Spur von Verärgerung und gingen zur Bar, um ihre Gläser nachzufüllen.

»Ein verlässlicher Mann, der gute alte Graeme, aber für Uneingeweihte kann er ein bisschen strapaziös sein«, murmelte Blaire, und seine Augen funkelten spitzbübisch.

»Dann bedanke ich mich für die Rettungsaktion.«

»Jederzeit gern«, erwiderte Blaire. Er musste etwa so alt sein wie Ben, doch genau konnte man das nicht sagen. Sein Haaransatz ging leicht zurück, und an den Schläfen war er schon eine Spur grau, aber war drahtig und hatte sich gut gehalten. Makellos gepflegt, in besten Tweed gekleidet, mit einem leichten Aroma von Pfeifentabak umgeben, war er der Landgentleman, wie er im Buche steht. *Kultiviert, geistreich* und *diplomatisch.* Ein Mann, der einem Schäfer Wolle verkaufen konnte.

»Ben fehlt mir«, sagte Blaire. »Er war wie ein frischer Windhauch inmitten all dieser verknöcherten alten Kerle. Ehe er hier auftauchte, haben die meisten von denen nicht mal miteinander geredet.«

»Tatsächlich? Wieso das denn?«

Blaire zuckte mit den Achseln. »Die Konkurrenz in diesem Geschäft ist hart. Das bringt gewöhnlich keine engen Freundschaften hervor.«

»Offensichtlich hat sich das aber jetzt gebessert«, merkte ich an. »Campbell hat mir gerade erzählt, dass er und Nakimoto und ein paar andere darüber nachdenken, zusammenzulegen, um Abbey Glen zu kaufen.«

Blaire zog eine Augenbraue in die Höhe. »Was Sie nicht sagen. Mich haben sie nicht angesprochen. Na egal, ich wusste gar nicht, dass Sie sich tatsächlich entschlossen haben, die Brennerei zu verkaufen. Die sind ein bisschen dreist, was?«

»Ja, ich sehe das auch so, aber viele andere nicht. Man scheint es hier als selbstverständlich vorauszusetzen, dass das Mädel verkauft.«

»Oje. Tut mir leid. Taktvoll sind die nicht gerade.«

»Ich bin dran gewöhnt. Ich weiß, dass ich eine Außenstehende bin, aber das war Ben vor fünfzehn Jahren auch.«

»Stimmt«, sagte Blaire. »Ben war allerdings ein Marketing-Genie. Als er die Brennerei übernommen hat, war Fletcher's heruntergewirtschaftet und bis unter die Dachbalken verschuldet, obwohl sie ein Lagerhaus voller Whisky hatten. Die meisten anderen hätten den Whisky an die Blender verkauft, aber nicht Ben. Der hat Grant eingestellt und das, was noch übrig war, als ›Limited Edition Single Malt‹ auf Flaschen gezogen und dann mit einem saftigen Gewinn an Sammler verscherbelt. Ein brillanter Schachzug.«

»Maitland scheint einiges von Ben gelernt zu haben«, preschte ich vor. »Ich habe mir sagen lassen, dass er jetzt seine eigenen Whisky-Verkostungen veranstaltet. Bei ihm war am Abend nach Bens Beerdigung wohl ein richtig großes Event dieser Art.« Ich wusste, dass Oliver Blaire auf Patricks Liste stand, und ich hoffte, er würde mir ein bisschen was über den Abend erzählen.

Blaire errötete leicht. »Sie haben also von Keiths kleinem Beisammensein am Samstagabend gehört. Bitte seien Sie versichert, dass das in keiner Weise respektlos gemeint war. Im Gegenteil, es ist geradezu eine Würdigung von Bens Leben daraus geworden. Viele gute Erinnerungen, ein sehr langer Abend und einige Brummschädel am nächsten Morgen, nach allem, was ich so höre.«

»Sie waren nicht dabei?«

»O doch, ich war da. Die Polizei hat mich genauso befragt wie all die anderen, aber ich bin früher als die meisten gegangen, weil ich noch bis nach Stirling zurückfahren musste. Gott weiß, ich kann mir keine weitere Strafe wegen Alkohol am Steuer leisten.«

»Die Polizei hat Sie befragt?«

»Ja, die haben alle aufgesucht, die an diesem Abend dort waren. Maitland hat sich ziemlich darüber aufgeregt, aber er war der Einzige, dem das wirklich gegen den Strich ging. Die tun ja nur ihre Pflicht, nicht wahr? Haben Fragen gestellt in der Art ›Wo waren Sie zur Tatzeit?‹ und so weiter. Aber wir waren mindestens bis zehn Uhr alle dort beisammen; dann bin ich gegangen. Also war das alles doch nur von rein theoretischem Interesse.«

»Ist sonst noch jemand so früh aufgebrochen?«, erkundigte ich mich.

»Ich habe nichts dergleichen bemerkt. Hätte ich das tun sollen?« Blaire schien verwundert.

»Nein, natürlich nicht. Ich war nur neugierig, mehr nicht.«

»Das Privileg jedes Journalisten. Aber erzählen Sie, wie kommen Sie mit Ihrer neuen Rolle als Brennereibesitzerin klar?«

»Es gab schon die eine oder andere kleine Schwierigkeit, wie Sie vielleicht gehört haben.«

»Böse Sache, das mit dem Brand. Grant hat mir berichtet, dass niemand verletzt wurde. Das ist zumindest schon mal was. Mauern kann man mit Ziegelsteinen und Mörtel neu aufbauen.«

»Diesmal hatten wir Glück.«

»Wahrhaftig eine Feuertaufe, aber nun kann es nur noch besser werden. Sie haben erstklassige Mitarbeiter und Grant im Rücken.«

Ich verdrängte die kurz aufblitzende Vorstellung, wie Grant mir ein Messer in den Rücken stieß. »Ja, wir haben ein tolles Team«, stimmte ich ihm zu.

»Grant ist einer der begabtesten Brenner in unserem Geschäft. Er hat ein gutes Händchen und eine feine Nase, und Cam kenne ich schon von Kindesbeinen an. Der ist ein guter Mann. Im Augenblick hat er mit der Krankheit seiner Frau schwer zu kämpfen. Aber solange der das Sagen hat, können Sie nichts falsch machen.«

»Ich wusste nicht, dass seine Frau krank ist.« Ich dachte an den Empfang im Haus Haven zurück und begriff, warum die anderen Frauen so viel Aufhebens um sie gemacht hatten und warum sie beinahe den ganzen Abend lang gesessen hatte.

»Sie hat Herzprobleme«, sagte Blaire gerade, »und die Kosten für die Privatbehandlung bei einem Spezialisten waren ungeheuerlich, aber jetzt scheint es ihr besser zu gehen. Ich hätte nie auch nur eine Sekunde geglaubt, dass wir den jungen Duff als Ersten verlieren. Was für eine Tragödie.«

»Ja, das ist es«, murmelte ich.

»Ein schrecklicher Verlust«, fuhr Blaire fort. »Er war ein bisschen frech, aber wer war das nicht in dem Alter? Hier fühlen sich alle zu unbehaglich mit der Sache, um was zu sagen, aber sie waren schockiert und sehr verstört darüber.«

Jemand hier ist nicht schockiert, dachte ich. Mein Blick wanderte durch den Raum, und ich schaute mir die Ansammlung von Männern mittleren Alters an, die ihren Whisky in der Hand hielten und ihre Egos ausführten. Einer von ihnen wusste etwas über einen Mord, über Vandalismus und nun Brandstiftung, aber wer? Ich wandte mich bemüht wieder Blaire zu. »Ich hatte nicht viel Zeit, Duff kennen-zulernen, aber er schien ein sehr charmanter junger Mann zu sein.«

»Es war schwer, Duff nicht zu mögen«, stimmte mir Blaire zu. »Er war kontaktfreudig, und es gab nicht viel, was er über Whisky nicht wusste, obwohl er so jung war. Die meisten jungen Kerle kennen sich mit Fußballern und Musik aus, aber Duff kannte Destillerien. Er war ehrgeizig und hat sich bei der Whisky Society gut gemacht. Die paar Mal, wo ich ihn bei der Arbeit an der Bar für die Mitglieder und bei den privaten Verkostungen gesehen habe, schien er sich hervorragend zu schlagen.«

»Sie haben Duff in Edinburgh besucht?«

»Nicht speziell ihn, aber ich bin Mitglied der Whisky Society. Ich bin dort oft zu Besprechungen und so. Der Klub in Edinburgh hat einen unglaublichen Keller.«

»Das habe ich schon gehört. Ein Freund von mir ist im Augenblick da und recherchiert.«

»Das würde ich mir auch gefallen lassen. Der Klub ist sehr gemütlich, und der Whiskykeller sucht seinesgleichen.«

»Warum hat Duff seinen Job in Edinburgh aufgegeben?«, fragte ich und lenkte das Gespräch wieder auf den toten jungen Mann.

»Keine Ahnung. Rastlosigkeit oder vielleicht irgendein weibliches Wesen. Das weiß man nie. Die jungen Leute hüpfen ja heutzutage nach Lust und Laune von einem Job zum anderen.«

Da hatte Blaire recht, aber ich fragte mich trotzdem, ob es nicht noch einen anderen Grund gab, warum Duff Edinburgh so plötzlich verlassen hatte. War er vielleicht in Schwierigkeiten geraten? Könnten die ihm nach Hause gefolgt und für seinen Tod verantwortlich gewesen sein? Zum ersten Mal seit Tagen verspürte ich ein wenig Hoffnung. Möglicherweise hatten wir doch keinen Mörder unter uns? Könnte es nicht sein, dass die Probleme bei Abbey Glen gar nichts mit Duffs Tod zu tun hatten? Das würde bedeuten, dass Abbey Glen und ich nicht für das verantwortlich waren, was ihm zugestoßen war. Das wäre die erste gute Nachricht seit Wochen.

Oliver Blaire hatte mir jede Menge Neues erzählt, und ich hätte ihm gern noch weitere Fragen zu Duffs Zeit in Edinburgh gestellt, aber daraus wurde nichts, weil man uns zu Tisch bat. Ich saß rechts von Grant. Graeme Campbell hatte an meiner anderen Seite Platz genommen, Blaire und Maitland saßen uns gegenüber.

Ein paar großzügig eingeschenkte Gläser Rose Reserve, gefolgt von einem sehr angenehmen Bordeaux, hatten viel dazu beigetragen, Maitland milder zu stimmen. Seine Zunge war jedoch nicht weniger scharf geworden. »Gibt es eigentlich Neuigkeiten zu Duffs verfrühtem Ableben?«, fragte er. Die anderen Gespräche am Tisch verstummten, als Grants Gäste sich in die Maitland-Show einschalteten. »Was für eine schlimme Sache. Das muss sich ja verheerend auf Ihre Produktion ausgewirkt haben, ganz zu schweigen davon, dass es wohl ein paar ziemlich heikle Hygieneprobleme mit sich gebracht hat.«

»Die Situation war für alle außerordentlich unangenehm ... besonders für Duffs Familie«, quetschte ich durch die zusammengebissenen Zähne hervor.

»Ja, es ist immer schlimm, herauszufinden, dass einer von den eigenen Leuten nichts Gutes im Schilde führt«, meinte Maitland.

»Wieso denken Sie, dass Duff nichts Gutes im Schilde führte?«, fragte ich herausfordernd.

»Nun ja, es ist allgemein bekannt, dass Abbey Glen seit

Bens Tod von einer Reihe unglückseliger Unfälle heimgesucht wurde. Man muss kein Genie sein, um diese Schlussfolgerung zu ziehen.«

»Diese Voraussetzung erfüllen Sie ja vielleicht, aber deswegen müssen Sie noch lange nicht recht haben.« Ich holte tief Luft und versuchte, mein Temperament zu zügeln, indem ich mich daran erinnerte, dass Maitland es darauf anlegte, mich auf die Palme zu bringen. Den Gefallen würde ich ihm nicht tun.

Ich konnte die unterdrückte Wut in Grants Augen sehen, aber er fuhr nicht dazwischen. Er ließ mich auf meine eigene Weise auf Maitlands spitze Bemerkungen antworten. Er hatte den ganzen Abend die Augen nicht von mir gelassen. *Leidenschaftlich.* Endlich ein Wort für ihn, wenn auch ein vages. Ich schloss einen Moment die Augen und wartete, aber es erschienen keine weiteren Wörter. So lange hatte ich noch nie gebraucht, um mir ein Bild von jemandem zu machen. Das beunruhigte mich.

Graeme Campbell war so freundlich, sich einzumischen, ehe ich mich gezwungen sah, noch weitere taktlose Fragen von Maitland zu beantworten. Er lenkte das Gespräch auf alltäglichere Probleme des Whiskygeschäfts. Die anderen wandten sich erleichtert einem weniger unangenehmen Thema zu, und es entspann sich eine längere Unterhaltung über die Wartung von Gerätschaften und die steigenden Lohnkosten. Ich ließ diese Diskussion an mir vorüberziehen, während ich aß und es zufrieden war, mich im Hintergrund zu halten und das Zusammenspiel der verschiedenen Persönlichkeiten zu beobachten. Diejenigen, für die das Whiskymachen nur mit Pfund und Pence zu tun hatte, gegen diejenigen, die eher mit künstlerischer Empfindsamkeit an die Sache herangingen.

Oliver Blaire und Grant gehörten eindeutig zu der Kategorie, der Qualität mehr bedeutete als Quantität. Sie waren die Einzigen, die über dieser Auseinandersetzung zu stehen schienen. Blaire war eigentlich recht charmant, und ich sah, dass er die Diskussion, die um ihn brandete, mit reservierter Belustigung betrachtete.

Am Ende des Abends konnte ich zumindest die Namen und Gesichter den verschiedenen Destillerien zuordnen. Ich klammerte mich da vielleicht an Strohhalme, aber der Gedanke, dass Duff möglicherweise seine Probleme aus Edinburgh mit nach Hause zurückgebracht hatte, gefiel mir sehr. Das würde nämlich bedeuten, dass ich, was mein Erbe anging, nun nur noch nach einem Konkurrenten Ausschau halten musste, der einen Saboteur und einen Brandstifter in seinen Diensten hatte, aber keinen Mörder. Das würde mir die Arbeit erleichtern. Maitland, Campbell, Nakimoto, vielleicht sogar Grant. Ich würde jede Wette eingehen, dass einer von ihnen derjenige war, der einen Mitarbeiter von Abbey Glen angestiftet hatte, ihm bei der Sabotage zu helfen.

Je mehr Leute dabei sind, desto schwieriger ist es, ein Geheimnis zu wahren. Schon bald würde sich jemand verraten, wenn er es nicht bereits getan hatte. Es war nur noch eine Frage der Zeit. Bis dahin würde ich weiterhin versuchen, herauszufinden, was mit Duff passiert war. Doch mein Bauchgefühl sagte mir, dass das fehlende Puzzleteilchen in Edinburgh war und nicht hier.

KAPITEL 13

Als ich am nächsten Morgen zum Frühstück nach unten kam, briet Hunter in der Küche gerade Würstchen für den Hund. Ich hatte ein wenig gezögert, dann aber klein beigegeben und ihm einen neuen Hausschlüssel überreicht, nachdem die Schlösser ausgetauscht worden waren. Zumindest entschied diesmal *ich*, wer Zugang zu Haus Haven hatte. Liam war jedenfalls begeistert. Er lag auf dem Fußboden zu Hunters Füßen und blickte den alten Herrn mit unverhohlener Anbetung an.

»Wollen Sie auch was zum Frühstück, Mädel?«

»Für mich nur Kaffee, danke.« Es kam mir kurz in den Sinn, dass ich eigentlich gegen diese Verletzung meiner Privatsphäre protestieren sollte, aber ich hatte mich an Hunters Gegenwart gewöhnt, und allmählich hatte ich das Gefühl, als gehörte er zum Rhythmus meines bizarren neuen Haushalts.

»Ich habe gerade drüben das Kaminsims lasiert«, berichtete Hunter, »aber das muss erst noch trocknen, ehe ich damit weitermachen kann. Inzwischen habe ich heute Morgen eine kleine Reparatur für Nell Ferguson zu erledigen, und am Nachmittag treffe ich mich mit Grant. Dann sehen wir mal, was wir mit der Scheune machen können.«

»Sie hatten doch gesagt, Mrs Ferguson könnte ein paar gute Geschichten für Bens Buch erzählen, nicht?«

»Ja, das könnte sie. Möchten Sie mitkommen? Sie würde sich bestimmt über die Gesellschaft freuen.«

»Sicher. Geben Sie mir nur fünf Minuten Zeit, mich umzuziehen.« Es waren noch zwei Tage bis zu meinem samstäglichen Ausflug nach Edinburgh und meinem Treffen mit Bartolli. Ich konnte es gar nicht erwarten, dort hinzufahren und mehr über Duff herauszufinden, aber bis dahin sollte ich eine mögliche Informationsquelle, von der ich vielleicht mehr über die Bewerber um Abbey Glen erfuhr, besser nicht ignorieren. Das Netzwerk der alten Dame anzuzapfen, das war schon mal ein guter Ausgangspunkt.

Ich hatte meine eigene Großmutter nie gut gekannt, aber wenn man mir die Wahl gelassen hätte, dann hätte ich die Rolle sofort Nell Ferguson übertragen. Sie war ein echtes Original. Sie war bemerkenswert rüstig für ihr Alter, hatte einen Schopf kleiner weißer Löckchen, trug ein nicht zusammenpassendes Twinset und hatte robuste Wanderstiefel an den Füßen. Hunter hatte angerufen, um uns anzukündigen, und jetzt riss sie die Eingangstür weit auf, als wir den Pfad zum Haus hinaufgingen, und begrüßte uns mit einem strahlenden Lächeln.

»Meine Lieben, wie wunderbar«, sagte sie mit einer klaren, festen Stimme, die das Alter ein wenig weicher gemacht hatte, die aber immer noch den singenden Akzent des Hochlands hatte. Sie nahm mich beim Arm und führte uns in ihr adrettes, mit jeder Menge Chintz dekoriertes Wohnzimmer.

»Danke, dass ich zu Besuch kommen durfte«, sagte ich.

»Es ist mir eine große Freude, meine Liebe«, erwiderte sie und bat mich, neben ihr auf dem altmodischen Sofa Platz zu nehmen, ehe sie sich mir zuwandte. Ich erwiderte ihren Blick ohne Wimpernzucken, und endlich nickte sie, als wäre sie mit dem, was sie sah, zufrieden. »Nichts, was Schlaf, frische Luft und gute Hausmannskost nicht wieder hinkriegen könnten. Also, wie kommen Sie klar mit all dem Aufruhr?

Ich konnt's ja nicht glauben, als ich das vom jungen Duff gehört habe.«

»Es ist so unendlich traurig«, meinte ich. »Aber die Polizei arbeitet an der Aufklärung des Falls. Hoffentlich schaffen sie das bald.«

Nell nickte nachdenklich. »Er ist ein guter Mann, dieser Rothes. Er arbeitet hart und fleißig, aber es fehlt ihm ein bisschen an der Phantasie, wenn Sie wissen, was ich meine. Sie sollten ihn im Auge behalten.«

»Ich wollte ihm nicht im Weg stehen.«

»Stehen Sie ihm so viel im Weg rum, wie Sie wollen. Rothes braucht alle Hilfe, die er kriegen kann, wenn er das aufklären will.«

»Ein Inspektor aus Stirling arbeitet mit ihm zusammen«, sagte ich.

»Ach ja. Nach allem, was man so hört, hat der schon ein paar Leute gegen sich aufgebracht. Er hätte ein bisschen feinfühliger vorgehen können, als er Siobhán die Nachricht von dem Mord an Duff überbracht hat. Männer – da kann man nichts machen.«

»Was erzählt man sich so im Städtchen?«, fragte ich. »In einem so kleinen Ort müssen doch allerlei Gerüchte im Umlauf sein.«

»Die Leute wollen es einfach nicht glauben, dass sich Duff an einer Verschwörung gegen Abbey Glen beteiligt hätte. Sie sind natürlich bestürzt darüber, dass er umgebracht wurde, aber ich könnte mir durchaus vorstellen, manche finden es seltsam tröstlich, dass er gestorben ist, weil er die gute alte Brennerei beschützen wollte.«

»Glaubt jemand, dass er vielleicht wegen einer anderen Sache als wegen des Schlamassels in der Destillerie umgebracht wurde?«

»Wegen was anderem?« Nell runzelte die Stirn. »Er hatte so das eine oder andere Problem mit den Mädels. Mehr als die meisten, denke ich mal, aber in letzter Zeit habe ich nichts mehr davon gehört.«

»Ich habe Miss Abi mitgebracht, weil sie an einem Buch arbeitet, mit dem Ben vor seinem Tod angefangen hatte«, machte sich Hunter nun mit lauter Stimme bemerkbar. »Ein Buch über Abbey Glen und seine Geschichte.«

Nells Gesicht leuchtete auf. »Ach, wie schön.«

»Ich glaube, es könnte eine angemessene Ehrung für Ben sein, wenn ich es fertigbekomme«, sagte ich und nahm Hunters Stichwort auf. »Ich hatte gehofft, Sie nach diesem oder jenem fragen zu dürfen.«

»Ich sage Ihnen gern, was ich noch weiß«, antwortete Nell mit einem Grinsen.

»Ich lass Sie beide mal schön plaudern«, meinte nun Hunter und verschwand eilig über den Flur in der Küche.

»Können Sie mir was über Fletcher's in den Zeiten erzählen, als Ihr Mann dort die Leitung hatte, Mrs Ferguson?«

»Also, erst mal Schluss mit all dem Mrs-Ferguson-Gerede. Nennen Sie mich Fergie, Liebes, das tun alle.« Sie deutete auf eine Stempelkanne. »Jetzt schenken Sie uns Kaffee ein. Und dann schauen wir, was mir so einfällt.«

Fergie nahm ihre Tasse und lehnte sich in die Kissen zurück. »Mein Mann, Gott hab ihn selig, hat 1926 bei Fletcher's angefangen, kaum zu glauben. Central hat ihn damals als Chefbrenner eingestellt. Er war ein wunderbarer Mann.« Fergies Augen leuchteten in der fernen Erinnerung. »Sah so gut aus wie unser Duff. Alle Mädels am Ort waren hinter ihm her, aber mich hat er sich ausgesucht. Wir waren verrückt nacheinander, und es ist kein Jahr vergangen, ehe wir geheiratet haben. Es war eine glückliche Zeit, trotz all der schlimmen Dinge, die damals in der großen weiten Welt passiert sind.«

»Hat Fletcher's in der Zeit noch in dem von Rosen umrankten Bauernhaus produziert?«, fragte ich.

»Du liebe Zeit, nein, das hatten sie längst verlassen. Central hat den Erben von Rose und Angus die alten Gebäude des Bauernhofs abgekauft. Die haben das Geschäft in die größeren Räumlichkeiten verlegt und modernisiert, sobald sie die Brennerei übernommen hatten. Das alte Gebäude von Fletcher's war sehr klein, doch das haben Sie ja schon selbst gesehen.«

»Wieso?«

»Das Bauernhaus hat im Laufe der Jahre viele Anbauten bekommen, aber Ben hat im Eingangsflur die ursprünglichen Steinplatten gelassen. Er wollte noch ein bisschen was vom alten Fletcher's beibehalten.«

»Haus Haven steht da, wo die ursprüngliche Brennerei Fletcher's war?«

»Ja. Dort hat alles angefangen, natürlich vor vielen, vielen Jahren.«

»Aber was ist mit den Rosen?«

»Lange weg, leider. Von einem der späteren Mieter rausgerissen. Unser Sohn Martin ist dann 1930 geboren, im gleichen Jahr wie Grants Vater. Jock hat wirklich Großartiges geleistet, um Fletcher's über Wasser zu halten, aber damals haben schwere Zeiten für das Whiskygeschäft angefangen. Die Regierung hat die Abgaben auf Spirituosen ständig erhöht, besonders auf Whisky. Es war 'ne Sünde und 'ne Schande, aber ich denke mal, sie haben das Geld für den neuen Krieg gebraucht, der heraufzog. Wir konnten nicht glauben, dass das wieder passieren würde. Diejenigen, die den ersten durchgemacht hatten, dachten, sie würden so was nie wieder erleben. Niemand wollte der Wahrheit ins Auge sehen.«

»Hat die Destillerie den Krieg hindurch gearbeitet?«

Fergie schaute traurig. »Da wurde es dann noch komplizierter, meine Liebe. Die Gerste für den Whisky war immer schwerer zu bekommen. Es war wirklich ein harter Kampf, um genug für einen anständigen Tropfen zusammenzukriegen. '41 hat dann die Regierung verordnet: Kein Getreide mehr für die Whiskyproduktion. Gar keins.«

Ich kritzelte Notizen in mein Buch, bis Fergie plötzlich still wurde. Ich blickte auf und sah, dass sie mich beobachtete. Ich lächelte sie aufmunternd an. »Nur weiter.«

»Das Verbot war wohl sinnvoll. Wir hatten ohnehin schon Probleme, die Leute zu ernähren. Aber am Ende ist es eine Frage der Moral, nicht? Also ist Fletcher's erneut in den Untergrund gegangen. Sie destillierten wieder ein gutes Tröpfchen, das in der Kneipe vor Ort unter der Hand verkauft wurde, genau wie in den alten Zeiten«, sagte Fergie.

»Und Jock hat es geschafft, nicht zum Militär eingezogen zu werden?«, fragte ich.

»Er hatte vier jüngere Brüder, die früh wegmussten, aber Jock war nicht mehr jung, als der Krieg anfing, und er hatte Probleme mit den Augen. Ich habe immer gedacht, dass er deswegen so eine gute Nase für den Whisky hatte. Jedenfalls war erst 1943 die Lage so verzweifelt, dass sie ihm sagten, er müsse auch einrücken …« Fergie verstummte und schaute in die Ferne. »Er ist nie zurückgekommen«, sagte sie schließlich. »Er ist gefallen bei dem Versuch, irgendwo in einem Weingebiet in Frankreich die Deutschen zurückzudrängen. Er hatte immer davon geredet, dass er mal in die Weingebiete wollte …« Fergie schwieg, in Gedanken versunken. Ich schenkte ihr Kaffee nach und drückte ihr die Tasse in die kalten, schmalen Hände.

»Als die Männer alle weg waren und die Destillerie geschlossen war, dass müssen harte Zeiten gewesen sein«, sprach ich sie an.

»Ja, das war hart«, sagte sie und schüttelte den Kopf.

»Aber uns ging's besser als den meisten. Die Frauen haben die Bauernhöfe bewirtschaftet und sich ums Vieh gekümmert, also hatten wir ziemlich gut zu essen. Die Rationierung hat uns nicht so betroffen wie die Leute in den Großstädten und die weiter im Süden.«

»Frauen schaffen gewöhnlich viel mehr, als die Leute ihnen zutrauen«, stimmte ich ihr zu. »Aber alte Vorurteile halten sich hartnäckig. Selbst jetzt finden einige Männer hier, dass ich mich gefälligst aus den Angelegenheiten von Abbey Glen raushalten sollte.«

»Das überrascht niemanden.« Fergie schnaubte verächtlich. »Aber lassen Sie sich von denen mit diesem Unsinn nicht abspeisen, Mädel. Ich will Ihnen eins sagen. Und das wissen nicht viele. Fletcher's hat während des Kriegs nie den Betrieb eingestellt, auch nicht, nachdem Jock weggegangen war.«

»Na, das klingt wie eine gute Geschichte für mein Buch«, sagte ich. »Erzählen Sie mir mehr.«

»Die Leute waren damals wirklich scharf auf jedes kleine bisschen Vergnügen. Auf Flaschen gezogener Whisky, der noch aus der Vorkriegszeit übrig war, brachte ein kleines Vermögen ein, und es gab so gut wie keinen Nachschub. Da konnte man ordentlich Geld verdienen, und, Gott weiß, so wie die Dinge liefen, brauchten wir das Geld. Also machte ich einen Plan.« Fergie senkte die Stimme, als erwartete sie, dass draußen im Gebüsch Spione mithörten. »Ich habe ein paar von den anderen Mädels angeheuert, und wir haben so viel Gerste abgezweigt, wie wir entbehren konnten, und haben damit einen schwarzgebrannten Whisky hergestellt.«

»Warum überrascht mich das nicht?« *Unbezwingbar, ermutigend* und *pfiffig* kamen mir spontan in den Sinn. Ich grinste die resolute kleine Frau vor mir an. »Wie haben Sie das geschafft?«

»Wir waren zehn und haben in jeder freien Minute zusammengearbeitet. Als die anderen Destillerien 1946 wieder öffneten, hatten wir beinahe hundertfünfzig Fässer auf Lager.«

»Das ist ja großartig. Ich bin sicher, Jock wäre stolz auf Sie gewesen.«

»Was wir da machten, war illegal, also haben wir es nicht an die große Glocke gehängt. Ich will Ihnen damit nur sagen, dass Frauen in diesem Geschäft genauso viel zu suchen haben wie Männer, und dafür gibt es auch eine Vorgeschichte. Also lassen Sie sich von diesen alten Säcken nicht vertreiben.« Sie wedelte mir mit einem krummen Finger vor der Nase herum. »Die wollen uns einreden, das alles wäre so kompliziert und geheimnisvoll, dass wir damit nicht klarkommen. Dummes Zeug! Man braucht Entschlossenheit und ein bisschen Geduld, aber das haben Sie ja, sonst wären Sie nicht da, wo Sie heute sind.«

»Hat niemand bemerkt, dass Sie neue Fässer im Lager hatten?«, fragte ich. »Ich hätte gedacht, dass da die Steuerinspektoren ein Wörtchen mitzureden hatten?«

»Wir hatten ein paar raffinierte Verstecke in den Bergen oberhalb von Fletcher's. Aber fairerweise muss man sagen, dass nicht viele Inspektoren unterwegs waren. Die haben ab und zu die alten Fässer inspiziert, und mehr haben wir ihnen einfach nicht gezeigt.«

»Konnten Sie den Whisky nach dem Krieg verkaufen?«

»Schließlich ja. In den frühen fünfziger Jahren war Fletcher's wieder voll in Betrieb, aber das Unternehmen hat Geld verloren. Damals hat mein Sohn Martin schon bei Fletcher's gearbeitet und gebettelt, sie sollten ihm erlauben, es mal als Brennmeister zu probieren. Qualifizierte Leute waren damals dünn gesät, und so haben sie ihm die Chance gegeben, obwohl er noch so jung war.«

Fergie hielt inne, um tief Luft zu holen, ehe sie weitersprach. »Martin hat sich sofort einen Namen in dem Geschäft gemacht, aber Central hat Fletcher's immer nur als Blended Whisky gesehen. Sie müssen wissen, in der Zeit sollten wir an die Amerikaner und Kanadier verkaufen, um harte Währung ins Land zu bringen. Und die wollten Blends. Also haben wir Blends produziert. Damals dachte niemand an Single Malts.«

»Dann sind Single Malts wie Abbey Glen eher eine neue Sache?«

»Für manche schon. Aber Martin war genau wie sein Vater, der hat auch immer die Single Malts geliebt. Er wusste, dass deren Stunde eines Tages kommen würde. Und er wollte unbedingt versuchen, selbst welche zu brennen.« Fergie grinste. »Sie hätten sein Gesicht sehen sollen, als wir ihm erzählt haben, dass wir einen Vorrat an Whisky aus den Kriegsjahren hatten, mit dem er herumprobieren konnte. Es hat sich dann herausgestellt, dass wir ziemlich ordentliche Arbeit geleistet hatten. Martin konnte das Zeug heimlich verschneiden und auf Flaschen abziehen. Der junge Cam Lewis war ihm da eine große Hilfe, und natürlich hat sogar Grants Vater Donald mitgemacht und die Flaschen dazu geliefert«, sagte sie und lächelte bei der Erinnerung. »Weil ein Haufen Frauen diesen Whisky hergestellt hatten, nannten sie ihn Rose's Barley Cream, nach der guten alten Rose Fletcher. Sie haben ihn 1958 auf den Markt gebracht. Bis auf den letzten Tropfen haben ihn die Sammler sofort weggeschnappt. Das hat Martin einen guten Stand verschafft, und für viele Familien hier in der Gegend war es wirklich ein Segen, das kann ich Ihnen sagen.«

»Wenn der Whisky auch nur annähernd so gut wie der Rose Reserve war, den Duff letztes Jahr gefunden hat, dann muss er phantastisch gewesen sein.«

»Das war er.«

»Was für eine wunderbare Geschichte. Hätten Sie was dagegen, wenn ich die in meinem Buch festhalte?«

»Wenn Sie das möchten, meine Liebe, dann gern. Es ist ja jetzt wohl verjährt, und die werden uns deswegen nicht mehr verfolgen. Die meisten von den alten Mädels leben ohnehin nicht mehr.« Fergie seufzte tief.

Hunter steckte den Kopf zur Tür herein. »Das Regal steht wieder, sieht fast wie neu aus. Haben die Damen ihr Plauderstündchen beendet?«

»Wir sollten Ihnen jetzt ein bisschen Ruhe gönnen«, sagte ich zu Fergie und stand auf. »Danke, dass Sie mir die Geschichte Ihrer Familie erzählt haben. Ich komme vielleicht noch mal her und falle Ihnen auf die Nerven, ehe ich wegfahre.«

»Sie sind jederzeit willkommen, Kind. Jederzeit.«

Als ich wieder in Haus Haven war, rief ich bei Patrick an.

»Wie war das Abendessen in der Höhle des Löwen?«, fragte er.

»Interessant. Ich hatte Gelegenheit, mit Nakimoto und Campbell zu sprechen, und ich habe auch ein paar andere kennengelernt, die an besagtem Abend bei Maitland's waren.« Ich fasste mein Gespräch mit Oliver Blaire zusammen und beendete das Telefonat mit meiner Vermutung, Duffs Tod hätte vielleicht gar nichts mit den Geschehnissen in Abbey Glen zu tun.

»Ich kann begreifen, warum dir diese Theorie gefällt, aber glaubst du wirklich daran? Du sagst doch immer, dass Zufälle dich misstrauisch machen.«

»Das ist richtig, und ich gebe ja den Gedanken gar nicht auf, dass Duff eventuell den Saboteur auf frischer Tat ertappt hat, aber es fällt mir ziemlich schwer, mir vorzustellen, dass irgendein kleiner Angestellter auf Befehl eines dieser alten Knacker einen Mord begeht. Wenn man die neue Besitzerin von Abbey Glen vertreiben will, dann mögen Sabotage, Brandstiftung und Drohbriefe angemessene Mittel dazu sein, aber Mord? Das scheint mir, na ja, des Guten zu viel.«

»Des Guten? Sehr lustig. Ich könnte hier bei der Society ein bisschen rumschnüffeln und sehen, was ich rauskriegen kann, wenn du möchtest.«

»Danke. Ich schau mich auch um, wenn ich am Samstag komme, um mich mit dem Typ von AXB zu treffen. Hast du inzwischen was über die Veranstaltung bei Maitland's in der Mordnacht rausgefunden?«

»Glaube mir, sobald ich der PR-Frau von Maitland's gesagt hatte, dass *Wine and Spirits* eine Geschichte über die Verkostung bringen möchte, war sie nicht mehr zu bremsen. Sie hat mir sogar ein Foto der Gruppe geschickt. Ich leite das gerade weiter.«

Ich klickte auf den Link und musterte das Bild. Alle Männer trugen Anzüge oder Kilts, aber keiner war in Grau gekleidet.

»Mein Instinkt sagt mir, dass der Mörder nicht in dieser Gruppe ist, aber ich würde es Maitland durchaus zutrauen, dass er die Veranstaltung nur organisiert hat, um sich ein Alibi zu verschaffen.« Während er einen ehemaligen Angestellten nach Abbey Glen schickte, um dort Unheil anzurichten, dachte ich. Ich zog Maitlands Karteikarte hervor und fügte »Alibi« hinzu.

»Eine weiße Weste hat Maitland auf keinen Fall«, stimmte mir Patrick zu. »Ich habe noch ein bisschen mehr über seine Probleme mit dem Finanzamt rausgefunden. Sie haben ihn wegen Steuerbetrug drangekriegt, aber er hat einen Deal mit ihnen gemacht und musste nicht ins Gefängnis. Du hast ja seine Finanzen teilweise schon einsehen können.

Größere Bonuszahlungen von Decons, aber jetzt kommt's: Auf seinen letzten Kontoauszügen erscheint eine große Einmalzahlung an Rowan Johnson.«

»An den Mann aus Islay?« Ich stand wie angewurzelt da. »Was ist bei dir eine große Zahlung?«

»Beinahe hunderttausend Pfund.«

»Puh! Das ist wirklich ein Haufen Geld.« Ich dachte einen Augenblick nach. »Klingt nach einer Investition. Aber in was?«

»Ich glaube, Maitland versucht vielleicht, Abbey Glen zu kaufen.«

»Aber er vertritt doch Decons«, sagte ich. »Er könnte sicherlich nicht gegen die bieten, während er für sie arbeitet?«

»Genau, er müsste dann über einen Strohmann agieren – zum Beispiel Rowan Johnson. Du hast gesagt, Maitland wäre auf Ben neidisch gewesen, und man hat ihn ja gezwungen, seine eigene Destillerie zu verkaufen. Das könnte jetzt seine Rache sein.«

»Johnsons Angebot war ein kleines bisschen höher als das von Decons«, sagte ich und erwärmte mich langsam für diesen Gedanken. »Dahinter könnte Maitland stecken. Mit den Bonuszahlungen von Decons hätte er genug Bares in der Hand, um sein eigenes Gebot für Abbey Glen mit dem Brenner aus Islay als Strohmann zu finanzieren. Er verliert also auf keinen Fall was. Wenn ich mich für Decons entschiede, erhielte er einen größeren Bonus, und wenn ich an Rowan Johnson verkaufte, übernähme er irgendwann in Abbey Glen die Leitung. Ein guter Grund, mich zu einer Entscheidung zu drängen, ehe der Interessentenkreis größer wird und der Preis zu steigen beginnt.«

»Genau. Er müsste sich dann eine Weile als stiller Partner bedeckt halten, aber irgendwann könnte Abbey Glen für ihn ein Neubeginn sein, eine Art Wiedergutmachung. Ein stärkeres Motiv als das, die Befehle seiner Bosse auszuführen«, stimmte mir Patrick zu. »Rowan Johnson habe ich mir noch nicht angeschaut, doch mal sehen, was ich da finden kann.«

»Was ist mit Grant?«

»Grant leitet seit dem Tod seines Vaters das Gut der MacEwens. Sein jüngerer Bruder James hat die Verantwortung für das Glas- und Abfüllunternehmen der Familie übernommen.«

»Das muss ein Vermögen wert sein.«

»Es war mal ein Vermögen wert«, korrigierte mich Patrick. »Die letzten sieben oder acht Jahre waren schwierig. Viele frühere Kunden sind auf osteuropäische Flaschenabfüller umgestiegen. Sogar mit den zusätzlichen Transportkosten sind die immer noch viel billiger. Das Unternehmen hat jedes Jahr um die zehn Prozent seines Kundenstamms verloren. Wenn man das mit den Kosten kombiniert, die die Pflege des Gutes und der Ländereien mit sich bringt, dann können die nicht gerade im Bargeld schwimmen.«

Das würde den Mangel an Dienstboten im Herrenhaus erklären. »Ben hat aber zu ihnen gehalten«, merkte ich an. »Sie füllen immer noch den Whisky von Abbey Glen ab.«

»Darauf wollte ich gerade kommen. Ben hat gleich am Anfang einen Exklusivvertrag mit MacEwen Glass abgeschlossen, mehr noch, vor fünf Jahren hat er durch Abbey Glen eine zwanzigprozentige Beteiligung an dem Unternehmen erworben. Hat Thomas das erwähnt, als er mit dir die Firmenfinanzen durchgesprochen hat?«

»Nicht im Einzelnen, aber er hat viel erzählt, und vieles davon ist mir zu dem Zeitpunkt weit über den Verstand gegangen. Wenn ich also Abbey Glen verkaufe, hätte der neue Besitzer eine zwanzigprozentige Beteiligung an MacEwen Glass?«

»So, wie die Dinge im Augenblick liegen, ja.«

»Sehr interessant. Das bedeutet, Grant muss sich Sorgen machen, dass der neue Besitzer möglicherweise nicht weiter in eine todgeweihte Glasfabrik und Abfüllfirma investieren will. Er könnte seinen Anteil verkaufen, sich anderswo einen billigeren Abfüllvertrag suchen und MacEwen Glass im Stich lassen.«

»Alles ist möglich, aber man muss Ben zugutehalten, dass er ein cleverer Geschäftsmann war. Die Investition bei MacEwen Glass war eine legitime vertikale Integration. Das Unternehmen ist gut geführt, und Abbey Glen bekommt günstige Preise, ohne dass man ein empfindliches Produkt zum Abfüllen, Verpacken und Vertrieb ans andere Ende Europas karren muss. Es war eine vernünftige Geschäftsentscheidung, gibt Grant allerdings ein größeres Interesse an dem Verkauf der Brennerei, als du vielleicht ursprünglich gedacht hättest.«

»Also könnte sowohl Grant als auch Maitland ernsthaft daran gelegen sein, mich loszuwerden.«

»Aber Grant hat bisher noch kein Angebot für Abbey Glen gemacht, oder? Es würde eng werden, ich vermute jedoch, er könnte die Finanzierung dafür bekommen, wenn er wollte.«

»Er sagt, er hätte kein Interesse daran, Geschäftsmann zu werden. Aber er hofft vielleicht, dass er den Preis drücken kann, ehe er sein Angebot macht. Wenn es genug negative Schlagzeilen gibt, beeinflusst das sicher den Markt.«

»Da könntest du recht haben.«

»Was ist mit Cam?«

»Der hat eine blütenreine Weste. Er arbeitet seit beinahe vierzig Jahren in der Destillerie, hat als Junge angefangen und als Mann weitergemacht. Sparsamer Lebensstil. Keine Schulden, bis vor Kurzem. In letzter Zeit hat es hohe Arztrechnungen für Privatbehandlungen bei einem Spezialisten gegeben.«

»Ja, ich habe gehört, dass seine Frau herzkrank ist. Da könnte Geld durchaus eine Rolle spielen. Es liegt ihm vielleicht etwas daran, dazu beizutragen, dass Abbey Glen den richtigen neuen Besitzer bekommt, besonders wenn dabei ein bisschen Kleingeld rausspringt.«

»Stimmt, und er würde auf dem Radar nicht auftauchen. Denn niemand würde es seltsam finden, dass er sich in Abbey Glen aufhält, egal zu welcher Tages- und Nachtstunde«, meinte Patrick.

»Genau. Er macht sich bestimmt Sorgen, dass ein neuer Besitzer, besonders jemand wie Decons, kommt und alle rauswirft. In seinem Alter würde er nur noch schwer einen neuen Job finden.« Ich zog meine Karteikarten näher heran und schrieb »Cam« auf Grants Karte und »Frank« auf Maitlands. Die Strippenzieher hatten Alibis, aber die Marionetten musste ich noch überprüfen.

»Hast du was zu Campbell oder Nakimoto gefunden?«

»Keine Vergehen, keine Pleiten, keine Skandale, bei beiden nicht. Campbell ist konservativ. Sehr konservativ. Er investiert vorsichtig und hat seinen Laden fest im Griff. Seine Verdienste sind minimal, aber solide, und er hat keine größeren Posten ausstehen. Nakimoto war in seinen Londoner Zeiten erfolgreicher Besitzer einer Restaurantkette. Er hat einiges in lokale Brennereien investiert. Mit diesen Investitionen verliert er kein Geld, aber reich wird er davon auch nicht. Das ist für ihn nur ein Hobby. Manche Leute fangen an, Golf zu spielen. Er hat mit dem Whiskymachen angefangen. Ich begreife gut, was die beiden an Abbey Glen interessiert.«

»Aber du siehst bei keinem von beiden ein starkes Motiv, mich irgendwie zum Verkauf zu drängen? Nicht wie bei

Maitland oder Grant. Wenn wir im Nachrichtenraum der Zeitung wären, dann würden wir jetzt Wetten abschließen. Du weißt, was ich glaube. Wer ist dein Verdächtiger?«

»Neben Maitland denke ich da irgendwie an Nakimoto«, gab Patrick zu. »Der ist ein stilles Wasser. Er möchte mitspielen, nicht nur investieren. Bisher hat er nichts als Minderheitsbeteiligungen an den Destillerien erwerben können. Er will seine eigene Brennerei haben. Er will einer von den großen Jungs sein.«

»Damit hast du vielleicht recht«, gestand ich ihm zu. »Sein Akzent ist makellos, aber doch irgendwie falsch, wenn du weißt, was ich meine.«

»Wie bitte?«

»Es ist wie bei diesem Kollegen von Ben, der ab und zu bei uns zum Abendessen war«, erklärte ich ihm. »Ein kluger Mann. Ein Selfmademan, steinreich, solide Investitionen, aber die Cliquen von den Privatschulen und Eliteunis haben ihn nie akzeptiert, und das hat ihm enorm zu schaffen gemacht. Er war nicht auf die richtigen Schulen und Unis gegangen, er hatte nicht den richtigen Akzent und die richtigen Verbindungen. Manchem anderen hätte das Geld gereicht, ihm aber nicht. Er hätte all sein Geld dafür eingetauscht, akzeptiert zu werden. Einer von denen zu sein. Es war echt traurig. Wenn Nakimoto sich genauso fühlt, dann könnte das ein Motiv sein. Kein starkes vielleicht, aber ein Motiv immerhin.«

»Und dann wäre da natürlich noch Blaire«, sagte Patrick.

»Blaire? Der hat noch nicht einmal Interesse an Abbey Glen angemeldet.«

»Wart's ab. Wir haben vor ein paar Jahren mal was über ihn gebracht. Nach allem, was du erzählt hast, hat er dir gestern Abend viel Aufmerksamkeit geschenkt. Glaub mir, das hat er nicht aus persönlichem Interesse getan. Du bist nicht sein Typ. Das war geschäftlich. Er ist ein aalglatter Geschäftsmann. Ich gehe jede Wette ein, der wartet nur und checkt die Konkurrenz ab.«

»Halt. Jetzt schwirrt mir wirklich der Kopf. Jedes Mal, wenn ich glaube, dass ich meine Liste der Verdächtigen gekürzt habe, wirfst du jemand Neuen ins Rennen.«

»Du bist bloß müde. Du brauchst Ruhe«, sagte Patrick tröstend. »Morgen früh sieht alles viel besser aus.«

Ich war nicht überzeugt davon, versprach aber, mich auszuruhen, nachdem ich mich noch mit Patrick für den Samstagnachmittag verabredet hatte. Ich war völlig erschöpft und zu keinem klaren Gedanken mehr fähig, nahm mir also das Fläschchen mit den Tabletten, die Kristen mir dagelassen hatte, und spülte zwei davon mit einem Glas Wein herunter. Wenn eine mir guten Nachtschlaf brachte, dann würden zwei es doch sicher schaffen, den Sturm in meinem Kopf zu bändigen.

KAPITEL 14

Schlafmangel ist eine grässliche Sache. Ich hatte keine Ahnung, wie schlimm es um mich stand, bis ich am Freitag frühmorgens mit dem Gefühl aufwachte, dass der Nebel in meinem Hirn sich langsam lichtete. Ich schlurfte nach unten, die Bettdecke um die Schultern gelegt, um nach Liam zu sehen, und traf Hunter, der auf Zehenspitzen durchs Haus schlich, um mich nicht zu wecken. Er hatte sich mit Liam eine Schüssel Shepherd's Pie geteilt und dann noch mit ihm einen Spaziergang gemacht. Ich bedankte mich bei Hunter und kuschelte mich aufs Sofa, fühlte mich immer noch groggy.

Als ich das nächste Mal die Augen aufschlug, war es schon beinahe Abendessenszeit, und ich setzte mich so schnell auf, dass ich beinahe umgefallen wäre. Ich konnte mich nicht erinnern, wann ich das letzte Mal achtzehn Stunden geschlafen hatte. Ich hätte mich treten können, weil ich einen ganzen Tag verschwendet hatte, aber im tiefsten Inneren wusste ich, dass ich schon wochenlang nicht mehr in Bestform gewesen war. Ich musste mich ausruhen und meine Batterien wieder aufladen.

Ich sah mich um und stellte fest, dass Liam nirgends zu sehen war. Das machte mich nervös. Ich zwang mich, meinen Kokon zu verlassen, schleppte mich in die Küche, um sicher zu sein, dass er nicht zu viel Unsinn anstellte. Er begrüßte mich mit einem Gobelinkissen im Maul. Das Kissen war ausgeweidet, die Füllung überall wie eine Lage feiner Schnee verteilt. Während ich die Unordnung beseitigte, hörte ich einen Schlüssel in der Haustür, und Hunter kam herein, dicht gefolgt von Grant.

»Ach, Sie sind wieder auf«, sagte Hunter und schaute erfreut drein.

»Ja.« Ich richtete mich auf und bewegte mich im Krebsgang zur Wand, hoffte, dass das dünne T-Shirt, das ich trug, lang genug war, um meinen Mangel an Unterwäsche zu verhüllen. »Liam ist ein bisschen unruhig geworden. Er hat angefangen, die Einrichtung zu zerlegen.«

»Das haben wir gleich«, erwiderte Hunter. Er nahm mir die Überreste des Kissens aus der Hand. »Er langweilt sich einfach nur, stimmt doch, Junge?« Liam folgte Hunter nach draußen wie ein liebeskrankes Schulmädchen und ließ mich mit Grant allein.

»Hunter hat sich Ihretwegen Sorgen gemacht, und mich schickt man mit Suppe.« Er hielt einen Behälter hoch. »Nell Ferguson meinte, Sie könnten ein bisschen gute Hausmannskost vertragen. Ich kann das für Sie aufwärmen, wenn Sie wollen.«

»Ich schaff das schon, danke«, erwiderte ich und nahm das Geschenk entgegen.

»Brauchen Sie wirklich keine Hilfe?«

»Nein.« Ich wich zurück, stolperte dabei über Liams vergessenes Kauspielzeug. Grant packte mich um die Taille und hielt mich fest. Der Fehltritt war eine Kleinigkeit, aber die elektrische Ladung, die mich durchzuckte, als ich so gut wie unbekleidet dastand, seinen Arm um mich gelegt, die reichte, um mir die Knie weich werden zu lassen. Grant zog mich näher an sich und half mir wie einer Kranken zum Sofa. Mir fiel auf, dass er wie warmes Brot duftete, das gerade frisch aus dem Ofen gekommen ist. Diesen Geruch hatte ich bisher nicht für besonders sinnlich gehalten.

»Ich kann mich schon allein um mich kümmern.« Ich

machte einen Schritt von ihm weg und zerrte am Saum meines T-Shirts.

»Wenn Sie meinen.« Grant wirkte wenig überzeugt. Er beobachtete mich mit nervenzermürbender Intensität, die mir die Röte ins Gesicht trieb. Da gesellte sich Hunter wieder zu uns, schien nichts von der Spannung zu merken, die zwischen uns beiden in der Luft lag.

»Hunter, können Sie morgen für mich nach Liam sehen?«, fragte ich. »Ich muss schnell mal nach Edinburgh.«

»Keine Sorge. Ich pass schon auf, dass ihm nichts passiert.«

Grant runzelte die Stirn. »Sollten Sie in Ihrem Zustand reisen?«

»Großer Gott, ich bin doch nicht krank. Ich musste mich nur mal richtig ausschlafen«, beharrte ich. »Ich schaffe das schon, mit Patrick zu Mittag zu essen, ohne mich völlig zu verausgaben.«

»Dann lassen Sie sich wenigstens von mir hinfahren«, bot Grant mir an. »Ich habe ohnehin einige Einkäufe zu erledigen. Ich setze Sie ab, wo Sie wollen, und wir können uns dann später wieder irgendwo treffen.«

Ich musste zugeben, dass eine Autofahrt nach Edinburgh, selbst mit Grant, mir wesentlich verlockender vorkam als eine Zugfahrt, und ich akzeptierte das Angebot mit so viel Anstand, wie ich aufbringen konnte, ehe ich die beiden aus dem Haus scheuchte.

Grant war am nächsten Tag auf der Fahrt in die Stadt sehr schweigsam, und ich konnte mich ungehindert in meinen eigenen Gedanken verlieren. So gut mir das neben ihm gelang, denn er strahlte jede Menge aufgestaute Energie aus. Seit dem Mord an Duff war genau eine Woche vergangen, und in einer Woche musste ich in die große weite Welt, in die Wirklichkeit zurück. Bis dahin wollte ich mir potenzielle Käufer für Abbey Glen ansehen und einen Mörder entlarven. Ich hegte große Hoffnung, am heutigen Tag an beiden Fronten gute Fortschritte zu machen.

Ich ließ mich von Grant bei den Princes Street Gardens absetzen, wo ich mich mit den Bartollis treffen wollte. Ich hatte Grant absichtlich nichts von dieser Besprechung erzählt. Es war mir unangenehm, ihm gegenüber zuzugeben, dass ich trotz all der furchtbaren Vorkommnisse in Balfour immer noch mögliche Käufer für die Brennerei in Augenschein nahm. Jetzt zumindest war Bartolli mein Spatz in der Hand. Sein Unternehmen war finanziell gesund, und Bartolli schien Bens Ansichten zur Whiskyherstellung zu teilen. Doch von meiner Warte aus gesehen war es sogar noch wichtiger, dass sich Bartolli bis gestern Abend nicht im Land aufgehalten hatte. Das machte ihn zum einzigen Bewerber, der tatsächlich ein wasserdichtes Alibi hatte und für Abbey Glen vielleicht in Frage kam.

Ich spazierte durch die Gärten zum Caledonian Hotel, wo wir uns verabredet hatten. Das Caledonian ist eine der großen alten Damen in der europäischen Hotellandschaft. Eine Absteige der Reichen und Berühmten. Bartollis natürliches Habitat, würde ich vermuten, meines jedoch nicht. Als ich die Marmorstufen emporstieg, begann ich meine übereilte Entscheidung zu bereuen, mich allein mit dem reichen und weltgewandten Besitzer von AXB zu treffen. Trotzdem, mein Instinkt hatte mich bei Maitland nicht getrogen. Ich musste mich darauf verlassen, dass er mich auch hier nicht im Stich ließ.

Ein livrierter Türsteher führte mich ins Gebäude und wies mir den Weg durch eine üppig dekorierte Eingangshalle zum Salon. Zu meiner Überraschung war Bartolli schon da und hatte es sich bereits in der viktorianischen Bar gemütlich gemacht. Er war ein charismatischer Mann Ende fünfzig, und seine Ausstrahlung von Macht und Reichtum war beinahe mit Händen zu greifen. Er ergraute an den Schläfen und hatte mit einem kleinen Bäuchlein zu kämpfen, aber seine dunkle sonnenverbrannte Haut ließ ihn inmitten einer See von bleichen Kelten quicklebendig und vital erscheinen. Er begrüßte mich mit einem herzlichen Lächeln, das erst ein wenig verblasste, als er mir sein Beileid zu Bens Tod aussprach.

»Wir müssen auf Ben trinken«, sagte er. Ehe ich protestieren konnte, servierte man uns zwei großzügig eingeschenkte Gläser Abbey Glen.

»So ein köstlicher Whisky, sogar schon so jung. Ich habe bereits mehrere Flaschen davon in meiner Sammlung.« Bartollis mediterran gefärbtes Englisch war ausgezeichnet, aber präziser als das eines Muttersprachlers.

»Ben war sehr stolz auf das, was er mit Abbey Glen erreicht hatte«, sagte ich. Ich holte tief Luft und genehmigte mir einen dringend benötigten Schluck Selbstbewusstsein. Wenn Bartolli bereits Whiskys aus Abbey Glen sammelte, wusste er wahrscheinlich mehr über meine Destillerie als ich. »Haben Sie eine große Sammlung von besonderen und alten Whiskys?«, wagte ich mich vor.

»Ich muss gestehen, dass mehrere Zimmer in meinem Haus in Italien nur dem gewidmet sind. Sehr zum Entsetzen meiner Ehefrau.« Bartolli grinste wie ein ungezogenes Kind. »Aber sie hat mehr Schuhe, als sie je in ihrem Leben tragen kann, also habe ich doch das Recht auf meine eigenen Hobbys, nicht?«

»Natürlich«, antwortete ich. Ich dachte an Bens Sammlung, die in einer Ecke der Bibliothek hinter Hunters Leiter und dessen Werkzeugen verstaut war. Was um alles in der Welt sollte man mit mehreren Zimmern voller Whisky anfangen? Zweifellos hätte Patrick dazu ein, zwei Vorschläge gehabt. »Trinken Sie die Whiskys in Ihrer Sammlung auch?«, fragte ich und hoffte, dass das keine unhöfliche Frage war. »Oder heben Sie sie für einen Wiederverkauf auf?«

»Das hängt vom Whisky ab. Im Gegensatz zu Wein reifen Whiskys in der Flasche nicht weiter. Sie sind, was sie sind, und Zeit und Lichteinwirkung können ihnen sogar ihre außergewöhnlichen Eigenschaften rauben. Ich gebe zu, ich trinke meine Whiskys lange vor ihrem Verfallsdatum. Das Leben ist kurz, und man sollte es genießen. Meinen Sie nicht auch?«

»Das scheint mir eine hervorragende Philosophie zu sein.« Wenn man das nötige Kleingeld hat, dachte ich.

»Sollen wir etwas essen, und dann erzählen Sie mir vielleicht von Ihren Plänen für Abbey Glen?«, schlug Bartolli vor und streckte eine Hand aus, um mich über den Flur in den Speisesaal des Hotels zu führen. Man wies uns einen Tisch für drei Personen mit einem spektakulären Blick auf die Burg und die Princess Street Gardens zu.

»Mein Sohn Nick wird sich gleich noch zu uns gesellen«, erklärte Bartolli und deutete auf den leeren Stuhl.

»Ist Ihr Sohn auch im Whisky-Geschäft?«, fragte ich und täuschte Unwissenheit über den berühmt-berüchtigten Nick vor.

»Leider ist Whisky für ihn ein wenig zu komplex. Sein Interesse ist, wie das der meisten jungen Männer, auf Autos und Frauen gerichtet. Die Autos versteht er, aber die Frauen sind für ihn auch zu schwierig«, sagte er mit einem leisen Lachen.

Ich schaute mich in dem üppigen Speisesaal um, während Bartolli sich länger mit dem Kellner beriet, ehe er sich für Moorhuhn und fangfrische Jakobsmuscheln entschied. Ich folgte seinem Beispiel, und er wählte eine Flasche Wein, die zum Wild passen würde.

Sobald er die um uns herumschwirrenden Bedienungen abgefertigt hatte, wandte sich Bartolli wieder mir zu. »Wie geht es in Abbey Glen nach all diesem traurigen Aufruhr?«

Ich fragte mich, ob Bartolli Gerüchte über Duff und den Brand gehört hatte, oder ob er einfach nur Bens plötzlichen Tod meinte. »Die Übergabe ist relativ glatt vonstatten gegangen«, sagte ich und drückte mir unter dem Tisch die Daumen. Ich wollte nicht freiwillig mit solch schlechten Nachrichten rausrücken, wenn es sich vermeiden ließ. »Ich habe großes Glück. Der Manager und der Chefblender sind zwei sehr fähige Männer.«

Bartolli schaute mich über den Rand seines Glases hinweg an. »Ich habe gehört, es hätte diese Woche ein kleines Feuer in der Destillerie gegeben. Ich hoffe, es ist nicht zu großer Schaden entstanden?«

»Es hat nicht in einem der Hauptgebäude gebrannt. Das lässt sich alles leicht wieder reparieren.«

»Hervorragend.« Bartolli schien meine Zusicherung unkommentiert hinzunehmen. »Und haben Sie sich bereits entschieden, wer in Bens Fußstapfen treten soll?«

»Sie meinen außer mir?«

Bartolli lächelte. »Ich gehe davon aus, dass eine Frau von Ihrem gefeierten Talent nicht daran interessiert ist, sich in der Wildnis Schottlands zu verkriechen. Oder irre ich mich da?«

»Meine berufliche Laufbahn schränkt meine Fähigkeit, mich dort einzubringen, natürlich ein«, gab ich zu. Mein Gastgeber schaute auf und breitete die Arme aus, um die Ankunft von Bartolli Junior anzukündigen.

»Ms Logan, darf ich Ihnen meinen Sohn Nicholas vorstellen?«

»Nick, bitte.« Er schüttelte mir die Hand und ließ sich auf dem Stuhl neben mir nieder.

Die Verwandtschaft zwischen den beiden Männern ließ sich nicht leugnen, wenn auch der Junior wesentlich besser aussah. Nick Bartolli hatte den Charme seines Vaters geerbt und wirkte in dieser luxuriösen Umgebung wie zu Hause. Auch er hatte eine perfekte Sonnenbräune, doch im Gegensatz zu seinem Vater wirkte er, als verbrächte er jeden Tag Stunden im Fitness-Studio, um die Muskulatur zu stählen, die unter der Seide seines Hemdes deutlich zu ahnen war. Ein Sportjackett, für das eine ganze Herde Kaschmirziegen ihr Bestes gegeben hatte, hatte er sich lässig über die Schulter gehängt. All das machte ihn vom Scheitel bis zur Sohle zum Großmogul in Ausbildung.

Bartolli lenkte unser Gespräch zum Thema zurück, während Nick sein Essen bestellte.

»Whisky ist eine Leidenschaft, der man sich ganz hingeben muss, Ms Logan. Nicht nur beim Trinken, auch bei der Produktion. Ich habe meine berufliche Laufbahn im Weingeschäft begonnen, und ich habe einige preisgekrönte Weine gemacht, aber meine Whiskys ... das ist schwer zu beschreiben. Ich liebe die Komplexität und die Variationen, die der Reifungsprozess und die Hölzer der Fässer hervorbringen. Es ist wie Zauberei.«

»Ich habe von Ben genau dasselbe gehört«, sagte ich.

»Er und ich, wir haben da viel Ähnlichkeit. Wir bei AXB haben in unserem Sortiment viele außergewöhnliche Produkte, und ich glaube, Abbey Glen wäre wirklich ein großer Gewinn für unser Portfolio an einzigartigen Luxusgütern. Ich kann Ihnen versichern, dass wir alles in unserer Macht Stehende tun würden, um Bens Vision treu zu bleiben.«

Ich warf Nick einen raschen Blick zu. Er blitzte mich mit unnatürlich weißen Zähnen an, steuerte aber nichts zum Gespräch bei, während er sich systematisch durch eine zweite Flasche Wein arbeitete. Ich spürte, dass er trotz der besten Bemühungen seines Vaters eher ein dekoratives Accessoire als ein Gewinn fürs Geschäft war.

»Ich möchte gern, dass sich Nick mehr in diesen Teil unseres Unternehmens einbringt«, fuhr Bartolli fort. »Ich nehme an, er wird sich in Zukunft einen großen Teil seiner Zeit in Schottland aufhalten und sich um unsere Single-Malt-Unternehmen kümmern.«

Nick schien die Ankündigung seines Vaters nicht weiter zu beunruhigen, und doch wirkte er irgendwie nicht wie der Typ, der Geschmack am ländlichen Charme der Gegend finden würde.

»Ich bin mir darüber im Klaren, dass Ihre Brennerei sehr begehrt ist, aber ich vertraue darauf, dass die hohe Meinung, die wir von Ben und seiner Arbeit haben, für uns sprechen wird«, fuhr Bartolli fort.

Sein Lächeln war herzlich und aufmunternd, doch ich gab mich keiner Illusion hin. Unter der Oberfläche dieses ruhigen Gewässers lauerte ein skrupelloser Geschäftsmann. Die Wörter *weltmännisch, besessen* und *kompromisslos* kamen mir in den Sinn. Sein Porträtfoto würde ihn als einen Kaiser zeigen, der den Blick über sein Reich schweifen lässt.

»Ich bin gespannt auf Ihr offizielles Angebot«, hielt ich ihn hin. »Sie verstehen sicherlich, dass ich das alles erst mit meinen Finanzberatern durchsprechen muss.« Hör mich einer an! Finanzberater, Herrgott noch mal. Nun hatte ich mich eindeutig zu weit vorgewagt. Noch nie war ich so erleichtert, dass der erste Gang kam.

Beim Essen unterhielt mich Bartolli mit charmanten Geschichten über seine ersten Ausflüge ins Whisky-Geschäft. Der schöne Nick trug von Zeit zu Zeit etwas dazu bei, jetzt da die ernsthaften Geschäftsgespräche vorüber waren. Mein innerer Schnappschuss von ihm erschien auch ohne Probleme: *genusssüchtig, geistlos* und *dekorativ*. Prächtig anzusehen, aber kaum mehr als ein Pappkamerad; hinter diesem makellosen Lächeln steckte kein Mann von Substanz.

Ich floh aus dem Caledonian, sobald ich konnte, versprach den Bartollis noch, dass wir in Kontakt bleiben würden. Ich war froh, zumindest im Augenblick mit den Geschäftsangelegenheiten fertig zu sein. Doch während ich ein Taxi heranwinkte, das mich quer durch die Stadt zur Whisky Society bringen sollte, dachte ich über die Motive nach, die die Männer in diesem verrückten Geschäft antrieben. Bartolli war ein passionierter Sammler: besessen, anspruchsvoll, ehrgeizig. Maitland war ebenfalls Sammler, allerdings in viel kleinerem Maßstab, und er war daneben auch noch Brenner. Dann waren da noch Ben und eigentlich auch Grant und Martin Ferguson, die sich leidenschaftlich der Kunst des Whiskymachens verschrieben hatten. Sie alle waren eine einzigartige Spezies – von ihrer Leidenschaft verzehrt und begeistert vom Verzehr der Endprodukte. Ich versuchte, mir die Bartollis als neue Besitzer von Abbey Glen vorzustellen. Nach allem, was ich gesehen und gehört hatte, hatte ich den Eindruck gewonnen, dass sie das respektieren würden, was Ben geschaffen hatte. Aber die eigentliche Frage war, wie Grant mit dem schicken Nick als Chef klarkommen würde.

Wie ich es auch drehte und wendete, die Antwort war: Nicht gut.

KAPITEL 15

Zu meiner Überraschung hatte ich herausgefunden, dass die Whisky Society ihr Hauptquartier am Hafen hatte. Doch als das Taxi in die schmalen Straßen einbog, die zum Wasser hinunterführten, war deutlich zu sehen, dass hier die Bestrebungen, die Gegend luxuriös zu sanieren, bereits weit gediehen waren. Galerien und Lofts mit deutlich sichtbaren Sicherheitssystemen waren in die meisten alten Gebäude eingezogen. An der Hafenfront hatten unzählige schicke Bars und Restaurants zum Wasser hin Terrassendecks mit Sonnenschirmen, und eine Ansammlung teuer aussehender Boote lag friedlich vor Anker.

Der Fahrer setzte mich vor einem zweistöckigen Steingebäude ab, das früher einmal ein Lagerhaus gewesen sein musste. Rechts von der Tür verkündete ein Messingschild: THE WHISKY SOCIETY – NUR FÜR MITGLIEDER UND IHRE GÄSTE.

Drinnen war das Licht schummrig, und ein Hauch von Pfeifen- und Zigarrenrauch wehte mir von allen Textiloberflächen entgegen. Der Salon im Hauptgeschoss war mit einer bunten Sammlung üppig gepolsterter Sessel und Sofas möbliert, die man um ein halbes Dutzend niedrige Tischchen gruppiert hatte. Eine solide wirkende Bar aus Mahagoni beherrschte die gesamte Rückseite, und auf den Glasregalen waren Reihe um Reihe Whiskyflaschen in allen Formen, Größen und Farbtönen zu sehen. Es war ein angenehmer, entspannter und gut ausgestatteter Raum.

Patrick winkte mir aus der dämmerigen Tiefe zu. Er jonglierte mit zwei Handys und balancierte zudem noch eine große Tasse Kaffee und einen Computer auf dem Schoß.

»Du musst nicht all deine technischen Gerätschaften auffahren, um mir zu beweisen, dass du arbeitest«, kommentierte ich mit einem Lachen.

»Ich arbeite wirklich«, grummelte er. »Ich habe sogar die Ausgabe für diesen Monat beinahe in trockenen Tüchern ...«

»Schön, dass wenigstens einer von uns Fortschritte macht. Ich habe das Gefühl, im Schlamm festzustecken.«

»Wie war's mit Bartolli?«

»Ganz gut, denke ich. Ich habe mich zu nichts verpflichtet, aber bisher scheint er die beste Option zu sein.«

»Ich bin sicher, dass es noch jede Menge andere Angebote geben wird, sobald Abbey Glen offiziell auf dem Markt ist.«

So weit in die Zukunft wollte ich noch nicht denken. »Hast du von den Angestellten hier was über Duff rauskriegen können?«

»Ein paar interessante Kleinigkeiten.« Patrick schaute sich in der leeren Bar um und senkte dann die Stimme. »Dein Freund Michaelson hat mir einen Besuch abgestattet.«

»Was wollte er?«

»Er hat sich für alles interessiert, was ich am Tag der Beerdigung gemacht habe. Routinezeugs. Dann hat er bei den Angestellten rumgefragt, sich nach Duffs Freunden erkundigt und wollte wissen, ob er vielleicht Feinde hatte.«

»Und was haben die Kollegen von Duff gehalten?«

»Er war vom ersten Tag an der Liebling aller. Ben hatte ihm ein tolles Empfehlungsschreiben ausgestellt, wie du weißt, und der Barmanager hat ihn gleich von Anfang an die Verkostungen organisieren und bei Privatgesellschaften helfen lassen. Alle, mit denen ich gesprochen habe, waren sich einig, dass er sich mit Whisky auskannte und ein echtes

Händchen für den Umgang mit Kunden hatte. Er war charmant – der geborene Entertainer. Die Mitglieder, die hier zu Besuch waren, haben ihn geliebt, und die Damen natürlich auch.«

»Allzu viele Frauen gibt es in der Bar der Society doch sicher nicht.«

»Da würdest du dich wundern«, meinte Patrick. »Jeder, der von einem Mitglied empfohlen wird, kann der Society beitreten, und es ist ein guter Ort, um Männer kennenzulernen. Glaub mir. Jedenfalls hat es sich Duff im Sommer mit dem Chefkoch verdorben, weil er es sich mit der Freundin des Chefkochs so gar nicht verdorben hatte. Danach scheint es viel böses Blut zwischen Duff und den Jungs in der Küche gegeben zu haben.«

»Ist er deswegen gegangen?«

»Nein, im Herbst hat es noch irgendein Problem gegeben, über das keiner, mit dem ich geredet habe, so richtig was zu wissen schien, aber bei einer Party zur Burns Night Ende Januar ist die Situation dann eskaliert. Joe, der Barmanager, hätte normalerweise diese Veranstaltung betreut, aber er war krank und hat Duff die Leitung übertragen. Es war eine große Gesellschaft. Die meisten Gäste waren von außerhalb gekommen. Sie waren ziemlich betrunken, und schließlich ist die Veranstaltung schnell aus dem Ruder gelaufen, und ein Typ hat jemanden geschlagen. Duff endete mitten im Handgemenge. Man bezeichnete das später nur noch als die Burns-Night-Prügelei. Joe war total wütend, und Duff verließ die Society in Ungnade.«

»Das erklärt, warum er nach Hause gekommen ist, aber ich kann mir nicht vorstellen, dass ihm jemand wegen einer Schlägerei in der Bar oder auch wegen eines Mädchens bis nach Abbey Glen gefolgt ist.« Verdammt. Ich hatte auf konkrete Anhaltspunkte gehofft.

Patrick winkte eine Kellnerin herbei und bestellte eine Kanne Tee und Kekse. »Ich muss sagen, du siehst besser aus als an dem Tag, als ich weggefahren bin. Wieder mehr wie die alte Abi. Schwierigkeiten bekommen dir gut, was? A propos Schwierigkeiten, wie geht es unserem sauertöpfischen, aber ach so attraktiven Brenner?«

»Gut, aber du bist nicht sein Typ.«

Patrick warf mir einen belustigten Blick zu. »Jammerschade. Aber was ist mit dir? Bist du sein Typ?«

War ich das? Diese Frage hatte ich mir bis jetzt noch nicht gestellt. Vielleicht hatte er mich deswegen neulich abends so unablässig beobachtet? Nicht dran denken, Abi. Das ist im Augenblick das Letzte, was du brauchst.

»Sei nicht albern«, erwiderte ich hastig. »Wir kriegen es gerade mal mit Mühe hin, höflich zueinander zu sein.«

»Warum wirst du dann rot?«

»Werde ich nicht.«

»Doch, das weißt du. Was ist los?«

»Na gut, ich gebe zu, er sieht gut aus, und jedes Mal, wenn er mich mit diesen Hundeaugen anschaut, bin ich in Versuchung, mir die Kleider vom Leib zu reißen, aber ich lass mich auf nichts ein.«

»Na, dann viel Glück im Kampf gegen die Versuchung.« Patrick lachte leise.

»Anderes Thema, bitte. Kannst du noch Recherchen über einen weiteren Bewerber anstellen? Du hattest natürlich recht: Wir haben ein Angebot von Oliver Blaire bekommen.«

»Sag ich doch«, meinte Patrick mit kindlichem Lächeln. »Ich schau mal, was ich rausfinden kann.«

»Danke.«

Patricks Telefon summte. »Tut mir leid«, sagte er und schnitt eine Grimasse, ehe er nach draußen ging, um den Anruf anzunehmen.

Ich nutzte die paar Minuten aus, die ich allein war, spazierte zu der leeren Bartheke und begann die dort ausgestellten Flaschen zu inspizieren. Auf der Theke lag ein Hauptbuch, und ich gab mir redlich Mühe, die Seite verkehrt herum zu lesen. Es sah aus, als hätte jemand dort handschriftlich die Barrechnungen der Mitglieder eingetragen. Ich blätterte ein paar Seiten zurück zu den Monaten Dezember und Januar, machte dann rasch mit dem Handy ein Foto. Das konnte ich später vergrößern und darauf nachsehen, wer in der Bar der Society in Duffs letzten Tagen hier zu Gast war. Oliver Blaire hatte ja seinen Besuch bereits erwähnt. Es würde interessant sein, herauszufinden, mit wem Duff vielleicht sonst noch Zeit hier verbracht hatte. Ich steckte das Telefon wieder in die Tasche, ehe der junge Barmann aus dem Hinterzimmer auftauchte.

»Kann ich Ihnen irgendwas bringen?«

»Nein, danke, ich habe nur die Auswahl bewundert. Ist Duff da?«

»Wer?«

»Duff Morgan. Als ich hier das letzte Mal vorbeigekommen bin, war er der Barmann. Netter junger Mann. Der kannte sich wirklich mit Whisky aus.«

»Jetzt ist er nicht mehr hier, aber ich bin erst seit ein paar Wochen dabei. Ich denke, er könnte der Mann sein, nach dem die sich neulich erkundigt haben.«

»Die?«

»Ziemlich offiziell aussehende Typen, mit Polizeimarke und so«, sagte er mit leiser Stimme. »Die waren hier, um sich mit dem Barmanager zu unterhalten.«

Ich tat überrascht. »Haben Sie eine Ahnung, worum es da ging?«

»Weiß nicht. Die haben mich in den Keller geschickt, um Inventar aufzunehmen. Also habe ich nichts mitgekriegt.«

»Und genau deswegen können wir uns bei dir auch nicht drauf verlassen, dass du uns mit guten Klatschgeschichten versorgst«, sagte eine Stimme hinter mir. »Du musst noch lernen, wie man es macht, dass man immer hier rumhängt.«

»Ach, hör doch auf, Ellie«, antwortete er mit einem kleinen Lachen. »Dazu brauchst du mich doch nicht! Hier läuft gar nichts, von dem du nicht längst alles weißt.«

Volltreffer. Ich drehte mich um und sah eine mollige junge Frau mit chemisch rotem Haar, die unser Teetablett trug. »Geben Sie nichts drauf, was ich so sage«, meinte sie grinsend. »Ich zieh den Jungen nur ein bisschen auf. Wo soll ich das abstellen?«

»Da drüben, danke.« Ich führte sie zu unserem Tisch in der Ecke und schob Patricks Computer zur Seite. »Schade, dass Duff hier weg ist«, sagte ich.

»Der ist nicht nur hier weg, sondern ganz«, sagte Ellie mit einem Funkeln in den Augen. »Das war ein Schock.«

»Was ist denn passiert?«, fragte ich.

Ellie schaute sich in der menschenleeren Bar um, ehe sie antwortete: »Der ist doch tatsächlich abgetreten ... und Sie erraten nie, wie ...« Sie wartete, bis ich diese Neuigkeit verarbeitet hatte.

»Wie?«, drängte ich sie.

»In einem Fass Whisky ertrunken. Können Sie sich so was vorstellen?«

»Das ist ja furchtbar.«

»Ja.« Ellie schüttelte sich. »Denken Sie nur, die müssen all den Whisky wegwerfen ...«

»Ja ...« Ich versuchte nicht ungeduldig zu wirken. »Was für ein schrecklicher Unfall.«

Ellie senkte die Stimme. »Das war kein Unfall, habe ich gehört. Eher Mord.«

»Mord?«

»Sieht ganz so aus. Gestern waren ein paar hochwichtige Detektive hier und haben jede Menge Fragen gestellt, ob vielleicht jemand einen Groll auf ihn hatte und so.«

»Und gab's da jemand?«

»Nicht dass ich wüsste. Alle mochten Duff. War 'ne echte Stimmungskanone, der Junge. Obwohl, wenn ich's recht bedenke, war das Management vor 'ner Weile mal total sauer, wegen irgendeinem Unfug, in den er verwickelt war.«

»Haben Sie eine Ahnung, was er angestellt hatte?«

»Der war immer hinter irgendwelchen Deals her, die ihm viel Geld einbringen sollten. Und dann waren da plötzlich jede Menge Gerüchte im Umlauf.«

»Was für Gerüchte?«

»Über alle möglichen Deals, in die Duff verwickelt war. Gerüchte über Drogen«, flüsterte Ellie. »Beweise hat es keine gegeben, aber ein paar Jungs aus der Küche haben geschworen, sie hätten gesehen, wie er ein kleines Päckchen gegen Bares getauscht hat, und die haben das dann gleich an die große Glocke gehängt und Joe, dem Barmanager, gepetzt.«

»Sind Sie sicher, dass die keine Beweise hatten?«

»Nichts, was ich je gesehen hätte.«

»Und was hat Duff dazu gesagt?«

»Er hat immer wieder beteuert, er hätte nichts Schlimmes getan.«

»Haben Sie ihm geglaubt?«

»Steht mir nicht zu, das zu glauben oder nicht, aber kein Rauch ohne Feuer, oder? Wer weiß«, sagte Ellie mit einem Achselzucken. »Claire hat immer geschworen, dass er ein anständiger Junge ist.«

»Claire?«

»Die hat hier in der Hauswirtschaft gearbeitet. Die waren mal 'ne Weile ganz eng.«

»Das arme Mädchen, das muss ihr ja das Herz gebrochen haben.«

»Da waren viele Frauen traurig, als Duff gegangen ist, wenn Sie wissen, was ich meine.«

»Aber Claire war was Besonderes?«, fragte ich und versuchte, Ellies anzügliches Grinsen zu übersehen.

»Denke schon.« Ellie kniff die Augen zusammen.

»Meinen Sie, sie weiß was über die Beerdigung?«, fragte ich. »Ich würde gern Blumen schicken oder eine Spende oder so.«

»Vielleicht wissen die am Empfang was, aber sagen Sie denen nicht, dass Sie das von mir gehört haben.« Ellie nahm ihr Tablett wieder auf.

»Natürlich nicht«, versprach ich ihr. »Aber möglicherweise wäre es etwas weniger auffällig, wenn ich eine von seinen Freundinnen fragen würde … zum Beispiel Claire.«

»Die arbeitet nicht mehr hier.« Ellie warf mir einen schrägen Blick zu. »Sie sind nicht von der Polizei oder so?«

»Nichts dergleichen. Duff und ich … nun, wir haben uns das letzte Mal, als ich hier war, sehr nett unterhalten. Er war wirklich reizend.«

»Noch eine, was?« Ellie wirkte erleichtert.

Als sie sich zum Gehen wandte, legte ich ihr die Hand auf den Arm. »Sind Sie sicher, dass Sie mir nicht sagen können, wo Claire jetzt arbeitet?«

»Vielleicht hab ich mal gehört, wo sie hingegangen ist, aber mein Gedächtnis ist echt nicht so gut.«

Ich wühlte in der Tasche und zog einen 20-Pfund-Schein heraus. »Denken Sie gründlich nach«, sagte ich mit Nachdruck, als ich ihr die Banknote hinhielt. »Ich wüsste es wirklich gern.«

Sie zögerte einen Sekundenbruchteil, steckte dann das Geld ein. »Ich muss wieder an die Arbeit. Aber Sie könnten mal zu Starbucks in der Castle Lane gehen. Ich habe mir sagen lassen, dass die da tolle Mitarbeiter haben.«

»Tut mir leid, dass es so lange gedauert hat«, ließ sich Patrick vernehmen; er sah belustigt hinter Ellie her, die sich rasch aus dem Staub machte. »Was war das denn?«

»Ich habe einen Hinweis auf Duffs ehemalige Freundin hier in der Stadt bekommen.«

Patrick schaute überrascht. »In den zehn Minuten, die ich weg war?«

Ich musste unwillkürlich grinsen. »Du machst deinen Voodoo mit einer Computertastatur, ich mit Leuten.«

Patrick war ungewöhnlich ernst gestimmt, als wir uns verabschiedeten. Ich merkte, dass ihn Sorgen umtrieben, weil er wieder nach London zurückfuhr und mich hier allein ließ. Seine Besorgnis trug nicht gerade zur Stärkung meines Selbstbewusstseins bei, aber ich verließ ihn mit vorgetäuschter Courage und marschierte los in Richtung Starbucks in der Castle Lane. Ich bestellte an der Theke einen Cappuccino und musterte die Tafel an der Wand, auf der die Baristas mit Fotos vorgestellt wurden: Ian, Juan, Dorothy, Trevor und Claire.

Claire war eine junge Frau mit elfenhaften Zügen und einem Wust weißblonder Haare mit einem fünf Zentimeter breiten violetten Streifen auf der linken Seite. Leider hatte sie gerade keinen Dienst. Ich hinterließ beim Manager eine Notiz für sie, in der ich ihr die Einzelheiten zu dem Trauergottesdienst für Duff mitteilte, der für Montag angesetzt war. Hoffentlich könnte sie das nach Balfour locken. Wenn sie kam, würde sie recht leicht zu erkennen sein.

KAPITEL 16

Irgendwie fiel es mir leichter, mich mit Grant zu unterhalten, wenn seine Hände am Steuer und seine Augen auf die Straße gerichtet waren, als wenn wir uns gegenübersaßen.

»Sie sind nicht in Versuchung, mit Patrick nach London zurückzufahren?«, fragte Grant.

»Ich habe noch Sachen für den Nachlass zu regeln.«

»Das meiste könnten Sie doch auch von London aus machen, nicht? Sie wissen, dass Cam und ich uns gut um Abbey Glen kümmern.«

»Versuchen Sie, mich loszuwerden?«

»Natürlich nicht.«

»Ich habe Urlaub bis Ende nächster Woche. Das heißt, ich habe mindestens noch fünf weitere Tage hier, um die Recherchen für das Buch abzuschließen und Fotos zu machen. Michaelson und Rothes haben mich gebeten, in der Nähe zu bleiben. Sie waren in Edinburgh und sind Patrick noch mal auf die Nerven gegangen, und sie haben sich beim Personal der Whisky Society nach Duff erkundigt.«

»Das überrascht mich nicht. Und was ist mit Ihnen? Hatten Sie Glück mit Ihren Erkundungen?«

»Wie bitte?«

Grant warf mir einen belustigten Blick aus dem Augenwinkel zu. »Sie sind Journalistin, Abi. Sie sind neugierig, und nach allem, was mir Ben im Laufe der Jahre erzählt hat, kann ich mir nicht vorstellen, dass Sie der Polizei den ganzen Spaß überlassen wollen.«

»Spaß ist das nicht«, sagte ich und verschränkte wütend die Arme. Der Gedanke, dass Ben mit Grant über mich geredet hatte, ärgerte mich maßlos.

»Aber haben Sie was rausgefunden?«, fragte er beharrlich weiter und ignorierte meine Reaktion.

»Wenn Sie meinen, ob ich rausgefunden habe, wie es kam, dass Duff mit dem Gesicht nach unten in einem Gärbottich für unseren besten Whiskys lag? Nein, das habe ich nicht rausgefunden.«

Grant zuckte die Achseln. »Sie haben es zumindest versucht. Machen wir uns nichts vor, es war sowieso unwahrscheinlich, dass Sie das rausfinden.«

Herablassender Idiot. Hielt der mich für eine Amateurin? »Ich komme nicht mit leeren Händen nach Hause«, erwiderte ich. »Eines der Mädels aus der Küche war überraschend redselig.«

»Ich will lieber nicht fragen, wie Sie es geschafft haben, sich beim Küchenpersonal einzuschleimen.«

»Sehr komisch.«

Grant schüttelte den Kopf und versuchte, ein mürrisches Gesicht beizubehalten, aber ich konnte ein Lächeln um seine Mundwinkel zucken sehen. »Und? Was haben Sie rausgefunden?«

Ich zögerte, überlegte, ob es klug war, Grant zu erzählen, was ich erfahren hatte. Der Gedanke, dass Duff womöglich was mit Drogen zu tun gehabt hatte, gefiel mir gar nicht. Aber er war ein unreifer Junge gewesen, zum ersten Mal allein in der großen Stadt. Er hatte eventuell einen Fehler gemacht, einen Fehler, der ihn bis zurück nach Balfour verfolgt hatte. Obwohl Grant vielleicht nicht ganz über jeden Vorwurf erhaben war, wenn es um den Versuch ging, mich aus Abbey Glen zu verjagen, so sagte mir doch mein Instinkt, dass er mit dem Mord an Duff nichts zu tun hatte. Wenn ich rausfinden wollte, wer der Mörder war, dann brauchte ich alle Hilfe, die ich kriegen konnte.

»Die Mitglieder der Society mochten Duff wirklich«, erklärte ich ihm als Friedensangebot. »Er hat mit vielen bei Verkostungen und Veranstaltungen zusammengearbeitet, hat allerdings auch mehr als einen Mitarbeiter gegen sich aufgebracht, weil er ihnen die Freundinnen ausspannte.«

»Klingt ganz nach Duff«, gab Grant zu.

»Nach einer Weile waren Gerüchte in der Society im Umlauf, er hätte was mit irgendwelchen dubiosen Deals zu tun. Möglicherweise Drogen. Man spekuliert, dass das wohl einer der Jungs ausgestreut hat, dem er in die Quere gekommen war. Duff hat alle Missetaten geleugnet, aber die Leute vom Management waren nicht ganz überzeugt und haben ihm gesagt, sie würden ihn sehr genau im Auge behalten.«

»Drogenhandel? Also das kann ich mir bei Duff nicht vorstellen«, meinte Grant mit gerunzelter Stirn. »Ist er deswegen rausgeflogen?«

»Nein.« Ich erzählte Grant von der Burns-Night-Schlägerei.

»Jetzt verstehe ich, warum er nicht drüber reden wollte, als er nach Balfour zurückkam. Wir haben alle ein bisschen vermutet, dass es ein Problem mit einer Frau war … oder mit dem Ehemann einer Frau.«

Grant schwieg eine Weile, hielt die Augen fest auf die Straße gerichtet. »Hat jemand, mit dem Sie geredet haben, wirklich gedacht, dass die Drogensache plausibel sein könnte?«, fragte er schließlich.

»Die Leute, mit denen ich gesprochen habe, sagten Nein, aber ich persönlich neige zu der Ansicht der Mitarbeiter in der Society: Kein Rauch ohne Feuer. Er hat irgendwas gemacht, und selbst wenn es nichts mit Drogen zu tun hatte, war es meiner Meinung nach nicht hundert Prozent astrein.«

»Aber war es genug, um ihn bis nach Balfour zu verfolgen und umzubringen?«

»Genau das ist die Frage, nicht?« Ich beobachtete Grant aus dem Augenwinkel.

»Sieht ganz so aus, als wäre die Polizei in der Sache mit der Whisky Society am Ball. Wenn es da eine Verbindung zu Drogen gibt, werden die sie finden. Ich denke, wir verbringen unsere Zeit besser damit, herauszubekommen, wer Sie und die Destillerie bedroht. Das zumindest können wir tun. Und wenn sich herausstellt, dass Duff getötet wurde, weil er jemanden überrascht hat, der sich an der Anlage zu schaffen machte, dann haben wir nicht nur den Saboteur, sondern auch den Mörder.«

Die Allianz zwischen uns, die er da vorschlug, überraschte mich nun doch. Wollte Grant die Aufmerksamkeit von sich ablenken, indem er sich mit mir zusammentat? »Wir?«, hakte ich nach.

»Ja, wir«, erwiderte Grant mit Bestimmtheit. »Sie sind nicht die Einzige, die hier Initiative zeigen kann. So charmant Ihre Gesellschaft auch ist, so hatte ich doch einen Hintergedanken, als ich Sie neulich zum Dinner mit den Brennern eingeladen habe. Wer immer versucht, Sie zu verjagen, muss doch glauben, dass er Aussicht darauf hat, in Zukunft einmal Besitzer von Abbey Glen zu werden. Einer unserer Konkurrenten, der schon ein Angebot abgegeben hat oder das noch tun will. Egal wie, die Beschreibung hätte auf jeden Mann bei diesem Essen gepasst. Ich wollte sehen, was passiert, wenn ich den Fuchs in den Hühnerstall lasse und ein bisschen für Aufruhr sorge.«

»Das hätte riskant werden können.«

»Für den Fuchs oder für die Hühner? Ich bin sicher, Sie waren schon mit Schlimmerem konfrontiert, und ich weiß, dass Sie sich verteidigen können.«

Das erklärte, warum Grant mich an dem Abend nicht aus den Augen gelassen hatte. Ich war mir nicht sicher, ob ich enttäuscht oder beeindruckt war. Er hätte einen guten Reporter abgegeben, und falls er nicht der Täter war, gab er einen guten Verbündeten ab.

»Ist Ihnen jemand verdächtig vorgekommen?«, wagte ich mich vor.

Grant schüttelte den Kopf. »Die sind schließlich alle ein bisschen merkwürdig, also ist das schwer zu sagen. Es ist keiner dabei, der es nicht außerordentlich spannend finden würde, Abbey Glen in die Finger zu kriegen, wenn er könnte. Maitland sowieso, als Strohmann für Decons. Campbell schien auch ungewöhnlich motiviert. Er hat sich gleich an Sie drangehängt, und Nakimoto hat Sie den ganzen Abend beobachtet.«

Grant hielt an einer Ampel an und wandte sich mir zu. »Schauen Sie, ich verstehe, dass der Gedanke an den unbekannten Übeltäter aus der Großstadt seinen Reiz hat, aber wie hoch ist die Wahrscheinlichkeit, dass diese Person Duff in derselben Nacht umbringt, in der ein Saboteur sich an dem Bottich zu schaffen macht? Dass dieser Mann zudem noch genug vom Whiskymachen versteht, um zu versuchen, Duff die Sache anzuhängen? Das scheint mir ein bisschen viel Zufall zu sein.«

»Da haben Sie recht.« Ich seufzte. Mit einem Federstrich hatte Grant uns wieder zu der Vermutung zurückgebracht, dass ein Mörder in unserer Mitte war. Warum sollte er das tun, wenn er in dem Verbrechen mit drinhing? Was konnte es schaden, zumindest zum Schein Grants Hilfsangebot anzunehmen? Ich schaute ihm in die Augen, suchte vergeblich nach einem Wort, nach irgendeiner sinnvollen Erkenntnis, aber ich sah nur meine eigene Unsicherheit gespiegelt.

Als die Ampel umsprang, wandte Grant den Blick wieder

auf die Straße, und ich starrte aus dem Fenster und sah, wie die Vororte langsam verschwanden und von Weiden, Feldern und Hecken abgelöst wurden. Wir waren also zurück bei Duff, der sich mit unserem Saboteur angelegt hatte. Zumindest hatte mir mein Besuch in der Whisky Society weitere Erkenntnisse zu Duff gebracht. Er war nicht so naiv, wie ich zunächst gedacht hatte. »Duff war ein schlauer Junge«, dachte ich laut vor mich hin. »Was ist, wenn er herausgefunden hatte, wer an allem schuld war, was in Abbey Glen passierte? Vielleicht hatte er beschlossen, mit der Sache ein bisschen Geld zu verdienen?«

»Erpressung?«

»Könnte doch sein, dass er nicht in der Brennerei war, um den Saboteur aufzuhalten, sondern vielmehr hoffte, ihm entgegenzutreten und sich für sein Schweigen bezahlen zu lassen.«

Grant nickte. »Das sollten wir auf jeden Fall mal untersuchen.«

Während der Heimfahrt waren wir vom *Ich* zum *Wir* übergegangen. Ich war mir nicht sicher, ob das klug war, aber als mich Grant am Haus Haven absetzte, musste ich unwillkürlich an die alte Redewendung denken: Halte deine Freunde nahe bei dir, doch deine Feinde noch näher. Ich hoffte nur, dass ich ihnen nicht zu nahekam.

Liam drehte durch, als ich das Haus betrat. Diesmal hatte er die Zeitung zerfetzt und die Post zerkaut, die man durch den Briefschlitz in der Haustür eingeworfen hatte. Nicht dass es viel Post gewesen wäre. Das meiste war Werbung. Aber ein Umschlag, der schlicht an »The Haven« adressiert war, fiel mir ins Auge, und ich öffnete ihn vorsichtig.

Erkundigen Sie sich, was mit Rachel passiert ist.

Ich schaute auf den Umschlag. Jemand hatte ihn offensichtlich vorbeigebracht. Kein Poststempel. Diesmal war die Nachricht mit der Maschine geschrieben. War das nun eine hilfreiche Warnung oder eine verhüllte Drohung?

Ich pfiff nach Liam und machte mich zu Fuß auf den Weg ins Städtchen. Ich band den Hund am vorderen Tor der Polizeiwache an und ging Rothes suchen. Er saß in seinem Büro und wirkte ziemlich gestresst – Michaelson schien seinen Schreibtisch mit Beschlag belegt zu haben.

»Ich hatte vor, heute später noch mal zu Ihnen zu kommen und mit Ihnen zu reden«, sagte Michaelson.

»Dann habe ich Ihnen ja einen Weg erspart«, erwiderte ich. »Aber zunächst mal: Das hier hat jemand durch meinen Briefschlitz geschoben, während ich weg war.« Ich reichte Rothes den Zettel; der las ihn und steckte ihn in eine Beweismitteltüte aus Plastik, ehe er ihn Michaelson reichte.

»Da stellt sich die Frage: Wer ist Rachel?«, meinte Michaelson.

Rothes legte die Stirn in Falten. »Die einzige Rachel, von der ich weiß, war Grant MacEwens Verlobte. Sie ist vor ein paar Jahren gestorben.«

Ich versuchte, so zu gucken, als wäre mir das nicht völlig neu. »Wie ist sie gestorben?«, fragte ich.

»Sie ist die Treppe runtergefallen.«

Michaelson zog eine Augenbraue in die Höhe. »Unfall?«

»Wir hatten damals keinen Grund, irgendwas anderes zu vermuten«, erwiderte Rothes. »Damals war der alte Doc Ramsey noch im Amt. Der hat erklärt, dass es ein Unfall war.«

»Sie haben gesagt, dass das durch den Briefschlitz gekommen ist«, merkte Michaelson an. »Bedeutet das, dass Sie die Schlösser ausgewechselt haben?«

»Gleich nach der Sache mit den Disteln.«

»Und es gibt keinerlei Anzeichen für einen Einbruch?«

»Mir ist nichts aufgefallen. Hunter und ich haben uns alle Mühe gegeben, immer abzuschließen, wenn wir nicht da waren.«

»Hunter hat noch einen Schlüssel?«, fragte Rothes.

Ich nickte.

»Und wo war er heute?«

»Bei Abbey Glen, um bei den Aufräumungsarbeiten nach dem Brand zu helfen.«

Michaelson musterte mich von der anderen Seite des Raumes. »Hat Ihr Onkel irgendwo im Haus einen zweiten Satz Schlüssel für die Destillerie aufbewahrt?«

»Ich könnte es mir vorstellen. Warum?«

»Ich möchte wissen, wo die Schlüssel für die Destillerie herkamen, die wir in Duffs Tasche gefunden haben.«

»Sie meinen, das waren Bens Schlüssel? Ich bin gerade dabei, seine Sachen durchzuschauen«, sagte ich. »Ich gebe Ihnen Bescheid, wenn ich sie finde.« Könnte es sein, dass sich Duff Bens Schlüssel ausgeliehen hatte, oder hatte der Mörder sie der Leiche in die Tasche gesteckt, als er sie in den Bottich warf?

Michaelson schaute in eine Akte auf dem Schreibtisch. »Richard Thomas hat uns eine Liste der Personen und Unternehmen gegeben, die ein Interesse an Abbey Glen angemeldet haben. Decons, AXB, ein japanischer Konzern namens Makison, Graeme Campbell, Oliver Blaire und Ken Nakimoto«, las er vor. »Gibt es da sonst noch jemanden?«

»Nein.«

»Nicht Grant MacEwen?«

»Nein.«

»Kommt Ihnen das nicht seltsam vor?«

»Grant meint, er sei mit seiner aktuellen Arbeitsplatzbeschreibung zufrieden.«

Michaelson schaute zweifelnd. »Aber ist er mit den Bestimmungen im Testament Ihres Onkels zufrieden?«

»Er hat nichts Gegenteiliges gesagt.« Na toll. Ich hatte mich gerade selbst davon überzeugt, dass es in Ordnung wäre, mit Grant zusammenzuarbeiten, und nun gaben Michaelsons Fragen den Zweifeln neue Nahrung, die ich vom allerersten Tag an zu verdrängen versuchte.

»Sagen Sie mir, wenn er ein Angebot macht.«

»Inzwischen untersuchen wir das hier auf Fingerabdrücke«, sagte Rothes und hielt die Tüte mit dem Zettel hoch. »Obwohl ich nicht viel davon erwarte; die anderen Gegenstände waren alle sauber.«

»Auch der Whisky?«

»Keine Spur von Chemikalien oder Gift.«

»Haben Sie irgendwas über den Brand in der Mälzscheune gehört?«

»Brandstiftung. Benzingetränkte Lappen, die jemand angezündet hat. Ich schicke Ihnen eine Kopie des Berichts für Ihre Versicherung.«

»Haben die bei der Untersuchung der Brandursache was über den fehlenden Stift aus dem Scharnier rausgefunden?«

»Nichts Eindeutiges. Es waren überall Spuren von Metall, aber das meiste war in der Hitze geschmolzen. Man konnte nicht erkennen, ob die Teile zur Mälzscheune gehörten oder nicht.«

»Das ist also eine Sackgasse. Was ist mit der Waffe, mit der man Duff umgebracht hat?«

»Es werden gerade Blutspuren getestet, die im Still House gefunden wurden«, verriet Rothes.

»Auf einer Waffe?«

Michaelson warf Rothes und dann mir einen grimmigen Blick zu. »Es handelt sich hier um eine laufende Ermittlung,

Ms Logan. Sie müssten doch wissen, dass Sie solche Fragen nicht stellen sollten.«

»Darf ich zumindest erfahren, ob Sie Patrick und mich immer noch verdächtigen?«

»Niemand ist immun gegen Vermutungen, Ms Logan.« Michaelson kam um den Schreibtisch herum. »Aber wenn das hier ein Pferderennen wäre, würde ich mein Geld nicht auf Sie setzen«, fügte er hinzu und geleitete mich zur Tür.

Als ich wieder im Haus Haven war, suchte ich die Handynummer heraus, die Kristen Ramsey mir bei ihrem letzten Besuch dagelassen hatte, und machte es mir auf meinem Lieblingsplatz vor dem Kamin bequem.

»Kristen? Abi hier.«

»Hallo. Alles in Ordnung?«

»Ja, keine neue Krise. Aber eine Frage habe ich: Was können Sie mir über Grants frühere Verlobte Rachel erzählen?«

»Sie haben wohl im Pub dies und das aufgeschnappt, was?«

»So ähnlich.«

»Es war ein tragischer Tod, aber es redet hier schon lange niemand mehr drüber. Zumindest nicht, bis Keith Maitland angefangen hat, die Sache wieder aufzurühren«, sagte sie angewidert.

»Wie meinen Sie das?«

»Sie haben Maitland ja kennengelernt. Er ist ein übler Typ. Ich bin mir zu schade, den Dreck, den er verschleudert, auch noch zu wiederholen.«

»Ich könnte Maitland fragen. Der erzählt mir sicher gern davon«, konterte ich. »Aber ich würde es lieber von Ihnen hören.«

»Na gut.« Kristen seufzte. »Sagen wir einfach, die Todesumstände von Grants Verlobter waren nicht so eindeutig, wie man es sich gewünscht hätte.«

»Was ist passiert?«

»Es ist beinahe zwölf Jahre her. Grant war damals höchstens siebenundzwanzig. Er hat zu dem Zeitpunkt schon drei Jahre für Ben gearbeitet, und sie hatten wirklich ungeheuer viel zu tun, um Abbey Glen wieder Leben einzuhauchen. In der Nacht, in der Rachel gestorben ist, haben Grant und Rachel in The Larches zu Abend gegessen. Laut der Köchin hatten sie sich zuvor heftig gestritten. Und dann wurde mein Dad gerufen. Rachel war von oben die lange Treppe runtergefallen und ist mit dem Kopf aufgeschlagen. Es war im Nu vorbei.«

»War Ihr Vater der Meinung, dass es bei diesem Unfall verdächtige Umstände gab?«

»Er hat nie was dergleichen gesagt. Die Verletzungen waren ziemlich eindeutig, und Grant war völlig am Boden zerstört.«

»Aber die Leute haben trotzdem alle möglichen Spekulationen angestellt?«

»Balfour ist ein kleines Städtchen. Und man würde es nicht glauben, wenn man ihn sich heute anschaut, aber in seinen jüngeren Jahren war Grant sehr leidenschaftlich.«

Schon wieder das Wort »leidenschaftlich«. »Worüber haben sie sich gestritten?«

»Keine Ahnung, meistens über die Destillerie. Rachel war nicht gerade ein Fan der Brennerei. Ich glaube, sie war eifersüchtig, weil Abbey Glen so viel von Grants Zeit und Aufmerksamkeit in Anspruch nahm.«

»Und was tratscht Maitland so rum?«, fragte ich und ging in die Küche, um mir einen Whisky einzuschenken.

»Er hat angedeutet, dass nicht zum ersten Mal jemand

Grants Plänen für Abbey Glen im Weg gestanden hätte und dafür den Preis zahlen musste.«

Ich blieb wie angewurzelt stehen. »Weiß Grant davon?«

»Ich vermute, ja. Aber um ihn danach zu fragen, muss man um einiges mutiger sein, als ich es bin.«

»Haben Sie eine Ahnung, warum Maitland diese Sache jetzt wieder aufrührt?«

»Wenn ich raten müsste, würde ich sagen, dass Grant für Maitlands Geschmack zu viel Einfluss auf Sie und auf Ihre Entscheidung über Bleiben oder Gehen hat. Er könnte versuchen, Grant in Ihren Augen zu diskreditieren. Für Maitland sind alle Frauen leichte Beute, und Sie sind gerade besonders verletzlich. Andererseits könnte er auch einfach nur die Situation mit Duff ausnutzen; er will Sie vielleicht dazu bringen, für einen besonders günstigen Preis an Decons zu verkaufen. Egal wie, ich würde ihm nicht trauen.«

»Nein, dem traue ich nicht über den Weg.«

Die Aktivitäten des Samstags hatten mich völlig erschöpft. Ich nahm erneut eine von Kristens kleinen Zauberpillen und schlief beinahe bis Sonntagmittag. Als ich endlich wieder zu mir kam, brachen Liam und ich zu einem langen Spaziergang durch das Tal auf. Liam stöberte nach Kaninchen, und ich dachte darüber nach, aus welchem Blickwinkel man die Informationen, die ich bisher zusammengetragen hatte, noch betrachten konnte. Es versteht sich von selbst, dass Liam wesentlich erfolgreicher war als ich.

Ich ging im dämmerigen Licht des Nachmittags zum Haus Haven zurück und war enttäuscht. Ohne konkrete Beweise würde es beinahe unmöglich sein, einen Saboteur oder Drohbriefschreiber mit den Ereignissen in Abbey Glen in Verbindung zu bringen, doch Beweise bekamen wir nur von den Jungs aus Stirling. Ich gab es zwar nur höchst ungern zu, aber Grant hatte recht – meine Theorie vom fremden Mörder hielt einer genaueren Untersuchung nicht stand. Zu viel hing vom Zufall ab. Im Augenblick schien mir alles aus der Hand genommen zu sein. Ich konnte nur hoffen, dass Duffs Freundin Claire Jones morgen zum Trauergottesdienst erscheinen würde. Irgendwie war ich sicher, dass sie das Puzzleteilchen hatte, das uns noch fehlte.

KAPITEL 17

Der trübe, feuchte Montagmorgen passte gut zu der Stimmung der Menschenmenge, die sich zu Duffs Trauergottesdienst in die St.-Jude's-Kirche aufmachte. Die Polizei konnte den Leichnam erst zur Beerdigung freigeben, wenn die Ermittlungen abgeschlossen waren, aber die Stadt trauerte, und der Pfarrer hatte Siobhán davon überzeugt, einen Gottesdienst abzuhalten, in dem Duffs viel zu kurzes Leben gewürdigt werden sollte.

Wieder einmal gab es in der Kirche nur noch Stehplätze, allerdings waren diesmal viel mehr junge Leute gekommen. Ich sah Grant ziemlich weit vorn bei Siobhán, während sich Hunter und Cam in einer Bank beim Seiteneingang niedergelassen hatten. Oliver Blaire gesellte sich dazu und unterhielt sich freundlich mit ihnen. Floss Robinson winkte mir von der anderen Seite des Mittelgangs zu, und Fergie kam an Kristens Arm herein.

Der Pfarrer tröstete seine Schäfchen, so gut er konnte, und als die letzten klagenden Töne des Dudelsacks verklungen waren, ging ich mit der restlichen Gemeinde langsam aus der Kirche. Ich blieb kurz stehen, um mit Kristen und Fergie zu plaudern. Am anderen Ende des Kirchenschiffs sah ich einen weißblonden Haarschopf, der unter einem großen Hut hervorlugte. Wenn Claire unauffällig wirken wollte, dann hatte sie sich mit dem violetten Hut, obwohl er einen Schleier hatte, schwer vertan. Ich entschuldigte mich und folgte dem Hut in diskretem Abstand, wie er sich durch die Menge bewegte und hinten in der Kirche auf und ab tanzte. Die meisten Leute gingen geradewegs zum Empfang im Gemeindezentrum weiter. Schon bald waren die verschleierte Frau und ich allein auf der Straße hinter dem Pfarrhaus.

»Claire?«, rief ich, während ich versuchte, sie einzuholen.

Sie erschrak und drehte sich um. Ihre Augen waren zusammengekniffen. »Wer sind Sie?«

»Eine Freundin von Duff, die Frau, die Ihnen bei Ihrer Arbeitsstelle den Brief dagelassen hat. Ich wollte Ihnen Hallo sagen.«

Claire blickte sich nervös um. »Ich bin nur gekommen, um ihm die letzte Ehre zu erweisen. Ich will keinen Ärger.«

»Natürlich nicht«, sagte ich beschwichtigend. »Aber ich würde gern einen Moment mit Ihnen reden.«

»Sie und alle anderen auch.« Sie seufzte.

»Wie bitte?« Ich ging neben ihr her, während sie auf ihren lächerlich hohen Absätzen voranstöckelte.

»Die Polizei war schon zweimal da. Ich wünschte, die würden sich einfach verpissen. Ich flieg noch raus, wenn die wieder bei meiner Arbeit aufkreuzen.« Claire standen die Tränen in den Augen.

»Die versuchen rauszukriegen, wer Duff umgebracht hat. Das wird Ihr Chef doch sicher verstehen.«

»Ja«, flüsterte sie, und nun rannen ihr Tränen über die Wangen. »Es ist alles so furchtbar.«

»Grässlich«, stimmte ich ihr zu. »Wir versuchen alle noch, zu verstehen, was genau eigentlich passiert ist.« Ich wartete, während Claire ein Papiertuch aus ihrer Handtasche kramte und sich die Nase abwischte. »Das ist bestimmt auch für Sie schwierig. Mit der Polizei und so. Warum kommen die denn immer wieder?«

Claire schniefte und ging langsamer weiter, weil ihre Absätze nun beinahe im Schlamm versanken. »Die suchen jemanden, der auf Duff sauer war.«

»Gab's da jemand?«

»Ich habe den Bullen schon gesagt, dass ich nichts weiß«, murmelte Claire und hielt die Augen fest auf den unebenen Boden gerichtet.

»Wann haben Sie Duff zum letzten Mal gesehen?«

»Das ist ein paar Wochen her; er ist in den letzten zwei Monaten immer mal vorbeigekommen. Er hatte vor, wieder in die Stadt zu ziehen, wissen Sie.«

»Ach wirklich? Davon hatte ich noch nichts gehört.«

»Das letzte Mal, als er in Edinburgh war, hat er mir erzählt, dass er sich mit einem Typen wegen irgendeinem tollen Job unterhalten hat. Er hat ja immer Möglichkeiten gesucht, sich was dazuzuverdienen, damit er seiner Mutter mit ihrem Pub unter die Arme greifen konnte. Heutzutage kann man mit einer Kneipe auf dem Land kein Geld mehr verdienen, meinte er.«

Ich nickte verständnisvoll. »Haben Sie eine Ahnung, mit wem er sich da getroffen hat?«

»Er hat nix gesagt.«

»War es vielleicht jemand, den er von der Whisky Society kannte?«

»Ich hab doch gesagt, ich weiß es nicht.« Claire runzelte die Stirn. »Sie reden geradeso wie die Polizei.«

»Ich bin aber nicht von der Polizei, Ehrenwort.« Ich zögerte, entschied mich dann aber für die geradlinige Methode. »Ich heiße Abi, und ich habe ungefähr eine Woche, bevor Duff gestorben ist, von meinem Onkel Abbey Glen geerbt. Ich schätze, da kann man sagen, dass Duff für mich gearbeitet hat. Ich versuche rauszukriegen, warum er umgebracht wurde und warum man die Leiche ausgerechnet in meine Destillerie geschafft hat.«

Claire blieb an einem ramponierten silbernen Ford Fiesta stehen. Sie ließ sich gegen die Tür sinken, und die Tränen liefen ihr in schwarzen Strömen über die Wangen. »Sie sind also Bens Nichte.« Sie schien erleichtert. »Duff hat andauernd von Ben geredet.«

»Ben mochte Duff sehr gern. Deswegen will ich ja rauskriegen, warum er umgebracht wurde. Sie müssen doch irgendwas darüber wissen?«

»Nein, ich weiß rein gar nichts«, flüsterte Claire und wirkte ehrlich verzweifelt. »Er hat immer vom nächsten großen Geschäft gequatscht. Von dem, das ihn mit einem Schlag reich machen würde ...«

»Meinen Sie, die Person, mit der er das Geschäft gemacht hat, könnte ihn umgebracht haben?«

»Könnte sein ... ich weiß nicht.«

»Hat Duff je den Namen Keith Maitland erwähnt?«

»Nein.«

»Sind Sie sicher? Das ist ein Brenner. Er kennt ihn von der Whisky Society.«

»Nie gehört«, beharrte Claire.

»Oder hat Duff je von irgendeinem der anderen Brenner geredet? Hat er einen öfter als die anderen erwähnt?«

»Wir haben nicht über die Arbeit gesprochen, wenn wir zusammen waren.«

Claire war unruhig, drehte das feuchte Papiertaschentuch in den Händen. Ich merkte, dass sie mir etwas verheimlichte. Sie sah aus wie ein Kind, das was ausgefressen hat. Die Wörter *naiv, einsam* und *ausgebeutet* kamen mir in den Sinn.

»Aber Sie wissen etwas, das Sie nicht sagen wollen«, drängte ich sie. »Ich spüre das, und die Polizei bestimmt auch. Deswegen kommen die immer wieder. Warum sagen Sie es denen nicht einfach? Dann können alle besser damit klarkommen, was passiert ist.«

Claire schaute finster drein und stopfte die lila Haarsträhne wieder unter ihren Hut. »Das bringt ihn auch nicht wieder, oder?«

»Es bringt ihn vielleicht nicht zurück, aber seine Mutter findet keinen Frieden, solange sie nicht weiß, warum er umgebracht wurde. Um ihretwillen sollten Sie der Polizei sagen, was Sie wissen.«

»Kann ich nicht«, sagte Claire und wischte sich mit dem Handrücken über das Gesicht. »Ich will nicht, dass ihm was zustößt.«

»Jetzt kann Duff nichts mehr zustoßen.«

»Doch nicht Duff«, flüsterte Claire. »Meinem Bruder.«

»Ihr Bruder hatte mit Duff zu tun?«

»Der hat nichts Verbotenes gemacht«, erwiderte Claire.

»Warum sagen Sie es dann der Polizei nicht?«

»Die sehen das vielleicht anders. Er ist kein übler Kerl, er ist …« Claire verstummte.

»Wenn er nichts Verbotenes gemacht hat, kriegt er auch keine Probleme«, ermutigte ich sie und versuchte, die frustrierte Schärfe aus meiner Stimme zu verbannen.

»So läuft das nie.«

»Wenn Sie der Polizei nicht sagen wollen, was Sie wissen, sagen Sie's dann mir?«

Claire starrte weiter auf den Boden. »Wieso sollte ich Ihnen vertrauen?«

»Klingt ganz so, als wollten Sie sich jemandem anvertrauen, und ich könnte Ihre Hilfe gebrauchen. Ich bin neu hier in der Gegend, und ich weiß nichts über das Whiskybrennen. Aber ich weiß, wie guter Journalismus funktioniert. Ich finde Sachen raus, die andere Leute nicht rauskriegen können. Und das kann ich nur tun, wenn ich meine Quellen schütze. Die Leute reden mit mir, weil sie wissen, dass ich sie nicht im Stich lasse. Ich werde Sie nicht verraten, Claire. Das verspreche ich Ihnen.«

»Wenn ich es Ihnen sage, dann geben Sie's an die Polizei weiter. Das läuft immer auf dasselbe raus.« Claire wirkte niedergeschlagen.

»Schauen Sie«, sagte ich, »wenn es hier um Duff geht und um etwas, das in Edinburgh passiert ist, dann ist es möglicherweise mit seinem Tod zu Ende. Wenn nicht, wenn es um die Destillerie und Duffs Leben hier geht, dann ist es noch nicht vorbei. Dann sind vielleicht noch andere Leute in Gefahr. Vielleicht sogar ich. Duff würde nicht wollen, dass jemand anderem was zustößt. Das wollen Sie bestimmt auch nicht.«

»Ich hab Angst«, flüsterte Claire.

Ich legte ihr die Hand auf den Arm. »Ich auch. Aber ich sehe, wie viel Ihnen an Duff lag. Wollen Sie seinen Mörder nicht finden? Wenn die Informationen, die Sie haben, für die Ermittlungen wichtig sind, dann bin ich sicher, dass die Polizei zu einem Handel mit Ihnen bereit wäre. Wenn nicht, dann braucht sie es nie zu erfahren. Denken Sie drüber nach. Könnten Sie damit leben, dass Duffs Mörder ungestraft davonkommt?«

Claire vergrub ihr Gesicht in den Händen und stand ein paar Minuten schweigend da. Als sie zu mir aufblickte, sagte sie: »Es kommt mir alles so blöd vor, aber Duff war es wichtig. Das konnte ich sehen. Wenn ich Ihnen erzähle, was ich weiß, müssen Sie mir versprechen, dass Sie die Klappe halten. Wenn es nichts mit Duffs Tod zu tun hat, dann müssen Sie vergessen, dass ich es Ihnen je gesagt habe.«

Ich zögerte einen Augenblick. »Wenn es die Polizei nicht unbedingt wissen muss, von mir erfährt sie es nicht.«

Claire lehnte sich wieder an das Auto, starrte auf das zertrampelte Gras unter ihren Füßen und sagte dann mit leiser Stimme: »Es hat alles angefangen, als ich Duff mit meinem Bruder Stewart bekannt gemacht habe. Das war nicht lange nachdem Duff nach Edinburgh gekommen war. Er hat ein günstiges Angebot für einen von diesen großen HD-Fernsehern für den Pub seiner Mutter gesucht.«

Ich nickte.

»Eins müssen Sie verstehen, Stewart ist kein übler Bursche, er ist … kreativ. Immer für ein gutes Geschäft zu haben und so. Seine Freunde nennen ihn Skiver*. Der macht nie selbst was Illegales, aber er schafft ›Gelegenheiten‹, wie er es nennt. Er kann Ihnen alles besorgen, was Sie brauchen, solange Sie nicht zu viele Fragen stellen.«

»Auch Sachen wie Drogen?«

»Nie. Er nicht, und Duff auch nicht«, beteuerte Claire und schüttelte energisch den Kopf. »Das bringt zu viel Leid. Der Scheiß kann einen das Leben kosten.«

Wie wahr, dachte ich. »Also hat er Duff geholfen, einen billigen Fernseher zu kriegen. War's das?«

»Am Anfang ja. Aber dann hat mich Duff im November gebeten, Skiver zu fragen, ob er jemand im Druckereigewerbe kannte.«

»Im Druckereigewerbe? Wieso?«

»Hab ich nicht gefragt.«

»Und Skiver hat ihn mit einem seiner Kontakte zusammengebracht?«

»Ja, er kennt ein paar Leute, die falsche Papiere und so was machen, also hat er da bestellt, was Duff brauchte.«

»Was hat er denn drucken lassen?«

»Irgendwelche Etiketten. Sie wissen schon, so was, was man auf Weinflaschen klebt.«

»Und Skiver hat ihm die Etiketten besorgt, die er wollte?« Allmählich glaubte ich, dass ich gewaltig auf dem Holzweg war.

---

* (engl.) Drückeberger.

»Ja, es waren nicht viele. Ein kleines Päckchen. Duff hat ihn bar auf die Hand bezahlt, und das war's.«

»Ist Stewart zur Whisky Society gekommen? Und hat er Duff da ein kleines Päckchen gegen bar übergeben?«

Claire nickte und schaute auf ihre Hände hinunter.

»Und das hat die Gerüchte über die Drogen erst richtig in Gang gebracht, stimmt's?«

Claire nickte wieder. »Duff hat immer wieder beteuert, dass es nichts mit Drogen zu tun hatte, aber die Jungs bei der Arbeit waren voll neidisch und wollten die Sache nicht auf sich beruhen lassen.«

»Wissen Sie, wozu er diese Etiketten haben wollte?«

»Darüber hat er nie was gesagt, außer dass es so 'ne Art Witz wäre.«

»Haben Sie die Etiketten gesehen?«

»Ich sollte die eigentlich nicht sehen, aber ich war mal abends bei Duff, und da lagen sie auf dem Tisch, also hab ich mal draufgelinst.«

»Wie sahen die aus?«

»Nicht wie normale Etiketten. Vorn war so 'ne Art Gemälde drauf, und die Buchstaben waren braun und sahen wie handgeschrieben aus, nur eben nicht in echt.«

»Könnten Sie das Bild beschreiben?«

»Ich hab die nur 'ne Sekunde gesehen.« Ich merkte, dass Claire ungeduldig wurde. »Duff war total wütend, als er mich erwischt hat, und dann hat er sie weggenommen.«

»Versuchen Sie sich zu erinnern, was Sie gesehen haben.«

»Ich glaube, da war so 'ne Art Gebäude mit rosa und roten Tupfen daneben. Hellrot.«

Vor meinem geistigen Auge erschienen die Etiketten auf den Flaschen mit Rose Reserve. Das Aquarell von dem Bauernhaus mit den Rosen und dazu die Handschrift.

»Wie viele Etiketten waren das?«

»Weiß nicht, ein paar Dutzend. Zum Zählen hatte ich keine Zeit.«

»Und er hat gesagt, es wäre eine Art Witz?«

»Ja, aber er hat sich nicht so verhalten, als wäre das ein Witz. Das kann doch nicht wichtig sein, oder? Das waren doch nur blöde Etiketten, nicht? Ich habe Ihnen ja gesagt, es ist albern. Deswegen will ich nicht, dass Sie's den Bullen erzählen. Das hat nichts zu bedeuten, aber wenn die Skiver erwischen, machen sie ihm das Leben zur Hölle. Die finden vielleicht sogar wieder 'nen Vorwand, um ihm was anzuhängen. Schlimm genug, dass ich Duff verloren habe, ich kann jetzt nicht auch noch ihn verlieren.«

»Ich verstehe, aber ich bin froh, dass Sie's mir erzählt haben«, sagte ich.

Ein paar laute junge Leute kamen von der Kirche her die Gasse entlang. »Ich muss los«, sagte Claire mit Panik in der Stimme. »Ich will nicht, dass die Polizei mich hier sieht.«

»Wie kann ich mich mit Ihnen in Verbindung setzen?«, fragte ich.

»Ich hab schon zu viel gesagt, lassen Sie mich einfach in Ruhe.«

Den ganzen Nachmittag lang ging mir das Gespräch mit Claire unablässig im Kopf herum. Den Empfang schenkte ich mir, denn Siobhán hätte sich über meine Anwesenheit ohnehin nicht gerade gefreut. Stattdessen unternahm ich mit Liam einen Spaziergang den Drumlinn hinauf, damit ich in Ruhe nachdenken konnte. Ich wusste, dass ich nur noch vier Tage Zeit hatte, um das Puzzle zusammenzusetzen. Das beruhigte mich nicht gerade oder ließ meine Gedanken klarer werden. Was ich eben über Duff erfahren hatte, vermittelte mir das Gefühl, weiter denn je von der Lösung des Rätsels entfernt zu sein. Wozu brauchte Duff gefälschte

Etiketten für einen Rose Reserve, wenn er nicht unter die Whiskyfälscher gehen wollte? Das wäre zwar gewinnbringend gewesen, wie ich vermutete, aber auch riskant. So riskant, dass man umgebracht wurde? Mein Wissen über den Markt für seltene alte Whiskys war noch geringer als das über den normalen Whiskymarkt. Ich rief Patrick an, konnte aber nur eine Nachricht hinterlassen. Wenn ich professionelle Auskunft haben wollte, würde ich also mein Glück bei Grant versuchen müssen.

Liam und ich trafen ihn in der Destillerie, wo er über den wieder in Betrieb genommenen Gärbottich wachte. »Wie geht's?«, fragte ich und schaute in den gründlich überholten Bottich.

»Das ist nur ein Test, um sicher zu sein, dass alles gut funktioniert.«

»Und von da geht es in die Brennblase?«

Grant nickte. »Wir machen jetzt einen Testlauf. Kommen Sie, ich zeige es Ihnen.«

Ich folgte ihm durch das Zwischengeschoss und dann ein halbes Dutzend Treppenstufen hinunter zu der Plattform, wo der Spirit Safe mit seinem Glasfenster untergebracht war. Von den Brennblasen führte ein Kupferrohr durch den Glaskasten, dann hinunter in ein solides Holzfass. Der Whisky war in einem transparenten Abschnitt des Rohrs zu sehen, während er durch den Glaskasten lief.

»Sobald die Flüssigkeit in die Brennblase kommt, ist sie in der letzten Vorstufe, ehe sie Alkohol wird. Sie wird noch zweimal in der Destillierblase kondensiert, und dann fließt das Destillat hier durch«, sagte Grant.

»Wieso ist ein Vorhängeschloss vor dem Spirit Safe?«

»Zum einen, damit die Flüssigkeit nicht kontaminiert wird, aber hauptsächlich, weil sie, sobald sie Alkohol geworden ist, strengen gesetzlichen Bestimmungen unterliegt.

Die Regierung Ihrer Majestät will sichergehen, dass niemand versucht, den neuen Schnaps abzuzapfen, ehe sie ihre Steuer kassiert hat.«

»Wieso aber den Safe? Können Sie nicht die Fässer unter Verschluss halten?«

»Mit dem Spirit Safe überwachen wir den Whisky, wenn er aus der Brennblase kommt. Man benutzt nie den Whisky, der am Anfang und am Ende eines Laufs fließt. Nur das Herzstück wird in den Vorratstank da drüben weitergeleitet, ehe es in der Abfüllstation zur Reifung in Fässer abgefüllt wird.«

»Woran kann man sehen, welcher Teil dieses Laufs der mittlere Teil ist? Eine Flüssigkeit sieht doch wie die andere aus, oder?«

»Indem ich diesen Hebel hier oben umlege, kann ich einen Teil des Whiskys in diesen Becher hier leiten.« Grant deutete auf ein Glasgefäß im Spirit Safe. »Ich kann dann die Farbe und die Temperatur der Probe prüfen. Daran kann ich erkennen, ob ich schon das Herzstück des Laufs erwischt habe. Darin befinden sich die reinsten Essenzen des Destillats, und das ist der einzige Teil, den man reifen lässt.«

Ich schaute zu, wie die helle Flüssigkeit weiter durch die Rohre im Spirit Safe rauschte, und war beeindruckt, dass Grant die wesentlichen Elemente seines Whiskys in diesem Wirbel ausmachen konnte. Wenn es nur genauso einfach wäre, die Wahrheit von den Lügen abzudestillieren.

»Haben Sie einen Augenblick Zeit?«, fragte ich.

»Klar.«

»Ich möchte Ihnen gern was erzählen.«

»Ich bin hier so gut wie fertig. Ich kann Sie zum Haus zurückbegleiten, wenn Sie wollen.«

»Machen Sie aber meinetwegen keine Umwege.«

»Mache ich nicht. Außerdem sagt Bill Rothes immer, dass

Sie nicht allein in der Gegend rumlaufen sollten. Sie müssen auf ihn hören.«

»Es ist nicht gerade meine Stärke, Anweisungen und Ratschläge zu befolgen.«

»Was Sie nicht sagen.«

Liam und ich warteten, bis Grant abgeschlossen hatte, ehe wir uns auf den Weg zum Haus Haven machten.

»Bill ist vorhin vorbeigekommen«, sagte Grant. »Das Forensik-Team aus Stirling hat bei der Durchsuchung des Still House einen von den abgescherten Ventilköpfen gefunden. Ich sollte Bill bestätigen, dass es einer von denen ist, die neulich bei einer der ersten Sabotagerunden abgebrochen wurden.«

»Warum haben sie den beim ersten Mal übersehen?«

»Sie haben zunächst eigentlich nur im Heferaum gesucht. Der hier war unter die Hauptbrennblase gerollt. Das Problem ist, dass überall Duffs Fingerabdrücke drauf sind.«

»Damit stände Duff also wieder voll unter Verdacht«, sagte ich enttäuscht.

»Duff und der, der den Job nach seinem Tod übernommen hat. Michaelson hat Maitland auf die Wache zitiert, damit er ihm noch mehr Fragen beantwortet, genauso wie Cam und Hunter und die anderen Teilzeitkräfte.«

»Sinnvoll. Sie konzentrieren sich auf die Komplizen«, meinte ich.

Grant schaute mich fragend an.

»Alle Hauptakteure in diesem Fall haben für die Nacht, in der Duff umgekommen ist, ziemlich anständige Alibis. Maitland und die anderen waren zusammen. Ich war bei Patrick, und Sie waren bei Richard Thomas. Die logische Folgerung ist, dass derjenige, wer auch immer hinter unseren Problemen steckt, einen Komplizen hatte. Sieht ganz so aus, als wäre dieser Komplize am Anfang Duff gewesen, doch nach seinem Tod ist jemand an seine Stelle getreten, denn die Probleme haben ja nicht aufgehört.«

»Aber Hunter oder Cam, Herrgott noch mal!«

»Das ergibt durchaus einen Sinn. Dies hier ist eine enge Gemeinschaft. Wir haben's schon gesagt: Es bleibt nichts unbemerkt, aber niemand hat etwas bemerkt. Das ist von Bedeutung. Denn es heißt, dass der Schuldige jemand ist, dessen Anwesenheit hier nicht weiter auffällt. Jemand, von dem man erwartet, dass er hier ist.«

»Mit anderen Worten, das Personal von Abbey Glen.« Grant seufzte.

»Leider. Cam und Hunter kommen einem zuerst in den Sinn, weiterhin Frank Monroe und sogar Evan Ross und Walter Bell. Ich nehme an, Michaelson überprüft sie alle. Ich wüsste gern, wo die Teilzeitkräfte in der Nacht von Duffs Tod waren.«

»Ich könnte versuchen, das rauszufinden«, sagte Grant.

»Es würde weniger auffallen, wenn Sie es tun«, antwortete ich. »Danke, das wäre eine große Hilfe.«

Grant stieß mit großer Wut einen Stein über den Weg. »Ich war mir so sicher, dass Duff nichts damit zu tun hatte. Ich hätte so was nie von ihm gedacht.«

»Er wollte ja vielleicht nicht unbedingt was damit zu tun haben«, sagte ich, weil sich eine neue Idee in meine Gedanken schlich. »Wer immer dahintersteckt, hat ihm möglicherweise mehr Geld angeboten, als er ausschlagen konnte, oder er hat ihn erpresst.«

»Erpresst?«

»Ich habe da so eine Idee. Aber wir reden im Haus weiter darüber. Übrigens hat sich Michaelson nach Bens Schlüsseln erkundigt.«

»Cam und ich haben unsere«, erwiderte Grant. »Ich dachte, Sie hätten die von Ben.«

»Ich habe die nachgemachten, die mir Richard Thomas gegeben hat, aber nicht die Originalschlüssel. Ich glaube, die meinen, dass die Schlüssel in Duffs Tasche die von Ben waren.«

Wir kamen im Haus Haven an, als Hunter gerade eine weitere Schicht Beize auf das Treppengeländer auftrug. Da er im Haus war, hatte ich kein schlechtes Gefühl, als ich Grant fragte, ob er zum Abendessen bleiben wolle. Ich stellte Suppe zum Aufwärmen auf den Aga und nahm ein Baguette aus dem Brotkasten. Für Hunter mitzukochen war mir ohnehin beinahe schon so zur zweiten Natur geworden wie Liam zu füttern. Grant schenkte uns beiden aus der Weinflasche ein, die ich auf den Tisch gestellt hatte, und saß dann da und starrte aus dem Fenster auf die dämmerigen Hügel. Liam lief neben ihm auf und ab und knurrte leise, wenn er außerhalb meines Gesichtsfelds eine Bewegung wahrnahm.

»Wissen Sie, wo Ben seine Schlüssel aufbewahrt hat?«, wagte ich mich vor.

»Die waren immer in seinem Schreibtisch.«

Ich folgte Grant in die Bibliothek und schaute zu, wie er in der obersten Schreibtischschublade wühlte. Er fischte Büroklammern und Kleingeld hervor, ehe er einen kleinen Messingring mit Schlüsseln herauszog.

»Da sind sie.« Er reichte mir den Schlüsselbund.

»Das muss ich Michaelson sagen. Dann waren die Schlüssel in Duffs Tasche wohl nicht die von Ben.« Jemand hatte sich offensichtlich welche nachmachen lassen. War er damit zu Frank Monroe im Heimwerkerladen gegangen? Zweifellos würde Michaelson das genau untersuchen.

Ich brachte Bens Schlüssel in die Küche und legte sie auf die Theke, ehe ich die Suppe in Henkeltassen füllte und eine zu Hunter in die Bibliothek trug. Grant und ich aßen in der Küche, jeder in seine eigenen Gedanken versunken.

Grant trank sein Weinglas leer und drehte den Stiel zwischen Daumen und Zeigefinger. »Ich kann einfach nicht glauben, dass die Polizei noch keine konkreten Hinweise gefunden hat.«

»Sie waren ein paarmal in Edinburgh und haben Duffs Exfreundin Claire Jones befragt«, erwiderte ich. »Sie hat es mir heute Morgen beim Gedenkgottesdienst erzählt. Die Polizei hat sich ziemlich intensiv mit ihr beschäftigt. Die glauben wohl, dass sie was weiß, was sie nicht verrät.«

»Und stimmt das?«

»So in etwa«, antwortete ich. »Darüber wollte ich mit Ihnen reden, aber ich habe ihr hoch und heilig versprochen, meine Informationsquelle zu schützen. Das muss also unter uns bleiben.«

Grant nickte.

»Sie will ihrem Bruder keine Schwierigkeiten machen. Das ist ein junger Kerl mit dem passenden Namen Skiver ...«

»Das klingt schon mal vielversprechend.«

»Na ja, laut Claire ist er nur ein Mittelsmann. Ermöglicht Geschäfte, sagen wir mal, lässt sich aber selbst nicht zu sehr drauf ein.«

»Drogen?«

»Wieder laut Claire: Nein. Für ihren Geschmack zu gefährlich.«

»Also ist er schlauer, als der Name vermuten lässt.«

»Genau.«

»Wieso hatte er mit Duff zu tun?«

»Erst hat er ihm einen großen Flachbildfernseher zu einem guten Preis vermittelt, als er einen für den Pub brauchte.«

»Sie wollen damit sagen, wir hätten heiße Ware im Pub?«

Ich sah den Anflug eines Lächelns um Grants Mundwinkel spielen. »Vielleicht sollten Sie besser nicht zu genau nachfragen«, meinte ich. »Jedenfalls sorgt sich Claire wegen einer anderen Sache, in der Duff Skivers Hilfe in Anspruch genommen hat. Es ist noch nicht lange her, im letzten Herbst, da hat er gefälschte Flaschenetiketten drucken lassen.«

»Etiketten? Das ist seltsam. Und Skiver konnte ihm da helfen?«

»Sagt sie.«

»Interessant, wenn auch ein bisschen komisch. Aber was hat er mit den Flaschenetiketten gemacht?«

»Darüber denke ich die ganze Zeit nach. Er hat Claire gesagt, es wäre eine Art Witz, doch das glaube ich nicht.«

»Hat sie die Etiketten gesehen?«

»Nur kurz. Sie konnte das Gedruckte nicht lesen, fand sie aber ungewöhnlich. Handgeschriebener Text und dann eine Art Gemälde. Sie sagte, es hätte ausgesehen wie ein Steingebäude mit roten Farbtupfern daneben.«

»Das klingt nach den alten Etiketten für Rose Reserve.«

Ich nickte. »Die sind mir auch sofort eingefallen.«

Grant schüttelte den Kopf. »Aber warum?«

»Das mag jetzt weit hergeholt sein, aber Duff hatte während seiner Zeit bei der Society viel Kontakt mit Whisky-Sammlern. Er wusste, wie beliebt alte, seltene Whiskysorten heutzutage sind. Vielleicht hat er geglaubt, er könnte Geld damit verdienen, welche nachzumachen. Er hätte ja bei der Society eine sehr interessierte Käuferschaft dafür gehabt, und wir wissen, dass er Geld brauchte.«

»Seltene alte Whiskys wie der Rose Reserve sind was ganz Besonderes. Einzigartig. Ich bezweifle, dass Duff Kenner mit einer Fälschung hätte täuschen können. Nicht, wenn sie das Zeug gekostet hätten.«

»Das stimmt, aber nicht alle Mitglieder der Society sind wirkliche Kenner. Patrick sagt, es gibt da jede Menge Zufallsmitglieder. Leute, die nicht bemerken würden, dass sie einen echten alten Whisky vor sich haben, und wenn er sie in den Allerwertesten beißen würde, die aber Duff durchaus geglaubt hätten, dass er ihnen was Besonderes anbietet. Und er hätte ja gewusst, wen er ansprechen konnte. Er hätte eine halbwegs anständige Sorte aus dem Laden umfüllen und neu etikettieren und die dann als seltenen, ganz besonderen Whisky verhökern können. Dabei hätte er mit Sicherheit einen riesigen Gewinn gemacht. Mit ein bisschen Glück würde der Käufer die Flasche erst zu Hause öffnen; und dann wäre es immer noch höchst unwahrscheinlich, dass er sich beschwert, oder noch besser: Ein Sammler würde die Flasche gar nicht öffnen, sondern einfach nur ausstellen.«

»Für einen jungen Kerl wie Duff ist das ein ziemlich komplizierter Plan. Ganz zu schweigen vom Risiko.«

»Klar, riskant ist es. Aber ist es eine so verrückte Idee?«

Grant starrte lange auf den Tisch. »Nein, verrückt ist die Idee nicht«, sagte er schließlich. »Eigentlich hat der Plan ziemlich viel für sich. Das könnte erklären, warum Duff Edinburgh in solcher Hast verlassen hat. Möglich, dass was schiefgelaufen ist.«

»Was ist, wenn einer unserer Konkurrenten Duffs Schwindel rausbekommen und ihn erpresst hat?«, schlug ich vor. »Die haben ihn vielleicht gezwungen, bei der Sabotage in Abbey Glen mitzuhelfen und mich zu bedrohen.«

»Wenn sie ihn erpresst haben, wieso sollten sie ihn dann umbringen?«

»Ich nehme mal an, das haben sie nicht. Wahrscheinlicher ist, dass sein Tod was mit den Fälschungen zu tun hatte, daher der verunglückte Versuch, es wie einen Unfall aussehen zu lassen.«

»Das klingt jedenfalls sinnvoller als alles andere, was wir bisher hatten«, stimmte mir Grant zu. »Ich könnte mir Maitland gut als Erpresser vorstellen, aber ich denke, es könnte jeder von den Brennern aus der Gegend hier sein, der öfters in der Bar der Society war.«

Nach einem kleinen Zögern rief ich die Fotos auf, die ich von den Abrechnungen der Bar in den Monaten Dezember und Januar gemacht hatte, und reichte Grant mein Handy. »Decons hat eine Riesenrechnung, aber das überrascht keinen«, sagte Grant, der die Seite überflog. »Blaire, Campbell, Nakimoto und Maitland haben alle persönliche Konten, die während der Feiertage benutzt wurden. Und sie sind alle im Rennen um Abbey Glen.«

»Jeder von denen hätte Duffs Geheimnis rauskriegen und gegen ihn verwenden können«, sagte ich. *Grant eingeschlossen.*

»Sind das bisher die einzigen Bewerber?«

Ich schüttelte den Kopf. »Wir hatten auch Anfragen von AXB, Makison Tokyo Limited und einer Destillerie aus Islay.«

»Die Japaner stürzen sich auf die meisten anständigen Destillerien, wenn die zum Verkauf stehen, und AXB überrascht mich auch nicht«, sinnierte Grant. »Die spielen auf dem europäischen Markt eine wichtige Rolle. Ben hat sich ein paarmal mit Antonio Bartolli getroffen, unter anderem Anfang des Jahres. Er interessiert sich schon lange für unsere Brennerei, aber ich habe das Gefühl, eher als Sammler und nicht als Investor.«

»Sie meinen also genau wie Ben, dass wir für Bartolli beinahe eine Art Hobby sind?«

»In seinem Fall würde ich das bejahen. Aber ich kann mir nicht vorstellen, dass er so verzweifelt drauf aus ist, Abbey Glen in die Finger zu bekommen, dass er zu Sabotage greifen, geschweige denn einen Mord begehen würde.«

»Ich auch nicht«, sagte ich. Wenn ich den tadellos frisierten Bartolli vor mir sah, wie er in seinen italienischen Slippern eine Mälzscheune in Brand steckte, musste ich lachen. »Außerdem, selbst *wenn* er zu den betreffenden Zeiten in der Stadt gewesen wäre, kann ich mir nicht vorstellen, dass er irgendwas gemacht hätte, um der Marke und dem Image von Abbey Glen zu schaden, auch nicht, um mich zu einem schnellen Verkauf zu drängen.«

»Das Angebot zu erhöhen wäre einfacher und wirkungsvoller gewesen.«

»Genau. A propos Geld, ich habe Patrick gebeten, Informationen über die Finanzen all dieser Herren zu besorgen. Wenn einer eine Leiche im Keller hat, findet Patrick die, und zwar bald.« Ich beobachtete Grants Gesicht, aber es war nicht die Spur von Besorgnis in seinen Zügen zu verzeichnen. »Maitland hat er schon durchleuchtet«, fügte ich noch hinzu.

»Was hat er zu Maitland rausgefunden?«

»Decons bezahlt ihn gut. Gehalt plus große Bonuszahlungen für die Arbeit bei den Übernahmen und verschiedenen nicht näher definierten ›Projekten‹.«

»Zum Beispiel dafür, dass er jemanden anheuert, der Abbey Glen kaputt macht?«

»Das würde mich nicht überraschen.« Dass Maitland Duff erpresste schien irgendwie einen Sinn zu ergeben, aber nach Duffs Tod hätte Maitland ja jemand anderen als Helfer rekrutieren müssen. Kam da Frank Monroe ins Spiel? Ich merkte, dass Grant darauf wartete, dass ich weitersprach. »Es wird noch seltsamer«, sagte ich. »Vor etwa einer Woche hat Maitland beinahe hunderttausend Pfund an Rowan Johnson, den Besitzer der Firma aus Islay, gezahlt, der ein Angebot für Abbey Glen abgegeben hat.«

Grant machte große Augen. »Warum tut er denn so was?«

»Patrick und ich glauben, dass er Rowan Johnson als

Strohmann benutzt. Damit hat er nach dem Brand noch ein viel größeres Interesse an einem schnellen Verkauf von Abbey Glen.« Ich zögerte einen Augenblick, ehe ich weiterredete. Wenn Grant sich je verraten sollte, dann musste ich ihn in dem Gefühl wiegen, dass ich ihm vertraute. »Wären Sie bereit, sich mal umzuhören, was Sie über diese Leute auf Islay rausfinden können?«, fragte ich.

»Klar, aber wonach soll ich denn Ausschau halten? Johnson wird ja nicht zu mir kommen und sagen: ›Ach, übrigens bin ich der Strohmann von Maitland bei einem zwielichtigen Geschäft.‹«

»Versuchen Sie einfach, ihn in ein Gespräch zu verwickeln, und sehen dann, was sich ergibt. Ob Rowan Johnson selbst an Abbey Glen interessiert sein könnte. Ob er auf Ihre Fragen eher feindselig oder offen antwortet. Und dann könnten Sie noch Maitland erwähnen und seine Reaktion beobachten.«

»Okay, ich schau mal, was ich machen kann. Was ist mit Decons?«

»Alles, was Sie da über ihre beruflichen Kontakte rauskriegen können, wäre hilfreich. Inzwischen fahre ich in den nächsten Tagen mal nach Stirling und besuche Oliver Blaire in seinem Laden. Wenn wir Glück haben, hat er vielleicht was davon gehört, dass in den letzten paar Monaten Flaschen mit Rose Reserve auf den Markt gekommen sind.«

»Ich könnte mitkommen.«

»Das ist wirklich nicht nötig.«

Grant machte ein mürrisches Gesicht. »Aber seien Sie vorsichtig. Blaire ist ein Charmeur, und heutzutage ist wirklich nichts mehr sicher.«

Blaire war nicht der Einzige, der charmant sein konnte. Und doch brachte ich es fertig, in diese faszinierenden Augen zu schauen und zu sagen: »Keine Sorge. Ich traue niemandem je ganz.«

KAPITEL 18

Als ich am Dienstagmorgen aufwachte, schien meine innere Uhr wie eine Bombe zu ticken. In drei Tagen musste ich wieder in London sein, und noch immer hatte ich mehr Fragen als Antworten. Doch ich kam der Lösung näher, das spürte ich. Aber ein paar Tage brauchte ich unbedingt noch. Schließlich rief ich bei meinem Redakteur an und bettelte unter dem Vorwand, ich müsse den Nachlass meines Onkels zu Ende regeln, um eine zusätzliche Woche Urlaub. Ihm zu verraten, dass ich in eine Mordermittlung verwickelt war, das wäre so gewesen, als wedelte man einem Rudel Wölfe mit einem Steak vor der Nase herum. Ganz bestimmt konnte ich es jetzt nicht gebrauchen, dass sich auch noch die Zeitung einmischte und alles komplizierter machte.

Den Morgen verbrachte ich mit der Suche nach weiteren Informationen über den geheimnisvollen Rose Reserve Whisky. Ich stellte die Bibliothek auf den Kopf, suchte in allen Online-Märkten nach kürzlich erfolgten Verkäufen und brachte Hunter unzählige Tassen Tee, stellte Fragen, bekam aber keine Antworten. Es war Zeit für einen zweiten Besuch bei Nell Ferguson. Schließlich war der Rose Reserve der Whisky ihres Sohnes. Wenn überhaupt jemand noch etwas darüber wusste, dann sie.

Ich ging mit Liam in die Stadt, ließ ihn am Bordstein zurück und flitzte in die Chocolate Bar, um ein Geschenk für Fergie zu kaufen. Floss räumte gerade nach den spätmorgendlichen Kaffeetrinkern die Tische ab und begrüßte mich mit einem Lächeln und einem Wedeln ihres Geschirrtuchs.

»Kann ich Ihnen eine Tasse von irgendeinem starken Getränk anbieten?«

»Nein danke. Ich bin auf dem Weg zu Nell Ferguson und wollte unterwegs nur eine Kleinigkeit für sie mitnehmen.«

»Also gut, dann brauchen Sie Harolds Pfefferminz-Pralinen. Auf die ist Fergie ganz versessen.«

Hinter einem Perlenvorhang kam ein großer, schlanker Mann mit hellblauen Augen hervor, der in einem viel zu weiten Fair-Isle-Pullover steckte. Er balancierte einen Stapel Kartons mit Lokum. Harold Robinson war so dünn, wie seine Frau mollig war. Man konnte sich bei ihm nur schwer vorstellen, dass er sich all die Köstlichkeiten schmecken ließ, die in den Regalen seines Ladens ausgestellt waren – oder er musste mit einem fabelhaften Stoffwechsel gesegnet sein.

»Harold, das ist Bens Nichte Abi. Sie braucht ein paar von deinen Pfefferminz-Pralinen für Fergie.«

Harold lächelte mich schüchtern an. Er holte eines der riesigen Glasgefäße von einem Regal und begann, die mit Schokolade überzogenen Pfefferminzpralinen in eine goldene Schachtel zu legen.

»Das ist ja eine furchtbare Geschichte, das mit Duff«, sagte Floss kopfschüttelnd. »Die Leute reden über nichts anderes. Ich habe viele sagen hören, dass sie jetzt nachts ihre Türen abschließen; das hat hier bisher niemand gemacht. Ich sage Ihnen, mir wird ganz anders, wenn ich dran denke, dass hier ein Mörder frei rumläuft. Hat die Polizei eigentlich schon mehr rausgefunden?«

»Mir sagen die doch nichts«, erwiderte ich.

Floss schaute enttäuscht drein, ließ sich aber so schnell nicht abwimmeln. »Mrs Morgan ist jedenfalls ganz übel dran, wirklich. Sie hat ja die ganze Zeit gesagt, dass ihr Junge da nicht schuld war, und sie ist gewaltig hinter Rothes her, dass der das schnell aufklärt. Und Siobhán ist wie eine Naturgewalt, wenn sie mal in Fahrt kommt.«

»Davon kann ich ein Lied singen.« Zumindest war die Nachricht von Duffs Fingerabdrücken auf dem abgescherten Ventilkopf noch nicht in den Strudel des Ortsklatschs durchgesickert. »Mag Fergie sonst noch was?«, fragte ich und versuchte, dem Gespräch eine andere Wendung zu geben.

»Mal überlegen. Wie wäre es mit ein paar Schokolinsen? Die mögen alle.«

»Dann tun Sie noch eine Schachtel davon dazu. Ich möchte mich bei ihr bedanken, weil sie mir für Bens Buch einiges über die Geschichte von Abbey Glen erzählt hat.«

»Das ist aber nett. Es gibt wahrhaftig nicht viel, was Fergie über die Geschichte dieser Gegend hier nicht weiß. Aber Grant kann Ihnen sicher auch helfen. Der kennt sich mit allem, was Abbey Glen angeht, bestens aus.« Floss musterte mich mit einem Augenzwinkern. »Sie sollten ihn fragen. Das wäre eine schöne Gelegenheit für Sie beide, ein bisschen mehr Zeit miteinander zu verbringen.«

Ich versuchte, nicht über Floss' ungeschickte Kuppelversuche zu lachen. »Ja, ich bin mir sicher, dass Grant mir wirklich weiterhelfen könnte.«

»Er ist ein guter Junge. Und schon viel zu lange allein.«

»Also, Floss«, sagte Harold leise, während er ein violettes Band um die zweite Pralinenschachtel legte. »Lass doch die jungen Leute ihren eigenen Weg finden.«

Floss errötete ein wenig. »Ich sorge mich einfach um ihn. Er vergräbt sich viel zu viel in der Brennerei, wo er doch mal ausgehen sollte. Aber andererseits hat er ja hier so wenig Auswahl. Die meisten Mädel im heiratsfähigen Alter sind schon längst auf Arbeitssuche in den Süden gezogen. Und die, die übrig sind, die sind entweder zu alt, zu jung oder verheiratet.«

»Da wäre immer noch Dr. Ramsey«, sagte ich, weil ich den Wölfen ein anderes Opfer zum Fraß vorwerfen wollte.

»Ja, schon, aber die halten ihre Patienten auf Trab, und außerdem hat sie eine schlimme Scheidung hinter sich, ehe sie aus Glasgow weggezogen ist, und sie hat nicht besonders viel Interesse an Verabredungen mit Männern gezeigt, oder, Harold? Und natürlich hat sie alle Hände voll damit zu tun, das Haus ihres Vaters instand zu halten.«

»Was ist denn mit dem Haus?«

»Das Dach ist undicht, in den Wänden steigt die Feuchtigkeit auf, einfach alles. Es muss sie ein Vermögen kosten, den alten Kasten einigermaßen auf Vordermann zu bringen.«

»Ja, Erben ist nicht immer so toll, wie die Leute meinen«, stimmte ich ihr zu.

»Ich hab diesen Laden von meiner Mutter geerbt, und sehen Sie sich an, was mir das gebracht hat«, erwiderte Floss mit einem Lachen. »Meinen Harold und genug Schokolade, um die Titanic zu versenken. Die Dinge kommen nicht immer so, wie man sie plant«, fügte sie seufzend hinzu, während sie Harold zusah, der einen Turm aus den Lokum-Schachteln baute. »Manchmal kommt es besser als erwartet.«

Als Liam und ich bei Fergie eintrafen, saß sie mit einer Decke über dem Schoß auf einem Korbstuhl im Garten und döste. Sie schlug blinzelnd die Augen auf, als wir uns näherten.

»Abi, meine Liebe, wie wunderbar. Sie retten mich davor, den Tag ganz zu vertrödeln. Bitte, bitte, holen Sie sich einen Stuhl.«

Ich überreichte ihr Harolds goldene Schachteln, und sie brach die Pfefferminz-Pralinen mit einem entzückten Kichern an. Einige Augenblick saßen wir schweigend da und ließen uns die schaumigen Köstlichkeiten auf der Zunge zergehen.

»Was für ein schöner Tag es noch geworden ist.« Ich hob mein Gesicht in die Sonne und atmete tief die nach Heidekraut duftende Luft ein, während mir eine Brise im Haar spielte.

»Es kann hier wunderschön sein, wenn wir uns auch seit Ihrer Ankunft nicht gerade von unserer besten Seite gezeigt haben, oder?«, sagte Fergie.

»Na ja, zumindest ist es nicht langweilig.«

»Kleinstadtleben ist das selten, meine Liebe.«

Ich nahm eine weitere Praline. »Ich hatte gehofft, dass Sie mir bei einer Sache helfen können. Ich möchte mehr über den Rose Reserve herausfinden. Ich habe gehört, das war Bens Lieblingswhisky.«

»Was wollen Sie wissen?«

»Haben Sie was davon mitbekommen, ob hier in der Gegend in letzter Zeit welcher zum Verkauf angeboten wurde?«

»Seit Ewigkeiten nicht. Es gibt vielleicht noch ab und zu ein, zwei Flaschen, aber der größte Teil ist längst ausgetrunken. Damals haben wir auch nicht so viel produziert, müssen Sie wissen. Das war nicht wie heute.«

»Duff hat letztes Jahr im Frühling im Keller von Abbey Glen ein paar Flaschen davon gefunden. Die hat er Ben zum Geburtstag geschenkt. Könnte es irgendwo noch mehr davon geben?«

»Das glaube ich nicht. Zu meiner Zeit haben die Leute den Whisky *getrunken* und nicht ins Regal gestellt und angeschaut. Aber jetzt, wo Sie es sagen: Vor ein paar Monaten hat mich Duff zum Rose Reserve ausgefragt. Aber ich konnte auch ihm nicht viel erzählen.«

»Hat er erklärt, warum er sich dafür interessierte?«

»Ich glaube nicht, doch mein Gedächtnis ist bei den Sachen, die kürzlich passiert sind, nicht so gut. Ich habe ihm alles erzählt, wie es überhaupt zum Rose Reserve gekommen ist, und damit schien er recht zufrieden zu sein, der arme Kerl. Ich kann es einfach nicht fassen, dass er nicht mehr unter uns ist.«

Fergie wirkte bestürzt, und ich überlegte, wie ich sie ablenken könnte. »Warum erzählen Sie mir nicht noch mal davon, wie der Rose Reserve gemacht wurde? Das kann ich bestimmt im Buch verwenden.« Ich reichte Fergie die Schachtel mit den Schokolinsen und lehnte mich auf meinem Stuhl zurück.

»Der Rose Reserve, das war allein das Werk meines Sohnes Martin. Bei Central Spirits wollten sie nichts damit zu tun haben. Als er damit angefangen hat, musste er seine Hefe, seine Gerste, seine Fässer, einfach alles selbst bezahlen. Und er musste über jeden Penny Rechenschaft ablegen, damit die bei Central wussten, dass er sie nicht übers Ohr gehauen hat. Ich habe ihm damals alles gegeben, was ich von meinem Anteil an dem Whisky aus Kriegszeiten noch übrig hatte, damit er loslegen konnte. Er hat in Sherryfässer aus Spanien investiert. Das war ein großes Risiko.«

»Aber es hat sich schließlich doch gelohnt?«

»O ja, aber leicht war's nicht. Am Anfang wollten ihm die von Central nicht mal erlauben, die Fässer zum Reifen in den Räumen von Fletcher's zu lagern.«

»Was hat er dann damit gemacht?«

»In den ersten zwei Jahren hat er sie bei uns im Haus und im Gartenschuppen gelagert, bis ich ein Machtwort gesprochen habe. Als wir die Wäsche auf Whiskyfässern trocknen mussten, hatte ich die Nase voll. Ich habe Martin gezwungen, sich ein anderes Lager für das Zeug zu suchen. Und eines hatten wir ja hier nach all den Jahren der Schwarzbrennerei: genug Ecken, wo man Whisky verschwinden lassen konnte.«

»Jede Wette.«

»Jede Menge alte Höhlen oben am Drumlinn, die bestens geeignet waren, genau wie die, die wir im Krieg benutzt hatten. Ein paar Jahre lang hat Martin in den frühen sechziger Jahren einen Vorrat aufbauen können, ohne dass sich jemand einmischte. Er war sich sicher, dass der Whisky, sobald er in Flaschen abgefüllt wurde, ein Riesenerfolg sein würde.«

»Und war er das?«

»Wir haben es nie rausgefunden. Sie müssen wissen, das Tolle am Lagern in den Höhlen ist, dass die Temperatur und Luftfeuchtigkeit beinahe perfekt sind. Der Nachteil ist, dass man keine Kontrolle drüber hat. Damit hatte Martin nicht gerechnet. Nach einem besonders regnerischen Frühling sind zwei von den Haupthöhlen oben beim alten Wasserfall eingestürzt. Es ist niemand verletzt worden, doch die Arbeit von Jahren war vernichtet. Martin war am Boden zerstört. Ein paar Fässer konnten wir retten, aber der Rest war zerstört. Schließlich musste Martin die Lagerung da oben ganz aufgeben, weil das Gebiet so instabil war.«

Ich erinnerte mich an meine Klettertour mit Liam am Wasserfall entlang. Das felsige Gelände war wohl das Ergebnis des Einsturzes zu Martins Zeiten. »Was für eine Verschwendung! Aber woher ist dann der Rose Reserve von Fletcher's gekommen?«

»Martin hatte ja noch die Vorräte aus den ersten beiden Jahren, als er die Fässer bei uns im Haus gelagert hat. Die hat er, nachdem sie lange genug gereift waren, auf Flaschen gezogen und verkauft. Den Leuten, einschließlich einiger hoher Tiere bei Central, hat das gefallen, was er da produziert hatte. Martin konnte das Unternehmen davon überzeugen, dass sie ihm zwanzig Prozent von Flechter's Malzwhisky überließen, die er als Single Malt reifen lassen und auf Flaschen ziehen durfte. Er hat sie hier auf dem Gelände gelagert und persönlich die Abfüllung in die Fässer und das Mischen überwacht. Jeder neue Jahrgang war noch beliebter als der vorherige, und der populärste war der Rose Reserve. Der Erlös aus dem Vertrieb dieses Whiskys war schließlich das Einzige, was Fletcher's am Ende noch über Wasser gehalten hat.«

Ich kritzelte ein paar weitere Anmerkungen für das Buch auf meinen Block, während ich überlegte, wie ich das Gespräch auf Grant bringen könnte. Ich wollte Fergies Version der Geschichte mit Rachel hören. »Grant lobt Ihren Sohn auch in den höchsten Tönen«, versuchte ich es.

»Grant hat alles von Martin gelernt«, sagte Fergie mit einem traurigen Lächeln. »Ist ihm auf den Fersen gefolgt, seit er etwa zehn Jahre alt war. Das war genauso wie mit Ben und Duff.«

»Und jetzt ist Grant allein.«

»Er liebt die Arbeit in Abbey Glen. Das ist seine Leidenschaft.«

»Seine einzige Leidenschaft«, merkte ich an, »obwohl das nicht immer der Fall war, sagt man.«

»Sie haben wohl den Klatsch und Tratsch im Ort mitgekriegt, Mädel?«, erkundigte sich Fergie tadelnd.

»So ähnlich«, murmelte ich und freute mich, dass sie angebissen hatte.

»Hören Sie bloß nicht auf Leute wie diesen Keith Maitland. Der ist ein widerliches altes Lästermaul, und der weiß einen Dreck.«

»Das überrascht mich nicht, aber man sagt ja, kein Rauch ohne Feuer.«

»Mehr Schall und Rauch, wenn Sie mich fragen«, erwiderte Fergie. »Maitland war schon immer piepegal, wen er bei seinen Geschäften plattmacht, Hauptsache, er kriegt, was er will.«

»Es ist also nichts dran an den Geschichten?«

»Gar nichts«, sagte Fergie, den Mund zu einer schmalen Linie verkniffen.

Ich muss wohl nicht besonders überzeugt gewirkt haben, denn sie streckte die Hand aus und tätschelte mir das Knie.

»Ich war Grants Kindermädchen, meine Liebe. Verstehen Sie? Ich habe ihn und James aufgezogen, von Kindesbeinen an. Wir sind uns auch später immer nahgeblieben. Tatsächlich standen die Dinge zwischen Grant und Rachel nicht gerade zum Besten. Die beiden haben von Anfang an nicht recht zusammengepasst. Sie wollte immer ein Leben in der Großstadt, und Grant war es zufrieden, hier bei Abbey Glen zu arbeiten und sich um das Landgut zu kümmern. Ständig gab's Zank, und Grant war ganz unglücklich darüber. An dem Abend, als der Unfall passierte, hatte er mich eingeladen, mit ihm und Rachel zu Abend zu essen. Ich glaube, er hatte gehofft, so um den nächsten großen Streit herumzukommen. Rachel ist mit Kopfweh vom Tisch aufgestanden und nach oben ins Bett gegangen. Und das Nächste, was wir gehört haben, war ein Riesenrumpeln. Sie war wohl schon beinahe oben angekommen, als sie gefallen ist. Wir haben Doc Ramsey gerufen, aber es war zu spät. Grant hat sich natürlich Vorwürfe gemacht, aber er hatte keine Schuld, der arme Kerl.«

Fergie wirkte erschöpft; ihre Stimme verebbte, und ich sah, dass sie am Ende ihrer Kräfte war. »Danke, dass Sie mir das alles erzählt haben. Es bedeutet mir sehr viel. Sie sollten sich nun ein bisschen ausruhen, wir haben sehr viel geredet.«

»Das geht schon in Ordnung, Abi. Ich lebe jetzt in der Vergangenheit. Es ist schön, wenn mich da jemand besuchen kommt.«

»Ich komme wieder, wenn ich darf«, sagte ich und tätschelte den dünnen Arm, der auf der Wolldecke lag. »Das nächste Mal können Sie mir vielleicht Geschichten über Ben erzählen.«

»Das wäre wunderbar«, murmelte sie, während sie bereits die Augen schloss.

Der wunderschöne Nachmittag dämmerte in einen genauso schönen Abend hinüber. Liam und ich wanderten durch das Städtchen zurück und machten uns am Ufer des Alyn entlang auf den Heimweg. Ich war froh, dass Grant keine Schuld an Rachels Tod traf. Ich hätte mir denken können, dass Maitland nur versuchte, Schwierigkeiten zu machen, aber es war trotzdem schön, mich bestätigt zu sehen.

Als ich am Ufer entlangspazierte, sah ich eine vertraute Gestalt in einer blauen Barbour-Jacke auf einer Bank sitzen und gerade ein Gespräch auf dem Handy beenden. Als ich auf seiner Höhe war, stand Sergeant Rothes auf und ging neben mir her.

»Ms Logan, kennen Sie eine junge Frau aus Edinburgh namens Claire Jones?«

Ich erstarrte und schaute rasch weg, um die Überraschung auf meinem Gesicht zu verbergen. »Claire Jones?«

»Wir leben in einer kleinen Stadt, Ms Logan. Hier bleibt kaum etwas unbemerkt.«

Ich hätte es wissen müssen, dass jemand uns gesehen hatte, als wir uns nach dem Gottesdienst unterhielten. »Sie war, glaube ich, die Exfreundin von Duff«, sagte ich ausweichend. »Wieso?«

»Würde es Sie überraschen, dass man sie gestern Abend auf der Toilette eines Clubs tot aufgefunden hat?«

Mir drehte sich der Magen um, und ich blieb wie angewurzelt stehen. »Wie ist sie gestorben?«, fragte ich.

»Überdosis.«

Meine Gedanken rasten so schnell wie mein Herz. Aber ich wollte nicht, dass Rothes merkte, wie sehr mich seine Nachricht erschütterte. »Selbstmord?«

»Sieht nicht so aus. Wann haben Sie das letzte Mal mit ihr geredet?«, drängte mich Rothes.

»Gestern, nach dem Gedenkgottesdienst.«

»Sie sind eine erfahrene Reporterin, Ms Logan. Ich weiß, dass Sie mehr als geschickt darin sind, den Leuten Informationen abzuluchsen. Hat Ihnen Claire Jones irgendeinen Hinweis darauf gegeben, dass Duff etwas mit Drogen zu tun gehabt haben könnte?«

»Auf keinen Fall. Sie hat felsenfest behauptet, er hätte so was nie gemacht«, antwortete ich wahrheitsgemäß.

Rothes zündete sich eine Zigarette an und starrte auf das Wasser, das zu unseren Füßen vorbeirauschte. »Das hat sie uns auch gesagt, als wir sie befragt haben, aber das hier wirft natürlich ein anderes Licht auf die Sache. Wenn sie mit der örtlichen Drogenszene zu tun hatte, dann steht zu vermuten, dass das vielleicht auch für Duff zutrifft.«

»Bedeutet das, Sie konzentrieren sich bei Ihren Ermittlungen wieder auf Duffs Zeit in Edinburgh?«

»Wir befolgen Michaelsons Anweisungen. Wir gehen, wohin er uns schickt.« Rothes seufzte. »Aber ich werde in diesem Fall weiter alle nur möglichen Aspekte im Blick behalten. Sie glauben das vielleicht nicht, Ms Logan, doch wir machen Fortschritte bei diesen Ermittlungen, und wir werden Antworten finden.«

»Ich bin Reporterin. Es liegt in meiner Natur, Fragen zu stellen, besonders, wenn ich selbst bedroht werde.« Die Polizei glaubte vielleicht, dass sie Fortschritte machte, aus meiner Warte sah das jedoch nicht so aus. »Ich muss in einer Woche wieder zur Arbeit zurück«, fuhr ich fort. »Und wenn ich nach London zurückkehre, möchte ich wissen, dass die Dinge hier geklärt sind. Keine Geheimnisse mehr, keine Drohungen mehr und keine weiteren Opfer mehr.«

»Man kann die Mühlen der Gerechtigkeit nicht beschleunigen, Ms Logan. Ganz gleich, wie scharf Sie darauf sind, zu Ihrem eigentlichen Leben zurückzukehren.« Rothes' Telefon brummte, und er wandte sich ab, um das Gespräch anzunehmen.

Da der Sergeant mit seinem Telefonat beschäftigt war, nutzte ich die Gelegenheit, mich davonzumachen und so weiteren Fragen aus dem Weg zu gehen. Hatte Claire die ganze Zeit gelogen? Waren Duff und Skiver im Drogenhandel aktiv gewesen? Das war natürlich nicht unmöglich, aber doch eher unwahrscheinlich. Claire war mir naiv vorgekommen, aber nicht wie eine Lügnerin. Hatte sie zufällig eine Überdosis genommen – oder wollte sie Selbstmord begehen? Oder, schlimmer noch, könnte jemand gesehen haben, dass sie mit mir geredet hat, und ist dann in Panik geraten? Ich konnte förmlich Patricks Stimme hören, die mir sagte, ich litte wohl unter Verfolgungswahn. Aber was war, wenn Duffs gefälschte Etiketten irgendwie der Schlüssel zu diesem Geheimnis waren? War ich dann verantwortlich für das Ende eines weiteren jungen Lebens?

Der Gedanke entsetzte mich. Doch wenn er stimmte, bedeutete das wohl, dass ich dem Kern der Sache schon ziemlich nahe gekommen sein musste.

KAPITEL 19

Patrick gönnte sich wohl gerade einen aufregenden Abend, denn ich konnte ihn nicht erreichen, nicht einmal auf dem Handy. Gegen zwei Uhr morgens gab ich schließlich auf und ging zu Bett. Ich wartete die beinahe christliche Zeit von neun Uhr am nächsten Morgen ab, bis ich seine Nummer erneut wählte.

»Ja...?«, ertönte eine schlaftrunkene Stimme am anderen Ende der Leitung.

»Guten Morgen.«

»Nein, ganz bestimmt nicht.« Ich hörte, wie er die Bettdecke zurückschlug und dann fragte: »Bei dir alles in Ordnung?«

»Ich muss reden.«

»Hat das nicht noch ein, zwei Stunden Zeit?«

»Ich glaube, die Neuigkeiten, die ich für dich habe, machen dich schlagartig wach. Ich hatte am Montag nach dem Gedenkgottesdienst ein interessantes Gespräch mit Duffs Freundin Claire Jones. Sie hat mir erzählt, ihr Bruder hätte Duff mit jemandem zusammengebracht, der gefälschte Whiskyetiketten für ihn gedruckt hat. Nach ihrer Beschreibung zu urteilen, müssen es Kopien der Etiketten von einem alten Whisky von Fletcher's, dem Rose Reserve, gewesen sein.«

»Und wozu brauchte er diese gefälschten Etiketten?«, murmelte Patrick.

»Wusstest du, dass Duff in einem Keller von Abbey Glen ein halbes Dutzend Flaschen des originalen Rose Reserve gefunden hat? Er hat sie Ben letztes Jahr zum Geburtstag geschenkt. Das beste Geschenk, das Ben je bekommen hat, meint Grant. Ich glaube, Duff hat während seiner Zeit bei der Whisky Society begriffen, wie beliebt einige dieser alten Malt Whiskys geworden sind, und dann ist er drauf gekommen, er könnte ordentlich Geld verdienen, indem er gefälschte Flaschen alten Malt verkauft. Ich wette, er hat sich sogar eine von Bens leeren Flaschen ausgeliehen, um davon das Etikett abzukupfern.«

»Das ist eigentlich ziemlich genial.« Patrick schien nun wesentlich wacher. »Solche Flaschen wären heute ein kleines Vermögen wert. Aber du hast ja nur die Aussage von Claire Jones dafür. Glaubst du ihr?«

»Zuerst war ich mir nicht sicher, doch gestern habe ich zufällig Rothes getroffen, und der hat mir erzählt, man hätte Claire Jones am Montagabend in einem Nachtklub in Edinburgh tot aufgefunden... Überdosis.«

»Großer Gott.« Jetzt war Patrick ganz bei der Sache. »Ich nehme an, es war weder Selbstmord noch ein Unfall?«

»Bis jetzt habe ich keine Bestätigung, aber mir scheint das alles ein bisschen zu viel Zufall zu sein.«

»Hat jemand gesehen, wie ihr euch nach dem Gottesdienst unterhalten habt?«

»Ich habe das eigentlich nicht geglaubt, doch Rothes schien davon zu wissen, und es sind ja viele Leute aus Edinburgh zum Gottesdienst hergekommen.« Ich legte eine Denkpause ein. »Ich denke, jeder könnte uns gesehen haben, aber niemand war nah genug, um mitzuhören, was wir gesagt haben.«

»Hast du der Polizei von den Etiketten erzählt?«

»Nein. Die wissen das vielleicht schon, und wenn nicht... na ja, ich habe Claire versprochen, dass ich meine Informationsquelle schütze.«

»Abi, deine Informationsquelle ist *tot*. Das kann ihr jetzt egal sein.«

»Es könnte immer noch ihrem Bruder schaden.« Ich ließ mich nicht beirren. »Und außerdem habe ich das Gefühl, dass ich der Lösung ziemlich nahe bin. Ein kleines bisschen Zeit, mehr brauche ich nicht. Wenn ich bis morgen nichts weiter erfahren habe, erzähle ich der Polizei von den Etiketten, das verspreche ich dir.«

»Je eher, desto besser« betonte Patrick. »Ich muss zugeben, es ist eine sehr kreative Idee, gefälschten alten Whisky zu verkaufen. Der Gedanke sagt mir enorm zu, aber er scheint auch reichlich riskant. Was ist, wenn einer der Käufer den Whisky probiert und Duff deswegen zur Rede gestellt hat?«

»Das könnte durchaus der Grund sein, warum man ihn umgebracht hat. Ich habe mir allerdings sagen lassen, dass die meisten Leute Probleme haben, einen guten Whisky von einem großartigen Whisky zu unterscheiden. Das können wohl nur echte Experten. Duff hätte für hundert Pfund einen wirklich erstklassigen Whisky kaufen, den umetikettieren und für Tausende verscherbeln können. Das wäre äußerst gewinnbringend.«

Patrick murmelte nachdenklich. »Ja, stimmt schon. Theoretisch könnte das funktionieren, aber da stellt sich auch noch die Frage, wie Duff das finanziert hat – alle die Flaschen, den teuren Whisky, die Kapseln …«

»Kapseln?«

»Kapseln, das sind die Folienverschlüsse, die über die Korken kommen. Die kann man im Internet kaufen, aber billig sind die nicht. Außerdem muss er dann die Steuerversiegelung auch nachmachen. Das geht auf einem richtig guten Laserdrucker. Vorab hätte er aber erst mal einiges Bargeld gebraucht.«

»Verdammt, daran hatte ich gar nicht gedacht.« Ich ließ mich enttäuscht auf meinem Stuhl zurückfallen.

»Offensichtlich hatte Duff in jener Nacht in der Destillerie mit jemandem eine Meinungsverschiedenheit, ehe er im Whisky gelandet ist«, sagte Patrick nach einer Pause. »Was ist, wenn er einen Partner bei dieser Fälschernummer hatte? Jemanden mit Verbindungen in der Whisky-Industrie? Vielleicht war es ein Brenner aus der Gegend oder jemand aus dem Vertrieb, der womöglich überschüssige Lagerbestände zum Abfüllen und Verkaufen hatte. Kennst du jemanden, auf den das zutreffen könnte?«

»Maitland«, erwiderte ich sofort. »Von dem ist bekannt, dass er keinerlei Skrupel hat, und Hunter hat mir erzählt, dass er früher schon mal Probleme gekriegt hat, weil er Whisky aus dem Zollverschluss entfernt hat. Er könnte eine neue Methode entdeckt haben, einen Teil seiner eigenen Produktion abzuzweigen.«

»Noch jemand?«

»Campbell kommt mir für solche Schwindeleien ein wenig zu gesetzt vor, und sein Whisky hat auch nicht die nötige Qualität«, sinnierte ich.

»Was ist mit deinem Freund Blaire?«

»Ja, schon. Der könnte Lagerbestände für so was haben.«

»Dann gibt's also mehrere denkbare Möglichkeiten. Für Duff wäre es so einfacher gewesen; er musste nicht erst noch das Geld auftreiben, um guten Whisky im Laden zu kaufen. Ganz zu schweigen davon, dass er einen Platz brauchte, um die fertigen Flaschen zu lagern. Er konnte sie ja nicht im Pub oder bei Abbey Glen rumliegen lassen. Vielleicht hat sein Komplize selbst einen Keller.«

»Unter Umständen ist mit dem Deal was schiefgelaufen«, vermutete ich. »Duff und sein Partner hatten Streit, und dann war Duff tot. Maitland oder Blaire haben von der Sabotage gewusst und hätten ja beschließen können, die zu ihrem eigenen Vorteil auszunutzen.«

»Maitland hat für die Mordnacht ein sicheres Alibi.«

»Stimmt, aber er hätte ja jemand anderen schicken können, um die Drecksarbeit für ihn zu erledigen. Blaire übrigens genauso. Von den beiden würde ich immer noch eher auf Maitland tippen. Er ist skrupellos, und er kennt Frank Monroe, den Muskelprotz bei Abbey Glen, von früher her. Und natürlich waren Blaire und Maitland beide bei Duffs Trauergottesdienst. Beide hätten mich beim Gespräch mit Claire beobachten können.«

»Was für ein Durcheinander, und wir wissen immer noch nicht, wer dich und Abbey Glen bedroht.«

»Nein. Schlimmer, es bedeutet, dass ich es jetzt eigentlich mit zwei verschiedenen Leuten zu tun habe: einem, der den Verkauf von Abbey Glen erzwingen will, und einem, der bereit ist, wegen einer Betrügerei mit altem Whisky jemanden umzubringen.«

»Doch alles scheint irgendwie auf Duff hinauszulaufen«, merkte Patrick an.

Ich legte die Stirn auf den Tisch vor mir und seufzte. »Hast du was über Duffs Finanzen rausgekriegt?«

»Alles im grünen Bereich. Er hatte so gut wie gar keine Ersparnisse, und er hat keine größeren Zahlungen von irgendwoher bekommen. Natürlich schließt das Barzahlungen nicht aus. Bargeld ist immer noch die sicherste Methode. Du solltest mal nachforschen, ob er in letzter Zeit Geld für irgendwas Ungewöhnliches ausgegeben hat.«

»Mach ich. Da fällt mir ein, dass ein paar Männer im Heimwerkerladen neulich Frank Monroe wegen seines schicken Autos aufgezogen haben. Wo der wohl das Geld dafür herhat?«

»Du hast ihn doch als möglichen Komplizen von Maitland

im Visier. Das würde ich an deiner Stelle überprüfen. Ach, ich habe mir auch Blaires Konten angeschaut.«

»Irgendwas Interessantes?«

»Blaires Zahlen sind, verglichen mit denen seiner Kollegen, ziemlich solide, im letzten Jahr hat er jedoch einige Einbußen erlitten. Ein konservatives Angebot für Abbey Glen könnte er selbst finanzieren, aber es wäre für ihn eine ziemliche Belastung. Ich schicke dir Kopien.«

»Gut, ich gehe ihn heute Nachmittag in seinem Laden besuchen.«

»Bitte, bitte, sei vorsichtig. Einer von diesen Typen ist zum Morden bereit, und ich möchte nicht, dass du das nächste Opfer bist.«

Eigentlich hielt ich mich für eine halbwegs gute Autofahrerin. Ich habe einen 3-Tonner-Geländewagen durch die Straßen von Bagdad manövriert, aber die von Hecken gesäumten schmalen Straßen rings um Balfour waren mein Untergang. Grant hatte mir einen Jeep aus der Garage des Landguts geliehen. Es war ein großes Fahrzeug mit überbreiten Außenspiegeln, von denen einer zu meiner Schande inzwischen auf dem Rücksitz lag. Die Straßen waren hier so schmal, dass man sie kaum von den Feldwegen unterscheiden konnte, und die ortsansässigen Fahrer machten sich einen Spaß daraus, die engsten Stellen mit Geschwindigkeiten zu passieren, die eher einer Autobahn als einem so schmalen Landsträßchen angemessen gewesen wären.

Der einzige Glanzpunkt des Tages war, dass ich zehn Minuten lang aufgehalten wurde, weil einer der Bauern vom Ort seine Schafherde von einem Feld zum anderen über die Straße trieb. Ich hatte schon immer eine lächerliche Vorliebe für Schafe mit ihren runden, flauschigen Körpern und den großen, vertrauensvollen Augen. Liam hätte das Spektakel spannend gefunden, aber ich hatte ihn heute in Grants Obhut gegeben, weil Hunter seine Schwiegermutter nach Manchester zurückfuhr.

Blaires Laden lag mitten in der historischen Altstadt von Stirling, einem Labyrinth gewundener Sträßchen, die von der Burg herunterführten, die hoch über der Stadt und der umgebenden Landschaft aufragte. Während ich durch die Fußgängerzone spazierte, dachte ich noch immer über Duff und seine Etiketten nach.

Ich hatte mir die leere Flasche Rose Reserve genommen, die von dem Empfang nach Bens Beerdigung noch im Haus war, und sie beim Frühstück erneut genau betrachtet. Für mein ungeschultes Auge war die Flasche an sich nichts Besonderes. Grünes Glas, die übliche Form und Größe. Aber das Etikett war bemerkenswert. Das pergamentfarbene Papier mit dem Aquarell des Bauernhauses und den Rosen war auffällig. Selbst ich konnte sehen, wie begehrenswert Sammler es finden würden. Ein wunderschönes Etikett, aber schwer nachzudrucken. Ich musste unwillkürlich denken, dass man, wenn man das Original und eine neuere Kopie nebeneinanderlegte, sicher einige Unterschiede feststellen würde, wie klein sie auch sein mochten. Ich nahm die Flasche mit zum Spülstein, weichte das Etikett ein, löste es vorsichtig ab und verwahrte das Stückchen Papier in meiner Handtasche, falls Blaire unwissentlich eine der Fälschungen im Laden hatte.

Ich fand sein Geschäft in einem alten Kutschenhof beim Burgtor. Die Ladenfront hätte in Charles Dickens' *Raritätenladen* passen können. Flaschen in allen Formen, Größen und Farben prangten in einem Erkerfenster, das zur Straße hinausging, glitzerten wie Juwelen in der Morgensonne. Sie teilten sich den Platz im Fenster mit Hochglanzbüchern über Whisky und seine Geschichte. Keine Schottenkaros und Souvenirs weit und breit. Dies war ein Laden für den ernsthaften Whiskyfreund.

Als die Glocke an der Ladentür läutete, kam Blaire aus dem hinteren Teil des Geschäfts herbeigeeilt.

»Abi! Wie wunderbar, Sie wiederzusehen«, rief er aus. »Was hat Sie denn in meine Gegend verschlagen?«

»Na ja, ich war in der Stadt, und Ihr Laden ist ja unter Sammlern geradezu legendär.«

»Gehe ich recht in der Annahme, dass Sie auch hier sind, um mir ein bisschen auf den Zahn zu fühlen?«, fragte Blaire. »Ich bin mir sicher, dass Sie inzwischen von meinem Angebot für Abbey Glen wissen, und ich denke mal, Sie schauen sich alle potenziellen neuen Besitzer näher an. Zugegeben, ich bin ja eher unter ›ferner liefen‹ einzuordnen. Bestimmt haben sie sehr viel attraktivere Angebote, aber ich hatte schon immer eine Schwäche für Abbey Glen, und da habe ich beschlossen: Das Leben ist kurz, warum nicht einen Versuch wagen?«

»Das stimmt sicher. Aber ehrlich gesagt, bin ich auf der Suche nach einigen alten Flaschen von Fletcher's.« Ich beobachtete Blaires Reaktion genau, doch falls ihn meine Anfrage irgendwie aus der Fassung gebracht hatte, ließ er es sich nicht anmerken. »Man hat mir gesagt, wenn überhaupt jemand noch welche auftreiben kann, dann Sie.«

»Ich fühle mich geschmeichelt. Doch Fletcher's Whisky, der ist heutzutage ziemlich schwer zu bekommen. Ich habe ein paar Single Malts aus der Mitte der 1980er.« Oliver ging zu einer Vitrine und nahm zwei Flaschen heraus.

Ich sah sie mir genau an. Die Etiketten waren ähnlich wie die auf dem Rose Reserve, den Duff gefunden hatte, aber nicht identisch. Anstelle des farbigen Aquarells war eine Schwarz-Weiß-Skizze des Bauernhauses zu sehen, und die Rosen fehlten, aber die Flaschen waren ja auch neuer.

»Und wie viel würden die kosten?«, fragte ich.

»Der 82er etwa zweitausend Pfund. Der 85er ein bisschen weniger.«

»Pro Kiste?«

»Pro Flasche«, antwortete Blaire mit dem Anflug eines Lächelns.

Ich schnappte nach Luft. »Sie machen Witze?«

»In den Preis fließen viele Faktoren ein: das Alter, die Qualität, die Möglichkeit, mehr davon kaufen zu können. Fletcher's erreicht bei all diesen Punkten hohe Werte. In diesen Flaschen ist achtzehn Jahre gereifter Whisky von hoher Qualität, der von einer historischen Destillerie hergestellt wurde, die nicht mehr im Geschäft ist. Vom Standpunkt eines Sammlers aus gesehen, sind solche Whiskys sehr begehrenswert. Der Rose Reserve, den Sie neulich abends zum Essen der Brenner mitgebracht haben, ist ein gutes Beispiel. Ein seltener und hervorragender Jahrgang. Viele sind der Meinung, dass diese Flaschenabfüllung von Martin Ferguson nahezu perfekt ist, und danach hat er ein paar Jahre lang überhaupt keine Single Malts mehr herausgebracht.«

»Was meinen Sie, wie viel würde ein Rose Reserve heute auf dem freien Markt bringen, wenn es noch welchen gäbe?«

»Schwer zu sagen. Die Qualität ist außerordentlich hoch. Nach dem, was ich neulich abends gekostet habe, ist der Charakter dieses Whiskys eher wie der eines viel älteren Malt, der zwanzig oder mehr Jahre gereift ist. Bei dem Alter und dem Ruf«, sagte Blaire mit einem Achselzucken, »könnte er bei einer Auktion eine bedeutende Summe einbringen. Besonders, da er ja nun eine Weile nicht im Umlauf war.«

»Ist eine ›bedeutende Summe‹ mehr als der Preis für die Whiskys, die Sie führen?«

»O ja. Das könnte je nach Bietern bis fünf- oder sechstausend Pfund gehen.«

Kein Wunder, dass Grant mich angeschaut hatte, als hätte ich den Verstand verloren, als ich die Flasche zum Abendessen der Brenner mitgebracht hatte. Da hatte sich Duff vielleicht einen viel einträglicheren Schwindel ausgedacht, als mir klar gewesen war. Sehr riskant, aber die Belohnung wäre entsprechend riesig. Bei den Preisen brauchte Duff nicht viele Flaschen zu verkaufen, um sich eine sehr ordentliche Summe zu ergaunern. Blaire schien immer noch ungerührt.

»Eines wüsste ich gern«, fragte ich weiter. »Wenn Sammler so viel Geld ausgeben, trinken die den Whisky?«

»Echte Kenner schon, wenn Sammler auch oft Flaschen behalten und auf Wertsteigerung hoffen. Vergessen Sie nicht, dass bei Auktionen einige der seltenen oder wirklich begehrten Flaschen für Zehntausende Pfund unter den Hammer kommen. Letztes Jahr hat eine Flasche vierzigjähriger Macallan sechzigtausend Pfund gebracht. Die würde ein Sammler wohl wahrscheinlich nicht trinken.«

»Ich glaube, eher nicht«, pflichtete ich ihm bei.

»Da geht es beim Sammeln nur um den Status. Es gibt tatsächlich keine Garantie, dass eine Reifezeit von vierzig Jahren unbedingt von Vorteil ist. Der Whisky kann zum Beispiel nach einiger Zeit mit dem Holz des Fasses reagieren und verderben. Das ist ein echtes Glücksspiel. Er kann großartig werden, oder man muss ihn wegschütten.«

»Sind noch Flaschen vom Rose Reserve auf dem Markt zum Verkauf?«

»Nicht in den Läden.«

»Und was ist mit den anderen Märkten?«, fragte ich.

»Wenn noch welche existieren, sind sie jetzt in Privatbesitz. Danach müsste man online suchen oder die Whisky Society kontaktieren. Sammler geben manchmal Suchanzeigen in deren Newsletter auf. Natürlich müsste man da mit einem saftigen Aufschlag rechnen.«

»Könnte man den Rose Reserve über die Whisky Society beziehen?«

»Das wage ich zu bezweifeln. Nachdem Fletcher's dichtgemacht hatte, sind die Whiskys von dort zu echten Sammlerstücken geworden. Eine in Mottenkugeln gepackte Destillerie, das Ende einer Ära, so in der Art. Das lockt die ernsthaften Sammler an wie der Honig die Bienen. Dadurch entsteht automatisch Verknappung, und so haben sie was Einzigartiges in ihrer Sammlung. Es gibt einen ganzen Markt, in dem unter der Hand verkauft wird, und der taucht nie in der einschlägigen Presse auf. Da wechseln Flaschen für unglaubliche Preise den Besitzer.«

»So eine Art Schwarzmarkt?«

»Gewissermaßen. Mehrwertsteuer zahlen die nicht, das ist mal sicher.« Blaire kannte sich wirklich aus, und ich konnte mir vorstellen, dass er immer wusste, was gerade erhältlich war und was nicht. Jemand hätte leicht seine Aufmerksamkeit auf Duffs Rose Reserve lenken können.

Ich schaute weiter die Regale durch und bemerkte eine Reihe blau-weißer Etiketten mit dem Namen Warrenton's in Goldbuchstaben oben und darunter in kleinerer Schrift einer ganzen Anzahl von anderen Destillerienamen.

»Was sind das für Flaschen?«, fragte ich.

»Warrenton's ist unsere Hausmarke. Wir füllen eine Reihe von Whiskys aus kleineren Destillerien in Flaschen ab und vertreiben sie. Manchmal schließen Destillerien, und wir kaufen die Warenbestände auf; manchmal möchte eine Destillerie etwas Neues ausprobieren, andere Fässer für die Reifung oder einen anderen Verschnitt. Bei denen geht es um wirtschaftliche Faktoren. Wir haben einen festen Kundenstamm und mehr Spielraum für Risiko.«

»Wenn man kreativ ist, kann man in diesem Geschäft also gutes Geld verdienen.«

»Ja, und viel verlieren. Meine Familie war gut gestellt. Wir hatten andere finanzielle Beteiligungen, die in den mageren Jahren die Verluste abgefangen haben. Andere waren nicht so vom Glück gesegnet.«

Gehörte zu den ›anderen finanziellen Beteiligungen‹ vielleicht auch der Verkauf von gefälschten Whiskys auf dem Schwarzmarkt? »Ben hat es ebenfalls geschafft, immer schwarze Zahlen zu schreiben«, merkte ich an.

»Weil er besser als jeder andere verstanden hat, dass es nicht immer darauf ankommt, ein Produkt herzustellen, das die Leute wollen. Manchmal muss man einen Markt für das schaffen, was man hat.«

Blaires drei Wörter waren *kultiviert, geistreich* und *diplomatisch* gewesen. Ich blieb dabei, aber ich hatte auch schon Mörder gesehen, auf die alle drei Bezeichnungen zutrafen. Er war kreativ, risikobereit, überzeugend und finanziell recht gut gestellt, aber auch nicht so gut, wie ich vermutet hatte. Hatten er und Duff überschüssige Bestände, die für die Marke Warrenton's bestimmt gewesen waren, abgefüllt und als Rose Reserve verkauft? War er bei Maitland früher weggegangen, als er gesagt hatte, und hatte sich in Abbey Glen mit Duff getroffen? Ich konnte mir nur schwer vorstellen, wie er eine Leiche in einen Gärbottich wuchtete, aber unmöglich war es nicht, besonders wenn er Helfer hatte.

Ob ich es wollte oder nicht, Blaire stieg allmählich auf einen der oberen Plätze auf der Liste der Tatverdächtigen auf.

Auf der Rückfahrt von Stirling nahm ich einen Anruf von Richard Thomas entgegen. Bartolli war wieder in Edinburgh und würde sich gern noch einmal mit mir treffen. Ich stimmte zu, schlug aber diesmal als Ort die Whisky Society vor, weil ich hoffte, dort mehr über potenzielle gefälschte Flaschen Rose Reserve herauszufinden. Wenn mehrere Flaschen eines seltenen, alten Whiskys aus heiterem Himmel auf dem Markt aufgetaucht wären, hätte man dort bestimmt davon gehört.

Während ich Thomas am Telefon hatte, beschloss ich, mir gleich auch eine Antwort auf eine ganz andere Frage einzuholen, die mich seit Tagen plagte: »Nur der Neugier halber, wenn mir etwas zustoßen sollte: Wer würde dann die Destillerie erben?«

»Haben Sie denn Grund zu der Annahme, dass Ihnen etwas zustoßen könnte?«

»Nein, nein, natürlich nicht«, flunkerte ich. »Ich bin nur neugierig, sonst nichts.«

»Nach neunzig Tagen würde die Brennerei an denjenigen gehen, den Sie in Ihrem Testament bedacht haben«, erwiderte Thomas.

»Das ist im Augenblick Ben«, sagte ich.

»In dem Fall sollten wir das so bald wie möglich ändern.«

»Ich denke, das sollten wir, aber was passiert, wenn ich vor diesen neunzig Tagen sterbe?«

»Dann würde nach Bens testamentarischen Bestimmungen Abbey Glen an Grant gehen.«

Irgendwie hatte ich das schon vermutet, aber es war trotzdem ein Schock, es jetzt laut gesagt zu bekommen. Ein echter Schlag in die Magengrube. Ich fuhr auf eine Ausweichstelle und holte tief Luft. Im Augenblick war ich also das Einzige, was zwischen Grant und der vollen Kontrolle über Abbey Glen stand.

»Weiß Grant davon?«, fragte ich.

Thomas antwortete ohne Zögern: »Natürlich.«

KAPITEL 20

Auf dem gesamten Heimweg beschäftigte sich mein Gehirn beharrlich mit den Bestimmungen in Bens Testament. Richard Thomas schien sich deswegen nicht die geringsten Sorgen zu machen. Ich versuchte mir einzureden, dass auch ich keinen Grund dazu hatte. Grant hätte bereits jede Menge Möglichkeiten gehabt, wenn er mich hätte umbringen wollen, aber irgendwie bekam ich den Gedanken nicht aus dem Kopf. Hatte Grant deswegen noch kein Angebot für Abbey Glen gemacht – weil er ohnehin plante, die Brennerei zu erben? Es war eine verrückte Idee, doch solange es mir nicht gelang, mir ein genaues Bild von Grant zu machen, konnte ich mich nicht auf meine Instinkte verlassen. Mein ganzes Radarsystem war durcheinandergekommen.

Obwohl ich mich beeilt hatte, war es schon Spätnachmittag, als ich wieder vor Haus Haven vorfuhr. Ich machte mich gleich auf den Weg in die Küche, um den Wasserkessel aufzusetzen, blieb aber wie angewurzelt an der Tür stehen. Die Fotos, die ich in der Bibliothek von der Wand genommen und hier neben der Tür abgestellt hatte, waren aus den Rahmen gerissen worden. Der Boden war mit Glasscherben übersät, und die zerfetzten Reste der Abzüge waren überall auf der Arbeitsfläche und auf dem Tisch verstreut. Einige Teile von Hunters noch nicht vollendeten Holzarbeiten hatte man mutwillig ins Feuer geworfen. Es war ein schmerzlicher Anblick. Ich rief sofort bei Rothes an und nach einem kleinen Zögern auch bei Grant.

Nun stand ich allein mitten in den Trümmern und schaute mich in der Küche nach Anzeichen weiterer Zerstörung um. Die restlichen Flaschen Rose Reserve hatten, als ich weggegangen war, noch neben dem Ofen auf der Arbeitsfläche gestanden. Sie waren beide weg. Ich ging in die Bibliothek, um nachzuschauen, ob die angebrochene Flasche auf dem Tablett noch da war, doch die fehlte auch. Zog Claires Mörder jetzt die Schlinge zu? Das Chaos war doch sicher nur angerichtet worden, um den Diebstahl zu vertuschen, mit dem zusätzlichen Nebeneffekt, dass es mich zu Tode erschreckte. Außer den Flaschen Rose Reserve schien nichts zu fehlen. Das heißt, nichts außer meinem Gefühl der Sicherheit.

Ich ging wieder nach draußen, wütend, dass Haus Haven sich für mich nun nicht mehr wie eine Zufluchtsstätte anfühlte. Die Welt da draußen war mit Gewalt durch die Tür hier eingedrungen.

Grant und Liam kamen als Erste. Ich band Liam draußen an und führte Grant in die Küche. Er blieb ungläubig starrend stehen. »Warum?«

»Um die restlichen Flaschen Rose Reserve zu stehlen«, sagte ich.

»Ich nehme an, die sind mehr wert als all die Elektrogeräte zusammen«, meinte Grant und fuhr sich mit den Händen durchs Haar.

»Wenn man weiß, wonach man sucht«, merkte ich an.

Er legte mir einen Arm um die Schulter und drückte mich. »Nur mit der Ruhe.«

Seine Berührung verstörte mich, und ich machte einen Schritt zur Seite. »Es geht mir gut«, behauptete ich.

»Haben Sie schon bei Bill angerufen?«, fragte er und wandte sich wieder dem Chaos zu.

»Er ist unterwegs.«

Ich schaute Grant aus dem Augenwinkel an, während er die Trümmer durchsuchte. Er sah aus, als wäre er, seit wir uns vor anderthalb Wochen kennengelernt hatten, deutlich gealtert. Die Falten auf seiner Stirn waren tiefer geworden, die blauen Schatten unter seinen Augen ausgeprägter. Ich sah, wie sich seine Augen vor Wut verfinsterten, und konnte nicht glauben, dass er irgendwas mit diesem Schlamassel zu tun haben sollte. Das hatte jemand zu verantworten, der mit in Duffs Whiskyschwindeleien steckte, aber Blaire war ja mit mir zusammen gewesen. Wer war es also? Hatte Maitland Frank Monroe geschickt? Hatte vielleicht Blaire jemanden herbeordert? Möglicherweise Cam? Es hatte ganz so ausgesehen, als wären Blaire und er ziemlich gut bekannt, als sie bei Duffs Gedenkgottesdienst zusammensaßen. Rothes und Michaelson tauchten auf, ehe ich die Gelegenheit hatte, weiter groß darüber nachzudenken.

»Irgendwas gestohlen?«, fragte Michaelson.

»Ein paar Flaschen hochwertiger Whisky aus Bens Sammlung. Zwei volle Flaschen, und eine angebrochene.«

»Wie viel könnten die wert sein?«

»Sehr viel. Auf dem aktuellen Markt über zehntausend Pfund«, antwortete ich. Michaelson schaute verwundert, gab aber keinen Kommentar ab.

»Hunter war nicht hier?«, fragte Rothes.

»Er ist für ein paar Tage nach Manchester gefahren.«

»Wir schauen uns mal um«, meinte Michaelson. »Inzwischen überprüfen Sie bitte, ob in anderen Teilen des Hauses nichts beschädigt wurde.«

»Sie können nicht hier bleiben, nach all dem«, sagte Grant leise, als er mir in die Bibliothek folgte. »Kommen Sie zu uns nach The Larches, zumindest bis die Polizei das hier geklärt hat. Wir haben jede Menge Gästezimmer, und Liam ist mehr als willkommen.«

»Ich denke drüber nach«, antwortete ich und ging die Treppe hinauf. Ich machte eine schnelle Runde durch das Haus, versuchte dabei, meine Nerven zu beruhigen. Es sah nicht so aus, als wäre sonst noch etwas in Mitleidenschaft gezogen worden. Wieder einmal wusste ich nicht, wohin ich mich wenden sollte. Ob ich wollte oder nicht, Grant hatte recht. Hier konnte ich nicht bleiben. Aber ich fragte mich, ob ich in The Larches sicherer wäre. Ich schloss die Augen und beschwor Grants Gesicht herauf. *Leidenschaftlich*, das Wort war noch immer da, aber es hatte so viele Facetten: sinnlich, besessen, gewalttätig. Welche traf auf ihn zu? Und immer noch hatte ich keinen Schimmer von den anderen beiden Wörtern. Wieder einmal musste ich blind vertrauen.

Ich ging langsam die Treppe hinunter und versuchte mir zu überlegen, wie ich das Thema der gefälschten Etiketten am besten ansprechen sollte. Ganz gleich, wie gern ich allein weitergeforscht hätte, ich konnte jetzt Claires Geheimnis nicht länger für mich behalten. Es war höchste Zeit, dass die Polizei davon erfuhr. Aber ein angenehmes Gespräch würde es nicht werden.

»Diesmal hatte Ihr Eindringling keinen Schlüssel«, sagte Rothes. »In der Hintertür ist eine Scheibe eingeschlagen. Sieht aus, als hätte er da reingelangt und die Tür von außen aufgeschlossen.«

Ich nickte gedankenverloren. Ich war allein mit Michaelson und Rothes. Ich beschloss, am besten mit beiden Beinen hineinzuspringen. »Ich glaube, Sie wissen bereits, dass ich nach Duffs Gedenkgottesdienst mit Claire Jones gesprochen habe.«

Michaelson blickte ruckartig auf. »Ja.«

Ich holte tief Luft. »Sie hat mir erzählt, dass Duff letzten Herbst ein paar Whiskyetiketten in Auftrag gegeben hat. Sie hat sie sich nicht genau ansehen können, aber nach ihrer

Beschreibung hat es sich angehört, als wären sie genau wie die Etiketten, die auf den Flaschen eines seltenen Whiskys namens Rose Reserve verwendet wurden.«

Rothes schaute verwirrt. »Der Rose Reserve ist seit beinahe dreißig Jahren nicht mehr hergestellt worden. Hat sie gesagt, was er mit diesen Etiketten gemacht hat?«

»Sie wusste es nicht, aber ich dachte, das wäre vielleicht wichtig, weil mindestens zwei Flaschen von dem originalen Rose Reserve, die Ben gehörten, heute verschwunden sind.«

»Warum zum Teufel haben Sie uns das nicht gleich erzählt?«, polterte Michaelson los.

»Ich habe das bis jetzt nicht für relevant gehalten«, wich ich aus.

»Sie haben es nicht für relevant gehalten, dass Duff gefälschte Etiketten für Flaschen mit hochwertigem Whisky besaß? Verschweigen Sie uns sonst noch was?« Michaelson funkelte mich wütend an.

»Ich glaube, das war alles«, antwortete ich.

»Das will ich verdammt noch mal auch hoffen«, knurrte er. »Und wie genau sind Sie auf dieses Thema gekommen?«

»Das weiß ich nicht mehr.«

»Ms Logan, wir können dieses Gespräch auch auf der Wache weiterführen; wenn Sie das nicht wollen, versuchen Sie, Ihrem Gedächtnis hier und jetzt auf die Sprünge zu helfen.«

»Schon gut. Claire schien nach dem Gedenkgottesdienst außergewöhnlich aufgeregt zu sein. Sie machte sich wegen der wiederholten Besuche der Polizei bei ihr Sorgen. Ich meinte, dass die wohl gespürt hatten, dass sie ihnen etwas verheimlichte, und dachte, sie würde sich vielleicht besser fühlen, wenn sie sich jemandem anvertraute, der auch nach Antworten suchte.«

»Jemandem wie Ihnen.«

»Was soll ich sagen, sie schien Bens Nichte eher zu vertrauen als der Polizei.«

»Hat sie Ihnen verraten, wer diese Etiketten für Duff gedruckt hat?«

»Nicht genau. Ihr Bruder Stewart hat Duff an den Freund eines Freundes vermittelt. Zweifellos könnte Stewart Ihnen da mehr erzählen.«

»Zweifellos.« Michaelson schüttelte den Kopf. »Das hier ist keine Story für die Zeitung, Ms Logan, es ist eine Mordermittlung. Meine Leute und ich stellen hier die Fragen – nicht Sie. Ich erwarte Sie auf der Wache, wo Sie so schnell wie möglich eine Aussage unterschreiben werden.«

Ich widerstand der Versuchung, die Gründlichkeit dieser Mordermittlung anzuzweifeln, wenn eine Außenstehende wie ich mehr Fakten ans Licht beförderte als die Polizei, aber ich spürte, dass Michaelson das durchaus schon begriffen hatte und dass dies zweifellos zu seinem Missmut beigetragen hatte.

»Ich kann heute Nacht einen Beamten hier Wache stehen lassen, wenn Sie sich dann wohler fühlen«, bot Rothes an, als Michaelson fortging.

»Nein danke«, antwortete ich. »Ich übernachte heute in The Larches.« Ich wollte schon weggehen, drehte mich aber noch einmal um. »Es geht mich ja nichts an, doch wenn ich über all das einen Artikel schreiben müsste, würde ich mit Maitland und Oliver Blaire über den Schwarzmarkt für seltene alte Whiskys reden, und ich wäre sehr neugierig, wo Frank Monroe das Geld für sein schickes Auto herhat.«

Mir war nicht danach zumute, der Polizei bei der Untersuchung des Tatorts zuzuschauen. Hoffentlich würden sie Spuren des Eindringlings finden. Ich war wütend über den Verlust des Whiskys, aber am meisten über das Eindringen eines Fremden in meine Privatsphäre. Ich hatte es bisher nicht bemerkt, doch zum ersten Mal seit Jahren hatte ich hier das Gefühl entwickelt, wieder ein Zuhause zu haben. Diesen neuen und noch ungewohnten Trost hatte mir der Eindringling, wer immer er war, nun genommen.

Jetzt musste ich erst mal hier weg. Bei logischer Betrachtung der Lage wäre ja Grant, wenn mir bei ihm etwas zustoßen würde, der erste Verdächtige. Falls er also versuchte, mich loszuwerden, konnte er das in seinem eigenen Haus kaum riskieren. Dort würde ich zumindest im Augenblick sicher sein. Rasch warf ich ein paar Kleidungsstücke und persönliche Sachen in einen Koffer und steckte das Jagdmesser, das ich im Eisenwarenladen gekauft hatte, in eine Seitentasche. Vorsicht ist die Mutter der Porzellankiste.

Grant verstaute mein Gepäck im Kofferraum seines Autos und öffnete die hintere Tür. Liam kam von der anderen Seite des Hauses angewetzt und sprang ohne das geringste Zögern hinein, machte es sich auf der Rückbank bequem und streckte den Kopf zum Fenster hinaus. Wir fuhren zur Polizeiwache. Grant wartete draußen, während ich eine schriftliche Aussage zu Duffs Etiketten zu Protokoll gab.

In The Larches hatte Liam schon den ganzen Tag frei überall herumlaufen dürfen, und jetzt trottete er in die Küche, sobald wir in der Eingangshalle angekommen waren. Ich konnte nur hoffen, dass er sich während unserer Zeit im Herrenhaus nicht danebenbenehmen würde. Ich hatte mich ja hier schon umgeschaut und wusste, dass die Möglichkeiten dafür endlos waren; ich wollte lieber nicht dran denken.

Grant führte mich in ein Zimmer im ersten Stock mit Blick auf den Garten, ehe er wieder nach Abbey Glen aufbrach, um dort seine Arbeit für heute abzuschließen. Als ich allein war, schaute ich mich anerkennend in meinem Zimmer um. Es hatte durchaus seine Vorteile, wenn man zum Landadel gehörte. Ein eindrucksvolles Himmelbett mit geschnitzten Pfosten und kleinen Aufsätzen prangte an der einen Wand, gegenüber gab es einen großen steinernen Kamin. Eine erikafarbene Seidenbettdecke war das wichtigste Zugeständnis an einen weiblichen Geschmack und milderte ein wenig die harten Kanten des Steins und des Holzes im Raum. Im Kamin knisterte ein heimeliges Feuer, und im angrenzenden Badezimmer warteten Handtücher und ein flauschiger türkischer Bademantel. Alle Annehmlichkeiten eines 5-Sterne-Hotels und zum Glück auch eine große Kommode, die ich in der Nacht vor die Tür schieben konnte.

Ich war noch angespannt von der Autofahrt und der unerfreulichen Heimkehr, ließ mir also ein heißes Bad in die Wanne mit den Klauenfüßen ein und versank bis zu den Ohren darin. Dort versteckte ich mich, bis das Wasser kalt und meine Finger schrumpelig geworden waren, während ich im Niemandsland schwebte und versuchte, das Unmögliche möglich zu machen und den Kopf freizubekommen. Als es mir zu kühl wurde, gab ich den Versuch auf, die wirbelnden Gedanken an Duff und Whisky und Abbey Glen zu unterdrücken, die mir durch das Hirn jagten, hievte mich aus der Wanne und wickelte mich in ein riesiges Handtuch. Während ich mich abtrocknete, war ich überrascht von meinem Abbild, das mir aus dem großen Spiegel hinter der Tür entgegenstarrte. Ein paar Wochen mit regelmäßigen Mahlzeiten hatten mir nicht geschadet. Ich hatte wieder ein bisschen Fleisch auf den Rippen und sah nicht mehr so ausgemergelt wie sonst aus. Die dünne Schrapnellnarbe an meinem rechten Hüftknochen war noch da, aber meine magere Gestalt, die ich zu verbergen versucht hatte, war nun wieder ein wenig runder geworden, und der chronische Sonnenbrand aus der Wüstengegend war zu einem warmen Leuchten verblasst. Zumindest sah ich jetzt nicht mehr so schlecht aus, wie ich mich fühlte.

Ich tappte ins Schlafzimmer zurück und erschrak zutiefst, als ich einen Zettel auf dem Nachttisch vorfand. Ich hob ihn auf, und mein Herz pochte doppelt so schnell. Aber es war nur eine Nachricht von Grant, der mir mitteilte, dass Kristen heute um acht Uhr zum Abendessen zu uns stoßen würde. Ich war eigentlich erleichtert, dass wir nicht allein sein würden, überlegte mir jedoch, dass ich mir, wenn wir Besuch hatten, ein bisschen mehr Mühe mit meinem Aussehen geben musste. Ich kramte aus meinem Koffer ein Strickkleid aus Kaschmir in einem satten Pflaumenblau hervor. Es war eine extravagante Anschaffung gewesen und noch nicht oft zum Einsatz gekommen, wäre aber warm genug, um gegen die Kälte anzukämpfen, die von allen Steinböden in The Larches aufzusteigen schien, und trotzdem elegant genug für ein feines Abendessen.

Ich schaute mich erneut im Spiegel an. Mir war noch nicht aufgefallen, wie hauteng das Kleid anlag, aber ich hatte keine bessere Option. Mein einziges Zugeständnis an eine Frisur war, dass ich mir die Haare kurz vor dem Kamin durchwuschelte, aber ich legte einen Hauch Make-up auf und schlüpfte in hochhackige Schuhe. Mit Kristen Ramsey konnte ich es nicht aufnehmen, doch zumindest war ich vorzeigbar.

Als ich über den langen Flur zur Treppe ging, hörte ich aus dem Erdgeschoss bereits Kristens Stimme. Sie begrüßte mich mit einer Umarmung und verzog freundlich das Gesicht.

»Sie Ärmste. Das wird ja immer schlimmer, nicht?«, sagte sie. »Ich bin froh, dass Sie Grants Gastfreundschaft angenommen haben. Bis die geklärt haben, was da läuft, sollten Sie nicht allein sein, denke ich.«

»Wirklich, mir geht's gut«, erwiderte ich. »Ich muss nur erst Hunter bitten, das Fenster zu reparieren, ehe ich dorthin zurückkehre. Ich kann selbst auf mich aufpassen, auch wenn es vielleicht bisher nicht so ausgesehen hat.«

Kristen hakte sich bei mir unter und führte mich ins Wohnzimmer, wo Grant schon mit einem Drink am Kamin stand. Er schaute mit gerunzelter Stirn auf, als wir eintraten. Seine Augen hatten ein tiefes Smaragdgrün, das ich noch nie gesehen hatte, und er schien sich in seiner Haut nicht ganz wohlzufühlen. War es das schlechte Gewissen, oder bereute er schon sein voreiliges Angebot der Gastfreundschaft?

Kristen fühlte sich hier offensichtlich wie zu Hause, winkte Grant nur kurz zu und schenkte uns beiden einen Drink ein, ehe sie es sich vor dem Kaminfeuer bequem machte. »Hat die Polizei schon eine Ahnung, wer der Eindringling war?«, fragte sie.

»Natürlich nicht. Sie hat nur jede Menge Fragen. Aber keine Antworten. Sonst noch was von der Autopsie?«, gab ich zurück.

»Nichts Relevantes. Und nichts, das bei Tisch erörtert werden sollte. Warum machen wir nicht mal eine Pause mit den Gesprächen über die Destillerie? Reden wir zur Abwechslung mal über was anderes.«

Kristen gab sich redlich Mühe, die Konversation während des Essens fröhlich zu halten, und unterhielt uns mit Geschichten über ein paar von ihren etwas schrulligen Patienten. Sogar Grant gelang das eine oder andere leise Lachen, doch ich ertappte ihn mehr als einmal dabei, wie er mich intensiv anschaute. Kristen ließ sich Zeit beim Dessert, ging aber dann, nachdem sie einen Abschiedsschluck abgelehnt hatte. Sie meinte, sie sei zu erschöpft von ihrem Wochenprogramm. Ich brachte sie zur Tür und kehrte ins Wohnzimmer zurück, um meinen Drink weiter zu genießen. Ich machte es mir vor dem Kaminfeuer auf dem Boden gemütlich. Liam kam aus der Küche gewandert und legte mir den Kopf in den Schoß. Er wirkte wohlgenährt und zufrieden.

Grant schenkte sich nach einem Zögern einen weiteren Whisky ein und setzte sich auf den Sessel auf der anderen Seite des Kamins.

»Ich würde zu gern wissen, was Sie gerade denken«, sagte er.

»Ach, nichts Besonderes«, erwiderte ich und kraulte Liam die Ohren. »Und außerdem hat unsere liebe Frau Doktor uns verordnet, nicht über die Destillerie zu reden.«

»Theoretisch eine hervorragende Idee, aber wenn man an nichts anderes denken kann, dann ist es so, als wollte man einen Elefanten in der Zimmerecke ignorieren. Wollen Sie mir nicht sagen, was in Ihrem Kopf vorgeht?«

Dieser Elefant war größer als Grant sich vorstellte. Ich holte tief Luft. »Rothes hat mir berichtet, dass Duffs Freundin Claire Jones in der Nacht nach Duffs Gedenkgottesdienst tot aufgefunden wurde.«

»Was?« Grant beugte sich ungläubig vor. »Wie?«

»Überdosis Drogen. Man hat sie auf der Toilette eines Nachtklubs in Edinburgh gefunden.«

»Meinen Sie, das könnte was damit zu tun gehabt haben, dass sie sich Ihnen anvertraut hat?«

»Ich hoffe, nicht.« Ich schaute in Grants besorgtes Gesicht. »Aber was, wenn es doch so ist?«

»Ich dachte, es hätte Sie niemand gesehen, als Sie mit ihr geredet haben.«

»Das hatte ich auch angenommen, aber jemand muss uns beobachtet haben.«

»Haben Sie eine Ahnung, wer?«

»Offensichtlich Duffs Komplize, denke ich mal.« Rasch erklärte ich Grant Patricks Idee, dass einer unserer Brenner-Kollegen mit Duff zusammenarbeitete und ihn mit dem Whisky für seine gefälschten Flaschen versorgte.

»Das würde Duffs Betriebskosten gewaltig senken«, gestand mir Grant zu. »An wen hattet ihr denn gedacht?«

»Zunächst ist mir Maitland eingefallen. Er ist der König der windigen Geschäfte, aber nach meinem heutigen Besuch in Stirling sieht es so aus, als läge auch Blaire gut im Rennen. Er hat ständig für seine Hausmarke Warrenton's Zugriff auf Restposten von guten Whiskys.«

Grant ließ sich im Sessel zurücksinken. »Sie wollen mich glauben machen, dass einer dieser beiden Männer, die ich beinahe mein Leben lang kenne, ein Mörder sein könnte?«

»Ich weiß, es ist brutal, aber irgendwas ist bei der Geschichte schiefgelaufen. Wer immer mit Duff zusammengearbeitet hat, er hat sich gegen ihn gewandt, und Duff musste dafür zahlen.«

Grant schüttelte traurig den Kopf.

»Wenn man versucht, rauszubekommen, was hier abläuft, ist das Schwierigste, dass in ganz Balfour niemand glauben will, dass es einer von euch gewesen sein könnte«, merkte ich an. »Alle kannten Duff, und niemand wäre je auf die Idee gekommen, er würde der Destillerie schaden wollen. Und doch hatte Duff mit der Sabotage zu tun. Das Forensikteam hat seine Fingerabdrücke überall auf dem Druckventil gefunden. Die eigentliche Frage ist nicht, ob Duff mitgemacht hat, sondern für wen er es getan hat. Da draußen zieht irgendwer die Strippen und hat die Sabotage und die Brandstiftung gesteuert. Ein Strippenzieher, der keine Probleme damit hatte, Duff durch eine andere Marionette zu ersetzen, nachdem der umgekommen war.«

»Sie sagen also, dass Duff mit beiden Vergehen zu tun hatte. Mit der Sabotage in der Destillerie *und* mit dem Verkauf des gefälschten Whiskys?«

»Ich denke schon.« In der Badewanne war mir eine neue Idee gekommen, und ich beschloss, mich damit vorzuwagen. »Ich habe mich die ganze Zeit wirklich bemüht, die beiden Vorkommnisse separat zu betrachten. Jetzt bin ich mir nicht mehr so sicher, ob das richtig war.«

Grant kniff die Augen zusammen und musterte mich weiter intensiv. »Reden Sie weiter.«

»Na ja, der Verkauf von gefälschtem altem Whisky ist etwas riskant. Wie zum Beispiel sollte man den Käufern erklären, woher man ihn hat?«

»Duff hat bei Abbey Glen gearbeitet«, schlug Grant vor. »Er hatte also eine legitime Verbindung zur Brennerei.«

»Ja, aber trotzdem wäre das heiße Ware, nicht?«

»Stimmt. Doch es gibt immer eine gewisse Gruppe Menschen, die bereit ist, nicht so genau nachzufragen.«

»Hören Sie mir bitte weiter zu. Wenn Abbey Glen Ihre Brennerei wäre, dann könnte niemand etwas dagegen sagen, dass Sie einen alten Fletcher's verkaufen. Den besitzen Sie dann völlig legal. Was ist, wenn sich Duff das alles ausgedacht hätte und sich dann mit Blaire zusammengetan ...«

»Oder mit Maitland.«

»Oder mit Maitland. Doch plötzlich stirbt Ben, und alles ändert sich. Jetzt gibt es eine Möglichkeit, die Destillerie zu erwerben. Die beiden Schwindler könnten nun die Herkunft der gefälschten Flaschen legitimieren. Außerdem könnten Maitland oder Blaire noch in den Besitz einer begehrenswerten neuen Destillerie kommen. Wenn man es so sieht, könnten die Drohbriefe, die Sabotage, die Brandstiftung alle Teil eines einzigen Plans sein, der mich dazu bringen soll, schnell zu verkaufen und zu verschwinden. Und wir hätten es nicht mit zwei Verbrechen und zwei Tätern zu tun, sondern mit einem Verbrechen mit vielen verschiedenen Facetten. Das ist das fehlende Puzzleteilchen.«

»Ich will nicht sagen, dass Sie sich irren, aber es kostet einen Haufen Geld und Mühe, eine Destillerie zu kaufen, nur um eine kurzlebige Schwindelei zu stützen. Schließlich kann man ja nur eine begrenzte Anzahl von Flaschen Rose Reserve an den Mann bringen. Wenn man immer mehr Fälschungen auf den Markt wirft, fällt zum einen der Preis und zum anderen verringert sich das Prestige, und schon bald wäre der Rose Reserve nicht mehr viel wert.«

»Aber weder Maitland noch Blaire würden die Destillerie nur kaufen, um den Schwindel mit einem seltenen alten Whisky auf sichere Füße zu stellen«, wandte ich ein. »Die haben beide schon seit Jahren ein Auge auf die Brennerei geworfen.«

»Und je schneller Sie verkaufen, desto schneller können die anfangen, ihren neu entdeckten ›Reserve‹ zu verscherbeln«, sinnierte Grant. »Das mag erklären, warum Duff bereit gewesen sein könnte, bei der Sabotage mitzumachen.«

»Selbst wenn ihm der Gedanke, Abbey Glen Schaden zuzufügen, nicht gefallen hat, war sein Komplize, wer immer es auch ist, in der Lage, ihn zu erpressen. Und für ihn war es möglicherweise dann sehr schwer, Nein zu sagen.«

»Stimmt, und wenn er dann zu heftig widersprochen hat, könnte das erklären, warum er in jener Nacht im Gärbottich gelandet ist.«

Dieser ernüchternde Gedanke ließ uns beide verstummen.

»Es ist unschön, aber es scheint mir sinnvoller als alles andere, was wir bisher vermutet haben«, sagte Grant und rieb sich die Augen. »Da Sie heute aber bei Blaire waren, kann der für den Einbruch bei Ihnen nicht verantwortlich sein.«

»Glauben Sie wirklich, Blaire oder Maitland würden sich mit all dem selbst die Hände dreckig machen?«

»Nein, wohl nicht. Also sind wir wieder bei den Komplizen.«

»Leider ja. Wie sind Sie mit den Alibis für die Angestellten bei Abbey Glen vorangekommen?«

»Ich habe überprüft, wo sich jeder unmittelbar vor dem Brand aufgehalten hat. Frank und Cam waren zusammen und haben die Gärbottiche mit dem Schlauch ausgespritzt, und Evan Ross und Walter Bell waren gerade unterwegs zu einer Viehauktion in Dundee. Mit der Nacht, in der Duff ermordet wurde, ist es komplizierter. Cam hat gegen acht den Pfarrer und seine Frau nach Hause gebracht, ist dann zu sich gefahren und hat geschaut, ob es seiner Frau gutgeht, und ist anschließend nach Abbey Glen zurückgekommen. Er sagt, er wäre gegen zehn im Büro der Destillerie eingetroffen. Evan und Walter waren bei Evan und haben sich ein paar Drinks genehmigt, weil der Pub geschlossen hatte, und Frank sagt, dass er den ganzen Abend bei seiner Mutter war.«

»Also keine wasserdichten Alibis für die Mordnacht«, stellte ich fest. »Haben Sie eine Ahnung, woher Frank Monroe das Geld für seinen schnittigen Wagen haben könnte?«

»Frank? Der hat ein fünf Jahre altes VW-Käfer-Kabrio … würden Sie das als schnittig bezeichnen?«

Ich verzog das Gesicht. »Im Heimwerkerladen haben sie ihn damit aufgezogen. Ich dachte nur …«

»Sie sind hier nicht in der Großstadt, Mädel, wie Hunter sagen würde. Nach unseren Maßstäben ist jedes Kabrio ein schnittiges Auto, auch wenn das Dach ein Leck hat. Und was das Geld betrifft, er hat ein bisschen was geerbt, als seine Oma letztes Jahr gestorben ist.«

Das war's also mit dem Geld aus krummen Geschäften. Ich konnte nur hoffen, dass die Polizei konkretere Anhaltspunkte finden würde.

Grant räkelte sich und unterdrückte ein Gähnen. »Ich war heute mit Liam bei den Schäferhundeprüfungen in Denny«, murmelte er.

»Schäferhundeprüfungen?«

»Ja. Ein paar von den Brennern von Islay haben diese Veranstaltung finanziell unterstützt, und ich hatte gehört, dass Rowan Johnson auch da sein würde.«

»Und Sie haben Liam mitgenommen?«

»Er hat doch eine solche Vorliebe für die torfigen Malts, da dachte ich, es macht ihm sicher Spaß.«

Ich musste unwillkürlich lächeln. »Und ich hatte befürchtet, Sie beide würden vielleicht nicht gut miteinander auskommen.«

»Hierzulande kann man mit einem Hund, der Whisky trinkt, viel erreichen. Also habe ich ihn mitgenommen.«

»Und? Erfolg gehabt?«

»Johnson ist ohnehin schon ziemlich wortkarg. Ich habe den Namen Maitland einmal erwähnt, aber er hat nicht drauf angebissen, und natürlich wollte er nicht über seine Zukunftspläne für Abbey Glen sprechen.«

»Mochte Liam ihn?«

»Wie bitte?«

»Hat er mit dem Schwanz gewedelt oder ist er rumgesprungen?«

»Natürlich nicht. Er ist mir dicht auf den Fersen gefolgt, besonders nachdem ich ihm ein Schlückchen Malt besorgt hatte. Warum?«

»Ich vertraue auf seinen Instinkt. Wenn er jemanden nicht leiden kann, dann stimmt gewöhnlich mit dem was nicht.« Ich dachte an Liams Reaktion auf Grant. Ich war vielleicht nicht fähig, mir ein halbwegs objektives Urteil zu bilden, aber Liam schon. Er war der Ansicht, Grant ist in Ordnung.

Grant schaute mich an, als hätte ich den Verstand verloren. »Wie Sie meinen«, sagte er.

»Maitland hasst er.«

»Okay, verstanden, aber Sie können einen Kriminellen nicht danach beurteilen, ob Sie ihn leiden können oder nicht. Oder was Liam von ihm hält.«

Ich wusste, dass ich das sehr wohl konnte, doch es war an der Zeit, das Thema zu wechseln. »Noch irgendwas über Decons?«

»Die Jungs bei Decons sind nicht geneigt, mit mir direkt zu reden, aber es geht das Gerücht um, dass sie an der Brennerei nur als zusätzliche Erzeugerin eines schlichten Malts interessiert sind. Ich denke, im Endeffekt haben sie vor, die meisten kleineren Destillerien hier in der Gegend unter ihrem Banner zu vereinen. Anzeichen für einen persönlichen Rachefeldzug gegen Sie oder Abbey Glen habe ich jedoch nicht gefunden.«

»Gut zu wissen. Jedenfalls, danke, dass Sie mich unterbringen und es mit mir aushalten. Es war ein langer Tag. Ich versuche jetzt lieber, ein bisschen zu schlafen.«

Grant stand auf und hielt mir die Hand hin, um mir vom Teppich hochzuhelfen. Als ich auf die Füße kam, war ich nur noch Zentimeter von ihm entfernt und streckte die Hand aus, um mich an seiner Brust abzustützen. Es war vielleicht nichts als Einbildung, aber ich spürte, dass er eine beinahe unmerkliche Bewegung auf mich zu machte. Plötzlich war mir trotz der ständigen Kühle im Raum zu heiß, ich fand, dass ich viel zu warm angezogen war, und fühlte mich vollkommen überwältigt. Ich wusste, dass ich nach oben fliehen musste, ehe ich etwas machte, was ich später bereuen würde. Ich murmelte rasch Gute Nacht und steuerte auf die Treppe zu, Liam folgte mir dicht auf den Fersen.

KAPITEL 21

Im Traum fiel ich die große Treppe hinunter, doch anstatt auf den Boden zu krachen, landete ich in einer Umarmung, die mich erbeben ließ. Sogar als ich allmählich wieder an die Oberfläche driftete, bemühte ich mich verzweifelt, in den Traum und in Grants warme Arme zurückzutauchen. Ich schlug die Augen auf und erblickte Liam, der auf meinem Bauch lag. Als er zu winseln begann, gab ich auf und entschied, dass es wohl besser wäre, wenn ich ihn rausließ, ehe er sich an dem antiken Perserteppich verging, der vor dem Bett auf dem Boden lag.

Ich schnappte mir Jeans und einen Pullover, schob die Kommode vor der Tür weg und schlich mich nach draußen in die feuchte Morgenluft. Liam steuerte auf den nächsten Baum zu und trottete dann los hinters Haus, ich verschlafen hinter ihm her. In der Nacht war es ruhig geblieben. Ich schämte mich nicht, zuzugeben, dass ich mit dem Messer unter dem Kopfkissen geschlafen hatte, aber es war kein wildgewordener Schotte hereingestürzt, um mich im Schlaf zu ermorden. Hätte ich nicht einen dicken Kopf gehabt, weil ich Whisky und Wein durcheinander getrunken hatte, ich wäre äußerst tatendurstig gewesen.

Liam preschte durch das nasse Gras voran, hinterließ eine dunkle Spur. Das Landgut musste zu seinen besten Zeiten sehr eindrucksvoll gewesen sein. Der Garten erstreckte sich in säuberlich manikürten Beeten hinter dem Haus, die sicher weniger abgezirkelt angelegt waren als früher, aber immer noch von liebevoller Hand gepflegt wurden. Die frische Morgenbrise vertrieb mir die Schläfrigkeit und den Whiskydunst aus dem Kopf, während ich Liam hinter die Ställe und dann den Berg hinauf folgte, ehe ich zum Haus umkehrte.

Wir waren so nass und schlammbespritzt, dass ich eine Rückkehr durch die Eingangshalle für eine schlechte Idee hielt, also führte ich Liam zur Hintertür und band ihn dort mit einem Strick fest, der auf einem nicht mehr benutzten Kohleeimer lag. Mrs Yates, die uns am Vorabend das Abendessen serviert hatte, kümmerte sich in der Küche um eine Pfanne mit Speck.

»Tut mir leid, dass ich hier reinplatze, aber ich wollte die Eingangshalle nicht verdrecken«, sagte ich und deutete auf meine schlammigen Gummistiefel.

»Keine Sorge. Stellen Sie sie bei der Tür ab, ich kümmere mich später drum.«

»Das kann ich schon selbst tun«, versicherte ich ihr. »Ich bin auf der Suche nach einem Handtuch, mit dem ich Liam saubermachen kann. So möchte ich ihn nicht ins Haus lassen.«

»Das ist kein Problem«, sagte Mrs Yates mit einem Lächeln. »Mein Luke hat ihn richtig ins Herz geschlossen.« Sie lehnte sich zur Hintertür hinaus und rief. Durch das Fenster sah ich einen kleinen Jungen, der vom Schuppen her angerannt kam. Er erblickte Liam und lief auf ihn zu, um ihn zu begrüßen. Die beiden fielen auf den Boden und tollten dort herum wie die Welpen.

»Na, jetzt pass aber auf, dass er nicht noch dreckiger wird«, schimpfte Mrs Yates. »Und mach ihn ordentlich sauber, ehe du ihn ins Haus bringst.« Sie wandte sich zu mir, schaute ein wenig unsicher. »Das ist doch in Ordnung? Er hat so viel Spaß mit Liam.«

»Mir macht das nichts aus, solange Sie nichts dagegen haben, Mrs Yates. Liam hat sich schon immer einen kleinen Freund gewünscht. Der freut sich bestimmt.«

»Hier in The Larches geht es nicht so förmlich zu. Ich bin Louisa.«

»Abi«, erwiderte ich.

»Grant hat mich gebeten, Ihnen zu sagen, dass er heute Morgen in der Destillerie ist. Ich kann Ihnen ein Tablett aufs Zimmer bringen, wenn Sie mögen.«

»O nein, ich bin sehr zufrieden hier, wenn ich Ihnen nicht im Weg bin«, sagte ich und setzte mich an den polierten Eichentisch. Ich war erleichtert, dass ich dem Hausherrn nicht am Frühstückstisch gegenübersitzen musste.

»Aber gern.« Eine dampfende Tasse Tee tauchte vor mir auf, gefolgt von Eiern, Speck, Würstchen, Tomaten und warmem Brot.

»Das sollte ich nicht zu oft machen, sonst passe ich nicht mehr in meine Kleider«, sagte ich und knabberte mit einem zufriedenen Seufzer am letzten Stückchen Speck.

»Ach was, seien Sie nicht albern. Viel Bewegung, frische Luft und gutes Essen. Das kann nie schaden. Außerdem könnten Sie es brauchen, dass man Sie ein bisschen aufpäppelt, wenn ich das so sagen darf.«

Kein Wunder, dass Liam sich hier so schnell eingelebt hatte. »Sind Sie schon lange in The Larches?«, fragte ich und streckte die Hand nach einer weiteren Scheibe selbstgebackenem Brot aus.

»Fünf Jahre oder so.«

»Sie sind nicht hier aufgewachsen?«

»Nö. Den größten Teil meines Lebens habe ich in Glasgow gearbeitet, aber als mein Mann und ich uns getrennt haben, da war's ein bisschen schwierig. Ich musste ja immer an Luke denken«, sagte sie und deutete mit dem Kopf in Richtung Garten. »Er war damals noch ein Baby. Niemand wollte eine Köchin mit einem kleinen Kind einstellen. Grant war der Einzige, der bereit war, das ganze Paket zu nehmen. Ich werde ihm dafür ewig dankbar sein.«

»Ist Luke hier nicht einsam?«

»Der gedeiht prächtig«, antwortete Louisa und schenkte mir aus einer großen Kanne, die auf dem Herd stand, meine Tasse wieder voll. »Er genießt es, das ganze Landgut für sich zu haben, und die Schule hier am Ort ist erstklassig. Was könnte ich mir mehr wünschen?«

»Ich glaube, das große Los hat Grant gezogen«, sagte ich und wischte die letzten Reste meines Spiegeleis mit einer weiteren Scheibe Brot vom Teller. »Sie sind eine vorzügliche Köchin.«

»Freut mich, dass es Ihnen geschmeckt hat. Kommen Sie später am Nachmittag vorbei, wenn Sie in der Nähe sind. Ich backe heute, und dann gibt es frische Scones.«

»Das wäre wunderbar. Und Sie sagen mir bitte, wenn Liam im Weg ist.«

»Das ist kein Problem. Der ist doch sehr gut erzogen.«

Das hatte ich nun wirklich noch nie gehört. Der alte Schleimer!

Nachdem ich mich endlich aufgerafft hatte, die duftende Wärme der Küche zu verlassen, rief ich bei Patrick und Richard Thomas an, um ihnen von meiner zeitweiligen Adressänderung zu berichten. Thomas rief sofort zurück, und wie erwartet, konnte ich ihn gerade noch daran hindern, die Hilfstruppen loszuschicken.

»Was hat die Polizei dazu gesagt?«, fragte er.

»Sie ermitteln weiter, bla-bla-bla … das übliche Gewäsch.«

»Hm.« Thomas schien nicht erfreut zu sein. »Ich habe Ihnen heute Morgen eine Nachricht in Haus Haven hinterlassen. Signor Bartolli ist entzückt über die Aussicht, Ihr Gastgeber bei einem Besuch in der Whisky Society zu sein. Wir haben das Treffen vorläufig für heute Abend verabredet, es sei denn, das macht Ihnen Probleme.«

»Nein, das geht schon.«

»Gut, dann lasse ich es ihn wissen. Ich bin froh, dass Sie bei Grant untergekommen sind, und ich würde mich besser fühlen, wenn Sie so lange dort bleiben würden, bis die Polizei die Sache aufgeklärt hat.«

Am Spätnachmittag machte ich mich auf den Weg nach Edinburgh; ich war erleichtert, einem unbehaglichen Abend chez Grant entkommen zu sein. Es war einfach zu anstrengend, mit dem Doppelhammer – meinem Verdacht und der Anziehung – klarzukommen. Ich sollte nachsichtiger mit ihm sein, denn obwohl ich den Wagen vom Landgut am Vortag so schlecht behandelt hatte, hatte er ihn mir noch einmal geliehen. Diesmal hatte ich mir Mühe gegeben, mich wie eine kompetente, kultivierte Geschäftsfrau zu kleiden. Das verlieh mir einen Schuss Selbstbewusstsein, und ich fühlte mich besser auf das Treffen mit dem Geschäftsführer von AXB vorbereitet. Bartolli war vielleicht nicht der richtige Mann für Abbey Glen, aber im Augenblick war er gewiss die pragmatische Lösung.

Bei meiner Ankunft wartete er bereits an der Bar. Seine Miene verriet mir, dass meine modischen Bemühungen nicht vergeblich gewesen waren. Im Salon war sehr viel mehr los als bei meinem letzten Besuch, aber Bartolli war beim Personal bestens bekannt und hatte keine Probleme, für uns einen hervorragenden Platz an der Theke zu sichern. Er stellte mich dem Kellermeister Mark Findley als die neue Besitzerin von Abbey Glen vor. Ich wurde willkommen geheißen wie eine lange verschollene Verwandte, und man reichte mir eine Whiskykarte, die über sechzig Seiten hatte und eher einem gelehrten Werk als einer Getränkeliste ähnelte. Die Whiskys waren nach Regionen, dann nach Brennereien und schließlich nach Alter aufgeteilt. Es waren darin sowohl aktuelle wie auch inzwischen geschlossene Destillerien aufgeführt. Ich blätterte zum Abschnitt über Fletcher's und stellte zu meiner Freude fest, dass in den Kellern eine Flasche Rose Reserve lagerte. Allerdings war der Preis pro Glas mehr, als die meisten Leute monatlich für ihr Auto abzahlen. Ich gab mich schockiert und fragte, warum diese spezielle Flasche so ungeheuer teuer war.

»Sie ist Teil einer speziellen Serie von Malts, die damals der Chefbrenner hergestellt hat. Sehr begrenzter Vorrat, und heutzutage praktisch nirgends zu bekommen«, erklärte Mark. Ich blieb bei meiner Bestellung eher konservativ und bat um ein Glas Abbey Glen aus dem Eröffnungsjahr der Destillerie, fragte aber, ob ich mir mal kurz den Rose Reserve anschauen dürfte. So kam ich in den Genuss eines Rundgangs durch den Keller und durfte von den meisten Flaschen Fletcher's und Abbey Glen kosten, die sie dort führten.

Ben zu Ehren bot uns Mark eine kleine Kostprobe des Rose Reserve an. Er war samtig und mild und kullerte leicht durch die Kehle. Soweit ich es beurteilen konnte, war die Flasche identisch mit der, die ich zu Hause gehabt hatte. Ich hielt sie ans Licht, fuhr mit dem Finger über das Etikett und über das glatte grüne Glas. »Würde so was wie der hier heute noch auf den Markt kommen?«, fragte ich. »Ich hätte wirklich gern mehr davon. Der ist wunderbar.«

»Schön wär's«, erwiderte Mark und schüttelte den Kopf. »Ich habe seit Jahren keinen mehr gesehen. Wir haben selbst auch nur noch diese letzten beiden Flaschen. Wenn der weg ist, dann ist der Rose Reserve nur noch ein Geistertrunk.« Mark deutete auf eine Vitrine an der Seite, die Reihe um Reihe von leeren Flaschen beherbergte. »Alle aus Destillerien, die es nicht mehr gibt. Es könnte einem das Herz brechen.«

»Gibt es unter Sammlern einen Markt für Privatverkäufe?«

»Ja, es sind immer jede Menge Leute im Internet unterwegs und verkaufen was, aber ich bezweifle, dass Sie da einen Rose finden würden.«

»Ich sehe, das Sammelfieber hat Sie schon angesteckt«, meinte Bartolli lächelnd.

»Ich denke, ja. Haben Sie denn in Ihrer Sammlung Flaschen von Rose Reserve?«, wandte ich mich an ihn.

»Hatte ich. Aber jetzt sind sie nur noch eine schöne Erinnerung. Wenn es Ihnen gelingt, noch welche zu finden, lassen Sie es mich wissen, ja? Sollen wir jetzt zu Fuß zum Abendessen gehen? Es gibt am Pier einige nette Restaurants.«

Ich war nicht böse, dass nun Essen auf dem Programm stand. Obwohl ich längst nicht alles getrunken hatte, was man mir anbot, spürte ich, dass bereits Kopfschmerzen im Anzug waren. Ich war enttäuscht, dass ich nicht groß was Neues erfahren hatte, aber es wäre ja auch zu viel erwartet gewesen, dass der Kellermeister eine gefälschte Flasche hinter der Bar hervorzauberte. Ich musste mir eine neue Strategie ausdenken.

Als Bartolli mich zur Tür geleitete, eine Hand leicht auf meinem Rücken, entdeckte ich zu meiner Überraschung eine bekannte Gestalt in einem großen Sessel beim Kamin.

»Patrick?«

»Abi … Hi!«

»Du hast mir gar nicht gesagt, dass du schon so bald wieder herkommst.«

Patrick rutschte auf seinem Sessel hin und her, sah aus wie ein Kind, das man mit der Hand in der Keksdose erwischt hat. »Es war eine spontane Entscheidung. Ich hatte hier noch ein bisschen was zu erledigen.«

Sein Begleiter, ein älterer Herr, der mit einem Glas Rotwein in der Hand ein wenig fehl am Platz wirkte, gab sich alle Mühe, nicht zu viel Interesse an unserer geflüsterten Unterhaltung zu zeigen. Gar nicht Patricks üblicher Typ.

»Ruf mich später an«, murmelte Patrick, als er aufstand, um mich zu umarmen.

Ich nickte verwirrt, ehe ich hinter Bartolli hereilte.

»Ein Freund?«, fragte Bartolli, als er mir in den Mantel half.

»Eher ein Geschäftskollege«, antwortete ich und versuchte, das Thema zu wechseln. »Ihr Sohn ist diesmal nicht mit nach Schottland gekommen?«, war das Beste, was mir einfiel.

»Doch, er ist im Hotel und kümmert sich um ein paar geschäftliche Angelegenheiten. Er wollte zu uns stoßen, aber seine Anwesenheit lenkt ziemlich ab, und ich hatte gehofft, wir könnten uns ungestört unterhalten.«

Bartolli plauderte auf dem Weg zum Restaurant liebenswürdig über unwichtige Dinge. Ich beobachtete ihn aus dem Augenwinkel. Er erinnerte mich an einen Beduinenhäuptling, den ich einmal fotografiert hatte. Er hatte die absolute Arroganz eines Menschen, der stets alles unter Kontrolle hat. Jemand, der erwartet, dass sich das Meer vor ihm teilt. Ohne seinen leicht selbstironischen Humor und seinen überbordenden Charme wäre Bartolli völlig unerträglich gewesen.

Sobald wir bestellt hatten, kam er sofort zur Sache. »Hatten Sie schon die Gelegenheit, sich unser Angebot für Abbey Glen näher anzuschauen?«

»Ja, und ich muss zugeben, es ist verlockend.«

»Sie sind sicher sehr erpicht darauf, diese Angelegenheit schnellstens zu regeln und wieder an Ihre Arbeit zurückzukehren.«

»Die kommen da ganz gut ohne mich klar.«

»Das kann ich kaum glauben. Ich habe Ihre Fotos gesehen, Signorina. Sie sind eindrucksvoll, tragisch, sogar poetisch. Ihre Arbeit muss für Sie eine Leidenschaft sein, genau wie meine für mich. Ich kann mir nicht vorstellen, dass Sie sie allzu lange missen möchten.«

»Die Arbeit wartet so lange auf mich, bis ich zur Rückkehr bereit bin. Ben hat mir die Aufgabe übertragen, den perfekten Partner für seine Brennerei zu finden, und ich habe die Absicht, genau das zu tun.«

»Unser Angebot ist sehr großzügig« sagte Bartolli und legte mir eine Hand auf den Arm, »und wegen meiner guten Freundschaft mit Ihrem Onkel möchte ich sicherstellen, dass Sie bei dieser Transaktion gut wegkommen.«

Bei dieser Bemerkung wurde mir leicht mulmig zumute. Nach allem, was ich gehört hatte, war Bartollis Beziehung zu Ben zwar langjährig, aber nicht besonders eng gewesen. Mir war klar, dass er meinen gegenwärtigen Gefühlszustand ausnutzen wollte, um sich ein neues Spielzeug für seine Sammlung zuzulegen. Vom geschäftlichen Standpunkt aus gesehen, war das ja auch vernünftig. Aber ich war längst noch nicht bereit, mich festzulegen.

»Ich werde nicht überstürzt an den erstbesten Bieter verkaufen, der daherkommt«, sagte ich. »Im Gegenteil, ich werde die Brennerei vielleicht eine Weile behalten, um zu sehen, was sich sonst noch so ergibt.« Was ich da sagte, überraschte mich selbst, aber irgendwas an Bartolli störte mich gewaltig: seine Selbstsicherheit, seine Anmaßung, dass schon alles irgendwann in seinem Sinne entschieden werden würde. Ich wollte mich nicht von seinem Charme und seinem Geld überrollen lassen.

Bartollis Gesicht verhärtete sich beinahe unmerklich. »Ms Logan, Sie werden schwerlich einen Käufer finden, der Ihren Wünschen für Abbey Glen mehr entgegenkommt als AXB. Wenn Sie versuchen, ein lukrativeres Angebot zu erzielen, würde ich Sie ermutigen, mal Ihre Lage zu überdenken. Es ist ein teures Hobby, eine kleine Destillerie zu betreiben, und es wird schwer sein, einen qualifizierten Käufer zu finden, der all die von Ihnen gewünschten Kriterien erfüllt. Ich mache Ihnen ein sehr großzügiges Angebot, und ich würde Ihnen raten, es sich genau zu überlegen, ehe Sie ablehnen.«

»Ich habe nicht gesagt, dass ich ablehne – ich habe nur gesagt, dass ich alle Optionen erwäge«, erwiderte ich lächelnd. »Aber es besteht doch keine Eile, oder? Wichtige Entscheidungen sollte man nie überstürzt treffen.« Ich schaute Bartolli unter meinen Wimpern hervor an. »Ganz gleich, wie attraktiv das Gesamtpaket ist.«

Bartolli lächelte zurück, ein wenig besänftigt, wenn auch immer noch ein Muskel in seinem Kiefer zuckte. »Wie Sie sagen, Sie sollten nichts überstürzen. Das hätte Ben so erwartet. Zweifellos hat er sich deshalb entschieden, Abbey Glen in Ihre fähigen Hände zu legen.«

Für den Rest der Mahlzeit beschränkten wir uns auf neutralere Themen wie Fußball und Politik, und ich gab mir redlich Mühe, auch so charmant wie möglich zu sein. Bartollis Laune besserte sich wieder, und er versorgte mich weiterhin großzügig mit Wein und Komplimenten.

Er brachte mich zum Auto und bot mir an, in seinem Hotel noch einen Abschiedstrunk einzunehmen, aber ich lehnte ab. Zu meiner Überraschung stellte ich fest, dass ich so schnell wie möglich wieder nach The Larches zurückwollte. Ich stellte mein Telefon auf Freisprechen und rief Patrick an.

»Wie war dein Rendezvous zum Abendessen?«, fragte Patrick.

»Es war kein Rendezvous, aber durchaus spannend.«

»Bartolli ist interessiert«, meinte Patrick. »Aber ich bin mir nicht sicher, ob das Objekt seiner Begierde die Brennerei ist. Ich muss schon sagen, du siehst wieder fast wie dein früheres Selbst aus.«

»Nicht so, als hätte mich die Katze durch die Hecke geschleift?«

»Eher wie die Katze, die den Sahnetopf erwischt hat. Hast du einen Vertrag mit AXB unterschrieben?«

»Nein. Ich unterschreibe nichts, ehe ich nicht rausgekriegt habe, was in Abbey Glen vor sich geht. Außerdem kommt mir irgendwas an AXB komisch vor. Bartolli erzählt mir, er wolle, dass sein Sohn eine aktivere Rolle im Whisky-Teil seines Portfolios spielt, aber ich gehe jede Wette ein, dass der junge Nick hier oben ziemlich Trübsal blasen würde. Das wäre kein gutes Omen für Abbey Glen oder für die gegenwärtige Geschäftsführung«, sagte ich.

»Dem würde ich sofort zustimmen«, meinte Patrick. »Du erwägst doch nicht etwa, alles selbst zu behalten, oder?«

»Wieso fragen mich das alle?«, grummelte ich. »So vollkommen inkompetent bin ich nun auch wieder nicht.«

»Das habe ich nie behauptet. Aber vor ein paar Wochen wärst du von dem Gedanken noch entsetzt gewesen. Lass dich nicht von der Romantik des Ortes ... oder der Leute ... in ein falsches Selbstvertrauen einlullen. Das ist kein Spiel für ...«

»Frauen?«

»... Amateure«, vollendete Patrick seinen Satz.

Ich atmete tief aus. »Ich weiß, dass du recht hast. Aber es ist so viel geschehen. Ich will keinen Fehler machen, den ich später bereue. Und überhaupt, warum bist du schon wieder hier? Du bist doch gerade erst nach London zurückgefahren?«

»Ich bin heute Morgen zu einem in letzter Minute anberaumten Treffen mit Leuten aus der Branche hochgeflogen. Werbekunden und so.«

»Ich dachte, du hast für so was deine Lakaien?«

»Die Zeiten sind überall hart«, antwortete Patrick ausweichend. »Du solltest vielleicht nicht allein in der Gegend herumfahren?«

»Alles gut. Ich bin bald zu Hause.« Ich lud Patrick fürs Wochenende ein, ehe ich das Gespräch beendete, drehte dann die Musik lauter und sang mit Radio One mit. In Stirling fuhr ich von der Autobahn ab und weiter in nördlicher Richtung. Es war spät und dunkel, und es war so gut wie kein Verkehr. Ich musste immer wieder gegen den Schlaf kämpfen, aber in fünfzehn Minuten würde ich in Balfour sein. Ein einziges Auto näherte sich rasch von hinten. Ich bremste auf beinahe Kriechgeschwindigkeit ab und erwartete, dass der Wagen an mir vorüberbrausen würde, aber er blieb hinter mir, passte seine Geschwindigkeit an meine an. Ich konnte den Wagen und den Fahrer nicht genau ausmachen, weil mich die hellen Scheinwerfer des Autos blendeten. Na toll, ein betrunkener Fahrer. Allerdings beschimpfte da wohl ein Esel den anderen als Langohr, wie meine Großmutter sagen würde.

Noch vier Kilometer bis zu meiner Abzweigung. Im Augenblick musste ich mich einfach mit der Situation abfinden. In der Hoffnung, den lästigen Verfolger schneller loszuwerden, erhöhte ich meine Geschwindigkeit. Zu meiner Erleichterung fiel das andere Auto nun zurück, der Fahrer döste zweifellos hinter dem Lenkrad. Ich konnte vor mir bereits den Wegweiser erkennen, der den Abzweig nach Balfour anzeigte. Als ich das Tempo erneut drosselte, merkte ich, dass der Wagen hinter mir beschleunigt hatte. Ich tippte ein paarmal auf die Bremse, damit die Bremslichter aufleuchteten, aber der Wagen kam immer schneller näher.

Ich konnte nichts mehr tun. Ich machte mich auf den Aufprall gefasst und spürte den Zusammenstoß, der meinen Wagen in die Bäume auf der anderen Straßenseite schleuderte. Die Kühlerhaube des Autos faltete sich wie eine Ziehharmonika zusammen, der Airbag füllte sich mit Luft, und dann wurde alles schwarz um mich.

KAPITEL 22

Abi, Abi, können Sie mich hören?«
Ich schlug mühsam ein Auge auf und sah Kristens Gesicht.

»Äh. Wass'n passiert?«, nuschelte ich.

»Ein Unfall. Die Polizei hat Sie auf der Straße nach Stirling im Auto gefunden.«

»Wo bin ich jetzt?«

»Der Krankenwagen hat Sie in die Notaufnahme der nächsten Stadt gebracht.«

»Wir haben Glück, dass Kristen heute Nachtschicht hat«, ertönte Grants Stimme von der anderen Seite des Betts. »Sie hat mich angerufen, sobald man Sie eingeliefert hatte. Erinnern Sie sich an irgendwas?«

Alles kam mir wie durch einen Nebel hindurch wieder in Erinnerung. Die plötzliche Geschwindigkeit, der Aufprall. Und dann wurde alles schwarz. »Da war ein anderes Auto«, sagte ich. »Der fuhr völlig unkontrolliert. Kurz vor dem Abzweig nach Balfour ist er mir hinten in den Wagen gekracht. Er hat wohl die Kurve falsch eingeschätzt.«

Ich versuchte, mich aufzusetzen, aber jeder einzelne Muskel in meinem Körper protestierte. Zumindest schien nichts gebrochen zu sein. Ich griff nach oben und bemerkte einen Verband am Kopf. Ich schaute Kristen fragend an.

»Wir mussten eine Schnittwunde am Kopf nähen; Sie sind gegen den Türrahmen geprallt. Keine Sorge, es ist unter dem Haaransatz, die Narbe sollte also später nicht zu sehen sein.«

Ich nickte, aber das verursachte mir ein Hämmern im Kopf.

»Konnten Sie den Wagen gut erkennen?«, fragte Kristen.

»Nein, dazu war es zu dunkel.«

»So viel zum Thema leere Drohungen«, sagte Grant und blickte finster drein. »Wie fühlen Sie sich?«

»Es ging mir schon besser, aber ich glaube, es ist alles in Ordnung. Das stimmt doch?«, fragte ich und wandte mich an Kristen.

»Es wird schon wieder, wenn Sie im Augenblick auch eine eindrucksvolle Ansammlung von Blutergüssen haben.«

Grant schaute zu Kristen und murmelte: »Michaelson wartet draußen. Er will Sie so bald wie möglich sprechen.«

»Michaelson?« Wieder versuchte ich, mich aufzusetzen, aber Kristen drückte mich in die Kissen zurück.

»Keine hastigen Bewegungen. Es ist nichts gebrochen, aber Sie haben einen schlimmen Schlag an den Kopf bekommen, und wir müssen sicher sein, dass es keine Gehirnerschütterung ist. Grant, gehen Sie zu ihm und sagen ihm, dass er in zehn Minuten oder so mit ihr reden kann. Ich muss sie untersuchen. Raus jetzt«, sagte sie und bugsierte Grant aus dem Zimmer. »Der rennt, seit er hier angekommen ist, wie ein Tiger im Käfig auf und ab.« Kristen leuchtete mir mit einer Taschenlampe in die Augen.

»Warum will Michaelson mit mir reden?«, fragte ich.

»Das ist üblich nach einem Autounfall«, sagte Kristen.

»Wenn die nur rausfinden wollten, ob ich nüchtern war oder nicht, hätten sie Rothes geschickt. Was ist los?«

»Ich glaube, sie wollen unter den gegebenen Umständen besondere Vorsicht walten lassen«, meinte Kristen und tätschelte mir beruhigend den Arm. »Versuchen Sie, sich nicht zu viele Sorgen zu machen.«

Inzwischen fühlte ich mich etwas wacher, aber mein Kopf schmerzte teuflisch. Kristen war endlich mit ihrem Drücken und Tasten fertig und ließ Michaelson zu mir. Es war beinahe zwei Uhr morgens, und er wirkte ziemlich mitgenommen.

Er zog einen Schemel neben mein Bett.

»Wie fühlen Sie sich?

»Ich habe Kopfweh. Aber ansonsten heißt es, alles an mir wäre halbwegs heil.«

Michaelson schaute mich mit weniger Ungeduld als sonst an. »Ich muss Ihnen ein paar Fragen stellen, wenn Sie schon in der Lage sind, mir darauf zu antworten«, sagte er. »Warum waren Sie in Edinburgh?«

»Geschäftsessen.«

»Ich brauche Namen.«

»Antonio Bartolli, der Geschäftsführer von AXB.«

»Er steht auf der Liste, die Ihr Anwalt mir gegeben hat.« Michaelson schaute zu mir auf. »Sie haben sich bereits vorher mit ihm getroffen?«

Mein umnebeltes Gehirn war sich nicht sicher, ob das eine Aussage oder eine Frage war, aber ich antwortete. »Wir haben letzte Woche zusammen Mittag gegessen. Er ist an Abbey Glen interessiert.«

»Und Sie erwägen, an ihn zu verkaufen?«

»Er gehört zur engeren Wahl.«

»Wann haben Sie Mr Bartolli verlassen?«

»Kurz nach zehn Uhr.«

»Und Sie sind direkt nach Hause gefahren?«

»Ja.«

»Haben Sie sonst noch jemanden getroffen, als Sie in Edinburgh waren?«

»Ich kenne außer Patrick niemanden dort.«

»Patrick?«

»Einen Freund aus London, Patrick Cooke. Ihre Leute haben ihn schon ein paarmal befragt. Er hatte geschäftlich in der Whisky Society zu tun.«

»Wussten Sie, dass er in der Stadt sein würde?« Ich konnte kaum klar denken, aber diese Fragen schienen mir seltsam zu sein.

»Nein, aber wir haben nicht ständig Kontakt.«

»Erinnern Sie sich noch an irgendwas an dem Auto, das in Ihres geprallt ist?«

»An viel nicht. Er ist ziemlich unberechenbar gefahren.«

»Er? Haben Sie den Fahrer gesehen?«

»Nein. Ich war davon ausgegangen …« Ich zermarterte mir das Gehirn, um ein Bild von dem Fahrer heraufzubeschwören, aber es war zu dunkel gewesen. Nichts.

»Wann haben Sie das Auto hinter sich zuerst bemerkt?«

»Ich bin mir nicht sicher. Um die Zeit war auf der Straße nicht viel los. Ich glaube, er hat ungefähr zehn Kilometer vor dem Abzweig nach Balfour zu mir aufgeschlossen.«

»Können Sie das Auto beschreiben?«

»Nein. Es war dunkel, und er hatte das Fernlicht eingeschaltet. Meinen Sie, der Unfall hat mit dem zu tun, was in der Destillerie passiert ist?«

»Wir können das nicht ausschließen.«

Es wäre mir lieber gewesen, wenn Michaelson einfach Nein gesagt hätte, aber wahrscheinlich hatte er recht. Jemand verfolgte mich. Ich schloss die Augen und umklammerte die Bettkante, als das Zimmer um mich herum zu schwanken begann.

»Soll ich die Ärztin rufen?«, fragte Michaelson.

»Nein. Haben Sie noch weitere Fragen?« Ich zwang mich, die Augen zu öffnen.

»Im Augenblick nur eine. Wenn Ihnen etwas zustößt, wer würde dann Abbey Glen erben?«

»Im Augenblick steht in meinem Testament, dass alles an Ben geht«, antwortete ich. Ich wollte das weiter ausführen, hatte aber nicht die Kraft, zu erläutern, wie die Situation mit Grant war. Ich schloss erneut die Augen.

»Die anderen Fragen haben bis morgen Zeit. Ich komme bei Ihnen vorbei, wenn Sie sich ein bisschen ausgeruht haben. Sollte Ihnen in der Zwischenzeit noch was einfallen, das relevant sein könnte, rufen Sie mich an.«

Michaelson ging, und Grant und Kristen kamen wieder ins Zimmer.

»Wann kann ich hier weg?«, fragte ich.

Kristen schaute mich ernst an. »Sie sollten den Rest der Nacht hierbleiben, aber Sie brauchen Ruhe, und die kriegen Sie hier wohl nicht. Wenn Sie sich einverstanden erklären, nach The Larches zurückzukehren, wo man nach Ihnen schauen kann, sorge ich dafür, dass wir Sie jetzt entlassen. Ich habe keine Anzeichen für eine Gehirnerschütterung festgestellt. Sie hatten wirklich Glück. Wären Sie schneller gefahren, wäre der Aufprall viel schlimmer gewesen – und damit auch Ihre Verletzungen.«

Anderthalb Stunden später lag ich in meinem Bett in The Larches. Ich fühlte mich schrecklich, weil ich den ganze restlichen Haushalt in den frühen Morgenstunden aufgescheucht hatte, aber Louisa bestand darauf, aufzustehen und Tee zu kochen. Sie machte viel Aufhebens um mich, benahm sich wie eine Glucke, bis ich endlich mit einer Wärmflasche im Bett lag – und mit Liam, der mir nicht von der Seite weichen wollte.

Als ich es endlich geschafft hatte, alle anderen zum Gehen zu überreden, fiel ich in unruhigen Schlaf. Aber schon bald kamen die Träume. Zunächst waren sie dunkel und verschwommen. Eine Gestalt verfolgte mich zwischen den Bäumen hindurch. Ich konnte ihr Gesicht nicht erkennen, aber spüren, wie diese Erscheinung näher und näher kam. Später träumte ich, ich führe mit meinen Eltern in einem Auto. Immer und immer wieder waren sie da, und dann wurde alles schwarz, und sie waren verschwunden.

Als ich aufwachte, strömte die Sonne durchs Fenster herein. Liam lag zusammengerollt an meine Kniekehlen geschmiegt, doch sobald er merkte, dass ich wach war, leckte er mir die Nase. Ich versuchte mich aufzusetzen, doch mir war schwindlig im Kopf. Nach ein paar Minuten gelang es mir, mich vorsichtig vom Bett hochzuhieven und mich ins Bad zu schleppen. Liam sprang vom Bett herunter und verschwand durch die Tür, zweifellos auf Nahrungssuche, jetzt da ich wieder auf den Beinen war. Ich ging mit steifen Beinen ins Bett zurück und lehnte mich gerade wieder in die Kissen, als es an der Tür klopfte. Grant trat ein, dicht gefolgt von Liam.

»Er ist eine tolle Pflegekraft«, sagte Grant lächelnd. »Vorhin konnte ich ihn nicht dazu bringen, sich auch nur einen Zentimeter von Ihnen wegzubewegen, aber er ist uns holen gekommen, sobald Sie auf waren. Louisa ist mit einem Tablett unterwegs.«

»Ich will keine Umstände machen, ich bin sicher, alle haben genug anderes zu tun.«

Grant wischte meine Proteste mit einer Handbewegung fort. »Wir fühlen Sie sich?«

»Ich habe mörderische Kopfschmerzen, aber wohl keinen dauerhaften Schaden erlitten – im Gegensatz zum Auto. Es tut mir so leid.«

»Den Wagen kann man ersetzen«, sagte Grant und schaute mir mit einer solchen Intensität in die Augen, dass ich wegsehen musste. »Um Sie haben wir uns Sorgen gemacht.«

»Was Neues von Michaelson?«

»Nichts über gestern Nacht. Was wollte er denn, wenn ich fragen darf?«

»Hat mich über das Abendessen in Edinburgh ausgequetscht. Wen ich da getroffen habe und ob das was mit dem Verkauf der Destillerie zu tun hatte.«

»Er muss einen Verdacht wegen des Unfalls haben. Ich fürchte, es war ein Irrtum, zu glauben, dass die Drohungen, die Sie erhalten haben, nicht ernst gemeint waren. Jemand hat Sie gestern Nacht absichtlich von der Straße gedrängt. Wenn Sie ein bisschen schneller gefahren wären, hätten Sie tot sein können.«

»Das ist mir klar, aber Bartolli und Patrick, Herrgott noch mal? Ich denke, da ist er bei beiden auf dem Holzweg.«

»Wie kommt denn Patrick ins Spiel?«

»Ich habe ihn gestern zufällig in der Bar der Whisky Society getroffen.«

Grant runzelte die Stirn. »Hatte er Ihnen gesagt, dass er in Edinburgh sein würde?«

»Genauso hat mich auch Michaelson ausgefragt. Patrick und ich haben einander nicht ständig im Blick.«

Grant schaute skeptisch. »Hatten Sie Glück und haben bei der Whisky Society eine Flasche Rose Reserve gefunden?«

»Die hatten noch zwei, aber die lagern schon seit Jahren dort. Ich muss wohl davon ausgehen, dass die echt sind, wenn sie nicht jemand ausgetauscht hat. Haben Sie noch die Flasche, die ich neulich abends mitgebracht habe?«

»Sie ist unten, aber ich bin mir nicht sicher, ob Whisky Ihrem Kopf jetzt guttut.«

»Ach, seien Sie nicht albern, ich will doch keinen trinken«, erwiderte ich. »Ich möchte mir eine Flasche anschauen, von der wir wissen, dass sie ein Original ist. Um zu sehen, ob mir irgendwas auffällt, das anders ist als bei der, die ich gestern Abend gesehen habe.«

»Okay«, stimmte Grant mit einem Achselzucken zu. Er ging in Richtung Flur, als Louisa ein Tablett mit Porridge, Eiern und Tee brachte.

Ich hatte mehr Hunger, als ich dachte, und hatte schon beinahe alles verputzt, als Grant zurückkam. Ich schluckte ein paar von den Schmerztabletten, die Kristen mir verschrieben hatte, und erlaubte Grant, mir das Tablett vom Schoß zu nehmen.

Ich nahm ihm die Whiskyflasche ab und untersuchte das Etikett genau. Ich konnte keinen Unterschied zu dem erkennen, das ich mir gestern angeschaut hatte. Das gleiche zarte Aquarell, die gleichen Daten, die gleiche Schrift. Das überraschte mich nicht, aber einen Versuch war es wert gewesen. Ich untersuchte auch den Rest der Flasche. Die Form stimmte, die Farbe ebenfalls. Am Boden war das stilisierte M, das alle Flaschen von MacEwen zierte. Als ich das Glas gegen das Licht hielt, fiel mir noch ein weiteres Symbol auf, das auf der gegenüberliegenden Seite in den Flaschenboden geätzt war.

»Seltsam. Schauen Sie sich das mal an«, sagte ich und deutete auf den Flaschenboden.

»Was?«

»Da, sehen Sie nur.«

»Ein Recycling-Symbol«, sagte Grant verwundert. »Aber wir benutzen dieses Symbol doch erst seit drei Jahren.«

»Dann kann die Flasche nicht älter als drei Jahre sein«, sagte ich. »Die ist also wahrscheinlich nicht 1978 befüllt worden, was?«

Grant schüttelte verwirrt den Kopf. »Nein, das kann nicht sein.«

Wie war das möglich? »Wir haben anscheinend an der falschen Stelle nach den Fälschungen gesucht. Wir hatten die ganze Zeit über eine hier.« Ich lehnte mich wieder in die Kissen, um meinen pochenden Schädel zu beruhigen. Wenn ich nachdachte, tat mir der Kopf weh, aber ich spürte, dass das hier wichtig war, und ich war wild entschlossen, mich anzustrengen. »Erzählen Sie mir noch mal, wie Duff die Flaschen Rose Reserve gefunden hat, die er Ben geschenkt hat.«

»Duff war über die Feiertage nach Hause gekommen und hat wie immer versucht, sich ein bisschen was dazuzuverdienen. Ben hat ihn dafür bezahlt, dass er die alten Zollverschlussschuppen ausräumte, damit wir dort leere Fässer lagern konnten.«

Ich setzte mich rasch auf. »Über die Feiertage?«

»Ja, kurz vor Weihnachten.«

»Sie haben mir doch erzählt, Duff wäre kurz nach Bens Geburtstag im Mai nach Edinburgh gegangen. Und Sie haben gesagt, der Rose Reserve wäre das beste Geschenk gewesen, das Ben je bekommen hat. Ich dachte, es wäre ein *Geburtstagsgeschenk* gewesen.«

»Nein, ein Weihnachtsgeschenk.«

Ich schaute Grant verdattert an. »Also hat Duff diese Flaschen Weihnachten gefunden, *nachdem* er sich mit Skivers Hilfe die Etiketten hatte drucken lassen? Großer Gott, ich bin überall rumgerannt, um eine gefälschte Flasche Rose Reserve zu finden, und da hatten wir sie die ganze Zeit vor der Nase. Warum haben Sie denn nichts gesagt?«

»Was hätte ich denn sagen sollen?« Grant funkelte mich entrüstet an. »Wir haben ihn getrunken, und er war echt. Ich würde schließlich merken, wenn ein Rose gefälscht ist, und der hier war es nicht. Dafür bürge ich mit meiner Berufsehre.«

Ich musste mich wieder zurücklehnen. »Und doch ist das nicht, was es zu sein vorgibt«, konterte ich. »Es sieht so aus, als hätte Duff seine Lektionen gut gelernt. Oliver Blaire hat mir gesagt, Ben hätte immer behauptet, Marketing wäre neunzig Prozent Wahrnehmung und zehn Prozent Realität. Wenn man glaubt, dass man einen großartigen Whisky trinkt, dann neigt man auch dazu, ihn großartig zu finden.«

Grant erstarrte, und ich merkte, dass er nur mit großer Mühe die Wut in seiner Stimme unterdrückte. »Ich kenne meine Whiskys. Und Ben kannte sie auch, und unsere Kollegen, die neulich abends hier waren, ebenso. Keiner von denen hat auch nur einen Zweifel angedeutet. Wir sind kein Haufen Idioten, die man mit Etiketten und Theater an der Nase rumführen kann. An diesem Whisky ist nichts gefälscht.«

»Außer der Flasche.« Ob ich nun recht hatte oder nicht, ich würde Grant nicht davon überzeugen können, dass Duff und sein Partner ihn reingelegt hatten, also hielt ich mich zurück. »Wenn der Whisky so gut ist, dann sieht es ganz so aus, als wäre Oliver Blaire unser Mann.« Verdammt, dann hätte Patrick recht. Mit dem würde es danach überhaupt nicht mehr auszuhalten sein. »Machen wir uns nichts vor«, fuhr ich fort, »Blaire hat Zugriff auf Restposten von allen möglichen einzigartigen Malts. Vielleicht war einer von denen wirklich außergewöhnlich. Gut genug, um die Besten hinters Licht zu führen«, sagte ich versöhnlich. »Aber Duff und sein Komplize wussten, dass sie einen höheren Preis dafür bekommen würden, wenn sie ihn unter einem berühmten Namen verkaufen. Sie können nicht bestreiten, dass der Wert des Rose Reserve zu einem guten Teil aus seinem berühmten Namen und seiner Herkunft besteht.«

»Ja, schon«, gestand mir Grant widerwillig zu. »Aber warum sollte Duff es riskieren, ausgerechnet hier einen gefälschten Rose Reserve hinzubringen? Warum sollte er Ben misstrauisch machen? Das ergibt keinen Sinn.«

Ich widerstand der Versuchung, mir den schmerzenden

Kopf zu halten. »Vielleicht wollten die herausfinden, ob sie auch die Experten reinlegen konnten«, sagte ich.

»Sie meinen, wenn Ben es glaubte, würde es jeder glauben?«

»Sie und Ben. Und wie gesagt, die Herkunft stimmte. Schon bald würde das Gerücht die Runde machen, dass man einige Flaschen Rose Reserve gefunden hatte. Das würde die Glaubwürdigkeit noch erhöhen.« Ich dachte einen Augenblick nach. »Zumindest ist das hier ein handfester Beweis. Mit etwas Glück kommen wir nun voran.«

»Abi.« Grant legte mir einen Finger unter das Kinn und zwang mich, ihm in die Augen zu schauen. »Es ist an der Zeit, mit den Amateurermittlungen aufzuhören. Sie müssen Michaelson die Flasche zeigen, jetzt, da wir was Handfestes haben. Und dann lassen Sie die Polizei weitermachen. Es ist Zeit, sich da rauszuhalten. Niemand will, dass Ihnen was zustößt.«

»Falsch. Jemand will sehr wohl, dass mir was zustößt. Aber Sie haben recht, ich muss das Michaelson sagen. Vielleicht ist er nicht allzu sauer, wenn ich es irgendwie schaffe, ganz schwach und feminin auszusehen.«

Grant lachte leise. »Na, dann viel Glück damit.«

KAPITEL 23

Nur zur Information: In Sachen »Waffen der Frau« ist bei mir Fehlanzeige. Meine weibliche Raffinesse ist gleich null. Michaelson tauchte frühmorgens auf, und wie versprochen zeigte ich ihm die Flasche Rose Reserve, die Duff angeblich bei Abbey Glen im Keller entdeckt hatte. Ich konnte beinahe sehen, wie ihm kleine wütende Dampfwolken aus den Ohren kamen. Er drohte mir mit einer Anzeige wegen Behinderung der Ermittlungen, falls ich weiter versuchte, auf eigene Faust herumzuschnüffeln, aber ich hatte kein schlechtes Gewissen. Mit der Flasche, die ich ihm gegeben hatte, sollte es ihm möglich sein, eine unbestreitbare Verbindung zwischen Duff und seinem Partner zu finden. Eine Verbindung und ein Mordmotiv.

Vom Gespräch völlig erschöpft, schlief ich beinahe den ganzen Nachmittag. Die Sonne verschwand schon fast hinter den Bergen, als ich es endlich schaffte, mich aus dem Bett zu hieven und mir einen Pullover und Jeans anzuziehen. Vorsichtig ging ich nach unten, weil ich es Louisa ersparen wollte, noch einmal mit einem Tablett die Treppe hinaufzusteigen. In der Küche war von Louisa nichts zu sehen, aber Grant war da und wühlte in einem Schrank an der Hintertür herum.

»Was machen Sie denn hier? Sollten Sie nicht im Bett sein?«

»Ich suche nur Liam ... Was ist los?«

»Alles in Ordnung, keine Sorge«, antwortete er ein bisschen zu rasch.

»Ich habe mir keine Sorgen gemacht«, erwiderte ich. »Jedenfalls bis jetzt nicht.«

»Wir kommen klar, gehen Sie wieder hoch und legen sich hin. Ruhen Sie sich aus.«

»Es geht mir viel besser. Ehrlich.« Ich schaute mich in der Küche um. »Wo ist Liam?«

»Draußen.«

»Allein?«

»Nein, mit Luke«, antwortete Grant. Dabei machte er ein so schuldbewusstes Gesicht, dass ich auf eine präzisere Antwort drängte.

»Wo?«

»Rennt rum«, erwiderte Grant wenig überzeugend.

»Louisa weiß bestimmt, wo die beiden sind.«

»Sie musste heute Nachmittag nach Glasgow. Ihre Schwester ist krank.«

»Also sollten Sie aufpassen, und Sie haben die beiden aus den Augen verloren.«

»Ich habe sie nicht aus den Augen verloren, die sind irgendwo draußen und machen sich dreckig. Die haben wir bald.«

»Wann haben Sie sie das letzte Mal gesehen?«

»Ich habe sie in die Destillerie mitgenommen, als ich rein bin, um nach den Brennblasen zu schauen. Ich wollte nicht, dass die beiden Sie aufwecken. Es war alles in Ordnung. Die haben einen Riesenspaß gehabt und zusammen am Berg gespielt.«

»Sie meinen, die beiden sind am Drumlinn? Allein?« Ich schaute nervös aus dem Fenster. »Es wird schon bald dunkel.«

»Das ist mir auch nicht entgangen«, knurrte Grant. »Tut mir leid«, sagte er und drückte eine Hand an seine Stirn. »Hunter, Cam und Frank Monroe suchen bereits nach ihnen. Die haben die beiden vielleicht schon gefunden. Ich bin nur hergekommen, um noch ein paar Laternen und Taschenlampen zu holen.«

»Ich komme mit und helfe.«

»Sie sollen sich doch ausruhen.«

Ich warf ihm einen rebellischen Blick zu.

»Sie sollten sich wirklich ausruhen«, wiederholte er.

»Das kann ich jetzt nicht, selbst wenn ich wollte. Nicht bis ich weiß, dass die beiden in Sicherheit sind.«

Grant gab mit einem Seufzer klein bei. »Na gut. Kommen Sie mit.« Er nahm ein paar Laternen hinten aus dem Schrank, und wir stiegen ins Auto und fuhren in angespanntem Schweigen den kurzen Weg zur Brennerei.

Von Hunter und den anderen war nichts zu sehen, als wir ankamen. Ich stieg hinter Grant den felsigen Pfad hinauf, der sich am Wasserfall entlang nach oben schlängelte. Ich war schon außer Atem, lange ehe wir oben angekommen waren. Der Unfall steckte mir doch mehr in den Knochen, als ich gedacht hatte.

»Luke? Luke?« Cams Stimme hallte vom Berg wider. Ich überzeugte Grant, dass er den höhergelegenen Pfad über dem Wasserfall absuchen sollte, da er besser helfen könnte, falls das nötig würde. Ich selbst machte mich am weniger steilen Hang des Drumlinn auf die Suche, wo ein kleiner Junge, der sich verirrt hat, hinter unzähligen großen Felsen und in ebenso vielen Höhlen stecken konnte. Nachdem ich in den letzten zwei Wochen diese Wege mit Liam immer mal wieder auf und ab spaziert war, kannte ich den Berg ziemlich gut. Jetzt hätte ich jedoch Duffs Ortskenntnisse brauchen können. Schließlich hatte er sich in seiner Kinder- und Jugendzeit hier ständig versteckt. Er hätte gewusst, wohin ein kleiner Junge gehen würde.

Ich hielt auf die größte der Kalksteinhöhlen zu. Dort hatten Liam und ich schon ein paarmal Schutz vor dem Regen gesucht. Der Hund hatte sich vielleicht daran erinnert und Luke dort hingeführt. Das Licht verblasste nun schnell, schon bald würde es dunkel sein. Ich kam zur ersten Höhle, rief nach Luke, erhielt aber keine Antwort. Ich leuchtete trotzdem mit der Taschenlampe hinein, entdeckte jedoch keinerlei Anzeichen dafür, dass sich hier kürzlich jemand aufgehalten hatte.

Ich ging weiter, rannte nun schon beinahe, während es allmählich vollkommen dunkel wurde. Mein Herz hämmerte mehr, als es in meinem Kopf hämmerte, und das wollte etwas heißen. Bitte, bitte, mach, dass das hier nichts mit der Person zu tun hat, die mich bedroht! Nicht auch noch Luke und Liam! Das könnte ich nicht ertragen. Ich erreichte eine zweite, kleinere Höhle und hörte gedämpftes Schnaufen. Ich stand am Eingang und leuchtete mit der Taschenlampe in die hintersten Ecken der Höhle, hatte Angst, was ich da wohl aufscheuchen würde. Doch der Lichtstrahl fiel auf einen kleinen Jungen, der in einer Ecke auf einem Felsbrocken saß. Erleichterung durchflutete mich; ich sank neben ihm auf die Knie.

»Luke, was ist passiert? Ist alles in Ordnung?« Ich merkte, dass er weinte. »Ach, komm schon, mein Lieber«, tröstete ich ihn. »Was ist passiert?«

»Es war ein Unfall. Wir haben gespielt«, wimmerte er zwischen bebenden Atemzügen. »Sind am Berg rumgerannt. Haben Verstecken gespielt. Ich verstecke mich, und Liam kommt dann und schnüffelt und findet mich. Ich habe mich hinter einem Felsbrocken verkrochen, aber Liam ist nicht gekommen. Sonst findet er mich immer. Ich habe ihn bellen hören, doch dann war er auf einmal still. Ich bin hinter dem Felsen vorgekommen und habe nach ihm gerufen, aber er hat nicht geantwortet. Ich kann ihn nirgends finden.

Ich wollte ihn nicht verlieren.« Luke brach wieder in Tränen aus.

»Schon gut«, sagte ich. »Es ist schon gut. Wir finden ihn. Du wirst sehen. Warst du hier in der Nähe, als Liam verschwunden ist?« Ich zog ihn auf die Beine und legte ihm stützend einen Arm um die Schultern.

Luke nickte und verschmierte sich die Wangen mit Dreck, als er versuchte, mit den Fäusten seine Tränen wegzuwischen.

»Okay, dann kann er nicht weit weg sein«, erklärte ich und bemühte mich, meiner Stimme einen zuversichtlichen Klang zu geben. Zumindest Luke war in Sicherheit. »Jetzt schauen wir erst mal, dass wir dich vom Berg runterkriegen. Hier draußen sind viele Leute, die sich Sorgen um dich machen. Gleich bekommst du was zu essen und zu trinken, und ehe du dich versiehst, haben wir Liam gefunden. Alles wird gut, glaub mir.«

Ich hielt den Arm weiter um Lukes Schulter und half ihm wieder zu dem Grat oberhalb des Wasserfalls hinauf. Auf halber Strecke sah ich Grant, der auf uns zugerannt kam.

»Wo war er?« Grants Erleichterung war spürbar.

»In der kleinen Höhle beim Pfad an der Westseite.«

»Ich hab Angst gekriegt. Es ist dunkel geworden«, wimmerte Luke.

»Sie müssen ihn sofort nach Hause bringen«, sagte ich zu Grant.

»Natürlich. Gutes Timing. Ich wollte gerade Rothes dazuholen. Wo ist Liam?«, fragte er und schaute sich um.

Ich schüttelte warnend hinter Luke den Kopf. »Er spielt immer noch Verstecken am Berg«, sagte ich so fröhlich, wie ich nur konnte. »Wir finden ihn bald, aber erst müssen wir Luke nach Hause bringen.«

»Ich bitte Cam, ihn heimzufahren«, sagte Grant.

»Ich gehe los und rufe noch ein bisschen, mal sehen, ob ich Liam nicht aus seinem Versteck locken kann.«

»Mir wäre lieber, Sie warten, bis ich wieder da bin.«

»Seien Sie nicht albern«, antwortete ich. »Ich kenne mich hier inzwischen ziemlich gut aus, und es ist ja nicht mehr viel Licht.«

»Na gut, ich komme nach, sobald ich kann.« Grant nahm Luke bei der Hand und half ihm den felsigen Pfad hinunter.

Ich machte kehrt und begann wieder den Berg hinaufzusteigen. Sobald mich die Jungs nicht mehr sehen konnten, fing ich an zu rennen. Ich merkte, wie Panik in mir aufstieg. Liam musste hier irgendwo sein. Aber dass er nicht bellte, machte mir Sorgen. Wenn er in einen Spalt gefallen war, könnte er verletzt, vielleicht sogar tot sein. Oder es konnte ihn jemand eingefangen haben, nur um mich in Angst und Schrecken zu versetzen. Wenn das die Absicht war, dann hatte es funktioniert. Er war nur ein Hund, und ich beschwerte mich manchmal über seine Eskapaden, aber er war ein so fester Bestandteil meines Alltags geworden, dass ich mir mein Leben ohne ihn nicht vorstellen konnte.

»Liam? Liam?«, rief ich wieder und wieder; meine Stimme wurde langsam heiser. Ich blieb stehen, um zu lauschen. Es kam mir vor, als hätte ich oben am Pfad etwas gehört. Ich rannte weiter, blieb ab und zu stehen, horchte, aber da war kein Bellen, kein Geräusch von Pfoten auf dem steinigen Pfad.

Inzwischen war es am Berg dunkel. Ich musste mich auf die Taschenlampe verlassen, die mich leitete, während ich nach Löchern im Heidekraut oder Anzeichen dafür Ausschau hielt, dass ein großer Hund irgendwo hineingefallen sein könnte.

Ich rief erneut. Diesmal meinte ich ein leises Winseln zu hören. Ich rief weiter, bewegte mich auf das Geräusch zu. Es kam von unterhalb meiner Füße. Als ich die Stelle erreichte, wo es am lautesten klang, ließ ich mich auf alle viere fallen und begann mit den Händen im Heidekraut zu suchen. Endlich entdeckte ich in dem dichten Gestrüpp eine Lücke. Ich zerrte die Pflanzen zur Seite. Darunter befand sich ein Loch, kaum zwanzig Zentimeter breit. Als ich mit der Taschenlampe hineinleuchtete, sah ich Liam unten in einer Art steinernem Tunnel liegen. Sobald er mich sah, rappelte er sich hoch, sein rechtes Hinterbein schien er nur äußerst vorsichtig zu belasten.

»Alles gut, mein Junge«, sagte ich. »Wir holen dich da raus.« Liam winselte. Ich schaute mich nach Anzeichen für einen zweiten Eingang um, zumindest nach einem großen Ast, mit dem ich die Stelle markieren konnte, damit ich Hilfe organisieren konnte. Ich befürchtete, dass ich im Dunkeln das Loch nicht mehr wiederfinden würde, wenn ich mich davon entfernt hatte. Es war schon beim ersten Mal schwierig genug gewesen.

Ich begann an den Heidekrautpflanzen ringsum zu zerren, um die Öffnung größer und besser sichtbar zu machen. Es war wirklich schwierig. Die Heide wuchs bestimmt schon Jahrzehnte hier, und die Wurzeln hatten sich eng miteinander verschlungen und um jeden Fels und Stein geklammert, den sie im Boden finden konnten. Ich stemmte mich gegen eine Seite des Lochs, packte ein großes Büschel Heidekraut und begann zu ziehen, riss mit meinem ganzen Körpergewicht an dem störrischen Ding. Als die Wurzeln nachgaben, hatte das eine ungeheuerliche Wirkung.

Ehe ich mich versah, fand ich mich auf dem Boden des Tunnels unten wieder und schaute zu dem Loch hinauf, das tatsächlich nun sehr viel größer war als vorhin. Leider war es zudem außerhalb meiner Reichweite. Jetzt steckte nicht nur Liam hier unten fest, sondern auch ich.

Liam war sich unserer prekären Lage nicht bewusst und begrüßte mich freudig wie immer. Er leckte mir das Gesicht und winselte. Sobald mein Herz nicht mehr raste, stand ich vorsichtig auf und stellte zu meiner Freude fest, dass die Heide, die ich vorhin ausgerupft hatte, vor mir ins Loch gestürzt war und wohl meinen Aufprall abgefedert hatte. Ich hatte sicher ein paar Prellungen mehr, aber gebrochen war nichts.

Ich befreite meine Taschenlampe aus dem Gestrüpp und leuchtete damit die Steinwände ab. Wir mussten in einem der Tunnel sein, die Duff beschrieben hatte. Unterirdische Wasserströme hatten sie ausgewaschen, als sie sich im Laufe der Jahre immer weiter in den Berg zurückgezogen hatten. An den Wänden waren die Spuren dieser uralten Ströme noch zu sehen, und der Felsboden war sehr glatt poliert. Ich ging in beide Richtungen ein paar Meter in den Tunnel hinein, und Liam hielt mit mir Schritt, humpelte leicht wegen seines verletzten Beins. Duff hatte gesagt, diese Tunnel durchzögen den ganzen Berg oberhalb der Destillerie. Mich schauderte, ich war hin- und hergerissen zwischen der Angst, mich hier unten zu verlaufen, und dem Wunsch, nach einem Weg ins Freie zu suchen. Schließlich entschied Liam die Sache für mich. Er schnüffelte auf dem Felsboden herum und machte sich dann langsam, aber entschlossen auf in die rechte Tunnelseite.

Ich nahm einen Stein von dem Schutthaufen am Boden und gab mir alle Mühe, in die Wände Markierungen einzuritzen, in der Hoffnung, die könnten uns den Weg zurück zu unserem Eingang weisen, falls Liams Hundeinstinkt ihn getrogen haben sollte.

Der Tunnel war leicht abschüssig, und an verschiedenen Stellen mündeten Passagen hinein, die von weiter oben am Berg kamen. Liam schnüffelte, zögerte kein bisschen, trabte weiter nach unten und nach rechts. Vielleicht konnte er riechen, dass irgendwo frische Luft hereindrang. Ich war froh, dass er nur langsam vorankam, denn die Decke des Tunnels war ohne jede Vorwarnung mal höher und mal tiefer. Mein Hals war schon ganz steif, und in meinem Kopf hämmerte es wieder, während ich an manchen Stellen beinahe auf allen vieren vorwärts kroch. Wir waren eine halbe Stunde oder länger so unterwegs, aber ich hatte das Gefühl, dass wir auf dem unebenen Boden kaum mehr als eine Meile hinter uns gebracht hatten.

Als ich gerade anfing, Platzangst zu bekommen, drosselte Liam das Tempo noch weiter und hinkte in eine Nische an der Seite des Tunnels. Dort schnüffelte er wie verrückt. Ich leuchtete mit meiner Taschenlampe hin und erblickte eine Ansammlung von Stemmeisen, dazu ein paar Eimer und eine alte Kerosinlaterne. Die meisten Gegenstände sahen neu aus, und Liam untersuchte sie überaus gründlich, was bedeutete, dass sie erst kürzlich mit Menschen in Berührung gekommen waren.

Ich folgte meinem Blindenhund nun mit größerem Zutrauen, in der Zuversicht, dass angesichts dieser Lebenszeichen ein heißes Bad und ein warmes Getränk jede Minute näher rückten. Ich hielt wachsam Ausschau nach jedem Anzeichen einer Brise oder einem Hauch von frischer Luft. Irgendwann meinte ich Stimmen zu hören, musste mir das aber wohl eingebildet haben.

Jetzt wurde der Tunnel breiter, und Liam bewegte sich betont langsam auf einen Torbogen vor uns zu, wobei sich sein Nackenfell sträubte.

»Was ist, Junge?«, flüsterte ich. Ich hatte bisher nicht darüber nachgedacht, was wir machen würden, wenn wir in diesem unterirdischen Labyrinth auf Tiere stoßen sollten. Ich richtete mich auf, schlich vorwärts, hielt meine Taschenlampe wie eine Keule. Die Wände neben mir schienen heller zu werden, während wir uns Zentimeter um Zentimeter vorwärtsschoben.

Ich schirmte den Strahl meiner Taschenlampe ab und sah, dass irgendwo weiter unten im Tunnel Licht schimmerte. Liam hatte sich entschieden und lief voran, entdeckte die Lichtquelle zuerst. Ich duckte mich unter dem natürlichen Torbogen hindurch und befand mich in einer halbrunden Höhle. Der Raum war mindestens zwei Meter hoch und groß genug, um darin mehrere Autos unterzubringen.

Liam stand mitten in diesem Raum, wedelte nicht mehr mit dem Schwanz, sondern schaute zwischen Kristen Ramsey und Nick Bartolli hin und her, die unser unvermitteltes Auftauchen in fassungsloses Erstaunen versetzt hatte.

KAPITEL 24

W as machen Sie denn hier?«, fragten Kristen und ich wie aus einem Munde. Ich lachte ein wenig, merkte aber zu spät, dass Kristen die Situation gar nicht lustig fand. Ich schaute Nick verwirrt an.

»Ich … ich wusste gar nicht, dass Sie sich kennen«, stammelte ich. Ich brauchte eine Minute, um zu verarbeiteten, dass es sehr viel weniger seltsam war, sie zusammen anzutreffen, als sie *hier* anzutreffen. Ich begann, mich wieder in den Tunnel zurückzuziehen, durch den ich gekommen war, weil nun endlich die Alarmglocken in meinem Kopf schrillten.

Ein ganzes Spektrum von Gefühlen huschte über Kristens Gesicht, während sie mich anstarrte: Angst, Wut, Verärgerung. »Herrgott noch mal, warum können Sie nicht Ihre Finger davon lassen?«, würgte sie zwischen den Zähnen hervor.

»Was machen wir jetzt?«, fragte Nick mit Panik in der Stimme. »Das war nicht Teil von unserem Plan.«

»Halt die Klappe und lass mich nachdenken«, blaffte ihn Kristen an.

»Ich kann gehen.« Ich schob mich weiter langsam auf den Tunnel hinter mir zu. Auf diese Partnerschaft wäre ich nicht mal in meinen wildesten Träumen gekommen, aber was auch immer hier vor sich ging, ich wusste, es war nichts Gutes. Ganz bestimmt nichts Gutes.

»Dazu ist es jetzt zu spät«, sagte Kristen. Sie warf Nick ein Seil zu. »Fessle die beiden in der Ecke da drüben.«

Ich wandte mich um und wollte wegrennen, aber es gab keinen Ausweg, und geschwächt wie ich war, konnte ich nicht die Kraft zu mehr als einer symbolischen Gegenwehr aufbringen. Nick hielt mich fest, während er mir die Hände auf dem Rücken zusammenband und dann Liam ein Seil um den Hals legte. Der Hund stieß ein leises, drohendes Knurren aus, das ich noch nie gehört hatte. Er fletschte die Zähne und wollte sich auf Nick stürzen, der zurückwich, nachdem er uns an einen Stahlring in der Höhlenwand gebunden hatte.

»Geh zum Schuppen hinter meinem Haus, aber *vorsichtig*, und hole noch ein paar Schaufeln und eine Brechstange«, kommandierte Kristen. Nick zögerte. »Geh!«, drängte sie.

Liam knurrte noch immer tief hinten im Hals. Er wusste, dass die Dinge anders liefen, als es sich gehörte, selbst an diesem merkwürdigen Ort tief unter der Erde.

»Was zum Teufel machen Sie hier?«, wiederholte Kristen, sobald Nick weg war. »Sie sollten im Bett liegen.«

»Liam hatte sich in den Bergen verlaufen«, antwortete ich. »Die Leute suchen schon stundenlang nach ihm und Luke.«

»Luke ist auch da draußen?«, fragte Kristen entnervt.

»Jetzt nicht mehr. Wir haben ihn gefunden, aber Liam ist durch ein Loch mitten im Heidekraut gefallen und ich hinter ihm her«, fügte ich aus unerfindlichen Gründen noch hinzu. »Wir suchen einen Weg ins Freie.«

»Und jetzt suchen die alle nach euch. Verdammt, verdammt, verdammt!«

Suchen würden sie nach mir, zweifellos, aber weitaus schwieriger würde es sein, mich auch zu entdecken. Selbst ich hatte keine Ahnung, wo ich war. Aber wenn Nick und Kristen einen Weg hierher gefunden hatten, dann schafften das vielleicht auch Rothes und Michaelson.

»Wo sind wir?«, wagte ich mich vor.

»Sie sind doch der Schlauberger hier. Ich dachte, das hätten Sie inzwischen rausgekriegt.«

»Ich habe einen schrecklich schlechten Orientierungssinn ... besonders unter der Erde.« In dem folgenden Schweigen konnte ich ganz schwach das Rauschen von Wasser über Felsen hören. »Sind wir in der Nähe des Wasserfalls am Drumlinn?« Ich überlegte einen Augenblick. »Irgendwo hinter dem Felssturz? Ist das eine der Höhlen, von denen Fergie erzählt?«

»Was? Ja, natürlich ...«

Ich schüttelte den Kopf, wünschte, mein Hirn würde besser funktionieren. Die Kombination aus Schmerzmitteln und geducktem Gehen durch den unterirdischen Tunnel hatte dazu geführt, dass mir schwindlig war und mein Kopf schmerzte. »Fergie hat mir erzählt, dass sie während des Krieges diese Höhlen als Lager benutzt haben. Aber sind die nicht bei dem Erdrutsch in Martins Tagen verschüttet worden?«

Kristen war immer noch in Gedanken versunken. Ich schaute mich um und bemerkte kleine Whiskyfässer und Kästen mit Flaschen. Da dämmerte es mir endlich. »Duff hat das hier gefunden, nicht? Hier hat er die gefälschten Flaschen Rose Reserve abgefüllt.«

»Wovon faseln Sie da?« Kristen stürzte sich mit blitzenden Augen auf mich. »Hat Ihnen das Claire Jones weisgemacht?«

»Nicht direkt ... Sie hat Etiketten erwähnt, aber wir haben uns gedacht, dass Duff die gefälschten Flaschen Ben zur Probe geschenkt hat, um seine Zustimmung zu erhalten ...« Meine Stimme versagte. Kristen. Kristen? Woher kannte sie Claire Jones? Und woher Nick? Hatte Kristen Duff geholfen? Hatte Nick Bartolli den Whisky für Duffs Fälschungen geliefert? Ich sah weiße Pünktchen vor meinen Augen schweben und holte ein paarmal tief Luft, versuchte, die neuen Bruchstücke zu einem logischen Ganzen zusammenzufügen.

Kristen schaute mich entnervt an. »Großer Gott, die Flaschen, die Duff Ben geschenkt hat, das war doch keine billige Fälschung des alten Rose Reserve.«

Ich lehnte den Kopf an die Wand, schaute mir die kleinen, staubigen Fässer an, die in der Nähe des Tunnels gestapelt waren, durch den wir gekommen waren. Der Raum begann vor meinen Augen zu wanken, aber ein Gedanke kristallisierte sich in meinem Gehirn heraus. Ich hätte auf Grants Instinkt vertrauen sollen – ihn konnte man nicht an der Nase herumführen, und Ben genauso wenig. Sie haben *wirklich* etwas ganz Besonderes getrunken. Etwas sehr Altes und Seltenes.

»Ehe die äußere Höhle eingestürzt ist, hat Martin Ferguson hier seinen persönlichen Vorrat an Rose Reserve gelagert, nicht?«, sagte ich laut. »Fergie hat uns erzählt, er wäre nach dem Felssturz zutiefst betrübt gewesen, weil er sicher war, dass er seinen besten Single Malt für immer verloren hatte. Aber da hatte er sich geirrt. Es sind nicht alle Fässer zerstört worden, oder? Einige sind hier im hinteren Teil der Höhle unbeschädigt geblieben, und Duff, der diese Berge kannte wie seine Westentasche, der hat sie gefunden.«

»Er hat ja sonst total genervt, aber das hier, das hat er mal richtig gut hingekriegt«, höhnte Kristen.

Ich ignorierte sie, konzentrierte mich darauf, im Kopf Zahlen zu wälzen. »Diese Fässer sind dann, wie alt ... vierzig Jahre oder mehr? Die wären Hunderttausende von Pfund wert, wenn sie nicht inzwischen verdorben sind.«

»Versuch's mal mit Millionen.«

»Darum geht es also.« Genug Geld, um ein paar Morde zu rechtfertigen. »Und ich dachte, das alles wäre ein Schwindel, den sich Duff ausgedacht hat. Wie sind Sie denn da mit reingeraten?«

»Du glaubst doch nicht, dass Duff schlau genug war, um das allein durchzuziehen?«

»Ich nehme an, er brauchte Hilfe von jemandem, der gerissener war als er.«

Kristen blieb stehen und schaute mich mit zusammengekniffenen Augen an. »Unterschätze mich nicht, Abi.«

»Würde mir nicht im Traum einfallen. Ich meine, Duff hat diesen Schatz gefunden, und man sieht ja, wo er gelandet ist.« Wenn Kristen Duff umgebracht hatte, wozu war sie dann noch fähig? Meine Lage schien von Minute zu Minute aussichtsloser zu werden.

Kristen ignorierte meine Anspielung. »Duff ist vielleicht auf die Fässer gestoßen, als er hier in den Höhlen rumgesucht hat, aber ich war diejenige, die begriffen hat, was das ist und was man draus machen kann.«

»Doch warum ist er zu Ihnen und nicht zu Ben gegangen?«

»Wir waren alte Freunde, Duff und ich«, antwortete Kristen mit einem leisen Lächeln. »Er war so attraktiv, so begeisterungsfähig. Eine angenehme Abwechslung bei meinen Wochenendausflügen nach Edinburgh.«

Ich muss wohl ein wenig überrascht dreingeschaut haben.

»Zehn Jahre, das ist heutzutage doch kein Altersunterschied mehr«, argumentierte Kristen.

»Wie Sie meinen«, murmelte ich. Ich schaute zu, wie Kristen auf und ab tigerte, während ich versuchte, die verschiedenen Fäden der Geschichte miteinander zu verknüpfen. »Ich denke, Sie konnten sich nicht sicher sein, ob der Whisky nach so vielen Jahren in dieser Höhle noch gut war.«

Kristen blieb stehen und fuhr zu mir herum. »Immer die Reporterin, was? Aber diese exklusive Story wirst du nicht veröffentlichen.« Kristen schien eine Entscheidung getroffen zu haben. »Das Zeug hätte durchaus ranzig sein können, was wussten wir denn schon. Aber Duff hatte die Idee, ein paar Flaschen abzufüllen und sie als einen von den seltenen Reserves von Fletcher's auszugeben.«

»Den Rose…«

»Ich habe ihm gesagt, er soll Ben eine Flasche davon zu Weihnachten schenken, aber nein, es musste partout ein halbes Dutzend sein. Die waren ein verdammtes Vermögen wert.«

»Es könnte doch sein, dass er das Gefühl hatte, Ben was zu schulden, denn im Grunde stahlen Sie ja von ihm«, erläuterte ich.

»Lange musste er mit dem schlechten Gewissen ja nicht leben«, sagte Kristen mit einem fiesen Grinsen.

»Sie haben also ein paar Musterflaschen von dem Rose Reserve abgefüllt, und Duff hatte Glück. Der Whisky war mehr als gut, er war phantastisch.« Ich spielte auf Zeit und dachte über meinen nächsten Schritt nach. Kristen erzählte jetzt ganz ungehemmt; das konnte nur bedeuten, dass sie nicht die Absicht hatte, mich lebend aus dieser Höhle rauszulassen. Ich musste es schaffen, dass sie immer weiterredete, und mir so Zeit zum Nachdenken erkaufen.

»Der falsche Rose, das war wie Geld auf der Bank. Duff hat versucht, einen Käufer dafür zu finden. Ich muss zugeben, er war total ausgebufft, wenn's ums Verkaufen ging. Er hatte in der Whisky Society die richtigen Kontakte geknüpft. Er wusste ganz genau, wen er ansprechen musste.«

»Die Bartollis«, sagte ich und schüttelte den Kopf über meine eigene Dummheit.

»Nicks Vater ist leidenschaftlicher Sammler. Er war hin und weg von der Aussicht, einen seltenen, noch nie verkauften Fletcher's Reserve in die Finger zu kriegen. Das würde ein Whisky ohnegleichen sein. Einzigartig. Etwas, das niemand sonst haben würde. Einmal gekostet, und er war bereit, den ganzen Vorrat aufzukaufen.«

»Aber was wollte er damit machen? Wenn plötzlich so viele Flaschen eines vierzig Jahre alten Rose Reserve auf dem Markt auftauchen, würden die Leute doch Verdacht schöpfen. Und Ben hätte sicher davon erfahren.«

»Ich habe Ihnen ja bereits gesagt, dass Bartolli völlig versessen auf seine Sammlung ist. Das ist für ihn wie Kunst. Er würde Millionen zahlen und alles irgendwo verstecken und selbst trinken. Wenn er überhaupt was davon verkaufen würde, dann immer nur ein paar Flaschen, und nur an andere anspruchsvolle Sammler, um denen zu beweisen, wie schlau er gewesen ist.«

»Und wo kommen Sie da ins Spiel?«

»Du machst wohl Witze? Ohne mich hätte Duff das Zeug für einen Bruchteil seines Wertes verscherbelt. Er brauchte mich.«

Ich fragte mich, ob Duff da mit der Zeit vielleicht Zweifel bekommen hatte.

»Außerdem«, fuhr Kristen fort, »hatte er mir schon gezeigt, wo der Whisky versteckt war. Wenn er mich nicht beteiligt hätte, hätte ich diese Information für eine schöne Summe an Bartolli verkaufen können, und Duff hätte mit leeren Händen dagestanden.«

»Und was ist dann schiefgelaufen?«, drängte ich und lauschte, ob Nick zurückkam.

»Ben. Das ist schiefgelaufen. Ehe wir den Deal mit Bartolli unter Dach und Fach hatten, ist Ben gestorben.«

Wenigstens damit hatte ich also recht gehabt. »Und da Ben nicht mehr lebte, war Bartolli nun in der Lage, die Destillerie selbst zu kaufen und so den Mittelsmann auszuschalten«, sprach ich laut vor mich hin. »Er hatte schon immer

Gefallen an der Brennerei, und jetzt konnte er sie haben und Martins Rose Reserve noch dazu. Besser noch, diese alten Fässer würden ihm dann ganz legal gehören.«

»Schlaues Mädchen. Bartolli war scharf darauf, die Brennerei in die Finger zu kriegen, ehe zu viele andere potenzielle Käufer hier herumschnüffelten. Das Schwein hat einen Deal mit Duff gemacht. Hat ihn angeheuert, um in der Destillerie Sabotage zu verüben und dir die bösen Briefe und all das andere zu schicken, damit du Angst kriegst und schnell verkaufst. Du hattest ja keine Ahnung. Grant war traurig und wütend, und Cam war immer da und hat auf die Brennerei aufgepasst. Es war also einfach, die schuldig aussehen zu lassen.«

»Und Maitland?«

»Mit dem war es am einfachsten. Den musste man praktisch nur aufziehen und in die richtige Richtung schubsen. Ein paar Worte über Rachel, und schon rannte er los und versuchte Grant anzuschwärzen und dich auf ihn und seine Kumpel zu hetzen. Die anderen in der Meute sind so schräg, dass es nicht schwergefallen ist, dich vom einen zum anderen zu schicken, während die Bartollis sich in sicherer Entfernung hielten.«

»Und was hatte Duff von dem Ganzen?«

»Bartolli hat ihm gesagt, er würde ihm die Leitung von Abbey Glen übertragen und ihm einen Prozentsatz aus den Verkäufen von Martins Single Malt auf dem freien Markt überlassen. Duff war von so viel Geld geblendet. Er hat gar nicht gemerkt, dass die ihn nur benutzten.«

»Mir scheint, alle benutzten ihn.«

Kristen ignorierte das. »Duff war total versessen darauf, für Siobhán zu sorgen und die Hypothek auf dem Pub abzuzahlen. Ich konnte ihm nicht klarmachen, dass wir ungeheuer viel mehr rausschlagen könnten. Wir hatten die

Zügel in der Hand. Er und ich, wir waren die Einzigen, die wussten, wo sich der Whisky befand. Ohne dieses Wissen hätten die Bartollis den halben Landkreis aufbuddeln können und doch niemals gefunden, was sie suchten. Duff hätte für ein Almosen verkauft, aber nicht mit mir!«

Kristens Stimme wurde lauter und schriller. Sie schaute immer wieder zu dem Gang, wartete darauf, dass Nick zurückkam. Ich versuchte, meine Hände zu bewegen und sie aus dem Strick zu winden. Ich tat mein Bestes, um Kristen mit Fragen abzulenken, und hoffte, mir würde inzwischen irgendein halbwegs vernünftiger Fluchtplan einfallen.

Kristen fuhr zu mir herum. »Dieser Whisky ist meine Fahrkarte aus diesem gottverlassenen Nest heraus, und niemand, nicht einmal du, wird sich mir da in den Weg stellen.«

»Und Sie haben Duff umgebracht, damit er Bartolli nicht verrät, wo der Whisky versteckt ist.« Mir wurde übel, wenn ich nur daran dachte.

»Als du die Leiche gefunden hast, habe ich dir doch gesagt, dass Duffs Tod ein Unfall war«, beharrte Kristen. »Aber du hast mir nicht geglaubt.«

»Ich glaube es bis heute nicht. Duff war in jener Nacht nicht allein. Es war jemand bei ihm. Jemand hat seine Leiche in den Gärbottich geworfen.«

»Stimmt, er war nicht allein. Er hat sich nach dem Empfang in Bens Haus mit Nick getroffen. Die beiden sollten rausfinden, wie man die Brennblase außer Gefecht setzen kann, ohne dabei zu weit zu gehen, aber wie immer haben sie sich gestritten. Duff hat sich betrogen gefühlt, als ich mit Nick angebandelt habe, während er und Bartolli Senior den Deal ausgehandelt haben. Der dumme Junge.«

»Aber was ist mit Duff passiert?«, wollte ich wissen.

»Er hat ausgeholt und wollte Nick einen Schlag versetzen, doch der hat sich weggeduckt. Der ist eben mit einem stark ausgeprägten Selbsterhaltungstrieb gesegnet. Duff war betrunken und ist oben an der Treppe ins Stolpern geraten und gefallen. Es war nicht Nicks Schuld, dass er sich den Kopf an der Ecke des Spirit Safe angeschlagen hat; es war alles blitzschnell vorbei. Nick ist in Panik geraten. Er hat versucht, es wie einen Unfall aussehen zu lassen, indem er sich am Scharnier des Deckels zu schaffen machte, ehe er die Leiche in den Bottich warf und mich holen gefahren ist. Das wäre auch ziemlich schick gewesen, wenn er dran gedacht hätte, die Stifte aus dem Scharnier dazulassen, aber der Hellste ist er ja nicht.«

»Wie praktisch. Duff ist weg vom Fenster, und Sie haben Nick gedeckt, also ist er Ihnen was schuldig. Doch was ist mit Claire Jones?«, fragte ich. »War deren Tod auch ein ›Unfall‹? Die hatte die Etiketten gesehen, und nachdem Sie sie im Gespräch mit mir beobachtet hatten, musste sie weg.«

Kristen lächelte. »Rothes sagt, sie wäre an einer Überdosis Barbiturate und Alk gestorben. Passiert immer wieder mal. Es ist schon eine seltsame Welt, nicht? Aber zufällig habe ich ein Alibi. Ich war im Caledonian und habe mit Nick zu Abend gegessen. Wir haben uns verlobt.«

Ich muss ziemlich verdattert ausgesehen haben. Ich verfolgte Kristens ziellosen Weg durch die Höhle mit den Augen und versuchte, eine angemessene Antwort auf diese Neuigkeit zu finden.

»O ja«, sagte Kristen mit selbstgefälligem Lächeln. »Die Verlobung wird in den nächsten Tagen offiziell bekannt gegeben. Nick hat wohl irgendwie den Eindruck, dass ich DNA-Beweise habe, die ihn mit Duffs Ermordung in Verbindung bringen könnten. Nicht die romantischste Art, sich einen Mann einzufangen, aber es hat funktioniert. Nick ist zu der klugen Schlussfolgerung gekommen, dass es eine weit angenehmere Strafe ist, mit mir verheiratet zu sein, als im

Gefängnis zu sitzen. Er hat seinen Vater davon überzeugt, dass er endlich die wahre Liebe gefunden hat. Papa Bartolli ist ziemlich begeistert. Er war sich sicher, dass er dich davon überzeugen könnte, dass AXB die beste Option für Abbey Glen ist. Aber natürlich bist du ja nun nicht mehr lange in der Lage, irgendwas zu verkaufen.«

Diese Möglichkeit hatte mir bei meinen fieberhaften Versuchen, mir einen Ausweg auszudenken, ständig vor Augen gestanden. Ich hoffte, Kristen würde mir die Panik und die Todesangst, die mich nun ergriffen, nicht anmerken. »Es wird Ihnen nichts nützen, mich loszuwerden. Sie werden Abbey Glen nie bekommen. Wenn ich jetzt sterbe, geht der Laden an Grant, und der wird niemals verkaufen.«

»Sei dir da nicht so sicher. Noch eine Frau zu verlieren, an der ihm was liegt, das könnte womöglich zu viel für ihn sein.«

»Dem liegt nur etwas an Abbey Glen.«

»Wenn du das glaubst, dann bist du eine größere Närrin, als ich dachte.«

Stimmte das? Hegte Grant unter dieser äußeren Schicht von schottischem Permafrost tatsächlich Gefühle für mich? Ich schüttelte den Kopf. Aber das war im Augenblick kaum relevant – ich hatte viel dringendere Probleme.

»Das ist jetzt ohnehin alles egal«, sagte Kristen. »Nick und ich haben die Fässer eines nach dem anderen weggeschafft. Es sind nur noch ein paar übrig. Der Rest liegt sicher im Keller meines Hauses. Du siehst also, ich gewinne, ganz gleich, wer Abbey Glen kriegt.«

»Wie schön, dass alles so gut für Sie läuft.«

»Es hätte auch für dich prima laufen können, wenn du verkauft hättest und gleich wieder verschwunden wärst. Ich war sicher, du würdest abhauen, nachdem du dachtest, man hätte Duff ermordet.«

»Ich bin aus härterem Holz geschnitzt.«

»Stimmt. Deswegen mochte ich dich ja. Ehrlich, ich mochte dich«, sagte sie, als ich ihr einen angewiderten Blick zuwarf. »Unter anderen Umständen hätten wir Freundinnen werden können.«

Liam begann wieder zu knurren, und ich hörte Nick mit viel Geklapper den Gang entlangkommen. Er tauchte mit den Schaufeln und dem Brecheisen auf und wirkte sehr aufgeregt.

»Wurde auch Zeit«, schimpfte Kristen. »Los, wir müssen uns beeilen.«

Die beiden verschwanden in der Höhle nebenan, und ich zerrte wie wild an den restlichen Knoten an meinen Handgelenken, aber meine Finger waren steif, und ich konnte das Seil nicht genug lockern, um mich zu befreien. Nach wenigen Minuten kamen Kristen und Nick zurück, schoben zwei weitere kleine Fässer durch die schmale Öffnung.

»Gott sei Dank, das sind die letzten«, sagte Kristen zu Nick. »Wir verstecken sie unten im südlichen Gang und kommen wieder, wenn sich hier alles beruhigt hat. Auf den Hängen wimmelt es inzwischen wahrscheinlich nur so von Polizisten.« Sie deutete mit dem Kopf auf Liam und mich. »Bring die her.«

Nick band Liam und mich von dem Ring an der Wand los. Ich versuchte, mich aus seinem Griff herauszuwinden, aber Nick war drahtig und stärker, als er aussah. Liam hieb die Zähne in Nicks Wade, als der mich in die angrenzende Höhle schleifte. Nick heulte auf, und Kristen nahm einen Spaten und schlug Liam damit seitlich an den Kopf. Ich schrie, als der Hund taumelte und reglos auf dem Boden zusammensackte.

Nick rang mich zu Boden und band mich an ein verrostetes Metallregal, auf dem einmal Fässer gelagert hatten, fesselte mir erneut die Hände und machte damit all meine mühseligen Versuche zunichte, den Strick zu lockern. Die neue Höhle war kleiner und dunkler als die, in der wir uns bisher aufgehalten hatten. Ich hatte das Gefühl, dass die Wände mir immer näher rückten.

»Fessele auch den Hund, falls der wieder zu sich kommt, ehe wir hier fertig sind, und dann kleb ihr was über den Mund und fang an, Steine zu verschieben«, bellte Kristen über die Schulter, während sie sich wieder in die andere Höhle aufmachte.

Nick holte einen Lappen und eine Rolle Klebeband und deckte damit meinen Mund ab. Er wurde erneut gebissen, diesmal von mir, schaffte es aber trotzdem, die Sache zu Ende zu führen. Dann begann er, genau wie Kristen große Felsbrocken in den Eingang unserer Höhle zu stapeln und grummelte dabei unaufhörlich vor sich hin. Die beiden machten weiter, bis der Eingang mehr als halb versperrt war. Nick klagte immer weiter vor sich hin, während sie kleinere Steine oben auf den Haufen packten.

»Das gefällt mir nicht. Es ist nicht recht. Duff, das war eine Sache, aber das hier ist zu viel.«

»Das Risiko war dir egal, als du sie von der Straße abgedrängt hast. Das Risiko war dir egal, als du ins Haus Haven eingebrochen bist. Wenn du dich schlauer angestellt und sie verjagt hättest, dann hätten wir all den Schlamassel hier nicht«, zischte Kristen. »Und jetzt hör auf zu jammern und mach weiter. Wir mauern sie hier ein, und niemand wird sie je finden.«

»Es ist nicht recht«, murmelte Nick.

»Es war auch nicht recht, Duffs Leiche in einen Bottich mit Würze zu schmeißen«, betonte Kristen, »aber das soll unser kleines Geheimnis bleiben. Wenn du das hier schlimm findest, dann warte mal ab, wie es dir im Knast gefällt.«

Nick blickte finster drein, stapelte nun aber mit etwas mehr Elan Steine.

Liam fing an, leise zu winseln. Ich betete, dass er sich still verhielt, bis die beiden weg waren. Ich wollte nicht, dass sie ihn noch einmal schlugen. Schon bald war der Steinhaufen höher als Kristens Kopf, und die beiden nahmen Pickel und begannen, damit an der Decke der benachbarten Höhle in der Nähe des Eingangs herumzuhacken. Schon bald hatten sie eine weitere kleine Lawine aus Dreck und Kalksteinen ausgelöst, die noch das letzte Licht blockierte, das zu uns hereingefallen war. Platzangst packte mich. Wir waren allein im Finstern eingesperrt.

Nach ein paar Minuten hörte ich, wie die Stimmen der beiden im Gang verhallten. Ich wollte losschreien, sobald sie außer Hörweite waren, aber ich wusste, dass das zwecklos wäre, selbst wenn ich den Mund aufbekäme.

In meiner Journalistenausbildung hatte ich zwar gelernt, wie man bei Kidnapping und als Geisel reagieren sollte, aber leider hatte jegliche Unterweisung gefehlt, wie man sich in unterirdischen Höhlen in ländlichen Gebieten Schottlands zu verhalten hatte. Ich musste jetzt die Ruhe bewahren und irgendwie meine Hände freibekommen, ehe ich irgendwas tun konnte. Meine Finger waren schon taub, doch ich schob mich weiter, um nach einer rauen Stelle zu suchen. Sobald ich eine gefunden hatte, begann ich mit der mühevollen Kleinarbeit, das Seil an der schartigen Stelle des Metallrahmens auf und ab zu reiben.

Während ich mit dem Seil beschäftigt war, hielt ich ein wachsames Auge auf Liam. Er hatte noch nicht versucht, sich auf die Beine zu rappeln, aber er setzte sich auf und schüttelte ein paarmal den Kopf hin und her, ehe er sich wieder hinlegte und mich mit traurigen braunen Augen ansah. Ich wollte ihn trösten, konnte ihn aber nicht erreichen. Es dauerte eine gute Stunde, bis ich mit den Seilen ein wenig vorangekommen war. Ich schabte weiter und konnte immer noch kaum glauben, wie sehr ich mich geirrt hatte. Ich hatte einen Anfängerfehler gemacht. Ich war genauso schlimm wie die Männer hier in der Gegend – denn ich hatte Kristen als mögliche Täterin überhaupt nicht in Erwägung gezogen, nur weil sie eine Frau war. Ich war automatisch davon ausgegangen, dass sie auf meiner Seite stand.

Ihre drei Wörter waren mir klar und deutlich in den Kopf gekommen: *scharfsinnig, entschlossen, einzelkämpferisch.* Tolle Eigenschaften für eine Ärztin, aber ebenso gut für eine Kriminelle. Sie war wirklich scharfsinnig. Sie vermochte Menschen und Situationen blitzschnell einzuschätzen und die richtige Behandlungsmethode herauszufinden, es gelang ihr aber genauso schnell, herauszufinden, wie sie Menschen zu ihrem eigenen Vorteil ausnutzen konnte. Sie war die Meisterin, und Nick war der ideale Helfershelfer: geistlos, dekorativ und unendlich leicht zu beeinflussen. Er hatte nicht das Rückgrat, ihr Widerstand zu leisten. Und der arme Duff. Er hatte genug gewusst, um sich in Gefahr zu begeben, aber nicht genug, um zu erkennen, wann er sich übernommen hatte. Er war zu jung und zu naiv gewesen, um sich mit Kristen und Bartolli anzulegen.

Meine Finger waren schon beinahe völlig abgestorben, als ich endlich das Seil durchgewetzt hatte. Ich riss mir das Klebeband vor dem Mund weg und ging zu Liam. Ich zog die Taschenlampe heraus. Liam hatte seitlich am Kopf eine große Beule, aber es war kein Blut zu sehen. Er hatte bestimmt mörderische Kopfschmerzen, doch es würde schon wieder werden mit ihm. Falls wir je hier rauskamen.

Ich ließ den Lichtstrahl in meinem Gefängnis umherschweifen. Es waren noch ein paar moderige Fässer und ein, zwei Kisten da. Abgesehen davon war die Höhle leer, bis auf die Steine, die den Eingang versperrten. Es war eine eindrucksvolle Leistung, wenn man bedachte, wie wenig Zeit die beiden dafür gehabt hatten.

Es würde so gut wie unmöglich sein, diese Steine mit bloßen Händen zu verschieben. Ich zog an einigen, die lose aussahen, aber da rutschten nur andere nach und füllten die Lücken. Schließlich hatte ich keine sonderlich tiefe Delle in der Wand zustande gebracht, und meine Hände waren blutverschmiert. Ich musste mich hinsetzen, war völlig erschöpft und ausgedörrt. Die Abenteuer des Tages und dazu noch der Unfall gestern Nacht, all das hatte mich geschwächt. Mir liefen die Tränen über die Wangen, und Liam kam, um sie mir wegzulecken. Er winselte mir ins Ohr, weil er nicht verstehen konnte, warum wir diesen finsteren Ort nicht verließen.

»Ich weiß, mein Junge«, sagte ich und barg mein Gesicht in seinem Fell. »Aber ich weiß nicht, wie wir hier weitermachen sollen.« Ich lehnte mich an die Wand der Höhle und schloss die Augen. Ich war so erschöpft, dass ich einnickte.

Ich schreckte auf, als ich hörte, wie am Eingang weitere Steine herunterprasselten. Liam hatte es mir nachgetan und angefangen, unten am Haufen zu graben. Er hatte ein paar Steine verschoben und einen kleinen Erdrutsch ausgelöst. Ich packte ihn am Halsband und zerrte ihn von dem fallenden Geröll weg. Ein paar Steine waren auf unserer Seite in die Höhle gerollt, und oben am Eingang war eine kleine Bresche entstanden. Sie war kaum größer als zwanzig mal zwanzig Zentimeter, aber es war ein Anfang, und die frischere Luft brachte ein wenig Erleichterung. Ich versuchte es nun ernsthaft, konnte aber keine weiteren Felsbrocken aus dem Eingang verschieben. Der Steinschlag hatte einige der größeren Steine sogar noch fester verkeilt.

Liam spürte, dass die Luft anders geworden war, und bellte zu der Öffnung oben hinaus. »Du bist viel zu dick, mein Junge«, sagte ich. »Da kommst du nie im Leben durch.«

Aber Liam erhob sich immer wieder auf die Hinterbeine und schnüffelte an der Luft, die durch die kleine Öffnung drang. »Schau mal, ich zeig's dir«, sagte ich schließlich und zerrte eine leere Holzkiste von der anderen Seite der Höhle her. Ich hievte mir Liams fünfzig Pfund Lebendgewicht auf die Arme und hielt seinen Kopf in die Nähe des Lochs im Felsgestein. Liam schnüffelte und packte den Rand mit den Pfoten, versuchte sich durchzuschlängeln.

»Du bleibst stecken, genau wie Pu der Bär, der nicht aus dem Haus von Kaninchen rauskam«, sagte ich, als seine vordere Körperhälfte durch die Öffnung verschwand. »Das dicke Ende kommt noch nach, du Idiot.«

Wie immer ignorierte mich Liam und wand und krallte sich weiter, bis auch sein Hinterteil durch das enge Loch verschwunden war. Gerade war er noch da gewesen, jetzt war er weg.

»Liam? Liam? Alles in Ordnung?« Ich wusste, dass das eine törichte Frage war, aber es tröstete mich, dass ich kein schmerzliches Jaulen hörte. »Liam!«, rief ich erneut und erhielt ein beruhigendes Bellen zur Antwort. Liam rannte auf der anderen Seite des Steinwalls auf und ab und winselte, überlegte zweifellos, warum ich ihm nicht folgte. Ich rief: »Nach Hause, Junge. Lauf nach Hause. Hier kannst du nicht bleiben.«

Liam bellte erneut. »Lauf nach Hause«, befahl ich erneut und versuchte mein Möglichstes, es mit fester Stimme zu sprechen. Nach ein paar Minuten hörte ich, wie das Geräusch seiner Pfoten im Gang immer leiser wurde. Er war frei und hatte die Chance, hier wieder herauszufinden.

Ich war jetzt ganz allein.

KAPITEL 25

Ich muss schließlich vor Erschöpfung eingeschlafen sein. Lebhafte Träume drängten aus meinem Unterbewusstsein an die Oberfläche, in denen ich wie Alice durch einen gewundenen Gang in die Tiefe der Erde fiel. Als ich aufwachte, waren die Batterien in meiner Taschenlampe aufgebraucht, und ich saß in völliger Finsternis. Ich konnte nicht sagen, wie spät es war, welcher Tag wohl war. Ich fragte mich, ob Grant und Cam immer noch an den Berghängen nach Liam und mir suchten. Hatten sie Rothes hinzugezogen? Würden sie bis zur Morgendämmerung warten, oder war die vielleicht schon vorbei?

Ich versuchte, meine steifen Gliedmaßen zu lockern, stellte aber fest, dass ich nicht stehen konnte. Durch die Kälte der Steinwände und des Bodens war ich bis auf die Knochen durchgefroren; ich bibberte. Die Wirkung der Schmerzmittel ließ nach, mein Hals tat weh, und in meinem Kopf hämmerte es wieder. Ich wusste, dass ich mich zwingen sollte, aufzustehen und umherzugehen, konnte jedoch die Energie dazu nicht aufbringen. Ich lag da und kämpfte gegen die Panik an, versuchte, mich nicht zu sehr mit dem Gedanken zu beschäftigen, dass dieses jämmerliche Loch im Berg mein Grab sein würde. Was für ein lachhaftes Ende!

Ich hatte mich im Laufe der Jahre in vielen lebensbedrohlichen Situationen befunden, hatte da aber nie Zeit zum Nachdenken gehabt. Die hatte nur gerade zum Reagieren gereicht. Hier im Dunkeln zu warten war die reinste Folter. Eine Reihe von Dingen, die ich bereute, tanzte wie eine

Conga-Schlange durch meinen Kopf. Schlimmer als das, was ich getan hatte, war das, was ich versäumt hatte. Dass ich mir nicht genug Zeit mit Ben genommen hatte; dass ich Grant so wenig getraut hatte; all die Dinge, die ich nicht ausgesprochen hatte.

Ich sackte gegen die Wand und döste immer wieder ein, schwebte scheinbar eine Ewigkeit zwischen Wachen und Bewusstlosigkeit. Als ich die Augen wieder einmal aufschlug, war die Dunkelheit noch tiefer geworden. Ich hörte in der Ecke ein Huschen, und mir wurde klar, dass es hier Mäuse geben musste. Das Entsetzen half mir auf die Füße, aber die Knie gaben unter mir nach; ich klammerte mich mit der einen Hand an ein verrottetes Fass und griff mir mit der anderen an den schwindeligen Kopf. Das Huschen wurde lauter. Ratten? Was immer es auch war, es kratzte an den Felsbrocken, und mit dem letzten Fetzchen Mut, das ich noch besaß, versuchte ich, diese Geschöpfe zu vertreiben, indem ich mit der Faust auf das Fass schlug. Doch das Kratzen ging weiter, und mein Entsetzen verstärkte das Geräusch in meinem Kopf noch um ein Vielfaches.

Wenn nur Liam hier wäre! Ich konnte sein Winseln beinahe hören. Als ich angestrengt lauschte, wurde aus dem Winseln ein gedämpftes Bellen.

»Liam? Liam? Bist du das?«, krächzte ich. Er musste in den Gängen im Kreis herumgewandert und wieder zum Ausgangspunkt zurückgekehrt sein. In dem Augenblick gab ich auf und fing an zu weinen. Wenn er auch hier unten festsaß, dann wollte ich ihn wenigstens auf meiner Seite des Felshaufens haben.

Liam bellte weiter, und das Geräusch hallte von den Wänden der Gänge jenseits der Höhlen wider. Es klang, als wäre da eine ganze Hundemeute versammelt.

Dann schrien in der Ferne Leute, und ich geriet in Panik.

Waren Kristen und Nick zurück? Das Rufen wurde lauter, während Liam wie verrückt weiterbellte, und mitten in dem Chaos hörte ich, dass jemand meinen Namen rief. Das klang nicht nach Nick oder Kristen. Ich versuchte, eine Antwort zurückzurufen, aber ich hatte keine Stimme mehr. Ich packte die erloschene Taschenlampe und hämmerte damit an das Metallgestell. Schon bald vernahm ich auf der anderen Seite des Steinhaufens Grants Stimme und sank zu Boden. Tränen der Erleichterung liefen mir über die Wangen. Ich war erleichtert, dass ich gerettet wurde, aber genauso froh, dass ich Grants Stimme hörte.

Durch das Loch oben sah ich das Licht von Taschenlampen, und schon bald begriff ich, dass Steine weggeräumt wurden.

»Abi? Abi? Geht's dir gut?«, brüllte Grant. »Geh so weit zurück, wie du kannst. Wir brechen den Eingang auf.«

Eine Masse von Steinen polterte in meine Höhle. Als sich die Staubwolke legte, wurde ein Loch sichtbar, das groß genug für einen Mann war. Blendendes Licht schien zu mir herein, und Sergeant Rothes kletterte hindurch.

»Sind Sie verletzt?« Er eilte an meine Seite, als ich aufzustehen versuchte.

»Nur ein bisschen.« Mir war klar, wie schrecklich ich aussehen musste, dreckverkrustet und mit dem Blut von meinen Händen beschmiert. »Kristen und Nick …«, wollte ich sagen, brachte aber nur ein Flüstern hervor.

Liam kam als Nächster durch den Eingang geprescht, dicht gefolgt von Grant. Ich versuchte, mich wieder aufzurichten, und Grant stürzte herbei, als ich nach vorn zu fallen drohte, wickelte mich in seine Jacke und riss mich an sich, den Arm um meine Schultern geklammert. Ich lehnte mich an ihn, zitterte wie Espenlaub und ließ mich von der Wärme seines Körpers trösten.

»Alles ist gut. Es ist vorbei«, murmelte er, während er versuchte, Liam daran zu hindern, mir ins Gesicht zu springen und jeden sichtbaren Zentimeter Haut abzulecken.

»Was ist das hier?«, fragte Rothes. Er ließ den Strahl seiner Taschenlampe über die zerbrochenen Fässer schweifen, mit denen der Boden übersät war.

»Eine Höhle, die sie in den alten Zeiten als Lager benutzt haben«, flüsterte ich. »Aber wie habt ihr mich gefunden?«

»Der Hund war's«, sagte Rothes. »Der ist wie durch einen Zauber aus einer der Höhlen aufgetaucht. Wir hatten die schon zweimal durchsucht. Wir sind noch mal hin und haben ganz genau nachgeschaut und dann die schmale Öffnung gefunden, durch die er gekommen war. Mit ein bisschen Aufmunterung hat er uns hierhergeführt. Ihr hattet Glück, dass keiner von euch bei dem Einsturz verletzt wurde.«

»Aber was ist mit Nick und …«

»Keine Sorge«, unterbrach mich Rothes. »Michaelsons Leute schließen gerade den Kreis um Nick Bartolli. Der sitzt bald in Haft. Und wir haben nach der Ärztin geschickt. Die wartet oben am Berg auf uns.«

»Was meinen Sie damit? Sie haben nach der Ärztin geschickt?«, keuchte ich.

»Ich weiß, dass Sie ein zähes Mädel sind, aber Doc Ramsey muss Sie trotzdem mal untersuchen.«

»Sie haben nach Kristen geschickt? Wo ist sie?« Ich schaute fassungslos vom einen zum anderen. »Sie und Nick haben mich doch hier eingemauert.«

»Sind Sie da sicher?« Rothes wirkte ebenso verdutzt wie ungläubig.

»Meinen Sie, ob ich sicher bin, dass die mich hier wie ein Tier angepflockt haben und dann den Eingang mit Felsbrocken versperrt haben, damit ich in der Höhle sterbe? Ja, da bin ich sicher.«

Grant zog mich enger an sich und drehte sich dann zu Rothes um. »Gehen Sie besser hoch und alarmieren Michaelson.«

»Meinst du, du kannst laufen?«, fragte mich Grant, als Rothes durch die Öffnung verschwunden war.

»Mit Hilfe schon, aber nicht zu schnell.«

Cam war auf der anderen Seite des Gerölls geblieben und räumte weiter Steine aus dem Eingang weg. Jetzt war die Öffnung schon ziemlich groß. Grant stützte mich, so sanft er konnte, und Cam half mir, auf der anderen Seite herunterzugleiten. Liam rutschte hinter mir her.

»Gut, Sie zu sehen, Mädel«, sagte Cam, während er mir Wasser einschenkte, ehe er mich in eine Decke hüllte, die mich gegen die Kälte schützen sollte. Als Letzter kam Grant aus der Höhle und löste eine weitere kleine Steinlawine aus.

»Wir machen besser, dass wir hier wegkommen«, sagte er, stützte mich mit einem Arm und griff sich mit der anderen Hand eine Taschenlampe. »Das könnte alles jeden Augenblick einstürzen. Cam, kannst du vorgehen und Hilfe organisieren? Wir brauchen einen Arzt, aber nicht Dr. Ramsey«, fügte Grant hinzu. »Und sieh zu, dass du heißen Tee und noch mehr Decken auftreiben kannst.«

Cam machte sich eilig auf den Weg, und wir humpelten hinterher, angeführt von Liam. Wir kamen nur sehr langsam voran, denn Grant musste mich halb ziehen und halb tragen. Mein Kopf tat mörderisch weh, doch die Neugier siegte über den Schmerz.

»Wieso war Michaelson hinter Nick her?«, fragte ich.

»Bill hat mir nicht alles erzählt«, antwortete Grant. »Aber ich habe aus ihm rausbekommen, dass sie den Wagen gefunden haben, der dich von der Straße abgedrängt hat, und den haben sie zu den Bartollis zurückverfolgen können. Es war ein Mietwagen. Bartolli junior hat behauptet, er wäre damit in der Hotelgarage gegen eine Wand gefahren, aber Michaelsons Leute haben Farbe von unserem Wagen vom Landgut an der beschädigten Stoßstange gefunden, und sie haben gleich einen Haftbefehl ausgestellt. Sie haben mir gesagt, dass sie seit gestern nach ihm suchen. Sein Vater behauptet, er hätte keine Ahnung, wo er ist.«

»Hat er vielleicht auch nicht.« Ich gab mir alle Mühe, Grant zu erzählen, was ich in der Zeit mit Nick und Kristen alles erfahren hatte.

Er schwieg eine Weile, während wir weiter voranstolperten. »Ich kann einfach nicht glauben, dass Kristen so weit gehen würde. Gestohlenes Eigentum zu verscherbeln, das ist eins, aber Mord?«

»Die Leute tun allerhand, wenn es um genug Geld geht«, sagte ich.

»Meinst du, Kristen war auch für den Tod von Claire Jones verantwortlich?«

»Das würde mich nicht überraschen. Sie gibt zu, dass sie in jener Nacht in Edinburgh war, und ihr einziges Alibi ist Nick. Ich vermute, wenn Michaelson ein bisschen genauer hinschaut, kann er Kristen auch mit Claires Tod in Verbindung bringen.«

Mein Kopf tat weh, und mein Herz hämmerte, denn das Gehen strengte mich ungeheuer an. Wir schienen eine Sackgasse erreicht zu haben und blieben stehen. Ich gab mir alle Mühe, nicht zu schwanken, während Grant herauszubekommen versuchte, wie er mich durch die schmale Öffnung bugsieren konnte, die vor uns lag. Ich keuchte vor Schmerzen auf, als ich an einem schartigen Fels in der Wand entlangschrappte.

»Tut mir leid«, sagte Grant und verzog das Gesicht, als er auf das Blut herunterblickte, das aus einer neuen Schramme an meinem Arm triefte.

»Schon gut. Nur weiter«, sagte ich und drehte mich zu ihm, um ihn mit so etwas Ähnlichem wie einem Lächeln zu beruhigen.

Da standen wir in dem engen Gang. Grant hielt mich aufrecht, an seinen ganzen Körper gelehnt. Ich schaute ihm in die Augen und merkte plötzlich, wie ich mich aufrichtete, um seine Lippen zu berühren, während er den Kopf senkte. Unklug, zur Unzeit, aber überaus berauschend. In seinen Armen fühlte ich mich sicher, doch seine Lippen deuteten eine Leidenschaft an, die alles verzehren und gefährlich süchtig machen würde. Ich erlaubte es mir, mich ein paar schwindelerregende Augenblicke lang im Dunkeln mitreißen zu lassen, ehe die Knie unter mir nachgaben. Schlicht und ergreifend dehydriert, leider, aber Grant hielt mich aufrecht.

»Ich hätte nicht…«, murmelte er. »Nicht der richtige Ort und nicht die richtige Zeit. Jetzt wollen wir sehen, dass wir dich hier rausbekommen. Meinst du, du kannst dich allein durchschlängeln? Für uns beide ist es zu eng.«

Liam war schon durch die Öffnung hindurchgeschossen. Grant schob mich, quetschte mich mit nur wenigen weiteren Kratzern durch die Öffnung. Ich habe keine Ahnung, wie er es dann selbst hindurchgeschafft hat, aber es muss ziemlich wehgetan haben.

Das Tageslicht, das von draußen hereinströmte, blendete mich nach so vielen Stunden unter der Erde, doch es war wunderbar, wieder frische Luft zu atmen. Grant führte mich behutsam zu einem großen Felsbrocken am Ausgang der Höhle, auf den ich mich setzte. Hunter wartete schon mit einer Thermosflasche Tee, ein paar Decken und Patrick.

Der kam zu mir hingerannt und umarmte mich vorsichtig, äußerte sich besorgt über das Blut und den Dreck an meinen Händen und meinem Gesicht. Ich lehnte mich an ihn, fühlte mich jetzt, da Liam und ich in Sicherheit waren, auf einmal sehr schwach. »Es geht mir gut, es geht mir gut«, versicherte ich ihm. »Wie kommst du denn hierher?«

»Ich war nach unserem letzten Telefonat ganz krank vor Sorgen. Also habe ich ein paar Meetings in Edinburgh erfunden, damit ich eine Ausrede hatte, um wieder hier hochzukommen und nach dir zu sehen. Die Polizei ist an dem Tag, nachdem wir uns getroffen hatten, bei der Whisky Society aufgetaucht und hat alle möglichen Fragen gestellt, und da wusste ich, dass was im Busch war. Nervös bin ich dann geworden, als ich dich auf dem Handy nicht erreicht habe. Da habe ich beschlossen, mir in Edinburgh ein Auto zu mieten und herzufahren. Als ich gestern Abend bei Abbey Glen ankam, hat Hunter mir erzählt, du wärst verschwunden.«

»Ja, ja, wir waren die ganze Nacht am Berg unterwegs«, sagte Cam.

»Danke, dass Ihr nicht aufgegeben habt – alle miteinander.« Grant und Cam waren mir keine Loyalität schuldig, außer auf dem Umweg über ihre Beziehung zu Ben, und doch hatten sie zu mir gestanden und mich gerettet. Auf ihre eigene Weise hatten sie mich in ihrer Welt willkommen geheißen, und nachdem ich sie beinahe für immer verlassen hatte, fühlte ich mich jetzt allmählich dieser Welt zugehörig. Ich hatte ein schlechtes Gewissen wegen all der schrecklichen Dinge, die ich mir über Cam und Grant und alle Mitarbeiter bei Abbey Glen ausgemalt hatte. Vielleicht war noch genug Zeit, um Abbitte zu leisten und doch einen Weg in die Abbey-Glen-Familie zu finden.

Nach einer kurzen Pause und einem weiteren Schluck Tee fühlte ich mich kräftig genug, um den Pfad den Berg hinunter nach Abbey Glen in Angriff zu nehmen. Während wir abstiegen – Grant auf der einen und Patrick auf der anderen Seite –, sah ich außer Michaelsons dunkler Limousine noch zwei Polizeiautos und einen Krankenwagen auf dem Hof der

Brennerei stehen. Der Krankenwagen fuhr mit Blaulicht fort, als wir gerade um die ausgebrannte Ruine der Mälzscheune bogen. Michaelson kam uns entgegen.

»War der nicht für Abi bestimmt?«, fragte Grant.

»Nein«, antwortete Michaelson. »Aber wir können noch einen rufen, wenn Sie einen brauchen.«

Ich schüttelte den Kopf. »Ich würde lieber in einem normalen Auto fahren. Es sieht schlimmer aus, als es ist.«

»Sobald Sie dazu in der Lage sind, benötige ich eine Aussage von Ihnen, Ms Logan«, sagte Michaelson.

»Vorher muss sie erst mal zu einem Arzt«, beharrte Grant und führte mich zum Rücksitz seines Wagens. »Haben die Fragen nicht Zeit?«

»Schon gut, Grant«, sagte ich, als Liam zu mir herübergekrochen kam und mir den Kopf auf den Schoß legte. »Ich mache das lieber, solange ich noch alles frisch im Gedächtnis habe.«

Ich tat mein Bestes, um mir alles von der Seele zu reden, woran ich mich aus Kristens Erzählung erinnern konnte. Michaelson nahm meine zusammenhanglosen Sätze auf und machte sich außerdem Notizen, legte nur eine kleine Pause ein, um die Behörden in Edinburgh über die mögliche Verbindung zwischen Kristen und Claires Tod zu unterrichten. Nach zwanzig Minuten gab er endlich auf, weil Grant ihn mit Donnermiene anfunkelte. Sein Missfallen war sogar von der anderen Seite des Hofes beinahe mit Händen zu greifen.

»Ich komme später vorbei, damit Sie Ihre Aussage noch einmal durchsehen können. Inzwischen sollten Sie sich gründlich untersuchen lassen. Sie sind ja in den letzten achtundvierzig Stunden ordentlich durch die Mangel gedreht worden.«

»Haben Sie Kristen und Nick gefunden?«, fragte ich, als die anderen zurückkamen.

»Dr. Ramsey ist verhaftet, und Nick Bartolli wird gerade nach Edinburgh ins Krankenhaus gebracht«, erwiderte Michaelson mit einer Kopfbewegung in die Richtung, die der Krankenwagen genommen hatte.

»Was ist passiert?«

»Wir versuchen noch, alles zusammenzustückeln, aber es sieht so aus, als hätten die Suchtrupps den beiden den üblichen Weg aus den Höhlen und Gängen abgeschnitten«, meinte Michaelson. »Da haben sie anscheinend beschlossen, sich zu trennen. Dr. Ramsey ist über einige Tunnel nach unten gelangt, die hinter ihrem Haus rauskommen. Da haben wir sie verhaftet. Bartolli muss sich am Wasserfall entlang nach Abbey Glen heruntergeschlichen haben und hatte das Pech, etwa gleichzeitig mit meinen Leuten dort einzutreffen. Wir nehmen an, er hat dann Zuflucht im Heferaum in einem der leeren Bottiche gesucht. Er war sich anscheinend der Gefahr durch das Kohlendioxid nicht bewusst. Es hat eine Weile gedauert, bis man ihn fand, und da hatte er bereits das Bewusstsein verloren.«

»Überlebt er das?«

»Da ist das letzte Wort noch nicht gesprochen. Es bleibt abzuwarten.«

KAPITEL 26

In dieser Gegend der Welt weißt du, dass du angekommen bist, wenn den Leuten mehr an dir gelegen ist als an einem Schatz vierzig Jahre alten Whiskys. Ich fühlte mich geehrt, denn Grant, Hunter und Cam bestanden darauf, dass sie erst sicher sein wollten, dass es mir im Krankenhaus in Stirling gut ging, ehe sie davonbrausten, um die Fässer zu sichern, die man aus ihrem Versteck bei Kristen herausholte. Der Whisky, den inzwischen die Polizei im Lagerhaus von Abbey Glen unter Verschluss hält, sollte eigentlich dort als Beweismittel völlig unberührt bleiben. Natürlich hat Grant es geschafft, ein paar Flaschen abzuzweigen, ehe Michaelson vorbeikam, um jeden weiteren Zugang zu unterbinden.

Nach einer Nacht im Krankenhaus erlaubte man mir, ins Haus Haven zurückzukehren, unter der Bedingung, dass Patrick bei mir blieb. Er war im siebten Himmel, trank sich methodisch durch eine der Probeflaschen mit Martin Fergusons 1962er Whisky und kam daneben seinen Pflegediensten mit großer Sorgfalt nach.

Theoretisch sollte ich Bettruhe halten, aber ich bestand darauf, auf das Sofa im Wohnzimmer umzuziehen, damit ich alles mitbekam, was ringsum passierte. Richard Thomas war aufgetaucht, ehe ich noch das Krankenhaus verlassen hatte, und er war geblieben, wachte über Bens Erbe und hielt ein väterliches Auge auf mich. Meine Abenteuer in Sachen Abbey Glen hatten das bisschen, was noch von seiner steifen Anwaltshaltung übrig war, vollends dahinschmelzen lassen, und inzwischen nannten wir einander beim Vornamen.

Ich hatte in den letzten achtundvierzig Stunden eine ganz neue Seite von Richard kennengelernt und konnte jetzt verstehen, warum er und Ben so eng befreundet gewesen waren. Und wer hätte gedacht, dass er und Hunter sich auf Anhieb blendend verstehen würden? Ich sah die beiden oft über Hunters neuestes Werk gebeugt, und Richard versuchte sich sogar mal selbst mit dem Meißel an einem Stück Holz, schnitt sich jedoch und erklärte, Hunter wäre in Zukunft vor seiner Konkurrenz sicher.

Liam hatte sich bei seinen Abenteuern ein paar Prellungen und eine leichte Gehirnerschütterung zugezogen und erholte sich allmählich. Der Tierarzt meinte, wir sollten dafür sorgen, dass er viel Ruhe hatte. Das nahm er sich sehr zu Herzen, lag faul vor dem Kamin und genoss seinen Ruhm. Unzählige Besucher hatten ihm Knochen und andere Leckereien gebracht, nachdem sich die Nachricht über seinen Beitrag an meiner Rettung herumgesprochen hatte. Auch ich hatte allerlei Geschenke bekommen. Floss und Malcolm Robinson schickten eine Tafel Cadbury's Milchschokolade von der Größe eines mittleren Koffers. Fergie versorgte uns laufend mit heißer Suppe, und sogar Siobhán hatte Blumen bringen lassen.

»Die Heldenrolle gefällt Liam«, sagte Patrick, als er sich neben dem Kamin auf einen Sessel fallen ließ.

»Er ist der geborene Held«, erwiderte ich. »Und, Ehre wem Ehre gebührt, er war auch toll.«

»Stimmt doch, oder?« Patrick beugte sich hinunter und kraulte Liam den Kopf. »Und du auch. Ich wusste, dass du alles zusammenbringen würdest.«

»Machst du Witze? Ich war beinahe völlig auf dem Holzweg.«

»Ach, Unsinn. Du hattest nur bis kurz vor dem Ende nicht alle Puzzleteile. Du verstehst die Menschen so gut, aber du musst noch lernen, dich auf deinen Instinkt zu verlassen.«

»Gut zu wissen. Ich brauche dringend einen kleinen Schuss Selbstbewusstsein, ehe ich wieder an meine Arbeit zurückgehe.«

»Du bleibst also nicht hier? Nicht einmal jetzt?«

»Das könnte ich nicht«, sagte ich mit einem Seufzer. »Aus so vielen Gründen.«

»Ist einer dieser Gründe Grant MacEwen?«

Ich konnte Patrick nicht in die Augen schauen. »Einer von vielen.«

»Ich versteh dich nicht. Du hast befürchtet, dass er dich umbringen wollte. Und jetzt, da du weißt, dass er das nicht will, haust du ab?«

»Ich will's nicht vermasseln. Das mach ich doch immer. Ich bin zu viel weg, und ich kann das mit den Beziehungen nicht gut. In den meisten Fällen ist es mir egal, aber diese Sache möchte ich nicht vermasseln.«

»Ich glaube, du hast nur Angst«, beharrte Patrick.

Das konnte ich nicht laut zugeben. Ich *hatte* Angst. Angst, dass ich die Freundschaft vermasseln würde, die Grant und ich gerade erst zu genießen begannen. Angst, dass mehr als nur eine kurze Liebelei daraus werden würde. Angst, dass ich am Ende furchtbar leiden müsste.

»Ich brauche diesen Ort hier, Patrick. Er ist das erste Zuhause, das ich habe, seit Ben das ursprüngliche Haus Haven in London verkauft hat. Ich kann das nicht erklären, aber ich habe das Gefühl, ein besserer Mensch zu sein, wenn ich hier bin. Hier wird die Zeit nicht in Stunden oder Tagen gemessen, sondern in Jahreszeiten. Hier habe ich mehr Raum – zum Wachsen, zum Nachdenken, zum Atmen, zum Leben. Ich will das alles nicht aufs Spiel setzen nur für irgendeine kurze Hochlandromanze.«

»Komm schon, was sind Grants drei Wörter?«, fragte Patrick.

»Ich habe echt keine Ahnung. Es ist kompliziert, aber zum ersten Mal habe ich keine drei klaren Begriffe gefunden. Ein Wort habe ich, doch das behalte ich für mich, bis auch die anderen auftauchen.«

»Wenn das so ist, musst du zurückkommen.« Patricks Augen funkelten. »Na, dann habe ich wenigstens eine Übernachtungsmöglichkeit, wenn ich hier zu Besuch bin.«

»Hier den Hausbesetzer spielen, das musst du dir aber erst verdienen. Fang gleich damit an, dass du die Tür aufmachst«, sagte ich, als es klopfte und Liam wie verrückt bellend in den Eingangsflur rannte.

Grant kam ins Wohnzimmer, und Patrick entschuldigte sich rasch, murmelte so was wie, er müsse Richard beim Teekochen helfen.

»Wie geht es dir?«, fragte Grant.

»Mir tut alles weh, und ich bin hundemüde, aber ich bin auf dem aufsteigenden Ast«, antwortete ich. Grant ließ sich auf einen Sessel in einiger Entfernung von mir nieder. Er war schon einmal vorbeigekommen, hatte sich mir jedoch nie weiter genähert, seit er mich im Krankenhaus dem Personal übergeben hatte. Ich hätte erleichtert sein sollen, da ich ja wegwollte, aber ich musste zugeben, dass ich ein bisschen enttäuscht war.

»Irgendwelche Neuigkeiten über Nick Bartolli?«, fragte ich.

»Nichts Gutes. Er liegt nach wie vor im Koma, und es hört sich so an, als würde das noch eine Weile so bleiben. Und selbst wenn er wieder aufwacht, ist zweifelhaft, ob man ihn vor Gericht stellen kann. Die Bartollis werden sich am Ende einfach aus diesem ganzen Schlamassel freikaufen.«

»Was ist mit Kristen?«

»Die sitzt im Gefängnis. Die Polizei glaubt, dass sie ihr eine Verbindung zum Mord an Claire Jones nachweisen kann. Sie will aber nicht zugeben, dass sie gesehen hat, wie du am Tag des Gedenkgottesdienstes für Duff mit Claire geredet hast. Bill meint allerdings, sie hätten einen Zeugen dafür, dass Kristen in der Nacht, in der Claire gestorben ist, in dem Klub gesehen wurde.«

»Die arme Claire. Hat sich so bemüht, ihren Bruder zu schützen, und dann war sie diejenige, die Schutz gebraucht hätte. Ich hätte das besser machen sollen.«

»Das ist doch nicht deine Schuld.« Grant seufzte. »Es will mir noch immer nicht in den Kopf, dass Kristen eine Mörderin sein soll. Ich kenne sie schon mein Leben lang. Sie ist eine von uns.«

»›Eine von euch‹ zu sein ist nicht der einzige Maßstab für Anstand und Ehrbarkeit, weißt du.«

»Nein, nein, natürlich nicht«, sagte er und wurde rot. »Das habe ich nicht gemeint. Ich kann nur einfach nicht verstehen, warum Kristen so was gemacht hat.«

»In Kristens Leben war viel mehr los, als wir geahnt haben. Michaelson ist gestern hier gewesen und hat mir erzählt, was die Polizei seit Kristens Verhaftung so alles rausgefunden hat. Kristen hat ein ernsthaftes Problem mit Spielsucht. Sie schuldete ein paar ziemlich finsteren Gesellen in Glasgow Geld. Sie hat zwei Hypotheken auf das Haus der Familie hier in Balfour aufgenommen und alle ihre Kreditkarten bis zum absoluten Maximum ausgeschöpft. Sie war verzweifelt auf der Suche nach Geld. Duffs Entdeckung muss ihr vorgekommen sein wie die Antwort auf ihre Gebete. Als sie glaubte, Duff wollte sie bei seinem Geschäft mit Bartolli übergehen, hat sie durchgedreht. Selbst jetzt versucht sie noch, mit der Polizei einen Deal zu machen, wendet sich gegen Nick und erzählt denen alles.«

»Da fragt man sich, ob es überhaupt möglich ist, jemanden wirklich zu kennen«, sagte Grant und schüttelte den

Kopf. »Schau dir Duff an. Der hat Abbey Glen geliebt, aber für Geld hat er alles weggeworfen.«

»Er hat einen Fehler gemacht, einen Riesenfehler, doch für seine Verhältnisse ging es dabei um sehr viel Geld. Und sein eigentliches Motiv war, dass er für Siobhán sorgen und ihr ein besseres Leben ermöglichen wollte. Er wollte in der Lage sein, den Pub zu kaufen und die Gläubiger für immer loszuwerden.«

»Ben hat Siobhán irgendwann mal angeboten, die Hypothek abzulösen, aber sie wollte das nicht. Sie ist eine stolze Frau«, sagte Grant.

»Ben hat dann letztlich doch seinen Willen durchgesetzt. Er hat mit seinem Testament die Hypothek bezahlt, aber es sieht so aus, als hätte Siobhán Duff nichts davon erzählt. Duff hat das nicht gewusst. Er hat die Lage eindeutig falsch eingeschätzt, doch im Herzen war er ein anständiger Kerl.«

»Er war verantwortlich für die ersten Sabotageakte in Abbey Glen ...«, meinte Grant.

»Stimmt, aber keiner von den Schäden vor Duffs Tod war irgendwie wesentlich – das abgetrennte Ventil, die tote Ente. Ärgerlich, gemein, doch leicht wieder hinzukriegen. Kristen hat das abgescherte Ventil mit Duffs Fingerabdrücken aufgehoben und dann nach seinem Tod im Still House hingelegt, damit der Verdacht an Duff hängen blieb.«

»Was ist mit dem Brand?«

»Das war Kristens Idee. Nick hatte die Stifte aus dem Scharnier mitgenommen, nachdem er Duff in den Gärbottich geworfen hatte. Er hatte sie noch in der Tasche, als er fortging. Er wollte sie loswerden, hat sie also im Vorbeigehen durch ein offenes Fenster in die Mälztenne geworfen. Als er das Kristen erzählte, beschloss sie, die Beweise zu zerstören und mir gleichzeitig was Neues zum Nachdenken zu geben. Sie hat das Feuer gelegt, ist zu Fuß zu ihrem

Auto zurückgegangen und dann gleich wieder nach Abbey Glen gefahren, um an Ort und Stelle zu sein, falls man dort die Flammen nicht sofort bemerkte. Sie konnte ja nicht zulassen, dass die ganze Destillerie niederbrannte. Da wäre Bartolli fuchsteufelswild geworden. In dem Chaos ist es niemandem aufgefallen, wie schnell sie vor Ort war.«

»Und wer war für die Drohbriefe verantwortlich, die du bekommen hast?«

»Nick hat mich von einem der Sicherheitsleute von AXB in London verfolgen lassen. Der hat den ersten Drohbrief und die Disteln abgeliefert. Als ich hier war, hat Kristen immer dann was unternommen, wenn sie das Gefühl hatte, ich stellte zu viele Fragen.« Ich erwähnte nicht, dass Kristen auch die Gerüchte über Rachels Tod wieder in Umlauf gesetzt hatte, damit mein Verdacht auf Grant fiel. Das brauchte er nicht zu erfahren. »Kristen wusste, dass ich Bartolli bereits ernsthaft als Käufer in Betracht zog, also musste sie nur dafür sorgen, dass die anderen Bewerber in möglichst schlechtem Licht dastanden. Wie sie mir gesagt hat, war das nicht besonders schwierig, vor allem, weil ich alles, was die machten, ohnehin mit größter Skepsis betrachtete. Gegen Ende hin wurde Kristen dann schon ziemlich nervös und fürchtete, wir könnten wegen der Flaschen Rose Reserve, die im Haus Haven herumlagen, Verdacht schöpfen. Also hat sie Nick losgeschickt, um die zu klauen. Sie wusste nicht, dass ich eine zu dir mitgenommen hatte.«

»Hat die Polizei rausgefunden, wie Kristen und Nick sich Zutritt in Abbey Glen verschafft haben?«

»Kristen war Bens Ärztin des Vertrauens. Er hat ihr einen Schlüssel zum Haus Haven gegeben, damit sie reinkonnte, wenn es ihm schlecht ging. Niemand hat sich darüber Gedanken gemacht, nicht einmal Hunter. Kristen hat in Bens letzten Tagen die Schlüssel zur Destillerie aus seinem Schreibtisch genommen und Nachschlüssel anfertigen lassen.«

»Und niemand hat die gute Ärztin verdächtigt.«

»Warum auch?«

»Glaubt eigentlich die Polizei Kristens Version der Ereignisse, die mit Duffs Tod zu tun haben?«

»Sie haben kaum eine andere Wahl. Nick kann ihnen seine Version im Moment nicht erzählen, und Kristens Lesart passt zum Bericht des Gerichtsmediziners. Die Todesursache war ein Schlag auf den Hinterkopf, und das Forensikteam hat an der Metallecke des Spirit Safes Spuren von Duffs Blut entdeckt. Niemand weiß, ob er die Treppe heruntergefallen ist oder ob er heruntergeschubst wurde. Ich persönlich würde mich für heruntergeschubst entscheiden, aber das werden wir wohl nie erfahren. Wenn Nick ihn hätte liegen lassen, wäre der Befund sicher Tod durch Unfall gewesen. Doch Nick hat den Fehler begangen, die Leiche in den Gärbottich zu werfen und dann Kristen um Hilfe zu bitten. Damit hat er eine Kette von Ereignissen ausgelöst, die er nicht vorhersehen konnte.« Nicht dass Nick unschuldig war, aber er hat schließlich den Preis dafür bezahlt.

»Kristen hat sicher das Beste aus dieser Situation gemacht, aber Antonio Bartolli ist kein Narr. Kam dem Duffs Tod nicht verdächtig vor?«

»Kristen hat Bartolli erklärt, Duff hätte in der Vergangenheit mal mit Drogen gehandelt, und sie hat ihm eingeredet, dass die Polizei Duffs Tod einem seiner früheren Komplizen in die Schuhe schieben würde. Bartolli war vielleicht skeptisch, aber Michaelson meint, dass er jedes Interesse an Duff verloren hat, sobald Kristen ihm erklärte, sie wisse, wo die Fässer mit dem alten Whisky lagerten. Damit hielt sie die Zügel in der Hand, und sie hat auch dafür gesorgt, dass das so blieb, indem sie Nick dazu erpresste, sich mit ihr zu verloben.«

»Ich hätte nicht gedacht, dass Kristen die Ehefrau war, die dem alten Bartolli für seinen Sohn so vorschwebte.«

»Sie hatte Papa Bartolli das Arrangement mit dem Argument schmackhaft gemacht, dass mich das davon überzeugen würde, an AXB zu verkaufen. Was könnte das Unternehmen AXB denn besser an den Ort und die Gemeinde binden, als einen von euch zu heiraten?«

»Touché, aber die beiden sind schon seltsame Bettgesellen ...«

»Beziehungen sind kompliziert«, meinte ich.

»Ernsthaft«, sagte Grant und verzog das Gesicht. Dann folgte eine lange Pause. »Hör mal, ich sollte mich entschuldigen für neulich. Ich hätte die Situation nicht ausnutzen dürfen.«

Ich schüttelte den Kopf. »Vergiss es. Du hast nichts ausgenutzt.« Ich wich seinem Blick aus. Auf gar keinen Fall wollte ich jetzt, dass wir diese Begegnung zu analysieren versuchten. Ich wollte nicht all den emotionalen Ballast hervorkramen, den ich mit mir herumtrug. Ich musste mich jetzt um die Geschäfte kümmern. Das hatte im Augenblick höchste Priorität. »Wir müssen vorankommen und eine Entscheidung über Abbey Glen fällen.«

»Das ist deine Entscheidung, nicht meine«, erwiderte Grant.

»Ich weiß, aber mir ist wichtig, dass ich das Richtige tue.«

»Hast du schon einen Käufer gefunden, der dir gefällt, jetzt da Bartolli aus dem Rennen ist?«

»Ich bin mir nicht sicher.« Es fiel mir nicht leicht, Grant das zu sagen. Es kam ja praktisch dem Eingeständnis gleich, dass ich mich von Anfang an geirrt hatte. Aber nach allem, was wir hinter uns hatten, schuldete ich ihm eine ehrliche

Antwort. Ich holte tief Luft. »Abbey Glen ist ein Teil von mir. Eine Verbindung zu Ben und all dem, was wir gemeinsam hatten. Ich glaube einfach nicht, dass ich es ertragen könnte, die Brennerei abzustoßen.«

»Also hast du beschlossen, nicht zu verkaufen?«, fragte Grant und schaute überrascht auf.

»Ja und nein.« Es hatte sich herausgestellt, dass ich es mir doch leisten konnte, den alten Kasten zu behalten, wenn ich wollte. Ben war immer schon ein gerissener Bursche gewesen, aber mir war nicht klar, wie gerissen. Als Richard mir schließlich etwas mehr über den Treuhandfonds erzählte, den Ben mir hinterlassen hatte, stellte ich fest, dass ich die Größe der Hinterlassenschaft einigermaßen unterschätzt hatte, selbst nach all den anderen Zuwendungen, die Ben in seinem Testament außerdem verfügt hatte.

Ich schaute Grant geradewegs in die Augen und ignorierte dabei, so gut ich konnte, die Schmetterlinge in meinem Bauch.

»Ich könnte hier bleiben und einen Geschäftsführer einstellen, der sich um die Destillerie kümmert, ohne dass ich mir wegen der Finanzen Sorgen machen müsste. Aber ich habe herausgefunden, dass man für diese Art von Geschäft mehr als nur Geld braucht. Man braucht Talent und Engagement. Also habe ich beschlossen, eine Hälfte der Brennerei zu verkaufen und die andere Hälfte selbst zu behalten. Als stille Teilhaberin.«

»Nichts für ungut, doch du als stille Teilhaberin, das kann ich mir nicht vorstellen.«

»Vielleicht nicht, ich werde mir jedenfalls alle Mühe geben.«

»Und wer kauft die andere Hälfte?«

»Ja, da wird's schwierig. Ich brauche jemanden, der ein Experte für die Führung einer Destillerie dieser Größe ist.

Einen Experten, der die Whisky-Industrie in- und auswendig kennt und der ein Gefühl für das Whiskymachen hat. Einen, der bereit ist, sich mit Leidenschaft und Elan einzubringen, damit die Dinge weiter so laufen, wie Ben es sich gewünscht hätte.«

»Und?«

»Und da gibt es eigentlich nur eine Person.« Ich schaute Grant bedeutungsvoll an. »Also, die ideale stille Teilhaberin bin ich vielleicht nicht, aber ich werde ja nicht viel hier sein, und ich verspreche, dass die Herstellung des Whiskys ganz in deiner Hand liegen würde, ohne Einschränkungen... Was meinst du? Wärst du interessiert?«

»Bist du dir da ganz sicher?«

»So sicher war ich mir noch nie über was.«

»Dann denke ich mal, dass ich verrückt wäre, da Nein zu sagen.«

Mit einem Mal war ich enorm erleichtert, als hätte ich die Luft angehalten und mich plötzlich wieder ans Atmen erinnert. »Danke«, sagte ich. »Wenn du hier bist, weiß ich, dass Abbey Glen in guten Händen ist.«

»Das heißt, dass du wieder an die vorderste Front zurückwillst?«

»Na klar. Ich bin ein Adrenalinjunkie, ich würde hier dahinwelken«, antwortete ich.

»Ich nehme an, das ist der Unterschied zwischen dir und uns. Die meisten von uns wären froh über etwas weniger Aufregung«, sagte Grant. »Aber du würdest es hier wahrscheinlich langweilig finden.«

Ich brachte es nicht über mich, zuzugeben, wie verlockend mir im Augenblick diese »Langeweile« vorkam. »Ich komme oft zu Besuch«, versprach ich. »Ich behalte Haus Haven.«

Richard wankte mit einem Riesentablett voller Kuchen

und Scones, Geschenken der Damen aus dem Ort, zur Tür herein. Er schaute mich erwartungsvoll an, und ich nickte und deutete auf einen Stuhl neben meinem Sofa. Ich wandte mich wieder Grant zu. »Ich habe dich schon mal danach gefragt, hatte aber das Gefühl, dass du mir nicht die ganze Wahrheit erzählt hast. Warum hast du eigentlich kein Angebot für Abbey Glen abgegeben?«

»Ben hat mich gebeten, das nicht zu tun.«

»Was?«, fragte ich erstaunt.

»Er meinte, du würdest auch von allein auf diese Lösung kommen. Ich hatte da meine Zweifel, aber es stand mir nicht zu, ihm diese Idee auszureden. Es war Bens Entscheidung. Ich wollte ihm die Brennerei schon vor Monaten abkaufen, als er noch überlegte, was er machen sollte, doch er hat das abgelehnt.«

Ich schaute zu Richard. »Und Sie waren da eingeweiht?«

Richard hatte wenigstens den Anstand, verlegen dreinzublicken. »Leider ja. Das gehörte alles zu Bens Plan. Er wusste, was er mit dem Anwesen machen wollte, aber er hat sich gehütet, Ihnen etwas aufzuzwingen. Er hat Ihnen von seinem Traum von dem Buch erzählt, weil er sich sicher war, dass Sie dieses Projekt nach seinem Tod übernehmen würden, schon wegen Ihres schlechten Gewissens. Er hoffte, dass es Ihnen die Augen für den Zauber von Abbey Glen und für Ihren Platz in seiner Geschichte öffnen würde. Was Duff und Kristen alles anrichten würden, hat er nicht vorhersehen können, und das hätte ihn am Boden zerstört, aber all das hat Sie und Grant dazu gezwungen, einander besser kennenzulernen.«

»Deswegen haben Sie mir die finanzielle Lage am Anfang nur so vage erläutert?«

»Ben wollte, dass Sie Ihrem Herzen folgen und die Entscheidung nicht allein aus finanziellen Erwägungen treffen.«

»Und was wäre, wenn er sich in mir getäuscht hätte?« Ich schüttelte den Kopf. »Was wäre, wenn ich das Buchprojekt nicht übernommen und an einen der anderen Bieter verkauft hätte?«

»Auch dafür hat Ben Vorsorge getragen. Wenn Sie sich entschieden hätten, das Angebot eines der anderen Bewerber anzunehmen, dann hätte Grant ein Vorkaufsrecht gehabt.«

»Also hättest du Abbey Glen gekriegt, egal wie«, sagte ich und schaute Grant an.

»Sieht ganz so aus.«

»Dann ist die Hälfte vielleicht gar nicht das, was du willst?«

»Genau wie du hätte ich vor einem Monat noch gesagt, dass das niemals funktionieren würde ... Aber jetzt glaube ich das schon«, sagte Grant. »Zumindest bin ich willens, es zu probieren.« Grants Lächeln strahlte bis in seine Augen, und ich hatte wenigstens im Augenblick das Gefühl, dass die Welt völlig in Ordnung war. »Du ähnelst Ben sehr, weißt du, und mit ein bisschen Übung könnten wir ein ziemlich gutes Team werden.«

»Da bin ich ganz seiner Meinung«, stimmte Richard zu. »Ben hätte sich außerordentlich darüber gefreut. Ihr beide wart ihm im Leben das Wichtigste. Ja, sogar wichtiger als Abbey Glen«, fuhr er fort, als er meinen skeptischen Blick bemerkte. »Mehr als alles andere wollte er, dass ihr beide dieses Projekt miteinander angeht, aber er wollte, dass ihr von allein auf diese Idee kommt.«

Ben kannte mich besser, als ich mich selbst kannte. Er hatte die Spannungen und Brüche in meinem Leben gesehen. Er wollte, dass ich ein Zuhause hatte, einen Ort, an den ich gehörte. Doch er kannte mich auch gut genug, um zu wissen, dass ich das allein herausfinden musste.

»Fährst du gleich mit Patrick wieder nach London?«, fragte Grant.

»Nicht sofort. Dank meiner Abenteuer mit Kristen und Nick hat mir die Zeitung erlaubt, mich krank zu melden. Ich kann mich darauf konzentrieren, Bens Buch fertig zu machen und mich ein bisschen auszuruhen.«

»Hervorragend«, meinte Richard.

Genau in dem Augenblick tauchte Patrick mit einer Flasche von Martins Whisky und vier Gläsern auf.

»Auf neue Anfänge.« Er erhob das Glas in meine Richtung. »Was wird eigentlich aus dem Rest dieses exquisiten Malt Whiskys, sobald er aus dem Polizeiverschluss freikommt?«

»Der ist natürlich Teil des Erbes«, antwortete Richard, »gehört also Abigail.«

»Und das bedeutet, dass ich damit machen kann, was ich will. Grant, du musst dich dann um die Abfüllung kümmern. Ich werde ein paar Flaschen für meine eigene Sammlung behalten. Ich werde wohl eine anlegen müssen, jetzt, da ich im Whisky-Geschäft bin. Ein paar Flaschen werde ich an Freunde verschenken«, fuhr ich fort und lächelte die drei Männer an, die um mich herum saßen. »Und ich habe mir überlegt, dass wir den Rest versteigern, um mit dem Erlös die Wohltätigkeitsorganisation zu finanzieren, über die Richard und ich gesprochen haben. Die Bennett-Logan-Erinnerungsstiftung. Ich würde gern mehr tun, als nur einfach Aufnahmen von Menschen zu machen, denen es schrecklich schlecht geht. Ich möchte die Mittel haben, ihnen auch auf andere Weise zu helfen.«

»Ich glaube, das würde Ben sehr gut finden«, sagte Grant.

Wir nippten schweigend an unserem Whisky. Es war schön, wieder ein Zuhause zu haben. Mich endlich sicher zu fühlen, von alten und neuen Freunden umgeben.

»Du wirst alle Hände voll damit zu tun haben, neue Bilder für die Wände hier aufzunehmen«, sagte Patrick und deutete auf die leeren Stellen.

»Ich habe schon damit angefangen«, sagte ich und zog ein Foto hinter der Couch hervor. Es war ein Bild von Liam, der am Fuß der glänzenden kupfernen Brennblase von Abbey Glen in einem Fleckchen Sonnenlicht schlief. Es war kaum zu glauben, dass ich vor zweieinhalb Wochen das eine Ende einer Whiskybrennblase nicht vom anderen hätte unterscheiden können. Jetzt verkörperte diese Szene für mich die Wärme und Zufriedenheit, die ich inzwischen hier empfand, sicher geborgen im Gefühl von Bens immer noch deutlich gegenwärtigem Geist.

»Ich fand, das Foto hat irgendwie meine Zukunft hier erfasst. Ich dachte, ich nenne es *Still-Leben mit Hund.*«

DANKSAGUNGEN

Glück ist ein blutiges Steak,
eine Flasche Whisky
und ein Hund, der das blutige Steak frisst.
JOHNNY CARSON

Sein erstes Buch zu schreiben ist eine mühselige und zeitraubende Angelegenheit, die ich ohne die Unterstützung meiner wunderbaren Familie niemals hätte in Angriff nehmen können. Meine Liebe und Dankbarkeit gilt meinem Mann Mark, dafür, dass er dieses verrückte Unterfangen mitgetragen hat, und natürlich für viele, viele Flaschen Whisky. Danke auch an Mac, der immer brav das Steak gefressen und mir beim Tippen die Füße gewärmt hat; an Katherine und Amanda Dank dafür, dass sie mich jeden Tag inspirieren; und Dank an Dorothy, die mich unterstützt und ermutigt hat, wie das nur eine Mutter kann.

Abgesehen von der Familie erscheint kein Buch je ohne die Unterstützung einer ungeheuren Anzahl von Profis mit einer Leidenschaft für das geschriebene Wort. Von ganzem Herzen Danke an Caroline Tolley und Lisa Dinackus, die dies hier gelesen haben, lange ehe es jemand hätte lesen sollen.

Meine Dankbarkeit an meine Agentin Abby Saul für ihre Begeisterung für dieses Projekt vom allerersten Tag an und für die endlosen Stunden redaktioneller Arbeit, die sie seither dazu beigetragen hat. Abby, du bist eine Meisterin des

Vertrauens und der Zuversicht. Möge die Lark Group in ungeahnte Höhen aufsteigen.

Danke an Julia Maguire und all die lieben Leute bei Alibi dafür, dass sie mich in der Penguin Random House-Familie willkommen geheißen haben. Ich möchte mich auch bei den Korrekturlesern, den Designern des Covers, der Marketingabteilung und allen bedanken, die bei der Veröffentlichung von *Whisky mit Mord* mitgewirkt haben – ihr wart alle phantastisch.